HAFFMANS KRIMINALROMANE
BEI HEYNE

W0312929

Mord auf der Speisekarte

HERAUSGEGEBEN VON
PETER HAINING

WILHELM HEYNE VERLAG
MÜNCHEN

HAFFMANS KRIMINALROMANE BEI HEYNE
Herausgegeben von Gerd Haffmans und Bernhard Matt
Nr. 05/24. Im Oktober 1993.

Für
PHILIPPA und SUE
Anglo-Oz Speisenservice
Teuflisch Gutes Essen!

Die Originalausgabe »Murder on the Menu«
erschien 1991 bei Souvenir Press Ltd, London
Copyright © 1991 by Peter Haining

Deutsche Erstausgabe

Alle deutschsprachigen Rechte vorbehalten
Copyright © 1993 by
Wilhelm Heyne Verlag GmbH & Co. KG, München
Printed in Germany 1993
Konzeption und Gestaltung: Urs Jakob
Umschlagillustration: Michael Sowa
Umschlaggestaltung: Atelier Ingrid Schütz, München
Gesamtherstellung: Ebner Ulm

ISBN 3-453-06486-0

Inhaltsverzeichnis

Einführung

Szene: Eine kleine Dinnerparty. Drei Paare sitzen um einen Tisch, das sachte Klirren der Bestecke und die gedämpfte Unterhaltung schaffen eine Atmosphäre heiterer Zufriedenheit und allgemeinen Wohlbefindens. Einer der Gäste, der leicht überschwenglich wirkende Mann zur Linken der Gastgeberin, schiebt sich eine weitere Gabel mit Essen in den Mund, kaut und schluckt alles hinunter – greift sich dann plötzlich an die Kehle und gibt einen schrecklichen erstickten Laut von sich. Bevor die anderen fünf am Tisch auch nur eine Bewegung machen können, sackt der Mann vornüber auf dem Tisch zusammen . . . tot.

Nicht nur in Kriminalgeschichten kommt dergleichen vor. Auch im wirklichen Leben gibt es Beispiele dafür, wie durch Gift scheinbar harmlose Abendmahlzeiten ein dramatisches Ende finden.

Die Methoden, mit denen Mörder – fiktive oder wirkliche – ihre Opfer vermittels eines in deren Essen praktizierten Gifts ins Jenseits befördert haben, sind zahlreich und vielfältig, und der Tatort ist ebenso oft ein Restaurant, Café, Club oder Gasthof wie ein Privathaus. Aber die Wirklichkeit ist immer noch seltsamer als die Literatur, und ich bezweifle, daß es irgendeinen Autor gibt, der – wie vor rund vierhundert Jahren – über die teuflische Erfindungsgabe des Kardinals Ferdinando di Medici aus der steinreichen Florentiner Dynastie verfügt.

Es scheint, daß besagter Kardinal begierig war, seinen älteren Bruder loszuwerden, und er war auf die geniale Idee gekommen, ihn mittels eines Pfirsichs, den er sich mit ihm teilte, zu vergiften. Mit Hilfe eines goldenen Messers schnitt er die Frucht genau in der Mitte auseinander und reichte dann die eine Hälfte seinem Bruder, während er behaglich den Rest verzehrte. Einen Augenblick später sank der ältere der beiden entseelt zu Boden.

Wie hatte es der Kardinal geschafft, den vergifteten Pfirsich schadlos zu sich zu nehmen? Dadurch, daß die eine Seite der Messerschneide vorsichtig mit Gift bestrichen worden war, und zwar die, die beim Schneiden an der Fruchthälfte abgerieben wurde, die de Medici seinem arglosen Bruder gereicht hatte.

Natürlich war es früher, als das Essen häufig versalzen, unmäßig gewürzt oder ranzig war, wesentlich leichter, Männer und Frauen über den Weg des Gaumens zu vergiften; und selbst zu Anfang dieses Jahrhunderts, als es *en vogue* schien, Leute mit Hilfe von Giftstoffen um die Ecke zu bringen, befand sich die forensische Wissenschaft noch in den Kinderschuhen, und es gab eine Menge von Substanzen, die damals im Körper einer Leiche äußerst schwierig nachzuweisen waren.

Eine Dosis Gift hat mit anderen Formen des Mordes verglichen den Vorteil, daß das Opfer keine Zeit hat, sich zu ducken, wenn es sich einer auf es gerichteten Pistole gegenübersieht, oder einem Messerstich noch rechtzeitig auszuweichen. Und es ist ziemlich einfach, einem Menschen den Köder zu verabreichen, wenn er sich in einem seiner Lieblingsgerichte befindet.

Natürlich bildeten Arsen, Zyankali, Schierling, Nitrobenzol und Strichnin einen wesentlichen Bestandteil im ›Arzneibuch‹ eines Mörders. Bei Morden in Landhäusern spielten Giftkräuter eine beliebte Rolle, während Vergiftungen mit Hilfe von Konserven in der Stadt als ideal galten. Einige der gerisseneren Kriminellen warteten sogar mit geheimnisvollen Giften aus abgelegeneren Weltgegenden wie zum Beispiel Südamerika auf.

Ebenso interessant sind die Gerichte, in denen das betreffende Gift verabreicht wurde. Haferbrei und Eier (mit Ausnahme von hartgekochten) wurden fürs Frühstück bevorzugt; Seezunge, gebacken oder gedünstet, schien der ideale Killer beim Mittagessen, während für die Abendmahlzeit ein Fleischgericht oder eine Cremesauce jeglichen Verdacht auszuschließen schien, bis es zu spät war. Geistige Getränke waren ebenso leicht mit Gift zu versetzen wie Pralinenschachteln. Und das Glas warmer Milch (oder Kakao) vor dem Insbettgehen hat in jenen Romanen wahrscheinlich mehr Opfer gefordert als alles übrige zusammengenommen!

Natürlich wurden nicht alle Mahlzeiten-Morde mit Hilfe von Gift begangen. Das gute, altbewährte ›stumpfe Instrument‹ taucht in mehreren Fällen auf, ebenso wie die Pistole und das Messer, mit denen der ahnungslose Esser unvermutet um die Ecke gebracht wird. Und die hier aufgeführte Liste ist keineswegs vollständig, wie der Leser in diesem Buch bald feststellen wird.

Für den Gourmet von Krimistories ist die Komposition der verhängnisvollen Mahlzeiten oft ebenso faszinierend wie die Aufklärung des Falls selbst. Je exotischer die Menüs sind und je eindrucksvoller ihre Beschreibung ausfällt, desto größeres Vergnügen empfindet der Leser. Selbst das raffinierteste *Cordon bleu* Kochbuch kann nicht den Reiz vermitteln, den eine dieser Mixturen aus Verbrechen und kulinarischen Freuden ausstrahlt.

In dieser Anthologie wird der Leser ein breites Spektrum von Shortstories vorfinden, in denen Mahlzeit und Mord in Zusammenhang stehen – ganz zu schweigen von einigen anderen teils mit Geheimnissen, teils mit Grauen befrachteten Geschichten.

Eine meiner Lieblingsgeschichten über Essen und Tod wurde vor Jahren von Lord Dunsany erzählt, diesem riesenhaften irischen Adligen, der in den Clubs und Restaurants von London und Dublin als der ›schlechtest angezogene Mann in Irland‹ bekannt war. Zu den Lieblingsabneigungen Dunsanys gehörte manipuliertes Essen, und er erzählte die Parabel vom Tod und was mit ihm geschah, als er krank wurde und seine Anhänger sich daran machten, ihn mit modernen Nahrungsmitteln zu kurieren.

»Eines Tages«, so erzählte Dunsany, »trugen sie den Tod in den Speisesaal eines großen Hotels und brachten ihm Brot, mit Alaun weiß gefärbt, wie das zeitgenössische Bäcker zu tun pflegen, und Dosenfleisch aus Chicago, gewürzt mit einer Prise unseres modernen Substituts für Salz. Dazu stifteten sie ihm eine Flasche Wein, die sie als ›Champagner‹ bezeichneten und billigen indischen Tee. Außerdem legten sie ihm eine Zeitung hin und versorgten ihn mit gängiger Medizin und den speziellen Nahrungsmitteln, die derzeit für Leidende empfohlen wurden. Und nach einer Weile erhob sich der Tod gierig und gestärkt und streifte erneut durch die Städte.«

Nachdem der Tod solchermaßen dank der manipulierten Nahrungsmittel überlebt hat, wird man ihn nun auch durch die folgenden Seiten schreiten sehen, in denen die Gerichte wesentlich üppiger und mit Sicherheit auch exotischer sind. Das Menü ist damit den Lesern bereits vorgelegt. Guten Appetit!

Peter Haining
Boxford, Suffolk
Februar 1991

STANLEY ELLIN

Die Spezialität des Hauses

Jede größere Stadt in der Welt verfügt über ein kleines Restaurant, das so aussieht wie ›Sbirro's‹ in dieser Story von Stanley Ellin (1916–1986) – unauffällig, aber überaus angesehen bei seinen Feinschmecker-Gästen. Der äußere Schein kann jedoch täuschen, vor allem bei einem Autor, den die TIMES als einen Meister des Thrillers und einen Mann in der Tradition der großen Storyschreiber gepriesen hat. Manche Leser werden wohl die Verfilmung seiner Arbeiten gesehen haben, einschließlich ›NICHTS ALS DAS BESTE‹ *(1964, mit Alan Bates) und* ›DAS KARTENHAUS‹ *(1968, mit Orson Welles). Die* ›SPEZIALITÄT DES HAUSES‹ *war Stanley Ellins erste veröffentlichte Story, sie wurde 1948 geschrieben und überaus gelobt. Alfred Hitchcock machte vor einigen Jahren einen brillanten, auf modernen Stand gebrachten Fernsehfilm daraus, wobei er behauptete, sich gegen heftigen Widerstand von seiten der Fernsehgesellschaft durchgesetzt zu haben. Wenn das Rätsel der vorliegenden Story gelöst ist, wird der Leser zweifellos verstehen, warum.*

»Und hier«, sagte Laffler, »wären wir bei Sbirro.« Costain sah eine breite Fassade aus dunkelbraunem Sandstein, in nichts verschieden von ihren Nachbarn, wie sie sich nach beiden Seiten der verödeten Straße in die feuchtkalte Düsternis erstreckten. Aus den vergitterten Fenstern des Kellergeschosses zu seinen Füßen blinkte es wie ein Lichtschimmer hinter schweren Vorhängen.

»Mein Gott«, bemerkte er, »'n ziemlich trauriges Loch, wie?«

»Wollen Sie bitte immer im Auge behalten«, sagte Laffler steif, »daß Sbirro das Lokal ohne Prätentionen ist. Belagert von unseren gespenstischen, neurotischen Zeitläuften, hat es sich geweigert zu kapitulieren. Es ist vielleicht das letzte bedeutende Etablissement in dieser Stadt, das noch mit Gas beleuchtet wird. Hier werden Sie dasselbe ehrliche Möblement antreffen, dasselbe prachtvolle Sheffield Service und, möglicherweise, in einem entlegenen Winkel, genau dieselben Spinnweben, die die Kunden vor einem halben Jahrhundert schon bemerkt haben.«

»Eine etwas zweifelhafte Empfehlung«, sagte Costain, »und hygienisch wohl auch schwerlich.«

»Wenn Sie hier eintreten«, fuhr Laffler fort, »lassen Sie den Wahnwitz dieses Jahres, dieses Tages und dieser Stunde hinter sich, und finden sich, für eine kurze Spanne Zeit, wiederhergestellt im Geiste; nicht durch Luxus, sondern durch Würde, jene Eigenschaft, die unserer Zeit verlorengegangen ist.«

Costain lachte unbehaglich. »Wenn man Sie so hört, handelt es sich mehr um eine Kirche als um ein Restaurant«, sagte er.

Im matten Schein der Straßenlaterne ihnen zu Häupten spähte Laffler in das Gesicht seines Begleiters. »Ich möchte wissen«, sagte er unvermittelt, »ob ich nicht doch einen Fehler damit begangen habe, daß ich Ihnen diese Einladung zuteil werden ließ.«

Costain war verletzt. Trotz eines klangvollen Titels und eines hohen Gehaltes war er zwar letzten Endes nur Angestellter bei diesem pomphaften kleinen Mann hier; fühlte sich aber jetzt doch gedrängt, seinen Gefühlen ein bißchen Worte zu verleihen. »Wie Sie meinen«, sagte er kühl. »Ich kann mir heute abend auch noch ohne weiteres etwas anderes vornehmen, das macht keinerlei Schwierigkeiten.«

Laffler, mit seinen großen Rinderaugen hinauf zu Costain gerichtet, und dem rötlichen Vollmondgesicht, über das die Nebelschwaden hinzogen, schien von seltsamem Unbehagen erfüllt. »Aber nein, nein«, sagte er schließlich, »das kommt überhaupt nicht in Frage. Es ist sehr wichtig, daß Sie mit mir bei Sbirro zu

Abend speisen.« Mit festem Griff faßte er Costains Arm und ging voran, hin zu dem schmiedeeisernen Tor des Kellergeschosses. »Wissen Sie, Sie sind ja der einzige Mensch in meinem Büro, der wenigstens eine Ahnung von gutem Essen zu haben scheint. Und ich meinerseits, der ich von Sbirro weiß, jedoch eines verständnisvollen Freundes ermangele, der teilnehmen könnte, ich habe ungefähr das Gefühl, wie wenn ich ein einzigartiges Kunstwerk besäße und es in einem Zimmer verschlossen hielte, wo niemand anders es bewundern kann.«

Costain fühlte sich hierdurch doch wieder wesentlich besänftigt. »Meines Wissens gibt es aber eine ganze Menge Leute, die eine solche Situation ausgesprochen genießen würden.«

»Ich gehöre nicht zu der Sorte!« sagte Laffler scharf. »Und daß ich das Geheimnis von Sbirros Restaurant jahrelang in meinem Inneren verschlossen mit mir herumgetragen habe, ist mir zu guter Letzt eben unerträglich geworden.« Er tastete an der Seite des Tores herum, und aus dem Innern konnte man das schwache mißtönende Geschepper eines altmodischen Zugglöckchens vernehmen. Eine Innentür ging ächzend auf, und Costain ertappte sich dabei, wie er in ein dunkles Antlitz spähte, in dem der einzig unterscheidbare Zug die Reihe schimmernder Zähne war.

»Serr?« sagte das Antlitz.

»Mr. Laffler mit einem Gast.«

»Serr«, sagte das Antlitz erneut; aber dieses Mal lag unverkennbar eine Einladung darin. Auch wich es zur Seite, und Costain stolperte hinter seinem Gastgeber eine einzelne Stufe hinab. Tür und Tor schrien hinter ihm auf, und er fand sich blinzelnd in einem kleinen Foyer stehen. Er benötigte einen Augenblick, um sich klarzuwerden, daß die Gestalt, auf die er nun starrte, sein eigener Widerschein aus einem gigantischen Pfeilerspiegel war, der sich vom Fußboden bis zur Decke erstreckte. »Atmosphäre«, murmelte er verstohlen vor sich hin, und kicherte noch, als er seinem Führer zu einem Sitzplatz folgte.

Dann fand er sich, an einem kleinen Tischchen für zwei, Laffler von Angesicht zu Angesicht gegenüber, und blickte sich neugierig im Speiseraum um. Die Größe war an sich nicht der Rede wert; aber das halbe Dutzend leis-sausender Gasflammen, die die einzige Beleuchtung spendeten, ergab ein derart trügerisches Licht, daß die Wände zu flirren und in nicht angebbare Entfernung zurückzuweichen schienen.

Es mochten kaum mehr als acht oder zehn Tischchen hier stehen; sämtlich so angeordnet, daß ein Maximum an Intimität gewährleistet war. Alle waren sie besetzt, und die wenigen Kellner, die an ihnen bedienten, bewegten sich ruhig und nie unnütz. Ein gedämpftes Klirren und Scharren von Bestecken war in der Luft, und das beruhigende Gemurmel von Unterhaltungen. Costain nickte anerkennend.

Laffler atmete tief, und es wurde ein ausgesprochener Seufzer der Befriedigung. »Ich wußte, daß Sie meinen Enthusiasmus teilen würden«, sagte er. »Haben Sie übrigens bemerkt, daß keinerlei Frauen anwesend sind?«

Costain hob fragende Augenbrauen.

»Sbirro«, sagte Laffler, »ermutigt Angehörige des schönen Geschlechtes in keiner Weise, seine Räumlichkeiten zu betreten. Und ich kann Ihnen nur sagen, sein Verfahren dabei ist äußerst wirksam. Es ist noch gar nicht lange her, daß ich als Augenzeuge erlebt habe, wie einer Frau eine Probe davon zuteil wurde. Sie hat nicht weniger als eine geschlagene Stunde lang an ihrem Tisch gesessen und auf Bedienung gewartet, die nicht erfolgte.«

»Hat sie keine Szene gemacht?«

»Das wohl«, und Laffler lächelte bei der Erinnerung. »Sie hat dadurch erreicht, die anderen Gäste zu belästigen, ihrem Begleiter peinlich zu fallen – aber weiter auch nichts.«

»Und was unternahm Mr. Sbirro?«

»Er ist überhaupt nicht in Erscheinung getreten. Ob er nun die Operationen von hinter den Kulissen her geleitet hat oder ob er während der Episode gar nicht einmal anwesend war, vermag ich nicht zu sagen. Wie dem auch immer sei, er konnte einen hundertprozentigen Sieg buchen. Die Frau ist nie wieder hier erschienen; der übelberatene Gentleman übrigens ebensowenig, der ja dadurch, daß er die Betreffende mitbrachte, die eigentliche Ursache zu dem ganzen witzlosen Zwischenspiel geworden war.«

»Eine prächtige Warnung für alle Anwesenden«, lachte Costain.

In dem Augenblick erschien ein Kellner an ihrem Tisch. Die schokoladenfarbene Haut, die schmale, schöngeformte Nase, die ebensolchen Lippen, die großen wie schwimmenden Augen, mit dichten Wimpern besäumt, dazu das silberweiße Haar, von solcher Schwere und Seidendichte, daß es dem Schädel wie eine Kappe anlag, all das kennzeichnete ihn endgültig als irgendeine Art Inder, entschied Costain bei sich. Der Mann ordnete die steifen Leinenservietten, füllte aus einem hohen Krug von geschliffenem Glas zwei Becher und stellte sie an den ihnen gebührenden Ort.

»Sagen Sie doch«, fragte Laffler eifrig, »gibt es heut' abend die Spezialität?«

Der Kellner lächelte bedauernd und zeigte dabei ein Gebiß, nicht minder dekorativ als das des Majordomo vorhin. »Tut mir außerordentlich leid, Serr. Heute abend gibt es die Spezialität nicht.«

Lafflers Gesicht wurde niedergeschlagen und furchte sich in schwerer Enttäuschung. »Nach so langem Warten. Jetzt ist es doch fast schon einen Monat her, und ich hatte so gehofft, meinem Freunde hier . . .«

»Sie müssen die Schwierigkeiten bedenken, Serr.«

»Natürlich, natürlich.« Laffler sah traurig zu Costain hinüber und zuckte die Achseln. »Sie sehen, ich hatte ursprünglich vor, Sie gleich mit dem größten Genuß bekannt zu machen, über den Sbirro gebietet; aber bedauerlicherweise steht es nicht auf dem Speisezettel heut' abend.«

Der Kellner fragte: »Wünschen Sie, daß sofort aufgetragen wird, Serr?« und Laffler nickte. Zu Costains Überraschung entfernte sich der Kellner, ohne irgend auf weitere Anweisungen zu warten.

»Haben Sie im voraus bestellt?« erkundigte er sich.

»Ah«, sagte Laffler, »das hätte ich allerdings erklären sollen.

Bei Sbirro gibt es keinerlei Wahl. Sie werden genau dieselbe Speisenfolge vorgesetzt bekommen wie jeglicher andere in diesem Raume auch. Morgen abend würden Sie eine grundverschiedene Mahlzeit essen; aber wiederum, ohne daß Sie den geringsten Sonderwunsch erfüllt bekämen.«

»Äußerst ungebräuchlich«, sagte Costain, »und zuzeiten bestimmt auch unangenehm: was, falls man gerade keinen Appetit auf speziell das Gericht haben sollte, das einem vorgesetzt wird?«

»Was das anbelangt«, sagte Laffler feierlich, »brauchen Sie keinerlei Befürchtungen zu hegen. Ich gebe Ihnen mein Wort darauf, daß, gleichviel wie anspruchsvoll Ihr Geschmack auch immer sei, Sie bei Sbirro jeden Bissen genießen werden, den Sie zum Munde führen.«

Costain blickte zweifelsvoll drein, und Laffler lächelte. »Und bedenken Sie die feindurchdachten Vorzüge eines solchen Verfahrens«, sagte er. »Wenn Sie in einem populär-normalen Lokal den Speisezettel zur Hand nehmen, finden Sie sich schlagartig unzähligen Einzelheiten zur Wahl gegenübergestellt. Sie sind gezwungen zu schätzen, abzuwägen, hastige Entscheidungen zu treffen, die Sie womöglich umgehend wieder bereuen. Der Endeffekt all dessen ist ein Gefühl der Spannung, das in, und sei es noch so leichtes, Unbehagen ausmünden muß.«

»Und nun bedenken Sie die andere, die technische Seite des Verfahrens. An Stelle eines Tohuwabohus schwitzender Köche, die wie rasend in der Küche durcheinanderwimmeln, um hastig hundert verschiedenste Einzelspeisen herzurichten, haben Sie hier einen Küchenchef, der in stiller Größe alleinsteht, all sein Talent auf eine Aufgabe konzentriert und dem alle Vorbedingungen zu einem sicheren umfassenden Triumphe gegeben sind.«

»Ach, Sie haben die Küche schon einmal gesehen?«

»Unglücklicherweise, nein«, sagte Laffler bekümmert. »Das Bild, das ich skizziert habe, war eine Hypothese, wie ich sie mir im Lauf der Jahre aus Fragmenten von Unterhaltungen zusammenkonstruiert habe. Ich muß allerdings gestehen, daß mein

Verlangen, diese Küche hier einmal während des Betriebes besichtigen zu dürfen, so ziemlich der einzige Herzenswunsch geworden ist, von dem ich mich heutzutage noch als besessen betrachten kann.«

»Aber Sie haben ihn Sbirro gegenüber doch wohl schon erwähnt?«

»Ein dutzendmal. Aber er schiebt jede Andeutung mit einem Achselzucken zur Seite.«

»Handelt es sich da nicht um eine recht kuriose Schwäche seinerseits?«

»Nein, nein«, sagte Laffler hastig, »ein Künstler von hohen Graden steht nie unter dem Zwang von Höflichkeitslügen. – Dennoch«, und er seufzte, »ich geb' die Hoffnung niemals auf.«

Eben erschien der Kellner wieder; er brachte zwei tiefe Suppenteller getragen, die er mit mathematischer Genauigkeit plazierte, sowie eine kleine Terrine, aus der er gemessen je eine Portion klarer dünner Brühe mit der Kelle austeilte. Costain tauchte seinen Löffel in die Bouillon und kostete sie mit einiger Neugierde. Sie war ganz zart gewürzt, milde bis fast an die Grenze der Geschmacklosigkeit. Costain runzelte die Stirn, tastete unwillkürlich nach dem Salz- und Pfefferstreuer und mußte die Entdeckung machen, daß sich keiner auf dem Tisch befand. Er schaute auf, sah Lafflers Blick auf sich ruhen, und, obgleich wenig gewillt, seinen eigenen Geschmack bloßzustellen, zögerte er doch auch wieder, Lafflers Begeisterung einen Dämpfer aufzusetzen. Deshalb lächelte er und wies auf die Suppe.

»Ausgezeichnet«, sagte er.

Laffler gab das Lächeln zurück. »Sie finden sie nicht im geringsten ausgezeichnet«, sagte er kalt. »Schal finden Sie sie und dringendst des Würzens bedürftig. – Ich kenne das«, fuhr er fort, als Costain entrüstete Brauen wölben wollte, »weil es, vor langen, langen Jahren, genau auch meine Reaktion war; weil ich, gerade so wie Sie, nach dem ersten Mundvoll automatisch nach Pfeffer und Salz greifen wollte. Auch ich habe damals zu meiner Überraschung erfahren, daß bei Sbirro Gewürze nicht zu bekommen sind.«

Costain war schier empört: »Nicht einmal Salz?« rief er aus.

»Nicht einmal Salz. Der bloße Tatbestand, daß Sie bei Ihrer Suppe das Bedürfnis danach haben, legt Zeugnis dafür ab, daß Ihr Geschmack ungehörig verdorben ist. Ich bin mir völlig sicher, daß Sie nunmehr auch die gleiche Entdeckung machen werden wie ich seinerzeit: Wenn Sie soweit sein werden, daß Sie mit Ihrer Suppe nahezu fertig sind, wird Ihr jetziges Verlangen nach Salz nicht mehr vorhanden sein.«

Laffler hatte recht; ehe Costain noch den Boden seines tiefen Tellers erreicht hatte, genoß er bereits, mit immer zunehmendem Entzücken, die zarten Nuancen dieser Brühe. Laffler schob seinen eigenen leeren Teller zur Seite und stützte die Ellenbogen auf den Tisch. »Sind Sie jetzt mit mir einverstanden?«

»Zu meiner eigenen Überraschung«, sagte Costain, »ja.«

Während der Kellner beschäftigt war, den Tisch abzuräumen, dämpfte Laffler bedeutsam seine Stimme. »Sie werden herausfinden«, sagte er, »daß diese Abwesenheit jedweden Gewürzes nur einer unter mehreren, sehr bemerkenswerten Zügen ist, die für Sbirro kennzeichnend sind. Ich will Sie lieber gleich darauf vorbereiten. Zum Beispiel werden hier keine alkoholischen Getränke, was es auch immer sei, ausgeschenkt; ja, überhaupt kein anderes Getränk als klares kaltes Wasser, die erste und einzige Flüssigkeit, die ein menschliches Wesen unbedingt zu seiner Erhaltung benötigt.«

»Abgesehen von Muttermilch«, warf Costain trocken ein.

»Diesen Einwand kann ich, nicht minder launig, durch den Hinweis parieren, daß der normale Kunde bei Sbirro diese frühe Stufe seiner Entwicklung hinter sich haben dürfte.«

Costain lachte. »Zugegeben«, sagte er.

»Schön. – Weiter ist der Genuß von Tabak in jeglicher Form hier verpönt.«

»Aber, lieber Himmel«, sagte Costain, »macht das Sbirro da nicht eher zu einem Abstinenzler-Heim denn zu einem Wallfahrtsort für einen Gourmet?«

»Ich fürchte«, sagte Laffler feierlich, »daß Ihnen die beiden Worte *gourmet* und *gourmand* durcheinander geraten. Der

Gourmand, indem er sich ständig überfüllt, bedarf je länger eines desto größeren, sich immer erweiternden Reizbereiches, um seine überdrüssigen Sinne noch zu kitzeln. Das natürliche Kennzeichen des Gourmets dagegen besteht in der Einfachheit. Der Grieche der Antike, in seinem rauhen Chiton, wie er die reife Olive schmeckt; der Japaner, wie er in seinem kahlen Raum über den schöngeschwungenen Stengel einer einzigen Blume meditiert – dies sind die wahren Gourmets.«

»Aber gelegentlich ein Tropfen Brandy oder eine Pfeife Tabak«, sagte Costain zweifelnd, »kann man doch schwerlich als Völlerei bezeichnen.«

»Durch dergleichen ständigen Wechsel von Stimulantien und Narkotika«, sagte Laffler, »machen Sie die feine Ausgewogenheit Ihres Geschmackssinnes labil, und zwar in einem Ausmaß, daß er seine kostbarste Eigenschaft dabei einbüßt: die Fähigkeit, delikate Speisen zu würdigen. Während meiner Jahre als Sbirro-Kunde habe ich mich, für meine Person, ausreichend davon überzeugt.«

»Darf ich fragen«, begann Costain, »warum Sie, weil diese Dinge hier verpönt sind, nun gleich auf so tiefgründige ästhetische Motive schließen? Wie wäre es mit so simplen weltlichen Gründen, wie etwa, daß die Ausschankgenehmigung zu teuer kommt; oder die Möglichkeit, daß sich die Kundschaft, bei derart beengten Räumlichkeiten, über Tabaksqualm beschweren könnte?«

Laffler schüttelte heftig den Kopf. »Wenn und falls Sie Sbirro je kennenlernen sollten«, sagte er, »werden Sie auf der Stelle einsehen, daß er nicht der Mann danach ist, der sich bei Entscheidungen von weltlichen Rücksichten leiten ließe. Um ganz offen zu sein: es war Sbirro selbst, der mir das, was Sie als ›ästhetische Motive‹ bezeichneten, zuerst zum Bewußtsein brachte.«

»Ein erstaunlicher Mensch also«, sagte Costain, während der Kellner sich anschickte, den ersten Gang aufzutragen.

Lafflers nächste Worte fielen erst, nachdem er eine große Portion Fleisch genießerisch geschmeckt und heruntergeschluckt hatte. »Ich bin im allgemeinen sehr zurückhaltend im Gebrauch von Superlativen«, sagte er, »aber in meinen Augen repräsentiert Sbirro schlicht den Menschen auf dem Gipfelpunkt seiner Zivilisation!«

Costain hob eine mokante Augenbraue, und wendete sich seinem Bratenstück zu, das, ungarniert durch Gemüse oder Pickles, in einer Lache dicker Tunke ruhte. Der dünne warme Dunst, der davon zu ihm emporstieg, führte seinen Nüstern ein subtiles, angenehm peinigendes Aroma zu, das ihm den Mund wässern machte. Er begann, ein Stück davon durchzukauen, und zwar so langsam und gedankenvoll als wäre er dabei, den Feinheiten einer Mozart-Symphonie nachzugehen. Die Breite des Geschmacksintervalles, das er entdeckte, war tatsächlich erstaunlich; es reichte von der prickelnden Schärfe der knusprigen äußeren Kruste bis zu der eigenartig schalen und dennoch seelenbefriedigenden Weiche wärmlichen Blutes, wie es der Druck seiner Kiefer aus dem halbrohen Inneren hervorpreßte.

Nach dem Hinunterschlucken fand er sich schier verwildert hungrig auf das nächste Stück; und dann wieder das nächste; und nur mit Mühe gelang es ihm, sich daran zu hindern, daß er seinen Anteil an Fleisch und Soße mit Wolfsgier hinunterschlänge, ohne darauf zu warten, bis er vom einzelnen Mundvoll die gänzliche wollüstige Befriedigung erkaut hätte. Als er seine Platte sauber gekratzt hatte, kam ihm erst zum Bewußtsein, daß sowohl er als auch Laffler den ganzen Gang hinter sich gebracht hatten, ohne dabei ein einziges Wort der Unterhaltung getauscht zu haben. Er machte eine Bemerkung in diesem Sinne, und Laffler entgegnete: »Können Sie den Nutzen von Worten einsehen, in Gegenwart solcher Speisen?«

Costain ließ den Blick mit einer ganz neuen Empfindung durch den verwohnten, kärglich beleuchteten Raum und über die stillen Esser hinwandern. »Nein«, gestand er demutsvoll, »ich kann es nicht. Und bitte rückhaltlos um Entschuldigung für alle Zweifel, die ich gehegt haben sollte. In allem, was Sie zu Sbirros Lob vorgebracht haben, war nicht ein Wort der Übertreibung.«

»Ah«, sagte Laffler ergötzt. »Und das ist ja erst ein Teil des Ganzen. Sie haben mich einer Spezialität Erwähnung tun hören, die unglücklicherweise heute abend nicht auf dem Programm steht. Was Sie jetzt eben gegessen haben, ist ein Nichts im Vergleich mit der absoluten Köstlichkeit jener Spezialität!«

»Großer Gott!« rief Costain. »Was ist es denn? Nachtigallenzungen? Filet vom Einhorn?«

»Nichts von alledem«, sagte Laffler. »Lamm.«

»Lamm?«

Laffler saß, wohl an die 60 Sekunden lang, in Gedanken verloren. »Wenn«, hob er endlich langsam wieder an, »wenn ich Ihnen in meinen eigenen Worten, uneingeschränkt, meine Meinung über dieses Gericht kundgäbe – Sie würden mich für total verrückt erklären. Derart tief bewegt mich der bloße Gedanke daran. Es handelt sich weder um das fettige Kotelettstück noch um die allzu solide Keule; nein, es ist ein erlesener Teil des seltensten Schafes, das existiert, und hat auch seine Bezeichnung von der Rasse erhalten – ›Lamm Ämirstan‹.«

Costain ließ seine Brauen fragen. »Ämirstan?«

»Ein Stück Einöde, verlassen und verloren in dem Grenzstrich, der Afghanistan und Rußland scheidet. Aus einzelnen Bemerkungen, die Sbirro gelegentlich hat fallen lassen, möchte ich entnehmen, daß es sich dabei um lediglich ein Plateau handelt, auf dem die armseligen Reste der Herde der herrlichsten Schafe grasen. Sbirro hat sich, auf die eine oder andere Art, das Recht zum Handel mit dieser Herde zu verschaffen gewußt; und ist, infolgedessen, der einzige Restaurateur, auf dessen Menü ›Lamm Ämirstan‹ überhaupt jemals stehen kann. Ich kann Ihnen versichern, daß das Erscheinen dieses Gerichtes wahrlich eine rare Angelegenheit ist; und Glück der einzige Leitstern, nach dem die Kundschaft das exakte Datum bestimmen könnte, wenn es wieder einmal serviert wird.«

»Aber sicherlich«, gab Costain zu bedenken, »müßte Sbirro doch imstande sein, das Ereignis im voraus anzukündigen.«

»Dieser Einwand ist verhältnismäßig simpel zu widerlegen«, sagte Laffler. »In unserer großen Stadt gibt es notorisch eine sehr beträchtliche Anzahl berufsmäßiger Feinschmecker oder richtiger Schlemmer. Sollte eine solche Vorankündigung durchsickern, wäre mehr als wahrscheinlich, daß jene, schon aus reiner Neugierde, sich die Kenntnis des Gerichtes verschafften und von da an prompt die alten Stammgäste von ihren Tischen verdrängten.«

»Aber Sie wollen damit doch nicht etwa sagen«, wandte Costain ein, »daß diese paar Anwesenden hier die einzigen in unserer großen Stadt, beziehungsweise sogar auf der ganzen weiten Welt wären, die überhaupt von Sbirros Existenz wüßten?!«

»Beinahe getroffen, ja. Es mag noch ein oder zwei Stammkunden außerdem geben, die aus dem oder jenem Grunde im Augenblick gerade nicht anwesend sind.«

»Das ist ja ganz unglaublich!«

»Und zwar wird dies dadurch erreicht«, sagte Laffler, und in seiner Stimme lag es wie der leiseste Schatten einer Drohung, »daß jeder Stammgast sich zu der feierlichen Verpflichtung verstehen muß, das Geheimnis strikt zu bewahren. Dadurch, daß Sie heute abend meine Einladung akzeptieren, haben Sie automatisch diese Verpflichtung auf sich genommen. Ich nehme an, daß ich Ihnen in der Hinsicht vertrauen kann.«

Costain wurde rot. »Dafür sollte Ihnen meine Stellung bei Ihnen Bürge sein. Ich habe mir doch lediglich erlaubt, die Weisheit eines Verfahrens anzuzweifeln, das eine so prachtvolle Speise von so vielen, die sie zu genießen wüßten, entfernt hält.«

»Wissen Sie, was das unvermeidliche Resultat eines Verfahrens wäre, wie *Sie* es befürworten?« fragte Laffler bitter. »Eine Invasion von Idioten, die sich allabendlich beschwerten, warum sie denn niemals Entenbraten in Schokoladensoße bekämen. Könnten Sie das Bild ertragen?«

»Nein«, gab Costain zu, »ich sehe mich gezwungen, Ihnen beizustimmen.«

Laffler lehnte sich müde in seinem Stuhl zurück und strich sich in vager Gebärde mit der Hand über die Augen. »Ich bin ein alleinstehender Mann«, sagte er still, »obwohl nicht aus eigener Wahl so einsam. Es mag Ihnen befremdlich klingen, mag Ihnen an Spleen zu streifen scheinen; aber ich habe bis ins Innerste das Gefühl, daß dieses Restaurant hier, dieser warme Zufluchtshafen in einer kalten Wahnsinnswelt, mir beides ist, Freund und Familie.«

Und Costain, der bis zu diesem Augenblick seinen Begleiter noch nie in anderem Licht gesehen hatte denn als tyrannischen Brotherrn oder halbdienstlichen Gastgeber, spürte auf einmal überwältigendes Mitleid in seinem angenehm geweiteten Magen bohren.

Nach Verlauf von zwei Wochen hatten die Einladungen Lafflers, ihn zu Sbirro zu begleiten, ein gewisses Ritual angenommen. Tag für Tag, ein paar Minuten nach 17 Uhr, trat Costain hinaus in den Korridor des Kontors und verschloß dann die Tür seines Büroraumes; fein säuberlich legte er sich seinen Mantel über den linken Unterarm und spähte kurz in die Glasscheibe der Tür, um sich zu vergewissern, daß sein Homburg im gehörigen Winkel säße. In früherer Zeit wäre hierauf unfehlbar das Anzünden einer Zigarette erfolgt; aber angestachelt von Laffler hatte er beschlossen, es einmal mit der Enthaltsamkeit zu probieren. Anschließend begann er, sich den Korridor entlang in Bewegung zu setzen – und schon war Laffler an seiner Seite, nahm gleichen Schritt mit ihm auf und räusperte sich die Kehle frei. »Ah, Costain. Noch nicht anderweitig versagt für heut' abend, hoff' ich?«

»Nein«, erwiderte Costain dann wohl, »vogelfrei und ungebunden«; oder auch »stehe ganz zu Diensten«, oder sonst dergleichen Nichtigkeit. Zuweilen erwog er freilich, ob es nicht taktvoller, auch taktisch richtiger wäre, das Ritual durch eine gelegentliche Absage aufzulockern; aber die herzliche Freude, mit der Laffler seine Antwort aufnahm, und die rauhe Freundlichkeit, mit der jener seinen Arm umgriff, kamen ihm jedesmal zuvor.

Und – so ging eine weitere Überlegung Costains – gab es inmitten der verräterischen Klippen der heutigen Geschäftswelt einen besseren Weg, sich einen festen Standpunkt zu sichern als die Freundschaft mit dem eigenen Chef? Hatte doch bereits ein Sekretär, der mit den Vorgängen im Hauptbüro so ziemlich vertraut war, öffentlich etwas von Lafflers außergewöhnlich günstiger Meinung über Costain verlauten lassen. Das könnte ja nur gut sein.

Und dann dieses Essen! Dieses unvergleichliche Essen bei Sbirro! Zum erstenmal in seinem Leben verzeichnete Costain, der normalerweise zum mageren und knochigen Typ gehörte, mit Befriedigung, daß er unverkennbar an Gewicht zunahm; innerhalb von zwei Wochen waren seine Knochen unter einer Decke aus glattem, festem Fleisch verschwunden, und hier und da erschienen sogar schon Anzeichen beginnender Beleibtheit. Eines Abends, als Costain sich solchermaßen in der Badewanne beschaute, durchzuckte ihn plötzlich der Einfall, daß vielleicht selbst der so rundliche Laffler ein hageres und knochiges Männchen gewesen sein könnte, bevor er Sbirro entdeckt gehabt hatte.

Ergo war eigentlich alles zu gewinnen und nichts zu verlieren, wenn er Lafflers Einladungen grundsätzlich annahm. Allenfalls wenn er das vielgerühmte Wunder des »Lamm Ämirstan« geschmeckt, sowie Sbirro, der sich bisher noch nicht hatte sehen lassen, einmal persönlich kennengelernt haben würde, möchte es in der Ordnung sein können, ein- oder auch zweimal abzulehnen. Aber vorher auf keinen Fall.

Am selben Abend, auf den Tag genau zwei Wochen nach seinem ersten Besuch bei Sbirro, wurden Costain gleich beide Wünsche erfüllt: er dinierte bei Lamm aus Ämirstan; und er lernte Sbirro kennen. Das eine wie das andere überstieg jede seiner Erwartungen.

Als der Kellner sich, kaum daß sie Platz genommen hatten, über ihren Tisch beugte und würdevoll ankündigte: »Heut' abend gibt es die Spezialität, Serr«, schockierte es Costain doch, daß sein Herz derart vor Erwartung zu hämmern begonnen hatte. Auf der Tischplatte vor ihm sah er Lafflers heftig zitternde Hände. Aber das ist doch nicht mehr natürlich, mußte er plötzlich denken. Zwei erwachsene reife Männer, leidlich intelligent, im Vollbesitz ihrer Sinne, und benehmen sich zappelig wie ein paar Katzen, die darauf lauern, daß man ihnen ihr bißchen Fleisch hinwirft?!

»Jetzt ist es soweit!« Lafflers Stimmklang erschreckte ihn derart, daß er um ein Haar von seinem Platz aufgesprungen wäre. »Der kulinarische Triumph aller Zeiten! Und angesichts seiner befällt Sie Verworrenheit ob der Empfindungen, die es aus Ihnen herausdestilliert.«

»Wieso wissen Sie das?« erkundigte Costain sich schwächlich.

»Wieso? Weil ein Jahrzehnt zuvor ich die gleiche Verwirrung empfunden habe. Außerdem stehen Ihnen Ihre Hemmungen förmlich im Gesicht geschrieben; da ist es ein leichtes zu sehen, wie die Erkenntnis Sie kränkt, daß der Mensch noch nicht verlernt hat, was sabbernde Gier vor einem Stück Fleisch bedeutet.«

»Und diese andern Anwesenden«, flüsterte Costain, »empfinden sie alle das gleiche?«

»Urteilen Sie selbst.«

Costain ließ den Blick verstohlen über die benachbarten Tische gleiten. »Sie haben recht«, sagte er schließlich. »Na, auf jeden Fall ein Trost, daß es einer ganzen Anzahl Leute genauso geht.«

Laffler wies ganz leicht mit dem Kopf zur Seite. »Einem aus dieser unserer Anzahl«, merkte er an, »scheint eine nicht geringe Enttäuschung bevorzustehen.«

Costain folgte seiner Geste. An dem bezeichneten Tisch saß ein Mann, augenfällig allein; und Costain runzelte die Stirn, als er auf den leeren Stuhl jenem gegenüber blickte.

»Ach ja«, erinnerte er sich, »dieser sehr untersetzte, kahlköpfige Herr, stimmt's? Ich glaube, es ist das erstemal innerhalb dieser zwei Wochen, daß er das Diner verpaßt.«

»Seit einem vollen Jahrzehnt wohl eher«, sagte Laffler voller Mitgefühl. »Ob Regen, ob Sonnenschein, ob Krisen oder sonstige Zufälligkeiten – ich glaube nicht, daß er, seitdem ich das erstemal hier gegessen habe, auch nur einen Abend bei Sbirro versäumt hätte. Stellen Sie sich sein Gesicht vor, wenn er erfährt, daß ausgerechnet beim erstenmal, als er treulos wurde, die *plat du jour* ›Lamm Ämirstan‹ hieß.«

Costain sah nochmals, mit unklarem Mißbehagen, nach dem leeren Stuhl hinüber. »Ausgerechnet das allererste Mal?« murmelte er.

»Mister Laffler! Mit Freund! Sehr angenehm. Sehr, sehr angenehm! Nein, bitte sitzenbleiben; ich verschaffe mir schon Platz.« Auf wundersame Weise erschien eine Sitzgelegenheit unter der Gestalt, die unversehens an ihrem Tisch stand. »Das Lamm Ämirstan wird ein voller Erfolg sein, Herrrr? Ich habe in eigener Person den ganzen liebenlangen Tag in dieser elendiglichen Küche vertrödelt und den törichten Chef angetrieben, alles aufs peinlichste zu beachten. Die Peinlichkeit ist ja der wichtigste Teil, wie Herrrr? Aber ich sehe, Ihr Freund kennt mich noch nicht. Eine kleine Vorstellung vielleicht . . .?«

Die Worte flossen in geschmeidig behendem Strom dahin, machten Kringel und schnurrten und hypnotisierten Costain in einer Art, daß er lediglich hinzugaffen vermochte. Der Mund, aus dem dieser Monolog sich schlangenflink entrollte, war erschreckend groß, mit dünnen beweglichen Lippen, die sich bei jeder Silbe verbogen und krümmten. Weiterhin war da eine platte Nase; darunter die spärliche Schraffierung einer Haarlinie; weitauseinanderstehende Augen, die einen beinahe orientalischen Eindruck machten und in dem unsteten Schein der Gasflammen glitzerten; und endlich langes glattes Haar, hoch aus der runzellosen Stirn zurückgekämmt – Haar von solcher Fahlheit, als habe man jeglichen Farbton daraus weggebleicht. Wahrlich ein erstaunliches Gesicht; und doch quälte Costain bei seinem Anblick die Überzeugung, daß es ihm irgendwie vertraut sein müsse. Er spornte und plagte sein Gedächtnis nach Kräften, vermochte jedoch keine handfeste Erinnerung heraufzubeschwören.

Lafflers Stimme ließ Costain mit einem Ruck aus seiner Geistesabwesenheit auffahren. »Mister Sbirro: Mister Costain, ein guter Freund und Mitarbeiter.« Costain erhob sich, und schüttelte die ihm hingehaltene Hand. Sie war warm und trocken und fühlte sich in seiner Handfläche hart wie Stein an.

»Sehr angenehm, Mister Costain. Sehr, sehr angenehm«, schnurrte und surrte und purrte die Stimme. »Mein kleines Etablissement hier sagt Ihnen zu, Herrrr? Ihnen steht ein großer Genuß bevor. Mein Wort darauf.«

Laffler kicherte. »Oh, Costain speist bereits seit zwei Wochen regelmäßig hier«, sagte er. »Er ist auf dem besten Wege, ein großer Bewunderer von Ihnen zu werden, Sbirro.«

Die Augen waren jetzt auf Costain gerichtet. »Ein sehr großes Kompliment. Sie beehren mich mit Ihrer Gegenwart, und ich revanchiere mich dafür mit meinen Speisen, Herrrr? Aber Lamm Ämirstan ist allem unendlich überlegen, was Sie bisher sich erschmeckt haben mögen, mein Wort darauf. Alle Mühsal seiner Beschaffung, alle Schwierigkeiten seiner Zubereitung lohnen sich wahrlich.«

Costain war bemüht, das verzweifelte Problem dieses Gesichts beiseite zu schieben. »Ich habe mich schon gewundert«, sagte er, »wieso Sie, bei all den angedeuteten Schwierigkeiten, sich überhaupt die Mühe machen, Ihrer Kundschaft Lamm Ämirstan vorzusetzen. Ihre anderen Gerichte wären doch wirklich trefflich genug, Ihren Ruf aufrechtzuerhalten.«

Sbirro lächelte so breit, daß sein Gesicht buchstäblich kreisrund wurde. »Vielleicht handelt es sich um eine psychologische Angelegenheit, Herrrr? Jemand hat ein Wunder entdeckt und fühlt sich genötigt, es mit anderen zu teilen. Fühlt sich – dies wäre doch möglich – genötigt, seinen Becher dadurch bis zum Rande zu füllen, daß er das augenfällige Vergnügen derjenigen beobachtet, die es mit ihm erkunden. Oder«, er zuckte die Achseln, »vielleicht ist es auch nur eine Frage der Geschäftstüchtigkeit.«

»Ja aber, in diesem Lichte besehen«, beharrte Costain, »und in Anbetracht all der Regeln, die Sie Ihren Kunden auferlegt haben: warum öffnen Sie Ihr Lokal überhaupt dem großen Publikum, anstatt es ganz offiziell als privaten Klub zu betreiben?«

Ein flüchtiger Blitz dieser Augen mitten in die von Costain;

dann glitt ihr Blick zur Seite. »So scharfsinnig, Herrrr? Nun, dann will ich Sie aufklären: weil man in einem öffentlichen Speisehaus privater lebt als in dem exklusivsten Klub, der existiert! Hier verhört kein Mensch Sie über Ihre Angelegenheiten; niemand begehrt, etwelche Intimitäten Ihres Daseins zu ergründen. Essen lautet hier einzig die Losung. Wir sind nicht neugierig nach Namen oder Adressen oder Gründen, warum unsere Gäste kommen, beziehungsweise gehen. Falls sie da sind, begrüßen wir sie; wenn sie nicht mehr da sind, verspüren wir kein Bedauern. Das ist die Antwort, wie Herrrr?!«

Costain war betroffen ob so viel Heftigkeit. »Es lag mir fern, irgendwie spionieren zu wollen . . .« stammelte er.

Sbirro ließ seine Zungenspitze um den dünnen Lippensaum huschen. »Nicht doch, nicht doch«, beruhigte er ihn, »Sie spionieren gar nicht. Bitte nicht diesen Eindruck von mir zu gewinnen. Im Gegenteil; ich begrüße Ihre Fragen.«

»Immer munter, Costain«, sagte Laffler. »Lassen Sie sich ja nicht von Sbirro einschüchtern. Ich kenne ihn schon seit Jahren und garantiere, daß auch für ihn das ›Hunde, die bellen, beißen nicht‹ gilt. Ehe Sie sich's noch versehen, informiert er Sie in Person über sämtliche Gerechtsame des Hauses – die Besichtigung seiner kostbaren Küche natürlich immer ausgenommen.«

»Ah«, lächelte Sbirro, »was das angeht, muß Mister Costain sich noch ein Weilchen gedulden. Bezüglich alles anderen stehe ich ihm rückhaltlos zu Gebot.«

Laffler schlug gutgelaunt mit der Hand auf die Tischplatte. »Was hab' ich Ihnen gesagt!« rief er. »Nun sagen Sie mal die Wahrheit, Sbirro: hat außer Ihren Angestellten jemals ein Mensch das Allerheiligste betreten dürfen?«

Sbirro blickte auf. »An der Wand über Ihnen«, sagte er ernst, »erblicken Sie das Porträt von einem, dem ich einst diese Ehre erwies. Er – ein sehr lieber Freund und langjähriger Stammgast – sei der Beleg, daß meine Küche durchaus nicht unentweihbar ist.«

Costain studierte das Bild; dann, als er es erkannte, gab es ihm förmlich einen Ruck: »Ja, aber«, sagte er aufgeregt, »das ist doch der berühmte Schriftsteller – Sie kennen ihn sicher auch, Laffler – der, der immer diese wundervollen Kurzgeschichten schrieb und die zynischen Glossen; und der sich dann unerwartet auf Reisen begab und irgendwo in Mexiko verschollen ist!«

»Tatsächlich!« rief Laffler, »und ich habe jahrelang unter seinem Bild gesessen, ohne das jemals irgendwie gewahr zu werden; das muß sich einer vorstellen!« Er wandte sich zu Sbirro. »Ein lieber Freund, sagten Sie? Dann muß sein Verschwinden ja ein rechter Schlag für Sie gewesen sein.«

Sbirros Gesicht wurde lang. »Das war es auch, das war's, mein Wort darauf. Aber betrachten Sie es auch von dieser Seite, Gentlemen: vielleicht ist er im Tode noch größer gewesen als je in seinem Leben, wie Herrrr? Eine ausgesprochen tragische Gestalt, hat er mir oft bestätigt, daß er seine einzig wirklich glücklichen Stunden bei mir, an diesem Tisch hier verlebt hat. Ergreifend, wie? Und sich vorzustellen, daß die einzige Gunst, die ich ihm jemals zu erweisen vermochte, darin bestand, ihn Zeuge der Mysterien meiner Küche werden zu lassen; die, wenn dann alles gesagt und getan ist, nicht mehr als eine normale gewöhnliche Küche darstellt.«

»Sie scheinen sich seines Todes ganz sicher zu sein«, bemerkte Costain. »Meines Wissens hat sich doch nie der geringste Anhalt oder Nachweis ergeben.«

Sbirro betrachtete nachdenklich das Porträt. »Nicht der geringste«, wiederholte er milde. »Erstaunlich, wie Herrrr?«

Als der Hauptgang erschien, sprang Sbirro auf die Füße und schickte sich an, sie eigenhändig zu bedienen. Leuchtenden Auges hob er das Kasserol von dem Tablett, wobei er ob des Duftes, der diesem entströmte, vor sinnlichem Entzücken schnupperte. Dann, sorgfältigst bemüht, nicht einen Tropfen Soße zu vergeuden, belud er zwei Platten mit schöntriefenden Fleischscheiben. Wie erschöpft sank er dann wiederum auf seinen Stuhl und atmete schwer. »Gentlemen«, sagte er, »ich wünsche guten Appetit.«

Costain kaute seinen ersten Mundvoll mit größter Überlegung durch und schluckte hinunter. Dann starrte er mit verglasten Augen die leeren Zinken seiner Gabel an.

»Großer Gott!« hauchte er.

»Es ist gut, Herrrr? Besser, als Sie sich vorgestellt haben?«

Costain bewegte wie betäubt den Kopf. »Es ist dem Uneingeweihten«, sagte er langsam, »ebenso unmöglich, sich die Wonnen von Lamm Ämirstan vorzustellen, wie dem sterblichen Menschen, einen Blick in seine eigene Seele zu tun.«

»Vielleicht« – und Sbirro drängte mit dem Kopf so nahe heran, daß Costains Nüstern von seinem warmen, übelriechenden Atem gekitzelt wurden – »vielleicht ist Ihnen soeben ein solcher Blick in die eigene Seele zuteil geworden, Herrrr?«

Costain versuchte, sich unauffällig etwas zurückzulehnen, ohne jenem Anstoß zu geben. »Vielleicht.« Er lachte. »Und es war ein ausgesprochen erfreuliches Schauspiel: nichts wie Krallen und Zähne. Aber, ohne Sie irgend kränken zu wollen – das würde mir schwerlich zusagen, nun meine Kirche auf *lamb en casserole* zu bauen.«

Sbirro erhob sich und legte ihm sacht eine Hand auf die Schulter. »So scharfsinnig«, sagte er. »Zuweilen, wenn Sie einmal nichts weiter zu tun haben, nichts, vielleicht, als eine ganz kleine Weile in einem dunklen Zimmer zu sitzen und über diese unsre Welt nachzudenken – was sie ist, und was sie künftig sein wird –, dann sollten Sie Ihre Gedanken ein wenig auf die Bedeutung des Lammes in der Religion richten. Das wird sehr, sehr interessant sein. – Und nun« – er verneigte sich tief vor den beiden Männern – »nun habe ich Sie lange genug von Ihrem Dinner abgehalten. Es war mir eine große Freude«, schloß er, mit einem Nicken zu Costain hin, »und ich bin überzeugt, wir werden uns wiedersehen.« Die Zähne erschimmerten, die Augen erglitzerten, und Sbirro war, sozusagen das Kirchenschiff zwischen seinen Tischen hinunter, verschwunden.

Costain verrenkte sich halb, um der entschwindenden Gestalt nachzustarren. »Hab' ich ihn in irgendeiner Beziehung beleidigt?« fragte er.

Laffler sah von seiner Platte auf. »Beleidigt? Ihn? Der liebt solche Unterhaltungen über alles. Lamm Ämirstan hat für ihn etwas Rituelles; bringen Sie ihn einmal in Gang, und er fährt auf Sie los, ein dutzendmal schlimmer als ein Priester, der einen bekehren will.«

Costain wandte sich wieder seiner Mahlzeit zu, wobei ihm aber immer noch dieses Gesicht vor Augen schwebte. »Interessanter Mann«, sann er. »Toll.«

Einen vollen Monat benötigte er, ehe er die beunruhigende Ähnlichkeit dieses Gesichtes herausgeknobelt hatte, und als er so weit war, lachte er laut im Bett auf: Aber natürlich! Sbirro hätte Modell sitzen können für die Cheshire-Katze in ALICE IM WUNDERLAND!

Gleich am nächsten Abend teilte er Laffler diese seine Erleuchtung mit, während sie sich ihren Weg gegen einen kalten, heulenden Wind die Straße zum Restaurant hinunter erkämpften. Aber Laffler schaute nur leer drein.

»Sie mögen recht haben«, sagte er; »aber ich bin da ein schlechter Richter. Die Tage, wo ich seinerzeit das Buch gelesen habe, liegen allzuweit zurück, als daß ich nun gleich vor freudiger Wiedererinnerung aufschreien könnte.«

Wie wenn seine letzten Worte es ausgelöst hätten, schallte plötzlich ein durchdringendes Geheul die stille Straße zu ihnen heran, und beide Männer blieben wie angewurzelt stehen. »Da ist jemand in Not«, sagte Laffler. »Sehen Sie?!«

Nicht weit vom Eingang zu Sbirro konnte man in der schweren Dämmerung zwei miteinander ringende Gestalten erkennen. Sie schwenkten sich hin und her und fielen auf einmal in einen Haufen zusammen, der sich auf dem Bürgersteig weiter in sich selbst bewegte. Wiederum erhob sich das klägliche Geheul, und Laffler rannte trotz seines Leibesumfangs in erstaunlichem Tempo darauf zu; während Costain, wesentlich vorsichtiger, hinter ihm dreinzockelte.

Längelang auf dem Pflaster ausgestreckt, lag eine schmächtige Figur, mit dem nächtigen Teint und dem weißen Haar von Sbirros Bediensteten. Ihre Finger pflückten wirkungslos an den mächtigen Pratzen herum, die ihre Kehle umschlossen hielten; und die Knie stießen schwächlich hoch nach der bulligen Riesengestalt, die sie brutal, mit ihrem vollen Gewicht, niederhielt.

Laffler kam keuchend hinzugerannt. »Loslassen!« schrie er. »Was geht hier vor sich?«

Die fast schon aus ihren Höhlen quellenden Augen richteten sich beschwörend auf Laffler. »Hilfe, Serr! Der Mann – betrunken –«

»Ich betrunken, du dreckiger –« Costain erkannte jetzt, daß es sich bei dem Angreifer um einen Matrosen in übel verdreckter Uniform handelte. Die Luft um ihn qualmte förmlich vor Fusel. »Erst den Taschendieb machen; und mich dann noch betrunken nennen wollen, was, du elender –!« Tiefer gruben sich seine Finger ein, und das Opfer stöhnte lauter.

Laffler packte den Matrosen bei der Schulter. »Loslassen sollen Sie ihn, hören Sie! Lassen Sie ihn ja sofort los!« schrie er und flog im nächsten Moment gegen Costain, der unter der Wucht des Anpralls nach rückwärts stolperte.

Solcher Direktangriff auf seine eigene Person machte Laffler unversehens und schlagartig zum Berserker. Ohne den geringsten Laut sprang er den Matrosen an und hieb und stieß wütend auf dessen ungedecktes Gesicht und Flanken ein.

Der verblüffte Mann raffte sich nach der ersten Schrecksekunde auf die Füße und wandte sich gegen Laffler. Einen Augenblick lang standen sie umschlungen da; dann, als nun auch Costain sich in den Angriff einschaltete, strauchelten alle drei zu Boden. Langsam kamen Laffler und Costain wieder auf die Beine und blickten auf den Körper vor sich nieder.

»Entweder ist der Kerl k. o. vor Suff«, sagte Costain, »oder aber er ist beim Hinfallen mit dem Kopf aufgeschlagen. Auf jeden Fall ist es eine Angelegenheit der Polizei.«

»Nein, nein, Serr!« Der Kellner krabbelte schwächlich in die Höhe und stand schwankend da: »Keine Polizei, Serr. Mister Sbirro mag das gar nicht. Sie verstehen, Serr.« Er legte eine bittende Hand an Costains Arm, und Costain seinerseits sah auf Laffler.

»Natürlich nicht«, sagte Laffler. »Wir brauchen uns keinerlei Scherereien mit der Polizei auszusetzen. Die werden ihn ohnehin bald genug aufklauben, den mordlustigen Trunkenbold. – Aber wie in aller Welt konnte es überhaupt soweit kommen?«

»Dieser Mann, Serr. Er macht so sehr Zickzack, während er geht, und ich pralle gegen ihn, ganz ohne Absicht. Da fällt er mich an; beschuldigt mich, ich wolle ihn berauben.«

»Wie ich mir schon dachte«, Laffler schob den Kellner sachte weiter. »So, und jetzt gehen Sie rein, und lassen Sie sich behandeln.«

Der Mann schien nahe daran, in Tränen ausbrechen zu wollen. »Ihnen, Serr, verdank ich mein Leben. Wenn ich irgend etwas tun kann –«

Laffler bog schon in den Zugang, der zu Sbirros Tür hinunterführte. »Nicht doch, nicht doch; es war weiter nichts. Sehen Sie, daß Sie reinkommen. Und falls Sbirro irgendwelche Fragen haben sollte, schicken Sie ihn damit zu mir; ich bring' die Sache dann schon in Ordnung.«

»–mein Leben, Serr –« waren die letzten Worte, die sie noch vernahmen, ehe die innere Tür sich hinter ihnen schloß.

»Da haben Sie ihn wieder mal erlebt, Costain«, sagte Laffler, während er ein paar Minuten später seinen Stuhl unter dem Tisch hervorzog, »den zivilisierten Menschen in all seiner Glorie. In einem Dunstkreis von Alkohol torkelt er einher und erwürgt jeden armseligen Unschuldigen, der ihm zufällig zu nahe kommt.«

Costain war nach Kräften bemüht, die nervenerschütternde Erinnerung an den Zwischenfall beschönigend zu übertünchen. »Im Grunde sind das ja auch alles nur Neurotiker, die nach der Flasche greifen«, sagte er. »Für den Zustand dieses Matrosen ließe sich bestimmt eine Begründung auftreiben.«

»Begründung? Und ob es eine gibt. Nackte atavistische Wildheit!«, und Lafflers Arm beschrieb eine allumfassende Geste. »Warum sitzen wir wohl alle hier über unserm Fleisch? Doch nicht lediglich, um ein körperliches Bedürfnis zu befriedigen; sondern vor allem weil unser atavistisches Selbst nach Erlösung förmlich schreit. Denken Sie zurück, Costain. Können Sie sich erinnern, daß ich Sbirro einmal als den Inbegriff der Zivilisation bezeichnet habe? Können Sie jetzt einsehen, warum? Ein großartiger Mann; einer, der das Naturwesen Mensch voll begriffen hat. Aber – und das unterscheidet ihn von minder großen Männern – er wendet all seine Anstrengungen auf die Befriedigung unserer eingeborenen Natur, ohne daß etwelchen unschuldig Begegnenden dabei ein Leid geschähe.«

»Wenn ich der Wonnen von Lamm Ämirstan gedenke«, sagte Costain, »begreife ich vollkommen, worauf Sie hinauswollen. Wäre es, nebenbei bemerkt, nicht übrigens wieder einmal Zeit, daß es auf dem Küchenzettel erschiene? Es muß doch schon über einen Monat her sein, seitdem es das letzte Mal aufgetragen wurde.«

Der Kellner, der ihre Wassergläser füllte, zögerte: »Bedaure sehr, Serr. Die Spezialität gibt es nicht heute abend.«

»Da haben Sie Ihre Antwort gleich«, grunzte Laffler, »und vermutlich werd' ich überhaupt das Schwein haben, es das nächste Mal garantiert zu verpassen.«

Costain starrte ihn an: »Ach, hören Sie; das ist doch nicht möglich.«

»Leider nur zu sehr«, Laffler leerte die Hälfte des Inhalts seines Wasserglases auf einen Zug; und der Kellner füllte ihm unverzüglich nach. »Ich muß nach Südamerika, auf 'ne Kontrolltour, die als Überraschung kommen soll. Wie lange, weiß nur Gott allein, einen Monat, zwei Monate –.«

»Stehen die Sachen da unten so schlimm?«

»Sagen wir, sie könnten besser stehen.« Laffler grinste plötzlich. »Sie dürfen nie vergessen, daß es sehr weltliche Dollars und Cents erfordert, um Sbirro den gebührenden Tribut zu entrichten.«

»Im Kontor habe ich aber kein Sterbenswörtchen von dergleichen gehört.«

»Dann wär's ja auch keine Überraschung, wenn Sie das hätten. Niemand weiß davon als ich selbst – und jetzt Sie noch. Ich möchte die Leute vollkommen unerwartet überfallen.

Rauskriegen, was für dunklen Heckmeck die da unten vorhaben. Was das Kontor anbelangt, so wird es heißen, ich wäre irgendwo auf'ner Spritztour unterwegs. Meinethalben in irgendeinem Sanatorium. Wie dem auch immer sei, das Geschäft wird indessen in guten Händen sein. Unter anderem auch in Ihren.«

»In meinen?« fragte Costain überrascht.

»Wenn Sie morgen in Ihr Büro treten, werden Sie sich im Besitz des entsprechenden Beförderungsschreibens finden, selbst falls ich nicht da sein sollte, um es Ihnen persönlich zu überreichen. Verstehen Sie mich recht; das hat nicht das geringste mit unserer Freundschaft zu tun; Sie haben ausgezeichnete Arbeit geleistet, und ich bin Ihnen unendlich dankbar dafür.«

Costain errötete ob solchen Lobes. »Sie deuteten an, morgen eventuell nicht mehr da zu sein. Demnach wollen Sie uns also noch heute nacht verlassen?«

Laffler nickte. »Ich hab' versucht, rasch noch unter der Hand Plätze zu bestellen. Falls das klappen sollte – tcha, dann sitzen wir hier jetzt direkt bei 'ner Art Abschiedsfeier.«

»Sie wissen«, sagte Costain langsam, »wie inbrünstig ich hoffe, daß Sie so schnell keinen Platz mehr bekommen. Ich glaube, unsere gemeinsamen Dinner hier haben allmählich eine Bedeutung für mich gewonnen, wie ich mir früher nie vorzustellen erkühnt hätte.«

Sie wurden von der Stimme des Kellners unterbrochen: »Wünschen Sie, daß ich sogleich serviere, Serr?«, und beide fuhren unwillkürlich zusammen.

»Ja, sicher, sicher«, sagte Laffler scharf. »Ich hatte gar nicht darauf geachtet, daß Sie noch warten.«

»Was mir zu schaffen macht«, vertraute er Costain an, als der Kellner sich abwandte, »ist der Gedanke an das Lamm Ämirstan, das ich ja nun garantiert verpasse. Ich will Ihnen nur die Wahrheit gestehen: Ich habe meine Abreise tatsächlich schon um eine Woche hinausgezögert; immer in der Hoffnung, daß ich eines Abends doch noch Glück haben könnte; aber nun läßt es sich schlechterdings nicht mehr länger aufschieben. Ich hoffe jedoch, daß wenigstens Sie mit gebührender Teilnahme an mich denken werden, wenn Sie über Ihrer nächsten Portion Lamm Ämirstan sitzen.«

Costain mußte lachen. »Das will ich redlich tun«, sagte er, indem er sich dem Dinner zuwandte.

Er hatte kaum seinen Teller abgegessen, als schon ein Kellner wortlos danach langte. Es war nicht ihr gewohnter Kellner, erkannte er; es war kein anderer als das Opfer des Überfalls von vorhin.

»Na«, sagte Costain, »wie ist Ihnen denn jetzt zumute? Immer noch leicht angeschlagen?«

Der Kellner achtete überhaupt nicht auf ihn. Statt dessen wendete er sich, mit dem Gesicht eines Mannes, dem etwas schwer auf dem Herzen liegt, an Laffler. »Serr«, wisperte er. »Mein Leben. Ich schulde's Ihnen. Ich kann's jetzt zurückzahlen.«

Laffler schaute betroffen auf; dann schüttelte er resolut den Kopf. »Ach was«, sagte er. »Ich nehm' von Ihnen nichts an, verstanden? Sie haben mich mit Ihrem Dank vollständig ausreichend bezahlt. Gehen Sie jetzt nur wieder an Ihre Arbeit, und lassen Sie uns nichts mehr davon hören.«

Der Kellner wich keinen Zoll breit von der Stelle, hob jedoch um eine Spur die Stimme. »Beim Leib und Blut Ihres Gottes, Serr; ich will Ihnen helfen, und wenn es wider Ihren eigenen Wunsch geschieht! *Betreten Sie nicht die Küche, Serr.* Indem ich das ausspreche, riskiere ich mein Leben für das Ihrige, Serr. Ob heute abend, ob an irgendeinem andern Abend Ihres Lebens: Betreten Sie Sbirros Küche nie!«

Laffler lehnte sich völlig fassungslos in seinem Stuhl zurück. »Nie die Küche betreten? – Warum sollte ich nicht die Küche betreten, falls Mister Sbirro jemals der Einfall kommen sollte, mich dahin einzuladen? Was bezwecken Sie mit derlei Andeutungen?«

Eine harte Hand legte sich auf Costains Rücken; eine zweite umgriff den Arm des Kellners. Der Kellner erstarrte sofort, wie an den Platz gebannt; seine Lippen waren zusammengepreßt, der Blick zu Boden geschlagen.

»Wer bezweckt *was womit*, meine Herren?« purrte die Stimme. »Ich wüßte niemanden, der so oft zur rechten Zeit käme wie ich – gerade richtig, um alle Fragen zu beantworten, Herrrr?«

Laffler atmete einen Seufzer der Erleichterung. »Ah, Sbirro; dem Himmel sei Dank, daß Sie kommen. Der Mann hier erzählt irgendwas, von ›nicht mit in Ihre Küche gehen‹. Wissen Sie eventuell, was er damit meinen mag?«

Ein lautlosbreites Lachen zeigte die Zahnborte. »Aber sicher. Der gute Mann hat Ihnen in aller Freundschaft einen Rat erteilen wollen. Es hat sich so ereignet, daß mein allzu hitziger Chef das Gerücht vernommen hat, wie ich eventuell einen Besucher in seine geliebte Küche mitbringen könnte, und prompt hat er einen furchtbaren Wutanfall bekommen. Eine Wut, meine Herren! Er hat sogar damit gedroht, auf der Stelle zu kündigen, und Sie werden begreifen, was das für Sbirro bedeuten würde, Herrrr? Glücklicherweise ist es mir gelungen, ihn zu überzeugen, welche außerordentliche Ehre es bedeutet, einen geschätzten Stammgast und wirklichen Kenner als Zuschauer bei den fundamentalsten Vorbereitungen zu seiner Arbeit zu haben, und nunmehr ist er umgänglich. Total, wie Herrrr?«

Er ließ den Arm des Kellners los. »Sie bedienen am falschen Tisch«, sagte er milde. »Achten Sie darauf, daß es nicht noch einmal vorkommt.«

Der Kellner schlüpfte von dannen, ohne auch nur gewagt zu haben, die Augen aufzuschlagen, und Sbirro zog sich einen Stuhl an den Tisch. Er setzte sich und strich sich leichthin mit der Hand übers Haar. »Und nun ist, fürchte ich, die Katze ja bereits aus dem Sack gelassen, Herrrr? – Meine Einladung an Sie, Mister Laffler, sollte als Überraschung kommen; aber die Überraschung ist dahin, und alles, was übrig bleibt, ist die Einladung selbst.«

Laffler wischte sich die Schweißperlen von der Stirn. »Sprechen Sie im Ernst?« fragte er heiser. »Wollen Sie damit sagen, daß wir tatsächlich heute abend Zeuge davon sein dürfen, wie Sie Ihre Speisen zubereiten?«

Sbirro zog einen scharfen Fingernagel über die Tischdecke; zurück blieb im gestärkten Leinen eine dünne, gerade Linie. »Ah«, sagte er, »ich sehe mich da einem Dilemma von nicht geringen Ausmaßen gegenüber.« Er betrachtete die Linie ernsthaften Gesichts. »Sie, Mister Laffler, sind nunmehr zehn lange Jahre hindurch mein Gast gewesen. Unser Freund hier jedoch –«

Costain hob eine beteuernde Hand. »Ich verstehe vollkommen. Ihre Einladung gilt einzig Mister Laffler, und meine Gegenwart wäre ausgesprochen fehl am Platze. Zudem ist es überhaupt so, daß ich heute abend ohnehin eine früher vereinbarte Verabredung einhalten muß und im Grunde längst unterwegs sein sollte. Also sehen Sie, daß eigentlich gar kein Dilemma vorliegt; bestimmt.«

»Nicht doch«, sagte Laffler. »Das kommt gar nicht in Frage. Das wäre aber wirklich entschieden unfair. Wir haben bisher Freud und Leid hier geteilt, Costain; und ich hätte nicht den halben Genuß von dem, was mir bevorsteht, wenn Sie nicht mit dabei wären. Sbirro kann bestimmt von seinen strengen Grundsätzen etwas nachlassen, in diesem einen Fall.«

Sie blickten beide auf Sbirro, der bedauernd die Schultern wölbte.

Costain erhob sich mit einem Ruck. »Ich denke gar nicht daran, hier im Wege rumzusitzen, Laffler, und Ihnen Ihr großes Abenteuer zu vermiesen. Und außerdem«, fügte er neckend hinzu, »stellen Sie sich den wildgewordenen Chef vor, wie er mit dem Hackebeilchen auf Sie lauert. Da bin ich lieber nicht mit von der Partie. Ich verabschiede mich also hiermit«, fuhr er fort, um Laffler über dessen schuldbewußtes Schweigen hinwegzuhelfen, »und überlasse Sie Sbirro. Ich bin überzeugt, er wird sich Mühe geben, daß Sie anständig was zu sehen kriegen.«

Er streckte die Hand hin, und Laffler preßte sie schier schmerzhaft hart.

»Sie sind tatsächlich fabelhaft anständig, Costain«, sagte er. »Ich hoffe, Sie werden auch weiterhin regelmäßig hier essen kommen, bis wir uns wiedersehen. Allzulange wird es ja sicher nicht dauern.«

Sbirro machte Platz, daß Costain vorbei konnte. »Ich erwarte Sie«, sagte er. *»Au'voir.«*

Im matt erleuchteten Foyer hielt Costain noch einmal kurz inne, um sich den Schal zurechtzulegen und dem Homburg den vorgeschriebenen Winkel zu geben. Als er sich endlich befriedigt vom Spiegel abwandte, sah er, mit einem letzten Blick, daß Laffler und Sbirro bereits vor der Küchentür standen; Sbirro hielt mit einer Hand die Tür einladend weit auf, während die andere, schier zärtlich, auf Lafflers fleischiger Schulter ruhte.

Übersetzt von Arno Schmidt

RUTH RENDELL

Bestechung und Korruption

Der Schauplatz der nächsten Geschichte unterscheidet sich deutlich von dem Sbirros. Es handelt sich um ein imposantes Nobelrestaurant – eines der teuersten in London – und verbirgt mit Sicherheit nicht solch dunkle Geheimnisse in seiner Küche. Trotzdem erwartet Nicholas Hawthorne eine Überraschung, als er eine Freundin dorthin zum Essen einlädt und ganz plötzlich sieht er sich großer Gefahr ausgesetzt – es handelt sich um eine der durch Bedrohung und Intrigen bestimmten Situationen, durch die die Autorin Ruth Rendell internationale Berühmtheit erlangt hat. Sie wird als ›Naturbegabung im Geschichtenerzählen‹ bezeichnet, ist Gewinnerin unzähliger Literaturpreise auf beiden Seiten des Atlantiks und findet bei ihren Shortstories immer ein Finale, das dem Leser Schauder über den Rücken jagt. Und genau das erwartet auch Nicholas nach seinem Abendessen bei Potters . . .

In London weiß jeder, der oft und gern zum Essen ausgeht, daß *Potters* in der Marylebone High Street eines der kostspieligsten Restaurants ist. Nicholas Hawthorne, der gewöhnlich seine Mahlzeiten in seinem möblierten Zimmer oder in einem Steakhouse einnahm, ließ sich durch den bescheiden klingenden Namen täuschen. Als Annabel sagte: »Gehen wir zu *Potters*«, war er sofort einverstanden.

Er führte sie zum erstenmal aus. Sie war ein kleines, hübsches Mädchen, für das eigentlich nicht viel sprach. Ein schmales Gesichtchen, riesige, sprechende Augen – ein Fledermausgesicht, dachte Nicholas. Sie schlug vor, ein Taxi zu nehmen, »weil *Potters* so schwer zu finden ist«. Als Nicholas das große Gebäude direkt in der Mitte der Marylebone High Street sah, stellte er bei sich fest, daß es zu Fuß nicht schwerer zu finden gewesen wäre als mit dem Taxi, aber er sagte nichts.

Schon fing er sich an zu fragen, was das Essen wohl kosten werde. *Potters* war ein vornehmes und imposantes Restaurant. Die Fenster waren aus dem klaren, aber leicht fehlerhaften Glas, das auf ein hohes Alter schließen läßt, und das dunkelrote Holz der Tür sah aus, als sei es während der vergangenen fünfzig Jahre jeden Tag auf Hochglanz poliert worden. Weil die Vorhänge zugezogen waren und man von draußen nicht in das Lokal hineinsehen konnte, hatte man den Eindruck, sich einem Privathaus zu nähern, dem Stadthaus eines reichen Mannes vielleicht.

Gleich hinter der Tür lag die Bar. In den schwarzen Ledersesseln saßen lässig drei Paare. Ein Ober nahm Annabel den Mantel ab und führte sie zu einem Tisch im Restaurant. Obwohl noch jung, war Nicholas sehr scharfsinnig. Er hatte erwartet, das Lokal werde Annabel genauso einschüchtern wie ihn, der voller Hemmungen war, doch sie überließ dem Ober ihren Mantel ganz ohne Scheu. Und als die Ober mit Speise- und Weinkarte kamen, erklärte sie unverfroren, sie fange mit einem Pernod an.

Was würde das alles nur kosten? Unglücklich studierte Nicholas die Preise und war dankbar, daß er seine erst kürzlich erworbene Kreditkarte bei sich hatte. Lebe jetzt, zahle später – aber, o Gott, zahlen mußte er trotzdem.

Als Vorspeise wählte Annabel Spargel und als zweiten Gang gebratenes Waldhuhn. Das Waldhuhn war das teuerste, das die Speisekarte zu bieten hatte. Nicholas begnügte sich mit Gemüsesuppe und einem Schweinekotelett. Er fragte Annabel, ob sie lieber Weißwein oder Rotwein trinke, und sie antwortete, eine Flasche sei ohnehin nicht genug, warum also nicht von jeder Sorte eine bestellen?

Während sie aßen, sprach sie kein Wort. Er erinnerte sich,

einmal ein Gedicht gelesen zu haben, in dem ein Dichter über einen Schulmeister bewundernd sagte, er begreife nicht, wie man in einen einzigen kleinen Kopf so viel Wissen speichern könne. Nicholas fragte sich, wie ein einziger kleiner Körper mit alldem fertig wurde, was Annabel aß. Zu ihrem Waldhuhn nahm sie Bratkartoffeln, Rotkraut, grüne Bohnen, und als sie hörte, daß der Ober den Leuten am Nebentisch geschmorte Artischokken empfahl, sagte sie, sie wolle auch ein paar. Er betete im stillen darum, daß sie nicht noch einen Gang wollte. Aber dieser katzbuckelnde, schmeichlerische Ober mußte natürlich mit dem Servierwagen daherkommen, auf dem die Desserts ausgestellt waren.

»Wir haben frische Erdbeeren, Madam.«

»Im November?« sagte Annabel, endlich ihr Schweigen brechend. »Das ist ja phantastisch!«

Natürlich wollte sie Erdbeeren haben. Während er den allerletzten Rest seines Weins trank, sah Nicholas zu, wie sie Erdbeeren mit Schlagsahne verzehrte und sich dann noch ein Stück Schokoladenbisquit aussuchte. Nicholas bestellte Kaffee. Wünschten Sir und Madame vielleicht noch ein kleines Likörchen? Nicholas schüttelte heftig den Kopf. Annabel sagte, sie trinke einen grünen Chartreuse. Nicholas wußte, daß das die Krone aller Liköre war – und selbstverständlich der allerteuerste.

Inzwischen jagte der Gedanke an die Rechnung ihm so große Angst ein, und gleichzeitig widerte Annabels hemmungslose Trinkerei ihn so an, daß er sich unbedingt ein paar Minuten von ihr absetzen mußte. Es war klar, daß sie nur mit ihm ausgegangen war, um sich vollzustopfen und bis zur Bewußtlosigkeit zu betrinken. Er entschuldigte sich, stand auf und entfernte sich in Richtung der Herrentoilette.

Um sie zu erreichen, mußte er an einem Ende der Bar vorbeigehen. Sie war noch immer halb leer, aber während der vergangenen Stunde – es war jetzt neun Uhr – war noch ein Paar hereingekommen und hatte an einem Tisch in der Mitte Platz genommen. Ein Mann im mittleren Alter mit dichten silbergrauen Haaren und einem straffen, leicht gebräunten Gesicht. Den rechten Arm hatte er seiner Begleiterin, einem sehr jungen, sehr hübschen blonden Mädchen, um die Schultern gelegt und flüsterte ihr etwas ins Ohr. Nicholas erkannte ihn sofort. Es war der Präsident der Firma, bei der Nicholas' Vater bis vor zwei Jahren Verkaufsdirektor gewesen war. Dann hatte man ihn unter einem lächerlichen Vorwand entlassen. Die Firma hieß Sorensen-McGill, und der Silberhaarige war Julian Sorensen.

Nicholas haßte ihn mit der ganzen Leidenschaft eines jungen Menschen, der bedingungslos zum Vater hielt, den er liebte. Doch Nicholas war auch noch sehr jung und brachte es nicht fertig, Sorensen zu schneiden. Er murmelte steif »guten Abend« und stürmte in die Herrentoilette, wo er seine Taschen ausleerte, die Banknoten in seiner Brieftasche zählte und zu überschlagen versuchte, wieviel er der Kreditkartengesellschaft bereits schuldete. Wenn nötig, mußte er seinen Vater anpumpen, obwohl ihm das furchtbar gegen den Strich ginge, weil er wußte, daß sein Vater, seit dieses Biest Sorensen ihn gefeuert hatte, von einem viel geringeren Einkommen leben mußte als früher. Seinen Vater anpumpen, vielleicht – wenn möglich – die Miete einen Monat schuldigbleiben, weniger rauchen oder das Rauchen sogar ganz aufgeben ...

Ihm war beinahe übel, als er aus der Toilette herauskam. Sorensen und das Mädchen saßen jetzt nicht mehr so eng beieinander. Sie sahen ihn nicht an, und Nicholas schaute ebenfalls auf die andere Seite. Annabel trank ihren zweiten grünen Chartreuse und schaufelte *petit fours* in sich hinein. Er hatte ihr Gesichtchen mit dem einer Fledermaus verglichen, doch jetzt fiel ihm ein, daß zur Gattung der Fledermäuse auch die Vampire gehörten. Sie verschlang eben eine Marzipanorange und sah dabei wie ein raubgieriger kleiner Vampir aus. Und sie war sehr betrunken.

»Ich bin furchtbar schläfrig und mir ist so komisch«, sagte sie. »Vielleicht habe ich irgendeinen Virus erwischt. Laß dir die Rechnung bringen, ja?«

Nicholas mußte lange warten, bis der Ober einmal zu ihm

hersah. Und als er Nicholas' Blick endlich aufgefangen hatte, rückte er mit der Kaffeekanne an. Aber Nicholas bewies Entschlossenheit, worüber er selbst am meisten überrascht war.

»Die Rechnung, bitte«, sagte er im Ton eines Menschen, der einem Mächtigeren zurief, daß er, ein dem Tode Geweihter, ihn begrüße – *morituri te salutant.*

Der Ober kam schon nach einer halben Minute wieder. Ob Nicholas wohl so freundlich wäre, ihn zu begleiten? fragte er. Der Maître d'Hôtel wünsche ihn zu sprechen. Nicholas nickte beklommen. Was war passiert? Was hatte er angestellt? Annabel war auf ihrem Stuhl zusammengesackt, ihr Kopf hing nach hinten, ihre Augen waren halb geschlossen, und aus ihrem Mund tröpfelte ein orangefarbenes Rinnsal. Man würde ihm nahelegen, sie aus dem Restaurant zu entfernen, weil sie sich unmöglich benommen habe. Und bestimmt bekam er Hausverbot. Mit geballten Händen ging er hinter dem Ober her.

Der Maître d'Hôtel war ein riesiger Mann mit der Nase und dem prachtvollen Habitus eines Königspinguins. »Ihre Rechnung ist bereits beglichen, Sir.«

Nicholas starrte ihn verständnislos an. »Wie meinen Sie das, Sir?«

»Ihr Vater hat das erledigt, Sir. Mir wurde aufgetragen, Ihnen zu sagen, Ihr Vater habe Ihre Rechnung bezahlt.«

Nicholas war ungeheuer erleichtert. Er schien wieder zu wachsen, fühlte sich unbeschwert und frei. Es war, als habe ihm jemand – wieviel mochte es gewesen sein? Sechzig – siebzig Pfund? – geschenkt. Und er begriff sofort. Sorensen hatte die Rechnung bezahlt und sich als sein Vater ausgegeben. Es war eine kleine Entschädigung für das, was Sorensen seinem Vater angetan hatte, als er ihn entließ. Er hatte sechzig Pfund lockergemacht, um zu zeigen, daß er es gut meinte, um zu zeigen, daß er seine Ungerechtigkeit auf bescheidene Weise wiedergutmachen wollte.

Sehr aufrecht, frei und selbstsicher sagte Nicholas: »Rufen Sie mir bitte ein Taxi.« Dann ging er und schüttelte auf höchst vornehme Art Annabel wach.

Seine Euphorie hielt fast noch eine Stunde an, nachdem er die schlaftrunkene Annabel durch ihre Wohnungstür geschoben hatte, die Treppe zu dem möblierten Zimmer hinaufgestiegen war, in dem er zur Miete wohnte, und es sich mit einem Kreuzworträtsel aus der Zeitung gemütlich machte. Alles wäre ganz anders gekommen, hätte er dieses Kreuzworträtsel nicht angefangen. Zwölf waagrecht: moralischer Verfall mit zehn Buchstaben. Der dritte Buchstabe »R« und der neunte Buchstabe »O« hatten sich schon ergeben. Nicholas fand die Lösung schon nach ein paar Sekunden. Sie lautete »Korruption«. Einundzwanzig senkrecht: »hängt gewöhnlich mit zwölf waagrecht zusammen«, hieß es da. Der Begriff hatte ebenfalls zehn Buchstaben, und der neunte war das »N« aus Korruption. Auch er war nicht schwer zu erraten. Er lautete »Bestechung«.

Nicholas legte die Zeitung aus der Hand und starrte auf die gegenüberliegende Wand. Bestechung hing mit Korruption zusammen. Wie hatte er nur ein solcher Idiot sein können, ein so naiver und argloser Idiot! Wie hatte er nur annehmen können, ein Mann wie Sorensen mache sich Gedanken über Ungerechtigkeit, denke je an eine ungerechte Entlassung oder glaube auch nur einen Moment, er könne unrecht getan haben? Selbstverständlich hatte er auch nicht versucht, an Nicholas etwas gutzumachen, und ebensowenig hatte er die Rechnung bezahlt, weil er ein anständiger Mensch war und bereute, was er Nicholas' Vater angetan hatte. Es war ein Bestechungsversuch gewesen.

Er hatte Nicholas bestechen wollen, damit er den Mund hielt, weil niemand erfahren sollte, daß er mit einem jungen Mädchen in einer Bar gewesen war, daß er ein junges Mädchen umarmt hatte, das nicht seine Frau war. Es war reinste Bestechung, die Art von Bestechung, die korrupt machte.

Vor ungefähr drei Jahren war Nicholas einmal mit seinen Eltern bei einer Party gewesen, die Sorensen für seine Angestellten gegeben hatte, und bei der Mrs. Sorensen als Gastgeberin fungiert hatte. Eine kleine, unscheinbare, braunhaarige Frau in Nicholas' Augen. Sorensen hatte die Rechnung bezahlt, weil seine

Frau nicht erfahren sollte, daß er eine Freundin hatte, die jung genug war, seine Tochter zu sein.

Er hat mich gekauft, dachte Nicholas, hat mich bestochen und korrumpiert – oder hat es zumindest versucht. Doch es sollte ihm nicht gelingen. Er brauchte sich nicht einzubilden, er könne die Familie Hawthorne auch jetzt noch nach seinem Belieben herumstoßen. Er hatte es einmal getan, und das hatte genügt.

Es war ein angenehmer Gedanke gewesen, daß er nicht mehr als die Hälfte seines Wochengehalts an dieses gräßliche Mädchen verschwenden mußte, aber seine Ehre war ihm wichtiger. Ehre bedeutete schließlich nichts anderes, als materielle Dinge einem Prinzip zu opfern. Nicholas hatte eine schlechte Nacht, denn er wurde häufig wach und dachte an die materiellen Dinge, die er sich während der nächsten Wochen verkneifen mußte, um seiner Ehre Genüge zu tun. Dennoch war am nächsten Morgen sein Entschluß gefaßt. Mit einem Griff in die Tasche überzeugte er sich, daß er sein Scheckbuch eingesteckt hatte, dann ging er zur Arbeit.

Ein paar Stunden vergingen, ehe er den Mut aufbrachte, bei Sorensen-McGill anzurufen. Was sollte er tun, wenn Sorensen sich weigerte, ihn zu empfangen? Hätte er nur ein mit fünfhundert Pfund gut gepolstertes Bankkonto gehabt, hätte er Sorensen mit großer Geste einen Blankoscheck mit einem kurzen, verächtlichen Begleitschreiben schicken können.

Die Telefonistin, die schon zu Zeiten seines Vaters in der Firma gewesen war, meldete sich auch jetzt.

»Sorensen-McGill. Was kann ich für Sie tun?«

Mit vor Erregung heiserer Stimme fragte Nicholas, ob er noch heute in einer dringenden Angelegenheit einen Termin bei Mr. Sorensen bekommen könne. Er wurde zu Sorensens Sekretärin weiterverbunden. Es gab eine Verzögerung. Klingeln schrillten und Schalter klickten. Das Mädchen meldete sich wieder, und Nicholas war überzeugt, es werde ihm eine abschlägige Antwort gegeben.

»Mr. Sorensen läßt fragen, ob Ihnen ein Uhr paßt?«

In der Mittagspause? Selbstverständlich paßte es ihm da. Aber was, in aller Welt, konnte Sorensen bewogen haben, seinetwegen auf den Lunch zu verzichten, der zu Lasten seines fetten Spesenkontos ging? Nicholas brach zum Berkeley Square auf und rätselte unterwegs daran herum, wieso der Mann so entgegenkommend war. Eine schwache, hoffnungsvolle innere Stimme begann ihm wieder die Argumente vorzuhalten, die im Lauf des Abends von seinem gesunden Menschenverstand so unbarmherzig zerpflückt worden waren.

Vielleicht hatte Sorensen es wirklich gut gemeint, vielleicht würde er Nicholas erklären, er habe die Rechnung nicht bezahlt, um ihn zu bestechen, sondern um dem Sohn eines hochgeschätzten früheren Angestellten ein kleines Geschenk zu machen. Das hübsche Mädchen war vielleicht Sorensens Tochter gewesen. Nicholas wußte nicht, ob der Mann Kinder hatte. Es war durchaus möglich, daß er eine Tochter hatte. Dann wäre es keine Korruption, kein Verrat an seiner Ehre, er müßte das Rauchen nicht aufgeben und bei seinem Hauswirt nicht um gut Wetter bitten.

Man kannte ihn bei Sorensen-McGill. Er war mit seinem Vater dagewesen, und außerdem war er seinem Vater wie aus dem Gesicht geschnitten. Das hübsche blonde Mädchen hatte Sorensen überhaupt nicht ähnlich gesehen. Eine Sekretärin führte Nicholas ins Büro des Firmenchefs. Sorensen saß in einem gelben Ledersessel hinter einem Rosenholzschreibtisch mit einer Platte aus intarsiertem gelbem Leder. Die Wand hinter ihm bedeckte ein Wandgemälde im Stil von Modigliani, und auf dem Schreibtisch stand ein übervoller Aschenbecher aus dunkelgrüner Jade. Die Sekretärin nahm ihn weg und ersetzte ihn durch einen sauberen aus hellgrüner Jade.

»Hallo, Nicholas«, sagte Sorensen, ohne zu lächeln. »Setzen Sie sich.«

Die einzige andere Sitzgelegenheit war eines jener niedrigen High-tech-Gebilde aus Leder, das an einem Metallrahmen aufgehängt war. Neben diesem Sessel stand ein niedriger Kaffeetisch aus schwarzem Glas mit schwarzen ledergepolsterten Kanten, und auf dem Tischchen lag ein in der Mitte aufgeschlagenes Magazin, auf dessen Faltblatt ein nacktes Mädchen zu sehen war. Es gibt Menschen, die es verstehen, anderen die Befangenheit zu nehmen, und solche, die wissen, wie man andere in Schwierigkeiten bringt. Nicholas setzte sich, und er saß tief, sehr tief – etwa sieben Zentimeter über dem Boden.

Sorensen zündete sich eine Zigarette an, ohne Nicholas eine anzubieten. Er sah Nicholas an und bewegte ganz langsam den Kopf von einer Seite auf die andere.

»Darauf hätte ich eigentlich gefaßt sein müssen«, sagte er schließlich.

Nicholas öffnete den Mund, um etwas zu sagen, aber Sorensen hob die Hand. »Nein, zuerst hören Sie mir zu, dann können Sie reden.« Sein Ton wurde hart und schroff. »Das Mädchen, mit dem Sie mich gestern abend gesehen haben, war eine ... Um es nicht ganz so unverblümt zu sagen – ich habe sie in einer Bar aufgelesen. Ich habe sie vorher nie gesehen, und ich werde sie nie wiedersehen. Sie ist in keinem Sinn des Wortes meine Freundin oder Geliebte. Warten Sie«, warf er ein, als Nicholas ihn unterbrechen wollte. »Lassen Sie mich zu Ende sprechen. Meine Frau ist nicht gesund. Sollte ihr je zu Ohren kommen, wo und mit wem ich gestern abend zusammen war, wäre sie zweifellos sehr unglücklich. Wahrscheinlich würde sie wieder krank. Wobei ich selbstverständlich von einer seelischen, nicht von einer körperlichen Krankheit rede, aber ...«

Er zog ausgiebig an seiner Zigarette. »Trotz allem aber, und was auch die Konsequenzen sein mögen – ich lasse mich um keinen Preis erpressen. Ist das klar? Ich habe gestern abend Ihr Essen bezahlt, und das ist genug. Ich möchte nicht, daß meine Frau erfährt, was Sie gesehen haben, aber Sie dürfen es ihr ruhig sagen, Sie dürfen es in alle Welt schreien, von mir bekommen Sie keinen Penny mehr.«

Bei dem Wort »erpressen« hatte Nicholas' Herz zu hämmern begonnen. Das Blut schoß ihm ins Gesicht. Er war gekommen, um seine Ehre zu schützen, und man hatte sein Motiv völlig mißverstanden. Mit erstickter Stimme stieß er hervor:

»Sie haben keinen Grund – es war nicht ... Warum sagen Sie so etwas zu mir?«

»Es ist kein schönes Wort, nicht wahr? Aber es anders zu nennen wäre reine Spiegelfechterei. Sie sind doch hier, weil Sie mehr Geld haben wollen, nicht wahr?«

Nicholas sprang auf. »Ich bin hier, um Ihnen Ihr Geld zurückzugeben!«

»Ach ja?« Sorensen sagte das in einem sehr seltsamen Ton – skeptisch, verbindlich, zynisch und zugleich erstaunt. Er drückte seine Zigarette aus. »Ich verstehe. Jugend ist moralisch. Unerfahrenheit ist puritanisch. Sie werden es meiner Frau auf jeden Fall sagen, weil Sie nicht käuflich sind. Hab ich recht?«

»Nein, ich bin nicht käuflich.« Nicholas zitterte. Er legte die Hände flach auf Sorensens Schreibtisch, aber sie zitterten immer noch. »Ich werde keiner Menschenseele erzählen, was ich gesehen habe, das versichere ich Ihnen. Aber ich kann mir von Ihnen nicht mein Abendessen bezahlen lassen, und Sie dürfen sich auch nicht als mein Vater ausgeben.« Hinter seinen Augenlidern brannten Tränen.

»Oh, setzen Sie sich, setzen Sie sich doch. Warum, zum Teufel, sind Sie denn hergekommen, wenn Sie mich nicht erpressen wollen und Ihre Lippen versiegelt sind? Ist es ein rein gesellschaftlicher Besuch? Oder soll's ein kleines Schwätzchen von Mann zu Mann über die Damen sein, die wir ausgeführt haben? Wie Sie wissen, gehört Ihre Familie nicht gerade zu meinen engsten Freunden.«

Nicholas wich ein Stückchen zurück, er fühlte die Macht dieses Mannes. Es war die Macht des Geldes und die Macht, die jenen selbstverständlich ist, die immer Geld gehabt hatten. Sorensen hatte etwas an sich, was Nicholas bisher nie aufgefallen war, das aber jetzt deutlich zutage trat: er sah aus, als sei er aus Metall – die Haut Kupfer, das Haar Silber, der Anzug Zinn.

Dann verschleierten sich Nicholas' Augen so sehr, daß er alles nur noch verschwommen sah. »Wie hoch war meine Rechnung?« fragte er mühsam.

»Ach, um Himmels willen!«

»Wie hoch?«

»Siebenundsechzig Pfund und ein paar Zerquetschte«, antwortete Sorensen. Es klang belustigt.

Für Nicholas war es ein kleines Vermögen. Er nahm das Scheckbuch heraus, füllte den Scheck auf J. Sorensen aus und schob ihn über den Tisch. »Hier haben Sie Ihr Geld«, sagte er. »Aber Sie brauchen sich keine Sorgen zu machen. Ich werde keinem sagen, daß ich Sie gesehen habe. Das verspreche ich Ihnen.«

Während er das sagte, kam er sich edel und heldenhaft vor. Er schluckte die Tränen hinunter. Sorensen betrachtete den Scheck und zerriß ihn.

»Sie sind ein lästiger junger Mann. Ich will Sie hier nicht haben. Gehen Sie!«

Nicholas ging. Er verließ das Gebäude mit hocherhobenem Kopf. Er dachte noch immer daran, Sorensen einen zweiten Scheck zu schicken, als er, zwei Tage später, morgens im Zug die Zeitung las und den verhaßten Namen entdeckte. Zuerst sah er keinen Zusammenhang zwischen dem Artikel und »seinem« Sorensen – und dann erkannte er, daß es kein anderer sein konnte. Die Schlagzeile lautete: *Frau tot im Wald aufgefunden. Ehefrau eines Industriekapitäns ermordet.* Und darunter der Bericht:

Gestern abend wurde in einem verlassenen Wagen im Hatfield Forest, Herefordshire, die Leiche einer Frau entdeckt. Die Frau war erdrosselt worden. Heute ist es der Polizei gelungen, sie als Mrs. Winifred Sorensen, 45, wohnhaft am Eaton Place, Belgravia, zu identifizieren. Sie war die Frau von Julian Sorensen, Präsident von Sorensen-McGill, einer Büromöbelfabrik.

Mrs. Sorensen war bei ihrer Mutter, Mrs. Mary Clifford, in Much Hadham zu Besuch gewesen. Mrs. Clifford hat ausgesagt: »Meine Tochter wollte noch zwei Tage bei mir bleiben. Ich war sehr überrascht, als sie mir am Dienstagabend sagte, sie wolle nach London zurückfahren, nach Hause.«

»Ich habe meine Frau am Dienstagabend nicht erwartet«, erklärte Mr. Sorensen. »Daß sie nicht mehr bei ihrer Mutter war,

wußte ich nicht und habe es erst erfahren, als ich gestern dort anrief. Als mir klarwurde, daß sie vermißt wurde, habe ich sofort die Polizei informiert.«

Die Mordkommission hat die Ermittlungen aufgenommen.

Diese arme Frau, dachte Nicholas. Während sie zu ihrem Mann nach Hause fuhr, sich wahrscheinlich nach ihm sehnte, seine Nähe brauchte, bei ihm Geborgenheit suchte, trieb er sich mit einem Mädchen herum, das er irgendwo aufgelesen hatte, einem Mädchen, von dem er nicht einmal den Familiennamen kannte. Er mußte jetzt von Reue überwältigt sein. Nicholas hoffte nur, daß es ätzende, peinigende Reue war. Der Kontrast war es, den Nicholas so furchtbar fand: Sorensen, Wange an Wange mit diesem Mädchen, mit dem er getrunken und später bestimmt auch geschlafen hatte. Und seine Frau, die allein war, und sich an einem einsamen Ort in der Dunkelheit gegen einen Angreifer zur Wehr setzte.

Nicholas wäre natürlich überrascht gewesen, wenn Sorensen es selbst getan hätte. Nichts, was Sorensen tun konnte, hätte ihn überrascht. Dieser Mann war zu jeder Schändlichkeit fähig. Nur konnte er diese nicht begangen haben, das wußte niemand besser als Nicholas. Daher war es ein kleiner Schock für ihn, daß zwei Polizeibeamte ihn ansprachen, als er am Abend nach Hause kam. Sie hatten in einem Wagen gewartet, der vor der Gartentür parkte, und stiegen aus, als er näher kam.

»Nur keine Sorge, Mr. Hawthorne«, sagte der ältere der beiden, der sich als Detective Inspector vorstellte. »Es handelt sich um eine reine Routinesache. Haben Sie heute zufällig in Ihrer Zeitung vom Tod einer Mrs. Winifred Sorensen gelesen?«

»Ja, das hab' ich.«

»Dürfen wir hineinkommen?«

Sie folgten ihm nach oben. Was konnten sie von ihm wollen? Nicholas las manchmal Detektivgeschichten, und er stellte sich vor, daß sie vielleicht von seiner oberflächlichen Verbindung mit Sorensen-McGill wußten, und sich bei ihm nach Sorensens Charakter und Familienleben erkundigen wollten. In diesem Fall waren sie an den richtigen Zeugen geraten.

Er konnte ihnen einiges erzählen. Er konnte ihnen sagen, warum es sich die arme Mrs. Sorensen, eifersüchtig und mißtrauisch – denn das war sie bestimmt gewesen – in den Kopf gesetzt hatte, zwei Tage früher als vorgesehen, nach Hause zu fahren. Sie hatte ihren Mann in flagranti ertappen wollen. Und sie hätte ihn ertappt. Hätte festgestellt, daß er nicht zu Hause war oder vielleicht sogar dieses Mädchen in ihr gemeinsames Heim mitgenommen hatte. Nur war sie nie daheim angekommen. Ein Mörder war vorher zu ihr ins Auto gestiegen. O ja, Nicholas konnte einiges erzählen!

In seinem Zimmer setzten sie sich. Sie mußten sich auf dem Bett niederlassen, denn er hatte nur einen Stuhl.

»Es steht fest«, sagte der Inspector, »daß Mrs. Sorensen am Dienstagabend zwischen acht und zehn Uhr ermordet wurde.«

Nicholas nickte. Er konnte seine Erregung kaum unterdrükken. Was für ein Schock würde es für sie sein, wenn er ihnen vom Privatleben dieses angeblich so respektablen Geschäftsmannes berichtete. Nur einen Sekundenbruchteil später fühlte Nicholas sich nur noch klein und häßlich und sah den Inspector sprachlos an.

»An diesem Abend hielt sich ihr Mann, Mr. Julian Sorensen, um neun Uhr in Begleitung einer jungen Dame im Restaurant *Potters* in der Marylebone High Street auf. Das hat er bei uns zu Protokoll gegeben.«

Sorensen hatte es ihnen gesagt. Er hatte gestanden. Nicholas' Enttäuschung war kaum zu überbieten.

»Ich glaube, Sie waren um diese Zeit auch in diesem Restaurant.«

»O ja, das war ich«, antwortete Nicholas mit zaghaft klingender Stimme.

»Am nächsten Tag, Mr. Hawthorne, erschienen Sie im Büro von Sorensen McGill, wo Sie eine längere Unterredung mit Mr. Sorensen hatten. Wollen Sie mir sagen, um was es bei dieser Unterredung ging?«

»Darum, daß ich ihn am Abend vorher im *Potters* gesehen hatte. Er wollte, daß ich ...« Nicholas unterbrach sich. Er wurde rot.

»Einen Moment, Sir. Ich glaube, ich kann erraten, warum Ihnen deshalb so unbehaglich zumute ist. Sie sind noch sehr jung, wenn ich das, ohne Sie zu kränken, sagen darf, und junge Menschen sind manchmal ein bißchen unsicher, wenn es sich um Fragen der Loyalität handelt. Habe ich recht?«

Nicholas nickte verblüfft.

»Ihre Pflicht liegt klar auf der Hand. Sie müssen die Wahrheit sagen. Werden Sie es tun?«

»Ja, selbstverständlich.«

»Gut. Hat Mr. Sorensen versucht, Sie zu bestechen?«

»Ja.« Nicholas holte tief Atem. »Ich habe ihm ein Versprechen gegeben.«

»Dem Sie kein Gewicht beimessen dürfen, Mr. Hawthorne. Lassen Sie mich wiederholen: Mrs. Sorensen wurde zwischen acht und zehn ermordet. Mr. Sorensen hat uns gesagt, er habe um neun Uhr im *Potters* gesessen. In der Bar. Das Personal dort kann sich nicht an ihn erinnern. Den Familiennamen der Dame, die ihn begleitet hat, kennt er angeblich nicht. Aber er behauptet, Sie seien dagewesen und hätten ihn gesehen.« Der Inspector schaute zu seinem Kollegen hinüber und sah dann wieder Nicholas an. »Nun, Mr. Hawthorne. Das ist eine sehr ernste Sache.«

Nicholas verstand. Erregung wallte wieder in ihm auf, doch er ließ es sich nicht anmerken. Ihnen würde klar sein, warum er zögerte. Endlich sagte er:

»Ich war von acht bis gegen halb zehn im *Potters.*« Sorgfältig hielt er sich streng an die Wahrheit. »Am Mittwoch waren Mr. Sorensen und ich in seinem Büro verabredet, und wir unterhielten uns darüber, daß ich im *Potters* gewesen war und ihn dort gesehen hatte. Und – er bezahlte mir mein Abendessen.«

»Ich verstehe.« Was der Inspector für scharfe Augen hatte! Wieviel er über Jugend und Alter, Weisheit und Naivität, Unschuld und Korruption zu wissen glaubte. »Also, bitte – haben

Sie Mr. Sorensen am Dienstagabend wirklich im Restaurant *Potters* gesehen?«

»Ich kann mein Versprechen nicht brechen«, sagte Nicholas.

Natürlich konnte er das nicht. Er brauchte dieses Versprechen nur zu halten, und die Polizei würde Sorensen wegen Mordes anklagen. Er schlug die Augen nieder.

»Ich habe ihn nicht gesehen«, sagte er mit schuldbewußt und bekümmert klingender Stimme. »Selbstverständlich habe ich ihn nicht gesehen.«

Übersetzt von Edith Walter

OLIVER LA FARGE

Die Spezialität des M. Duclos

Pierre Duclos ist maître de cuisine, *obwohl er sich dafür entschieden hat, seine Kunst jenseits des Atlantik, in Amerika, auszuüben. Er hat sein eigenes Restaurant, und das von einer Qualität, die alle seine Gäste zufriedenzustellen scheint – von einer Ausnahme abgesehen. Das Resultat ist ein Mord, und die darauf erfolgende Gerichtsverhandlung wird hier in* ›Die Spezialität des M. Duclos‹ *von Oliver La Farge (1901–1963) geschildert. La Farge, bekannt als Anthropologe und Leiter von archäologischen Expeditionen in Mexiko und Guatemala, aber auch als Gewinner des Pulitzer Preises für seinen Roman* ›Laughing Boy‹ *(1929), hat hier eine überaus raffinierte Story über ein Gerichtsdrama geschaffen, in dem über die Frage debattiert wird, ob ein Mord auf Grund kulinarischer Beeinträchtigung gerechtfertigt sein kann.*

Die Pariser Juristen waren überrascht, als Maître Béchamil, der berühmte Rechtsanwalt, die Verteidigung von Pierre Duclos übernahm. Die Vereinigten Staaten hatten Duclos' Auslieferung an den Bundesstaat Connecticut beantragt, damit er eines Mordes wegen, den er selbst zugegeben hatte, vor Gericht gestellt werden konnte. Seine Auslieferung schien gewiß. Darüber hinaus stammte Duclos aus der Auvergne, und Maître Béchamil, selbst Normanne, hatte des öfteren seine Abneigung gegen die Leute aus dieser Provinz bekundet. Er haßte ihren Akzent, mißtraute ihrer Kleinwüchsigkeit, ihrer dunklen Haut, ihrer Wildheit. Er behauptete, sie seien emotionsgeladene Primitive in einem Land, das auf Zivilisation und schierer Vernunft gegründet sei, mehr Spanier als Franzosen, mehr Latiner als Gallier, und sie verwendeten zudem zuviel Knoblauch.

Maître Béchamil war ein erfolgreicher Anwalt, ein brillanter Jurist, ein Gourmet und ein Mann von gesundem Menschenverstand. Daß er diesen Fall übernahm, erregte Aufmerksamkeit, und sie wurde noch gesteigert, als es ihm dank seiner Geschicklichkeit gelang, die Verhandlung von der Winter- in die Frühjahrssitzungsperiode zu verlegen. Ohne Grund tat er nie etwas. Die Verschiebung war wichtig, denn alles hing von einem ausreichenden Verständnis für die *haute cuisine française* ab. Die zeitlich späteren Verhandlungen würden sicherstellen, daß es sich dann bei dem Vorsitzenden Richter um niemand Geringeren als den Präsidenten der ›Société Gastronomique des Legistes‹, der berühmten Organisation juristischer Connaisseurs handelte, der auch zwei weitere Mitglieder als Beisitzende angehörten. Während der Wintersaison, so vertraute Béchamil seinem Klienten an, würde ein Richter präsidieren, der dabei beobachtet worden sei – und er senkte die Stimme – wie er *Essig* über seine *rognons sautés madère* gegossen hatte. Beide schauderten.

Maître Béchamil hatte von vornherein gute Gründe, den Fall zu übernehmen. In der Zurückgezogenheit der Junggesellenwohnung des Rechtsanwalts hatte Duclos bei ungezählten Gelegenheiten bewiesen, daß er ein hervorragender Koch war. Darüber hinaus gehörte seine verblüffende Abwandlung einer gewöhnlichen *sauce blanche* – die den Kernpunkt des erwähnten juristischen Falls bildete – zu den grandiosen Innovationen, die einem Künstler auf diesem Gebiet Unsterblichkeit zusichert. Der Anwalt war optimistisch, was den Ausgang der Verhandlung betraf. Zudem glaubte er hier eine Möglichkeit für sich zu sehen, die Mitgliedschaft in der ›Société Gastronomique‹ zu erwerben, die nicht nur aus einer Versammlung von Gourmets bestand, sondern auch zum maßgeblichen inneren Kreis seiner Berufsgruppe gehörte.

Duclos plante im Fall seines Freispruchs, sofort in die Auvergne zu reisen, um dort seine Verwandten zu besuchen und seine

Verlobte zu heiraten. Mit ihr und ihrer Aussteuer wollte er nach Paris zurückkehren und dort ein Restaurant eröffnen. Maître Béchamil fand dieses Vorhaben empfehlenswert. Er erkundigte sich, wie lange der Meisterkoch sich in der Auvergne aufhalten würde. Duclos tippte auf rund einen Monat. Der Anwalt nickte. Innerlich war er erfreut. Ein Monat würde ausreichen, dachte er.

Der Prozeß fand vor den drei erwähnten Richtern statt, so wie Béchamil gehofft hatte. Der Gerichtssaal war voll, und die Anwesenheit eines amerikanischen Attachés wies auf die Wichtigkeit des Falls hin. Der Staatsanwalt machte keine Umstände. Der Angeklagte hatte ein Restaurant in Connecticut geleitet. Eines Abends lud er dort eine Gruppe seiner Stammgäste zu einem Dinner ein. Im Verlauf dieser Mahlzeit stach er dann ohne ersichtlichen Grund einem von ihnen, einen M. Hathaway, mit einem Fleischmesser mitten ins Herz. (Die Aussprache der Namen ›Hathaway‹ und ›Connecticut‹ bereitete dem Staatsanwalt nicht unerhebliche Schwierigkeiten.) Es handelte sich demzufolge für das Gericht nicht darum zu entscheiden, ob besagter Duclos schuldig oder unschuldig sei, sondern darum, ob allem Anschein nach ausreichend viel Schuld vorläge, um von ihm zu verlangen, daß er in den ›Vorort New Yorks‹ oder den Bundesstaat Connecticut zurückkehrte, wo ihm nach den Regeln amerikanischer Justiz ein fairer Prozeß gemacht werden würde.

Als sich Maître Béchamil erhob, hatten die Zuhörer das Gefühl, daß der Fall für ihn bereits verloren sei. Der Anwalt schüttelte die Ärmel seiner Robe zurück und zupfte seine Krawatte zurecht. Er würde, so begann er, in keiner Weise die von seinem überaus angesehenen Vorredner vorgebrachten Fakten bestreiten. Sein Klient hatte tatsächlich einen seiner Gäste durch einen Stich ins Herz umgebracht, als dieser am Tisch gesessen war. Er, Maître Béchamil, wollte jedoch dem Gericht aufzeigen, daß dieser Akt aus ehrenhaften und absolut gerechtfertigten Gründen erfolgt sei. Weiterhin wollte er beweisen, daß es sich um das

Zerrbild einer Rechtsprechung handeln würde, wenn man einen Mann, der eigentlich ein Held war, der Jurisdiktion von Leuten ausliefere, die unfähig seien, die mit der Tat verbundenen Prinzipien zu erfassen.

»Ich muß Ihnen«, so fuhr er fort, »eine kleine Vorstellung von der Mentalität der Bevölkerung dieses Bundesstaats Connecticut geben, der an die Metropole New York grenzt. Und ich muß sie vom Standpunkt eines *maître de cuisine*, eines Gastronomen und Künstlers in seinem Fach beschreiben, so wie das mein Klient ist.«

Er schilderte, wie diese Leute tagtäglich hastig ihr Frühstück hinunterschlangen, mit dem Zug oder dem Auto nach New York rasten und wie sie dann, nach mit typisch amerikanischer Energie hinter sich gebrachter Arbeit wieder nach Hause hasteten, dort ermattet eintrafen, gerade rechtzeitig, um ihre Erschöpfung mit einer unmäßigen Menge von Cocktails zu bekämpfen, bevor sie sich anschließend Tafelfreuden hingaben. An diesem Punkt fand der Anwalt einen interessanten Übergang zum Thema ›Clam-Chowder‹.

Maître Béchamil beschrieb die zu diesem Mischgericht verwendeten zweischaligen Muscheln als farbloser als eine Miesmuschel, zäher als eine Kammuschel, bei weitem weniger saftig als eine Auster und zudem als schieres Leder, sobald sie gekocht waren. Er schilderte den Prozeß der Zubereitung des ›Chowder‹, angefangen von dem derben, gesalzenen, in einer Pfanne gebratenen Schweinefleisch bis zu seiner Vollendung, bei der Fettaugen auf der dazugegossenen Milch schwammen. Auf der Richterbank war man beeindruckt, aber zugleich war offensichtlich, daß man sich dort auch fragte, was wohl diese Schilderung von Ungeheuerlichkeiten mit dem Fall zu tun hatte.

»Unter diesen Leuten nun«, fuhr er dann fort, »gibt es eine gewisse Neigung, sich fälschlicherweise als Epikuräer zu gebärden. Das bedeutet zugleich eine Verfälschung ihrer eigenen Küche aus dem begreiflichen Wunsch heraus, die *cuisine française* nachzuahmen. Aber um hier Meisterschaft zu erlangen, bedarf es mehrerer Generationen. Wenngleich die große amerikanische

Nation in allen Fragen der Technik führend ist, so wird es doch noch lange dauern, bevor ihre Einwohner einen echten Sinn für Gastronomie entwickelt haben werden. Viele unter ihnen haben immerhin in gewisser Weise Geschmackssinn erworben – jedenfalls ausreichend, um das kleine Restaurant meines Klienten zu ihrem Stammlokal zu machen. Zu kochen haben sie indessen nie gelernt. Sie mögen ihre ›Chowders‹ zubereiten, und sie bringen ein simples Beefsteak einigermaßen zustande, aber wenn dieser Punkt überschritten wird, geraten sie auf den Holzweg.«

Er schwieg kurz und fuhr fort: »Man kann sie unmöglich davon überzeugen, daß nur sehr wenig von allem völlig ausreicht. Wenn eine Prise Basilikum gut ist, meinen sie, zwei seien besser. Wenn sie kochen, wollen sie nicht lediglich die Wirkung der Ingredienzen herausschmecken, sondern die Ingredienzen selbst. Sobald einer dieser Gentlemen in seiner Küche irgendein Gericht zubereitet und dabei feststellt, daß dazu ein Teelöffel trokkenen Sauternes erforderlich ist, so wird er ihn ohne Zögern durch einen Eßlöffel voll ihrer kalifornischen Weine ersetzen.«

Erneut legte Maître Béchamil eine dramatische Pause ein. Die Richter blickten zutiefst schockiert drein. Alle spähten heimlich zum Vertreter der amerikanischen Botschaft hinüber, der mit gerötetem Gesicht auf seine ineinander verkrampften Hände starrte. Noch war bis jetzt nichts vorgetragen worden, das Duclos' Auslieferung hätte abwenden können, aber die Atmosphäre im Gerichtssaal hatte sich deutlich zu seinen Gunsten gewandt.

»Unter den Stammgästen meines Klienten befand sich jener M. Hathaway«, fuhr der Anwalt in seinem Plädoyer fort, »ein Mann, der blindlings von der Güte seiner eigenen Kochkunst überzeugt war. Ein Mann, der sich vor allem auch mit seinen Omelettes brüstete, sich aber nicht scheute zu behaupten, Margarine sei dafür ebenso gut wie Butter.

Nun, Messieurs, habe ich das Milieu geschildert. Es nähert sich nun der Tag und der Zeitpunkt der Tat – einer Tat, die eher Belohnung als Bestrafung verdient. Mein Klient, fortgesetzt um die Verfeinerung seiner Kunst bemüht, entdeckte bei einem der einfachsten Elemente des Kochens, der weißen Sauce, eine neue Variationsmöglichkeit, mit deren Hilfe letztere auf ein wahrhaft himmlisches Niveau angehoben werden konnte. Da das Gericht Gelegenheit finden wird, die Köstlichkeit dieser Zusammensetzung selbst zu beurteilen, werde ich jetzt nicht auf die Einzelheiten eingehen. Jedenfalls handelt es sich um ein Spitzenprodukt all dessen, was französische Kochkunst ausmacht – Schlichtheit, perfektes Timing und äußerste Zurückhaltung, was den Aufwand an Zutaten betrifft.

Diese Sauce, das war meinem Klienten bewußt, würde zur Hauptspezialität des Hauses werden. Sie würde unter der Bezeichnung *sauce blanche Duclos* Berühmtheit erlangen und ihm endlich seine erfolgreiche Rückkehr in sein Heimatland ermöglichen. Geschaffen in Connecticut und dann nach Frankreich übertragen, wohin sie gehört, würde sie zu einem Anziehungspunkt für Amerikaner werden, zu einer Dollar-Einkommensquelle und damit einer Hilfe für unser Land bei dessen Restauration unter dem Marschallplan.

Um diese Sauce einzuführen, lud er eine auserwählte Gruppe von Stammgästen zum Abendessen ein. Unter ihnen befand sich besagter Hathaway, nicht seiner speziellen Charaktereigenschaften oder seines Feinschmeckertums, sondern seines Reichtums und seiner Position wegen – was sogar erforderlich machte, daß er zur Linken meines Mandanten saß.

Die Sauce wurde zusammen mit dem *entrée* serviert, so wie das in Kürze auch beim Gericht der Fall sein wird. Jedermann war begeistert. Die Gäste brachten ein Hoch auf ihren Gastgeber und die *sauce blanche Duclos* aus. Sie erkundigten sich nach dem Rezept, aber mein Mandant lächelte lediglich. Die Gäste kosteten und stellten Vermutungen an, aber die neuen Zutaten – das eigentliche Geheimnis – blieb ihnen verschlossen.

Mein Klient, überaus beglückt, ging in die Küche, um die letzten Augenblicke der Zubereitung des *piéce de résistance* zu beaufsichtigen. Der Mann namens Hathaway folgte ihm unter dem Vorwand guter Kameradschaft. Bevor mein Mandant begriff, was vorfiel, trat Hathaway schnell an den kleinen Herd, an dem Duclos seine persönlichen Kreationen herstellte. Da stand die Kasserolle mit den Resten der *sauce blanche Duclos* darin – und auf dem Regal darüber befanden sich sämtliche Ingredienzen. Hathaway prägte sich alles ein, kicherte und kehrte zum Tisch zurück. Zutiefst betroffen, aber vornehm wie immer, beaufsichtigte mein Mandant vollends die Zubereitung des Hauptgerichts und kehrte dann zu seinem Stuhl zurück.

Besagter Hathaway saß zu seiner Linken. Er hatte sich wie üblich mit einer unmäßigen Menge von Cocktails auf das Festmahl eingestimmt. Nun beugte er sich zu meinem Mandanten hinüber und sagte in dessen Ohr die schrecklichen Worte: ›Kommen Sie am nächsten Mittwoch zu mir zum Abendessen, alter Junge!‹ Und dann zählte er drei Namen auf – es war das Geheimnis der *sauce blanche Duclos* – und kicherte erneut.«

Maître Béchamil schwieg lange genug, um die Tragweite der entsetzlichen Situation voll ins Bewußtsein seiner Zuhörer einsickern zu lassen. »Die in der *Résistance* verbrachten Jahre meines Mandanten hatten ihn gelehrt, geistesgegenwärtig zu handeln. Sofort – wie damals bei den lebensgefährlichen Verhören durch die Gestapo – begriff er seine Lage. Mit seinen ungeschickten Händen würde dieses Individuum das Zerrbild einer Sauce anfertigen, das er dann unter dem Namen *sauce blanche Duclos* servieren ließe. Bevor noch seine, Duclos', Kreation an die Öffentlichkeit gebracht werden könnte, würde da eine Fälschung zirkulieren, seine Reputation wäre vernichtet, und nicht nur er, der Schöpfer selbst, sondern auch die französische Republik würde in jeder Hinsicht beraubt werden.

Was konnte man da tun? Wie kann man gewisse Kenntnisse einem Gehirn entziehen? Es gab nur eine Möglichkeit, und mein Mandant nahm sie wahr im vollen Bewußtsein, daß er damit sein eigenes Leben opferte, wenn das Schicksal es so wollte. Was dann folgte, wissen Sie im wesentlichen bereits. Wie durch ein Wunder gelang es M. Duclos zu fliehen. Ich werde die Zeit des Gerichts nicht durch Schilderung der Einzelheiten seiner Reise nach Mexiko oder seiner Einschiffung von dort aus in Anspruch nehmen. Es genügt, wenn ich darauf hinweise, daß dieser Patriot, nachdem er einmal den Fuß auf die Erde seines geliebten Frankreichs gesetzt hatte, seinen eigenen Namen öffentlich wieder annahm, da er sich der Korrektheit seiner Einstellung völlig bewußt war und lediglich eine entsprechende Rechtfertigung wünschte.«

Maître Béchamil schwieg. Der Gerichtspräsident äußerte, daß es in der Tat unerläßlich sei, dem Gericht die Möglichkeit zu geben, diese Spezialität des M. Duclos zu kosten. Ein Tisch wurde hereingerollt, auf dem Kochausrüstung samt Ingredienzen stand. M. Duclos trat vor, verbeugte sich vor den Richtern und machte sich wortlos an die Arbeit.

Während er seine Vorbereitungen traf, erklärte der Anwalt, daß das *entrée* lediglich aus in weißem Burgunder geschmorten Hühnerbrustscheiben bestünde. Um sich überzeugen zu können, was die Sauce zum Ganzen geschmacklich beitrug, wurde jedem der Richter ein Teller mit einigen Fleischstücken überreicht, und die Herren debattierten angeregt über den möglichen Jahrgang des verwendeten Weins.

Zu einem bestimmten Zeitpunkt entnahm der kleine Meisterkoch einem Umschlag drei Fläschchen und entleerte sie in die Kasserolle. Dann warf er die Fläschchen in einen Abfallbehälter. Die Sauce wurde über das angewärmte Fleisch gegossen und beides zusammen schwach aufgekocht. Dann wurde das Mahl auf Teller gegeben und den Herren serviert, zusammen mit dünnen Scheiben guten Brotes und einem sorgsam ausgewählten Graves. Als die Richter kosteten, war unübersehbar, daß dies eine elektrisierende Wirkung hervorrief. Allmählich hatte es den Anschein, als ob Maître Béchamil gewinnen würde.

Die Richter zogen sich zur Konsultation zurück. Maître Béchamil wartete in Ruhe ab. Er war überzeugt, alle seine Beweisgründe erfolgreich vorgetragen zu haben. Zudem würde seiner Ansicht nach kein Mitglied der *Société Gastronomique* je zulassen, daß eine solche Sauce der Welt auf Dauer vorenthalten werden würde. Und außerdem war er innerlich zutiefst befriedigt, denn er hatte die drei Fläschchen, als der Tisch wieder hinausgerollt wurde, in seinen Besitz gebracht und bereits den Inhalt des einen identifiziert.

Die Richter kehrten zurück. Der Gerichtspräsident sagte Gutes über den Marschallplan und sprach mit tiefem Empfinden von der Befreiung Frankreichs. Dann wies er jedoch darauf hin, daß diese Dinge nicht Thema der Verhandlung seien, sondern die spezielle Tat des Beklagten, die in ihrem eigenen Kontext gesehen werden müsse. Es gehöre zu den Grundrechten eines Menschen, die Bedingungen für seinen Lebensunterhalt zu schützen. Dann war da die Heiligkeit der Kunst. Auch die Frage nationaler Interessen war zu bedenken. Und sollte man einen Mann an das Gericht eines fremden Landes ausliefern, wenn – bei aller Bewunderung für das amerikanische Rechtssystem – angenommen werden mußte, daß in Anbetracht des fundamentalen Unterschieds in Sitte und Kultur dort der Gerechtigkeit einfach nicht wirklich Genüge getan werden konnte? Es war zweifelhaft, daß irgendein Gericht in einem Land, in dem man ›Chowder‹ aß und Margarine zum Kochen verwandte, beurteilen konnte, welche Werte hier auf dem Spiel standen.

»Und letztendlich«, schloß der Präsident, »ist der Diebstahl eines Rezepts von diesem Rang, verschärft noch durch die Inkompetenz des Diebes, eine ganz besonders verabscheuungswürdige Form des Verbrechens. Juristisch gesehen, ist die Tötung dieses auf frischer Tat ertappten Diebes fast mit dem Erschießen eines soeben zum Fenster hereinsteigenden gewöhnlichen Einbrechers vergleichbar, nur moralisch weit mehr gerechtfertigt. Die Auslieferung wird abgelehnt.«

Von den Zuschauerbänken kam Beifall. Der amerikanische Attaché verdrückte sich verstohlen. M. Duclos umarmte Maître Béchamil. Der Sieg war überwältigend.

Um elf Uhr des folgenden Vormittags erklärte der Rechtsanwalt seinen Mitarbeitern, er müsse in einer persönlichen Angelegenheit für ein paar Stunden weggehen. In seiner Wohnung angelangt, strebte er sofort der Küche zu. Mit präzisen, behutsamen Bewegungen legte er sich die allgemein bekannten Ingredienzen der *sauce blanche* zurecht. Dann entnahm er einer verschlossenen Schublade die Fläschchen mit den drei geheimgehaltenen Zutaten, die er in der vergangenen Nacht identifiziert hatte. Die Frage war nun nur noch – wieviel von jeder?

Er rechnete nicht ernsthaft damit, die Sauce exakt imitieren zu können. Connaisseur, der er war, wußte er, daß er selbst nur ein mittelmäßiger Koch war. Duclos würde einen Monat lang in der Auvergne sein. Zeit genug, um so nahe an sein Kunstwerk heranzukommen, daß selbst der feine Gaumen des Präsidenten der Gesellschaft, wenn einige Zeit verstrichen war, glauben würde, er, Béchamil, habe tatsächlich die *sauce blanche Duclos* kopiert – allein daraufhin, daß er sie vor der Gerichtsverhandlung einmal gekostet hatte. Damit würde seine Aufnahme in die *Société Gastronomique* gesichert sein. Er zog sein Jackett aus, band sich eine Schürze um und machte sich an die Arbeit. Sehr wenig von dem hier, überlegte er, eher mehr von diesem dort, und vom dritten – vielleicht nur einen Tropfen? Oder war das lediglich seine Zaghaftigkeit? Möglicherweise hatte M. Duclos in seiner Genialität gewagt, einen halben Teelöffel voll davon zu nehmen? Man mußte einfach experimentieren, das war alles. Nun erst einmal einen vierten Teelöffel . . .

Das Resultat war unbefriedigend. Es war einfach nicht vollkommen – wahrscheinlich auf Grund einer undefinierbaren, aber merklichen Unausgewogenheit der Zutaten. Béchamil seufzte und begann von neuem. Während er rührte und meditierte, verloren für die übrige Welt, wurde er plötzlich durch das Geräusch von Schritten hinter ihm so aufgeschreckt, daß er klirrend den Löffel fallen ließ.

Eine Stimme im vertrauten Akzent der Auvergne sagte: »Guten Tag, Maître Béchamil.«

Er fuhr herum. Duclos, der inzwischen längst in der Auvergne hätte sein sollen, kam auf ihn zu. Er trug einen schwarzen Anzug, ein weißes Hemd mit gestärktem Kragen und eine dezente Krawatte. Maître Béchamil nahm wahr, daß seine Schuhe leicht quietschten. Duclos legte den steifen Hut auf einen Stuhl und zog einen rund einen halben Meter langen, mit rötlichem Plüsch bezogenen schmalen Kasten unter seinem Arm hervor.

»Ich bin auf dem Weg zum Bahnhof«, sagte er, »und nur vorbeigekommen, um Ihnen etwas zu zeigen, das ich günstig erworben habe. Sehen Sie mal.« Er öffnete den Kasten. In ihm lag ein Fleischmesser aus feinem Stahl, wenig benutzt und sehr scharf. M. Duclos legte den Kasten auf den Tisch und nahm das Messer heraus. »Glauben Sie mir, Monsieur, das hier ist fast das genaue Duplikat des Messers, das ich opfern mußte, als ich den ehrenwerten Hathaway beseitigt habe.«

Maître Béchamil äußerte irgend etwas Vages.

Der kleine Mann warf einen Blick auf das, was auf dem Tisch lag. »Sie experimentieren, Monsieur l'Avocat? Haben Sie Schwierigkeiten?« Der Auvergne-Akzent trat deutlicher hervor denn je. »Inkompetenz, fürchte ich. Kein guter Koch würde je auf den Gedanken kommen, ich hätte wirklich das hier –« er deutete auf eine der Ingredienzen, »in eine Sauce getan. Ich hatte nur zur Irreführung ein Fläschchen davon mitgenommen. Wie gesagt, inkompetent . . .«

Duclos lächelte. Er war dunkel, klein, bösartig, der Schimmer in seinen Augen hatte etwas Wildes und Primitives, er wirkte eher spanisch als französisch, mehr wie ein Latiner als ein Gallier. Sachte strich er mit den Fingern seiner linken Hand über die Schneide des Messers. Leise, in seinem abscheulichen Akzent, begann er zu zitieren. »Juristisch gesehen, ist die Tötung dieses auf frischer Tat ertappten Diebes fast mit dem Erschießen eines soeben zum Fenster hereinsteigenden gewöhnlichen Einbrechers vergleichbar, nur moralisch weit mehr gerechtfertigt . . .«

Übersetzt von Rosmarie Kahn-Ackermann

L. P. HARTLEY

Drei oder vier zum Dinner

Die Italiener verfügen genau wie die Franzosen über eine unverwechselbar eigenständige Küche, und über ganz Italien verbreitet gibt es Restaurants und Hotels, in denen Menüs serviert werden, die sowohl die Augen als auch den Geschmackssinn erfreuen. Wenige Städte verfügen jedoch über die Möglichkeiten, die Venedig bietet – der Schauplatz dieser entnervenden Story von L. P. Hartley (1895–1972), dem Autor der beiden bemerkenswerten Romane ›THE GO-BETWEEN‹ *(1953) und* ›THE HIRELING‹ *(1957). Hartley war ein zurückhaltender Literat mit einer Vorliebe für Italien, die ihn zu häufigen Reisen dorthin veranlaßte. Das Hotel ›San Giorgio‹ in Venedig, in welchem seine grimmige Geschichte von einem unerwarteten Essensgast spielt, schien eines seiner Lieblingsrestaurants zu beherbergen ...*

Es war Ende Juli in Venedig und die Hitze hatte etwas Erstickendes. Die Fenster der Bar im Hotel ›San Giorgio‹, dem Kanal zugewandt, standen offen. Aber kein Luftzug drang herein. Um sechs Uhr hatte sich eine kleine Brise geregt, eine matte Wiederholung des mittäglichen Schirokkos, aber innerhalb einer Stunde hatte sie sich sozusagen selbst ausgeblasen.

Einer der Männer rutschte von seinem hohen Barhocker und wanderte eine Spur unsicher auf eines der Fenster zu.

»Es ist schon wieder windstill«, bemerkte er. »Ich meine, wir sollten in die Gondel steigen. Sie ist da, an ihrem gewohnten Pfosten festgebunden.«

»Wie du willst, Dickie«, sagte sein Freund, der auf dem anderen Hocker saß.

Ihr Tonfall verriet sowohl die englische Herkunft als auch die Tatsache, daß sie gute Kunden des Barkeepers waren.

»Giuseppe!« rief der Mann am Fenster und wandte den Blick von der ›Salute‹ mit ihrer breiten Treppe, dem mächtigen Portal und der hohen Kuppel ab und der Bar mit ihren vielfarbigen Flaschen hinter der Theke zu. »Wie lang dauert es, bis zum Lido zu rudern, Giuseppe?«

»Sir?«

»Haben Sie nicht gesagt, Sie hätten in England gelebt?«

»Ja, Sir, acht Jahre im Hotel Metropole.«

»Warum kapieren Sie dann nicht –«

Sein Freund wandte sich beschwichtigend auf italienisch an den Barkeeper.

»Er möchte wissen, wie lange es dauert, wenn man zum Lido rudert.«

Der Stimme des Barkeepers war Erleichterung anzuhören. »Das kommt darauf an, ob Sie ein oder zwei Ruder haben.«

»Zwei.«

»Wenn du mich fragst«, erklärte Dickie und kehrte zu seinem Hocker zurück, »so glaube ich nicht, daß Angelino oder wie der verdammte Kerl noch heißt, viel zu bestimmen hat. Der Bursche vorne macht die Arbeit.«

»Ja, Sir«, erwiderte der Barkeeper beflissen. »Aber der Mann hinten lenkt das Boot, er gibt die Richtung an.«

»Na ja«, brummte Dickie, »solang er den Lido findet ... Wir wollen um acht im ›Splendide‹ sein. Schaffen wir das?«

»Ganz leicht, Sir. Sie haben eine Stunde Zeit.«

»Es sei denn, wir bauen einen Unfall.«

»In Venedig gibt es niemals Unfälle«, erklärte der Barkeeper mit typisch italienischem Optimismus.

»Wollen wir noch einen heben, Phil?«

»Drei sind für mich das Limit, Dickie.«

»Ach komm schon, sei kein Langweiler.«

Sie tranken.

»Sie scheinen eine Menge zu wissen«, sagte Dickie etwas liebenswürdiger zum Barkeeper. »Können Sie uns irgendwas über diesen Burschen erzählen, der dort mit uns zu Abend essen will – Joe O'Kelly oder wie er sonst heißt?«

Der Barkeeper grübelte. Er hatte keine Lust, noch einmal fertiggemacht zu werden. »Ein englischer Name, Sir?«

»Englisch! Du lieber Himmel!« explodierte Dickie. »Klingt der vielleicht englisch?«

»Na, so wie du ihn aussprichst, klingt er so«, rügte ihn sein Freund. »Oder vielmehr irisch. Aber warte mal – hier ist seine Visitenkarte. Sagt Ihnen das irgendwas, Giuseppe?!«

Der Barkeeper drehte die Karte zwischen den Fingern um. »Oh, jetzt verstehe ich, Sir – Giacomelli – der Conte Giacomelli.«

»Na schön – kennen Sie den?«

»O ja, Sir. Ich kenne ihn sehr gut.«

»Wie ist er?«

»Er ist ein netter Gentleman, Sir, sehr reich . . .«

»Dann muß er sich aber sehr vom Rest Ihrer Aristokraten unterscheiden«, bemerkte Dickie grob. »Soviel ich gehört habe, herrscht da ewig Ebbe im Geldbeutel.«

»Vielleicht ist er jetzt nicht mehr so reich«, gab der Barkeeper in bedrücktem Ton zu. »Das sind wir alle nicht. Die Geschäfte gehen schlecht. Er ist ein großer *azionista* – wie heißt das bei Ihnen noch?«

»Aktionär?« meinte Philip.

»Du meine Güte!« rief Dickie, »ich wußte gar nicht, daß du dich so gut in dieser infernalischen Sprache auskennst. Du bist ja direkt ein Ithaker!«

Der Barkeeper nahm die Unterbrechung nicht zur Kenntnis. »Ja, Aktionär, das ist's«, sagte er entzückt. »Er ist ein großer Aktionär in einer *fabrica di zucchero . . .*«

»Zuckerfabrik«, warf Philip nicht ohne Selbstgefälligkeit ein.

Der Barkeeper senkte die Stimme. »Aber ich habe gehört, daß sie . . .« Er machte eine seltsame, ruckartige Handbewegung.

»Nicht gerade floriert?« erkundigte sich Philip.

Der Barkeeper zuckte die Schultern. »Das wird behauptet.«

»Also dürfen wir bei ihm nicht von Zucker reden.« Dickie gähnte. »Komm schon, Phil, sei nicht immer so verdammt abstinent. Heben wir noch einen.«

»Nein, nein, wirklich nicht.«

»Aber ich will noch was.«

Philip und selbst der Barkeeper beobachteten ihn ehrfurchtsvoll, als er auch dieses Glas leerte.

»Aber«, sagte Philip, als Dickie sein Glas abgestellt hatte, »Graf Giacomelli lebt in Venedig, oder nicht?«

»O ja, Sir. Im allgemeinen kommt er jeden Abend hierher. Aber jetzt habe ich ihn seit vier – nein, fünf Tagen nicht gesehen.«

»Ein Jammer«, bemerkte Philip. »Wir hätten ihn im Boot mitnehmen können. Aber vielleicht hat er eine Barkasse?«

»Ich glaube nicht, daß er derzeit seine Barkasse benutzt, Sir.«

»Ach was, er wird schon 'ne Möglichkeit finden, dort rüber zu kommen, verlaß dich drauf«, sagte Dickie. »Und wie werden wir ihn erkennen, Giuseppe?«

»Vermutlich wirst du ihn sowieso doppelt sehen, mein armer Dickie«, bemerkte sein Freund.

Der Barkeeper versuchte in gewohnter Höflichkeit Dickies Frage zu beantworten.

»Oh, er sieht ganz gewöhnlich aus, so wie Sie selbst, Sir . . .«

»Ich – gewöhnlich?«

»Nein«, erwiderte der Barkeeper verwirrt, »Ich meine *grande come lei* – so groß wie Sie.«

»Das bedeutet gar nichts. Hat er einen Bart und Koteletten und 'nen Schnauzer?«

»Nein, er ist glattrasiert.«

»Komm schon, komm schon«, drängte Philip. »Wir werden uns verspäten, und vielleicht wird er nicht auf uns warten.«

Aber sein Freund war streitlustiger Stimmung. »Verdammt noch mal – wie sollen wir mit dem Kerl zu Abend essen, wenn wir ihn nicht erkennen? Also los, Giuseppe – stellen Sie sich den Duce mal vor und bewegen Sie Ihre grandiosen italienischen

Gehirnwindungen ein bißchen schneller. Gibt's nicht irgendwas Besonderes an ihm? Schielt er vielleicht?«

»Nein, Sir.«

»Trägt er 'ne Brille?«

»O nein, Sir.«

»Fehlt ihm 'n Arm?«

»Nossignore!« rief der Barkeeper in zunehmender Erregung.

»Können Sie denn nicht *irgendwas* über ihn erzählen, außer daß er so gewöhnlich aussieht wie ich?«

Der Barkeeper ließ hilflos die Blicke im Raum umherschweifen. Dann erhellte sich sein Gesicht plötzlich. »Ah, *ecco*! Er hinkt ein bißchen.«

»Schon besser«, sagte Dickie. »Komm jetzt, Phil, du fauler Hund, immer läßt du mich warten.« Er rutschte vom Barhocker herab. »Bis später«, rief er dem Barkeeper über die Schulter weg zu. »Sehen Sie zu, daß Sie gleich 'nen Whisky parat haben. Nach der Reise werd' ich ihn nötig haben.«

Der Barkeeper, der allmählich seine Fassung wiedergewann, starrte Dickies sich entfernender, leicht schwankender Gestalt mit unverkennbarem Respekt nach.

Die Gondel glitt geschmeidig über das Wasser auf die Insel San Giorgio Maggiore zu, deren schlanker Campanile im Licht der untergehenden Sonne orangerot leuchtete. Zur Linken erstreckte sich die Piazzetta mit den beiden Granitsäulen, dem kunstvollen San Marco und der gewaltigen Fassade des Dogenpalasts. Noch immer zeichnete sich trotz des perlweißen abendlichen Dunsts um sie herum alles deutlich ab. Aber als dann San Giorgio auf der rechten Seite an ihnen vorüberzugleiten schien, war es der Ausblick hinter der Gondel, der Philips Aufmerksamkeit fesselte. Dort, an der Einfahrt zum Canale Grande, breitete sich tiefes Violett aus, während der Himmel um die Kuppel der ›Salute‹ von dem klaren, tiefen Blau war, aus dem, wie man instinktiv spürte, jeden Augenblick der erste Stern herausleuchten würde. Philip, der links von seinem Gefährten saß, drehte sich hin und her, um alles zu betrachten, und der Gondoliere, dessen

Gestalt ihm bis zu einem gewissen Ausmaß die Sicht versperrte, lächelte ihm jedesmal zu und sagte: *»Bello, non è vero?«* – in fast gewohnheitsmäßigem Ton.

Dickie seinerseits war weniger duldsam gegenüber den ästhetischen Bedürfnissen seines Freundes. »Ich wollte wirklich, du würdest nicht ewig hin- und herhampeln«, brummte er und lehnte sich in die Tiefe seines bequemen Sitzes zurück. »Demnächst werde ich seekrank.«

»Schon gut, mein Alter«, beschwichtigte ihn Philip. »Schlaf nur.«

Dickie zog sich an einem Seidenstrick hoch, der an einem Ende mit einem sich als Silhouette gegen den Himmel abzeichnenden Messingpferd und am anderen mit einem soliden kleinen Messinglöwen befestigt war.

Mit gewohnter Streitlust sagte er: »Ich will nicht schlafen. Ich möchte wissen, was wir deinem Zuckerraffinade-Freund sagen sollen. Angenommen, er spricht kein Englisch? Sollen wir während des Essens schweigend dahocken?«

»Oh, ich glaube, alle Ausländer können das.« Philip sprach leichthin, seine Antwort galt Dickies erster Frage; als Erwiderung auf die zweite wäre sie offensichtlich unzutreffend gewesen. »Jackson hat es mir nicht verraten, er gab mir nur diesen Brief und sagte, er sei ein netter Kerl und könne uns dazu verhelfen, in Palazzi hineinzukommen, die gewöhnliche Leute nicht zu sehen bekämen.«

»Es gibt schon zu viele, die sich gewöhnliche Leute ansehen, wenn du mich fragst«, stöhnte Dickie. »Er soll uns um Himmelswillen nicht noch mehr ›Sehenswertes‹ zeigen.«

»Er scheint eine ziemlich bekannte Figur zu sein«, erwiderte Philip, »und gilt selbst als sehenswert.«

»Wenn du einen humpelnden Ita sehenswert findest, muß ich dir natürlich recht geben«, knurrte Dickie verdrossen zurück.

Aber Philip blieb ungerührt.

»Tut mir leid, Dickie, aber ich mußte es tun – ich konnte den Brief nicht einfach ignorieren, verstehst du. Wir werden den Abend schon irgendwie überstehen. Jetzt richte dich mal auf und sieh dir die schöne Umgebung an. *Cosa è questa isola?*« fragte er den Gondoliere und wies auf eine Insel zu ihrer Rechten, die aussah, als stünde auf ihr ein Kloster.

»*Il manicomio*«, erwiderte der Gondoliere grinsend. Dann, als Philip ihn verständnislos anstarrte, tippte er sich mit dem Finger an die Stirn und grinste noch breiter.

»Oh«, sagte Philip, »die Irrenanstalt.«

»Ich wollte, du würdest mir was Erfreulicheres zeigen, wenn ich schon unbedingt was sehen muß«, quengelte Dickie.

»Na schön, dann schau dir mal die lustigen alten Boote an. Die sind schon mehr dein Fall.«

Zwei Trampschiffe, Heck an Heck vertäut und selbst jetzt, in der Dämmerung erkennbar betriebsunfähig – große, wie brandige Wunden aussehende Rostlöcher breiteten sich über ihre Seiten aus –, ragten zu ihrer Linken in die Höhe. Das Wasser in ihren Schatten sah ölig und fast schwarz aus.

Dickie wirkte plötzlich angeregt. »Das erinnert mich an Hull«, rief er. »Das gute, alte Hull! Endlich wieder was Zivilisiertes! Nicht ewig solch pittoreskes Zeug und ›alte Welt‹. Zwei häßliche, nützliche alte Schiffe, ordentlich dreckiges Wasser und einen Haufen Kadaver drin. Zumindest –« er stand unsicher auf, »halte ich das dort für einen.«

»*Signore, signore*!« rief der erste Gondoliere in warnendem Ton.

Eine leichte Dünung, die möglicherweise von einem in einiger Entfernung vorbeifahrenden Motorboot stammte, ließ die Gondel bedenklich hin- und herschaukeln. Dickie fiel zurück, zum Glück auf seinen Sitz. Aber seine Hand blieb ausgestreckt und wies ins Wasser, und als sich dort erneut ein Wellental bildete, sahen alle, was er meinte. Ein dunkler Gegenstand wurde flüchtig erkennbar.

»Sieht nach einem alten Boot aus«, bemerkte Philip und spähte angestrengt hinüber. »*Cosa c'è, Angelino?*«

Der Gondoliere zuckte die Schultern. »*Non lo so. Forsè qualche gatto*«, äußerte er mit der Gelassenheit, mit der Italiener den Tod von Tieren hinzunehmen pflegen.

»Du meine Güte, bildet sich der Kerl ein, ich könnte keine Katze erkennen, wenn ich eine sehe?« schrie Dickie, der den Sinn der Worte einigermaßen verstanden hatte. »Es sei denn, sie ist schon verdammt lange im Wasser gelegen. Nein, das ist – das ist . . .«

Die Gondolieri tauschten Blicke aus und begannen wie in gemeinsamem Einverständnis weiterzurudern. *»È meglio andare, signori«*, erklärte Angelino in energischem Ton.

»Was hat er gesagt?«

»Daß wir besser weiterfahren sollten.«

»Ich denke nicht daran, so lange ich nicht herausgefunden habe, was das ist«, erwiderte Dickie eigensinnig. »Sag ihm, er soll hinrudern, Phil.«

Philip gab den Befehl weiter, aber Angelino schien nicht zu verstehen.

»Non è niente interessante, niente interessante«, wiederholte er immer wieder starrköpfig.

»Aber für mich ist es interessant«, sagte Dickie, der wie viele Leute eine fremde Sprache sofort verstehen konnte, wenn es sich um seine Anliegen handelte. »Dorthin rudern!«

Zögernd gehorchten die Männer. Als das Boot sich der Stelle näherte, verschwand der schwarze Gegenstand im Wasser und an seiner Stelle schimmerte etwas Weißes – ein Gesicht – Stirn, Nase, ein Mund . . . Ja, es war ein Gesicht, aber kein deutlich erkennbares.

»Ah, *povero annegato*«, murmelte Angelino und bekreuzigte sich.

Die beiden Engländer sahen einander verwirrt an.

»Na ja, damit hat es sich«, äußerte Dickie schließlich. »Was tun wir jetzt?«

Die Gondolieri hatten sich bereits entschieden. Sie trafen Anstalten weiterzurudern.

»Halt! Halt!« schrie Philip. »Wir können ihn doch nicht einfach so zurücklassen.« Er wandte sich mit flehendem Blick an die Italiener. *»Non si puo lasciarlo cosi!«*

Angelino spreizte protestierend die Hände. Der Ertrunkene

würde von denjenigen aufgefunden werden, die das Wasser hier zu kontrollieren hatten. Wer wußte, woran er gestorben war? Vielleicht an irgendeiner schrecklichen Krankheit, an der sich die beiden Signori anstecken könnten. Es würde Scherereien mit der Polizei geben. Schließlich, als die beiden Engländer noch immer nicht überzeugt wirkten, fügte er hinzu: *»Anche fa sporca la gondola. Questo tappeto, signori, m'ha costato più che mille duecento lire.«*

Einigermaßen ergrimmt erklärte Philip Dickie diesen letzten, unwiderlegbaren Grund für die Weigerung Angelinos, den Ertrunkenen an Bord zu nehmen. »Er sagt, er würde die Gondel schmutzig machen und den Teppich ruinieren, der eintausendzweihundert Lire kostet.«

»Der Teufel soll den Teppich holen!« schrie Dickie. »Ich hab' dir ja schon immer gesagt, die Itas taugen nichts. Komm, pack ihn dort unten an.«

Gemeinsam zogen sie den Toten ins Boot, jedoch erst, nachdem Angelino seinen kostbaren Teppich zurückgerollt hatte. Und als der ertrunkene Mann dann auf dem Boden lag, dezent mit einem Stück braunen Segeltuch bedeckt, wanderte der Italiener in der Gondel umher, um jeden Wassertropfen vom Dollbord und seinen Messingteilen abzuwischen.

Zehn Minuten später waren sie am Lido. Die kleine *passeggiata*, die so angenehm begonnen hatte, war zu einer Trauerfahrt geworden. Die beiden Freunde sprachen kaum miteinander. Dann, als sie sich dem Landesteg näherten und das häßliche weiße Hotel, ein Schandfleck an der Lagune mit seinen grellen Lichtern und der mißglückten Symmetrie vor ihnen aufragte, sagte Dickie:

»Himmel, wir werden uns bei diesem Burschen verspäten.«

»Er wird es schon verstehen«, erwiderte Philip. »Jedenfalls haben wir dann was, worüber wir uns beim Essen unterhalten können.«

Er bereute seine Worte, sobald er sie ausgesprochen hatte – sie klangen so herzlos.

Die Landestelle war fast leer, als die Gondel an den Stufen hielt, aber der betagte, wacklige und schmutzige *rampino*, der sie festmachte und seine Hand für *soldi* entgegenhielt, verbreitete schnell die Neuigkeit. Während Philip mit den Gondolieri darüber verhandelte, was nun zu tun sei, versammelte sich eine kleine Gruppe von Leuten, die ausdruckslos, aber beharrlich auf den formlosen Hügel in der Gondel starrte. Der *rampino* erklärte sich für fähig aufzupassen; die Gondolieri behaupteten, sie könnten nur gemeinsam einen *vigile* finden und deuteten an, daß dies einige Zeit in Anspruch nehmen könnte. Schließlich konnten sich Dickie und Philip freimachen. Sie wanderten unter den grell von Bogenlampen erhellten Akazien die Avenue entlang auf das Meer und das Hotel Splendide zu. Als sie zurückblickten, sahen sie, daß die kleine Gruppe von Neugierigen bereits in Auflösung begriffen war.

Nein, teilte man ihnen mit, Conte Giacomelli war noch nicht eingetroffen. Aber das hatte nichts zu bedeuten – der *maître d'hôtel* lächelte – der Signor Conte käme öfter zu spät. Ob die Gentlemen einen Cocktail wünschten, während sie warteten?

Dickie stimmte begeistert zu. »Ich glaube, den haben wir verdient«, sagte er. »Wenn man sich vorstellt, ohne uns würde der arme Kerl bis zum Jüngsten Tag in den Lagunen herumtreiben und keiner seiner braunen Nachkömmlinge würde wissen, was aus ihm geworden ist.«

»Glaubst du, daß sie es inzwischen wissen?« fragte Philip.

»Meinst du . . .? Oh, sicher wird ihnen irgendeiner, der ihn erkannt hat, Bescheid sagen.«

Sie saßen an einem Tisch unter Bäumen. Die Luft war frisch und angenehm, die völlige Abwesenheit von Moskitos fast wie ein Wunder. Dickies Stimmung hob sich.

»Die Warterei ist wirklich langweilig«, äußerte er. »Jetzt ist er schon zwanzig Minuten überfällig. Wo steckt der Knabe bloß?«

Als ihnen eine zweite Runde Cocktails gebracht wurde, winkte Dickie dem Pagen, dazubleiben. Philip sah ihn erstaunt an.

»Hör mal«, sagte Dickie mit einigermaßen belegter, aber leiser Stimme zu ihm, »wäre das nicht ein Mordsspaß, wenn wir den Jungen runter zur Gondel schickten und ihn anwiesen, den Burschen, der drin liegt, zu bitten, mit uns hier zu Abend zu essen?«

»Eine reizende Idee, Dickie, aber ich bezweifle, daß sie in diesem Land hier Sinn für solche Streiche haben.«

»Unsinn, Phil, solch einen Spaß versteht jeder. Also, raff dein Italienisch zusammen und finde die passenden Worte. Ich bin in so was nicht gut. Das mußt du tun.«

Philip lächelte. »Wir wollen aber beim Essen schließlich nicht zu viert sein, oder? Höchstwahrscheinlich wird der Graf nicht gerade gern – mit einem Ertrunkenen zusammensitzen.«

»Das ist doch absurd; vielleicht stammt der Leichnam aus einer exzellenten Familie. Meistens sind es die Reichen, die Selbstmord begehen.«

»Wir wissen gar nicht, ob er das getan hat.«

»Nein, aber das tut nichts zur Sache. Nun sag dem Jungen schon, er soll zur Landestelle runterlaufen, dort unsere Einladung überbringen und mit der Antwort zurückkommen. Das kostet ihn keine zehn Minuten. Ich werde ihm fünf Lire geben, um seine zerrütteten Nerven zu beruhigen.«

Philip schien zu überlegen. »Dick, ich finde wirklich nicht – wir sind hier im Ausland, weißt du ...«

Der Junge sah von einem zum anderen.

»Die Idee ist an sich gut«, wiederholte Philip, »und ich will ja auch kein Spielverderber sein. Aber wirklich, Dickie, ich würde es nicht machen. Der Junge könnte sich furchtbar erschrecken, vielleicht seinen Eltern davon erzählen, und wir könnten möglicherweise gelyncht und in den Kanal geworfen werden. So ein Streich wird uns im Ausland in Verruf bringen«, schloß er einigermaßen gewichtig.

Dickie erhob sich unsicher. »Verruf, zum Teufel«, brabbelte er. »Was spielt das schon für 'ne Rolle, was wir in diesem Rattennest hier treiben? Wenn du's dem Jungen nicht sagen willst, werd' ich mit dem Portier drüber reden. Der versteht Englisch.«

»Na gut«, stimmte Philip zu, denn Dickie war bereits im Begriff davonzuschwanken, Kampfeslust in den Augen. »Es wird ja wohl nichts schaden. *Senta, piccolo*!« Er begann den Auftrag zu erklären.

»Vergiß nicht, ihm zu sagen, daß der Gentleman *subito* kommen soll«, riet ihm Dickie eindringlich. »Daß er sich nicht zu waschen oder kämmen oder sonst was braucht.«

Philip mußte wider Willen lächeln.

»Dica al signore di no vestirsi nero«, sagte er zu dem Jungen.

»Kein ›Smoking‹?« fragte der Junge, entzückt, sein Englisch vorweisen zu können.

»Nein, keinen Smoking.«

Der Junge rannte davon wie ein Wiesel.

Es muß ziemlich ermüdend sein, auf die Explosion einer Bombe zu warten; fast genau so öde ist es, darauf zu warten, daß ein dummer Streich Wirkung zeigt. Dickie und Philip fanden, daß sich die Minuten unerträglich hinzogen, und sie wußten nicht, was sie miteinander reden sollten.

»Er müßte inzwischen doch wieder hier sein«, bemerkte Dikkie schließlich und zog seine Taschenuhr heraus.

»Wieviel Uhr ist es?«

»Halb neun. Er ist seit sieben Minuten weg.«

»Wie dunkel es ist«, meinte Philip. »Vermutlich liegt das an den Bäumen. Aber in England wäre es jetzt noch nicht dunkel.«

»Ich hab dir's ja gesagt, wir wären besser im Alten Land geblieben. Mehr Tageslicht, weniger Leichen, die Gäste kommen rechtzeitig zum Essen . . .«

»Giacomelli verspätet sich wirklich sehr. Jetzt schon über eine halbe Stunde.«

»Ich frage mich, ob er unsere Nachricht überhaupt bekommen hat.«

»O ja, er hat doch darauf geantwortet.«

»Das hast du mir gar nicht erzählt. Wann war das denn?«

»Letzten Mittwoch. Ich wollte ihm genügend Zeit lassen.«

»Hat er zurückgeschrieben?«

»Nein, er hat angerufen. Ich konnte nicht viel verstehen. Der Diener sagte, der Graf sei nicht da, aber er würde gerne mit uns zu Abend essen. Es täte ihm leid, daß er nicht schriftlich antworten könne, aber er sei geschäftlich abberufen worden.«

»In seine Zuckerfabrik?«

»Wahrscheinlich.«

»Es ist so verdammt still hier«, brummte Dickie.

»Ja, sie sind alle in dem Glasverschlag dort beim Abendessen. Man kann es durch die Blätter hindurch sehen.«

Dann herrschte wieder Schweigen, das Philip einige Zeit später unterbrach. »Ah, da kommt der Kleine ja.«

Aufgeregt sahen sie zu, wie die kleine Gestalt sich ihnen über die Ansammlung kleiner grauer Kieselsteine näherte, die den Venezianern als Kies dienen. Es fiel ihnen sofort auf, daß er eine aufrechte und gewichtige Haltung hatte; falls er einen Schock erlitten hatte, so war ihm nichts anzumerken. Er blieb vor ihnen stehen, lächelte und atmete hastig.

»Ho fatto un corso«, sagte er stolzgeschwellt.

»Was soll das heißen?«

»Er sagt, er sei gerannt.«

»Scheint so.«

Die Freunde tauschten amüsierte Blicke aus.

»Ich muß sagen, er hat Mumm«, bemerkte Dickie mit widerwilliger Bewunderung. Der Streich war offenbar mißlungen. »Aber vermutlich sehen diese italienischen Kinder sowieso jeden Tag Leichen. Frag' ihn, was der Gentleman geantwortet hat.«

»Che cosa ha detto il signore?« fragte Philip.

Noch immer keuchend, antwortete der Kleine: *»Accetta con molto piacere. Fra pochi minuti sara qui.«*

Philip starrte den Pagen verblüfft an.

»Si, si, signore«, wiederholte der Junge, *»cosi ha detto – ›vengo con molto piacere‹.«*

»Was sagt er?« wollte Dickie wissen.

»Er hat gesagt, der Gentleman nähme unsere Einladung mit großem Vergnügen an und sei in ein paar Minuten hier.«

»Natürlich«, sagte Dickie, nachdem der Junge mit seiner *mancia* verschwunden war, »hat er sich über uns lustig gemacht. Aber so ein abgebrühtes kleines Aas – er kann doch höchstens zwölf Jahre alt sein.«

Philip sah sich um und bewegte nervös die Finger.

»Ich glaube nicht, daß er das erfunden hat.«

»Aber was dann?«

Philip antwortete nicht.

»Hier sieht es wirklich wie auf einem Friedhof aus«, sagte er dann plötzlich, »mit all den Zypressen und diesen scheußlichen Steinhaufen ringsherum.«

»Mit ein paar bunten Lampen würde es hier besser aussehen«, pflichtete Dickie bei. »Aber deine morbiden Vorstellungen helfen uns bei dem Problem mit unserem Freund im Boot auch nicht weiter. Haben wir uns nun von diesem Dreikäsehoch an der Nase herumführen lassen oder nicht?«

»Das wird sich herausstellen«, antwortete Philip. »Er hat doch gesagt – in ein paar Minuten.«

Sie saßen beide da und lauschten.

»Diese Warterei macht mich verrückt«, erklärte Dickie. »Laß uns diesen kleinen Schuft zurückrufen, damit er uns erzählt, was wirklich passiert ist.«

»Nein, nein, Dickie, das wäre zu blamabel. Wir wollen lieber überlegen, wie sich alles abgespielt haben könnte. Gehen wir vom Bekannten zum Unbekannten über wie in den Krimis. Der Junge geht also hinab. Er trifft an der Landestelle ein. Dort trifft er auf ein paar sensationsgierige Herumtreiber . . .«

»Vielleicht auch nicht«, wandte Dickie ein. »Es waren nur noch zwei oder drei Glotzaugen da, als wir gingen.«

»Auf jeden Fall ist er auf den *rampino* gestoßen, der geschworen hat, er würde aufpassen.«

»Er hat sich vielleicht verzogen, um ein paar hinter die Binde zu gießen«, sagte Dickie. »Du hast ihm das nötige Kleingeld gegeben, und er muß ja auch von was leben.«

»Schön – in dem Fall würde der Junge – *was* sehen?«

»Nur das Stück Segeltuch, unter dem was liegt.«

»Was würde er dann tun? Versetz dich mal in seine Situation, Dickie.«

Dickie zog eine Grimasse. »Vermutlich würde er annehmen, der Mann ruhte sich unter dem wasserdichten Stoff aus und dann würde er ›He, hallo‹ mit dieser ohrenbetäubenden Stimme sagen, die die Itas haben und die Tote erwecken kann . . .«

»Ja, ja. Und dann?«

»Dann würde er vielleicht – er ist ja ein unternehmungslustiger Knabe – in die Gondel steigen und das Segeltuch ein bißchen anheben und – na ja, wahrscheinlich würde er aufhören zu schreien . . .« schloß Dickie lahm. »Er würde sehen, daß das nichts Rechtes ist . . .« Dann fügte er hinzu: »Du mußt zugeben, es liegt näher anzunehmen, daß er auf halbem Weg die Straße hinab einen Freund trifft, der ihm klarmacht, daß man ihn zum Narren gehalten hat. Und da hat er dann 'ne Zigarette geraucht und ist schnaufend mit seiner Räuberpistole zu uns zurückgekehrt – um es uns heimzuzahlen.«

»Das ist die vernünftigste Erklärung«, pflichtete Philip bei. »Aber nur spaßeshalber laß uns einmal annehmen, daß sich, als er gerufen hat, das Segeltuch zu bewegen begann, daß sich etwas darunter aufgerichtet hat, daß sich eine Hand herausschob und –«

Der Kies knirschte unter sich nähernden Schritten und die Freunde hörten eine respektvolle Stimme sagen: *»Per qui, signor Conte.«*

Zuerst sahen sie lediglich die robuste, mit weißer Weste versehene Gestalt des Portiers, der mit gewichtiger Miene einer Dampfwalze gleich auf sie zukam. Dann entdeckten sie hinter ihm einen anderen Mann, groß, dunkel gekleidet, der leicht hinkte. Neben der glanzvollen Erscheinung des Portiers verblaßte er fast bis zur Unsichtbarkeit.

»Il Conte Giacomelli«, verkündete der Portier ausdrucksstark.

Die beiden Engländer rückten mit ausgestreckten Händen auf ihn zu, aber ihr Gast wich einen kleinen Schritt zurück und hob den Arm zu einem römischen Gruß.

»Guten Abend«, sagte er in tadellosem Englisch. »Leider bin ich ein bißchen zu spät, ja?«

»Ach, vielleicht ein oder zwei Minuten«, erwiderte Philip. »Nicht der Rede wert.« Verstohlen starrte er den Grafen an. Ein von einem Ilex herabhängender Zweig berührte beinahe seinen Hut; er stand so aufrecht und still im Dunkeln, daß man hätte meinen können, er hinge freischwebend vom Baum herab.

»Ehrlich gesagt«, platzte Dickie heraus, »hatten wir Sie schon fast aufgegeben.«

»Mich aufgegeben?« Der Conte schien verwirrt zu sein. »Was meinen Sie mit ›aufgegeben‹?«

»Erschrecken Sie nicht«, beruhigte ihn Philip lachend. »Er hat nicht mit Ihrem Dahinscheiden gerechnet. Wissen Sie, ›aufgeben‹ kann so vieles bedeuten. Das ist das Schlimmste an unserer Sprache.«

»Man kann eine Hoffnung aufgeben, nicht wahr?« erkundigte sich der Graf.

»Ja«, antwortete Philip munter, »eine Hoffnung kann man aufgeben. Das hat mein Freund auch gemeint – wir hatten schon fast die Hoffnung aufgegeben, Sie zu Gesicht zu bekommen. *Sie* selbst konnten wir natürlich nicht aufgeben – das ist nur so eine Redensart –, denn wir hatten Sie ja noch gar nicht, verstehen Sie.«

»Ich verstehe«, murmelte der Conte. »Sie hatten mich gar nicht.« Er grübelte vor sich hin.

Dickie unterbrach die Stille.

»Möglicherweise bist du ein guter Grammatiker, Phil – aber ein verdammt schlechter Gastgeber. Der Graf hier muß ja am Verhungern sein. Lassen wir uns noch ein paar Cocktails hierherbringen und dann zum Essen hineingehen.«

»Gut, dann bestelle sie. Sie haben hoffentlich nichts einzuwenden«, fuhr er fort, als Dickie gegangen war, »aber möglicherweise sind wir beim Dinner zu viert.«

»Vier?« wiederholte der Graf.

»Ich meine«, erwiderte Philip, der es einigermaßen schwierig fand, die Situation zu erklären, »daß wir noch jemanden dazugebeten haben. Ich – ich glaube wenigstens, daß er kommt.«

»Aber das ist doch sehr erfreulich«, bemerkte der Conte und

hob leicht die Brauen. »Was sollte ich dagegen haben? Vielleicht ist es jemand, den ich kenne – ich meine, Ihr anderer Gast?«

»Ich glaube kaum«, antwortete Philip, noch mehr aus der Fassung gebracht. »Er – er . . .«

»Er ist vielleicht nicht *de notre monde*?« äußerte der Conte nachsichtig.

Philip wußte, daß Ausländer weit unbefangener auf Klassenunterschiede hinwiesen als Engländer, trotzdem fand er es schwierig, eine Antwort zu finden.

»Ich weiß nicht, ob er *de notre monde* ist oder nicht«, begann er, wurde sich dann aber bewußt, auf welch groteske Weise zutreffend seine Antwort war und hielt schlagartig inne. »Hören Sie«, fuhr er fort, »ich kann mir gar nicht vorstellen, wieso unser anderer Gast so spät kommt. Wollen wir uns nicht setzen? Vorsicht!« rief er dann, als der Graf auf einen der Stühle zuging, »der hat ein wackliges Bein – er wird unter Ihnen zusammenbrechen.«

Aber der Graf hatte sich bereits gesetzt. Lächelnd sagte er: »Sie sehen, er trägt mich.«

Philip sah ihn bewundernd an. »Sie sind offenbar ein Zauberer.«

Der Conte schüttelte den Kopf. »Nein, kein Zauberer, ein ein . . .« Er suchte nach dem Wort. »Ich kann es nicht auf englisch ausdrücken. Ihr Gast, den Sie erwarten – spricht er Italienisch?«

Philip stöhnte innerlich. »Ich – ich weiß es wirklich nicht.«

Der Conte lehnte sich in seinen Stuhl zurück.

»Ich möchte ja nicht neugierig sein, aber ist Ihr Bekannter Engländer?«

O Gott, dachte Philip, warum um alles in der Welt habe ich bloß dieses Thema angeschnitten? Laut antwortete er: »Ehrlich gesagt, ich weiß nicht viel über ihn. Das wollte ich Ihnen eben erklären. Wir haben ihn nur einmal gesehen und ihn dann durch eine dritte Person eingeladen.«

»So wie mich auch?« Der Conte lächelte.

»Ja, ja, aber die Umstände waren anders. Wir stießen zufällig auf ihn und nahmen ihn mit.«

»Sie nahmen ihn mit?« fragte der Graf. »Von einem Hotel aus?«

»Nein –« Philip lachte verlegen. »Wir – ließen ihn in unserer Gondel mitfahren. Wie sind Sie hierhergekommen?« fügte er hinzu, erleichtert, daß ihm ein Themawechsel geglückt war.

»Ich wurde auch mitgenommen«, antwortete der Conte.

»In einer Gondel?«

»Ja, in einer Gondel.«

»Was für ein merkwürdiger Zufall«, bemerkte Philip.

»Sie sehen also«, meinte der Conte, »daß Ihr Bekannter und ich eine Menge gemeinsam haben.«

Eine Pause entstand. Philip empfand zunehmend ein Unbehagen, das er weder hätte beschreiben noch ergründen können. Er wünschte, Dickie würde zurückkommen – der hätte die Unterhaltung in erfreulichere Richtungen lenken können.

Er hörte den Grafen sagen: »Ich bin froh, daß Sie mir von Ihrem Bekannten erzählt haben. Ich erfahre immer gern etwas über eine Person, bevor ich sie kennenlerne.«

Philip hatte das Gefühl, dem Ganzen ein Ende machen zu müssen. »Oh, aber ich glaube gar nicht, daß Sie ihn kennenlernen werden!« rief er. »Verstehen Sie – meiner Ansicht nach existiert er überhaupt nicht. Das Ganze ist bloß ein dummer Streich.«

»Ein Streich?« fragte der Conte.

»Ja, ein dummer Streich. Gibt es in Italien nicht die Sitte, am ersten April Leuten irgend etwas Falsches einzureden? ›In den April schicken‹, sagt man dazu.«

»Ja, die Sitte haben wir auch«, erwiderte der Graf ernsthaft. »Nur sagen wir dazu *pesci d'Aprile* – Aprilfisch.«

»Ah – das liegt sicher daran, daß Sie eine Nation von Fischern sind. Ein ›Aprilfisch‹ ist eine Art Fisch, mit der Sie nicht gerechnet haben, etwas, das Sie aus dem Wasser ziehen und –«

»Was ist das?« unterbrach ihn der Conte. »Ich habe eine Stimme gehört.«

Philip lauschte.

»Vielleicht ist es Ihr anderer Gast«, bemerkte der Graf.

»Das ist unmöglich. Das – kann nicht sein!«

Die Laute wiederholten sich; sie waren nur eben vernehmbar – aber es klang wie sein, Philips, Name. Warum rief Dickie so leise nach ihm.

»Entschuldigen Sie bitte«, sagte Philip. »Ich glaube, man sucht mich.«

Der Conte neigte den Kopf.

»Das ist das Verrückteste, was ich je gehört habe«, erklärte Dickie ihm. »Ich glaube, ich muß alles ganz falsch verstanden haben. Aber da sind sie nun und vielleicht kannst du sie überzeugen. Meiner Ansicht nach spinnen sie – und das habe ich ihnen auch gesagt!«

Er ging Philip voran in die Hotelhalle. Dort standen der Portier und zwei *vigili.* Sie unterhielten sich im Flüsterton.

»Ma è scritto sul fazzoletto«, sagte einer von ihnen soeben.

»Was soll das alles heißen?« fragte Dickie.

»Er sagt, es sei auf sein Taschentuch geschrieben«, erklärte Philip.

»Außerdem kennen wir ihn beide«, mischte sich der andere Polizeibeamte ein.

»Was soll das heißen?« rief Philip. »*Wen* kennen Sie?«

»Il Conte Giacomelli!« riefen die *vigili* unisono.

»Suchen Sie ihn?« fragte Philip.

»Wir haben ihn vor drei Tagen gesucht«, antwortete einer der Männer. »Aber jetzt ist es zu spät.«

»Zu spät? Aber er ist . . .« Philip hielt plötzlich inne und sah zu Dickie hinüber.

»Ich habe es Ihnen doch gesagt!« schrie der Portier, der in keiner Weise geneigt schien, den Conte vor dem Zugriff der Polizei zu schützen. »Dauernd habe ich Ihnen gesagt, der Conte sei im Garten bei den englischen Gentlemen. Aber Sie glauben mir ja nicht!«

»Es stimmt wirklich«, versicherte Philip. »Wir haben ihn eben erst verlassen. Was behaupten die *vigili* denn?«

»Sie sagen, er sei tot«, antwortete der Portier. »Er sei tot und läge in Ihrem Boot.«

Einen Augenblick lang herrschte Stille. Die *vigili* standen wie von der Kontroverse erschöpft da, mürrisch und gleichgültig.

Schließlich sagte einer von ihnen: »Es stimmt, *signori. Si è suicidato.* Seine Geschäfte gingen schlecht. Er war ein großer Schwindler – er wußte, daß er verhaftet und verurteilt werden würde. *Così si è salvato.*«

»Vielleicht ist er wirklich ein Schwindler«, sagte Philip. »Aber ich bin sicher, daß er lebt. Kommen Sie mit in den Garten und sehen Sie selbst nach.« Die *vigili* schüttelten die Köpfe und zuckten die Schultern, folgten ihm jedoch hinaus in den Hotelgarten. Alle strebten über den Kiesweg dem Baum zu. Dort war niemand mehr.

»Sehen Sie, *signori*«, bemerkte einer der Polizisten mit einem Unterton des Triumphs, »es ist so , wie wir gesagt haben.«

»Nun ja, er muß weggegangen sein«, beharrte Philip eigensinnig. »Er saß dort auf dem Stuhl – so . . .« Aber sein Bemühen, seiner Behauptung Nachdruck zu verleihen, indem er sich darauf niederließ, war vergeblich. Der Stuhl gab unter ihm nach und er plumpste auf ebenso lächerliche wie schmerzhafte Weise auf die Steine. Als er wieder aufgestanden war, griff einer der Polizisten nach dem Stuhl, fuhr mit der Hand darüber und bemerkte:

»Er ist feucht.«

»Wirklich?« sagte Philip benommen.

»Ich glaube nicht, daß irgend jemand auf dem Stuhl gesessen haben kann«, fuhr der Polizeibeamte fort.

Er will mir sagen, daß ich ein Lügner bin, dachte Philip und errötete. Aber der andere *vigile*, bemüht, seine Gefühle zu schonen, sagte: »Vielleicht war es ein Betrüger, den Sie da gesehen haben – ein Ganove. Davon gibt's viele, auch in Italien. Er hat sicher gehofft, Geld aus den *signori* herauszuholen.« Er sah sich bestätigungheischend um; der Portier nickte.

»Ja«, sagte Philip erschöpft. »Das erklärt ohne Zweifel alles. Brauchen Sie uns noch?« fragte er die *vigili*. »Hast du eine Visitenkarte, Dickie?«

Die *vigili* salutierten und trollten sich, nachdem sie alles Erforderliche erfahren hatten.

Dickie wandte sich an den Portier.

»Wo ist der Dreikäsehoch, den wir mit einem Auftrag weggeschickt hatten?«

»Dreikäse-hoch?« wiederholte der Portier verwirrt.

»Der Page!«

»Ah, der *piccolo*? Der hat Dienstschluß gehabt und ist heimgegangen, Sir.«

»Sein Glück«, sagte Dickie. »He, wer ist das denn? Meine armen Nerven halten nicht mehr viel Horrorszenen aus.«

Es war der *maître d'hôtel*, der sich unterwürfig verbeugte.

»Bitte, werden drei Gentlemen zum Dinner kommen, oder vier?« erkundigte er sich.

Philip und Dickie wechselten Blicke. Dickie zündete sich eine Zigarette an.

»Nur zwei Gentlemen«, sagte er.

Übersetzt von Rosmarie Kahn-Ackermann

ALPHONSE DAUDET

Die drei stillen Messen

Ein Weihnachtsmärchen

Wahrscheinlich gibt es keine drastischere Darstellung eines Weihnachtsfestes im siebzehnten Jahrhundert, kombiniert mit dem schrecklichen Schicksal eines Vielfraßes, als in den ›THREE LOW MASSES‹ *von Alphonse Daudet (1840–1897). Die Geschichte stöhnt förmlich unter der Bürde von jahreszeitlich bedingten Delikatessen, so wie Daudet sie schildert, dessen Werk, keineswegs überraschend, häufig mit dem von Charles Dickens verglichen wird. Geboren in Nimes, geriet er als Privatsekretär des Duc de Morny in die extravagante französische Gesellschaft, bevor er sich dem Schreiben zuwandte und eine Reihe farbiger Romane wie* ›TARTARIN DE TARASCON‹ *(1872) und* ›SAPPHO‹ *(1884) veröffentlichte. Hochwürden Dom Balaguère, der Gourmet, der bei seinem Bestreben, das Weihnachtsfest zu organisieren, eine unverzeihliche Sünde begeht, gehört zu den Daudetschen Charakteren, die dem Leser lange nach Beendigung der Lektüre im Gedächtnis bleiben ...*

I

»Zwei getrüffelte Truthähne, Garrigou? ...«

»Ja, Hochwürden, zwei prächtige, mit Trüffeln gefüllte Truthähne. Ich weiß es ganz genau, denn ich habe beim Füllen geholfen. Man hätte meinen können, die Haut würde beim Braten platzen, so straff war sie gespannt ...«

»Jesus-Maria! Und ich esse Trüffeln so gern! ... Gib mir schnell mein Chorhemd, Garrigou ... Und was hast du außer den Truthähnen noch in der Küche gesehen? ...«

»Oh! Alle möglichen guten Sachen . . . Seit Mittag haben wir nichts getan, als Fasanen, Wiedehopfe, Haselhühner, Birkhähne gerupft. Die Federn flogen nur so . . . Und vom Teich hat man Aale, Goldkarpfen, Forellen und andere Fische geholt . . .«

»Wie groß waren denn die Forellen, Garrigou?«

»So groß, Hochwürden . . . riesig, sehen Sie . . .«

»O Gott! Ich glaube sie mit Augen zu sehen . . . Hast du Wein in die Meßkännchen gegossen?«

»Ja, Hochwürden, alles besorgt . . . Aber, beim Himmel, der Wein in den Kannen ist nichts im Vergleich zu dem, den Sie trinken werden, wenn Sie aus der Messe kommen. Sie hätten nur den Eßsaal im Schloß sehen müssen und all die Karaffen, in denen Weinsorten von allen Farben funkelten . . . Und das Silbergeschirr, die ziselierten Tafelaufsätze, die Blumen, die Armleuchter! . . . Solchen Weihnachtsschmaus sieht man nicht so leicht wieder. Der Herr Marquis hat alle vornehmen Leute der Nachbarschaft einladen lassen. Ohne den Schultheiß und den Amtsschreiber zu zählen, werden sie mindestens vierzig sein . . . Ach! Sie sind gut daran, Hochwürden, dazuzugehören! . . . Der Duft der schönen Truthähne und der Trüffeln verfolgt mich überall . . . So was Feines! . . .«

»Nun, nun, liebes Kind. Hüten wir uns vor der Sünde der Leckermäuligkeit, vor allem in der Nacht der Geburt des Herrn . . . Zünde schnell die Kerzen an und läute die Glocke zur Messe; Mitternacht ist nahe, und wir dürfen uns nicht verspäten . . .«

Diese Unterhaltung fand am Weihnachtsabend im Jahre der Gnade sechzehnhundert und soviel zwischen dem hochwürdigen Dom Balaguère, ehemaligem Barnabitenprior und gegenwärtig wohlbestalltem Schloßkaplan der Herren von Trinquelage, und seinem kleinen Kirchendiener Garrigou, oder wenigstens was er für Garrigou hielt, statt. Denn man muß wissen, daß an diesem Abend der Teufel das runde Gesicht und die jugendlichen Züge seines Sakristans angenommen hatte, um den hochwürdigen Vater leichter in Versuchung zu führen und ihn die schreckliche Sünde der Leckerhaftigkeit begehen zu lassen.

Während also der vorgebliche Garrigou (hum! hum!) die Glokken der Schloßkapelle läutete, legte Hochwürden das Meßgewand in der kleinen Sakristei an. Sein Geist war erfüllt von den Gedanken an die bevorstehenden Genüsse, und er wiederholte sich beim Ankleiden:

»Gebratene Truthähne, Goldkarpfen ... so große Forellen! ...«

Draußen wehte der Nachtwind und trug die Klänge der Glocken weit hinaus ins Land, und alsbald tauchten aus dem Dunkel Lichter an den Hängen des Berges Ventour, auf dem sich die alten Türme von Trinquelage erhoben, auf. Es waren die Familien der Pächter, welche die Mitternachtsmesse im Schloß hören wollten. Sie stiegen in Gruppen von fünf oder sechs singend die Höhe empor, der Vater mit der Laterne in der Hand voran, die Frauen in ihre weiten braunen Umhänge gehüllt, unter denen die sich an sie drängenden Kinder Schutz suchten. Trotz der Kälte und der späten Stunde wanderten die wackeren Leute munter dahin, denn der Gedanke lockte sie, daß nach Beendigung der Messe der Tisch für sie wie alle Jahre drunten in den Küchen gedeckt sein würde. Von Zeit zu Zeit spiegelten sich auf dem steilen Wege im Strahl des Mondscheins die Spiegelscheiben einer herrschaftlichen Kutsche, der Fackelträger vorangingen, oder auch ein Maulesel, dessen Glöckchen bimmelten, trottete vorüber, und im Lichte der aus dem Nebel herausblinkenden, großen Laterne erkannten die Pächter ihren Schultheißen und grüßten den Vorbeikommenden:

»Guten Abend, guten Abend, Meister Arnoton!«

»Guten Abend, guten Abend, liebe Leute!«

Die Nacht war klar, und die Sterne glitzerten vor Kälte. Der Wind war schneidend, und ein feiner Graupelhagel, der sich, ohne sie zu durchnässen, auf die Kleider legte, war ganz in Übereinstimmung mit dem üblichen weißen Weichnachten. Droben auf der Höhe war als Ziel das Schloß sichtbar mit seinen massigen, gewaltigen Türmen, seinen Giebeln, dem Glockenturm der Kapelle, der in den dunkelblauen Himmel aufragte, und seiner Menge kleiner Lichter, die aufblitzten und an allen

Fenstern hin und her huschten und auf dem düstern Hintergrund der Mauern aussahen wie Funken, die flüchtig aus der Asche verbrannten Papiers aufleuchten ... Um die Kapelle zu erreichen, mußte man, wenn man Zugbrücke und Tor hinter sich hatte, über den ersten Hof gehen, der voller Kutschen, Diener, Sänften war und vom Licht der Fackeln und dem Schein vom Herdfeuer der Küchen erhellt wurde. Man hörte das Klingen der Bratspieße, das Klappern der Kasserollen, das Klirren der Gläser und des Silbergeschirrs bei den Vorbereitungen zum Festschmaus. Hinzu kam ein warmer Dunst, der gut nach gebratenem Fleisch und Würzkräutern für die verschiedenen Soßen roch und den Pächtern, wie dem Kaplan, wie dem Schultheißen, wie aller Welt zu sagen schien:

»Was für ein gutes Festmahl werden wir nach der Messe genießen!«

II

»Bimbim! ... Bimbim! ...«

Die Weihnachtsmesse beginnt. In der Kapelle des Schlosses, einem Puppendom mit sich kreuzenden Bögen, eichener Täfelung, die die Wände bis oben hinauf bedeckt, Teppichen, sind alle Kerzen angezündet. Was für eine Menge Leute! Was für prächtige Toiletten! Da saßen zunächst in den den Chor umgebenden, geschnitzten Kirchenstühlen der Herr von Trinquelage in lachsfarbenem Taftgewand und neben ihm alle seine edlen Gäste. Gegenüber auf dem samtverzierten Betpult haben die alte, verwitwete Gräfin in feuerrotem Brokatkleid und die junge Herrin von Trinquelage mit hoher, nach der letzten Mode des französischen Hofes gewaffelten Spitzenhaube auf dem Kopf Platz genommen. Weiter hinten sieht man, schwarzgekleidet, mit gewaltigen Perücken und glattrasierten Gesichtern, den Schultheiß Thomas Arnoton und den Amtsschreiber Meister Ambroy, zwei dunkle Punkte zwischen den leuchtenden Seidenstoffen und den golddurchwirkten Damasten. Dann kommen die dicken Haushofmeister, die Pagen, die Piköre, die Verwalter, Dame Barbe mit all ihren Schlüsseln an der Seite an silbernem Schlüsselring. Hinten auf den Bänken sitzen die Dienerschaft, die Mägde, die Pächter mit ihren Familien, und schließlich ganz hinten, nahe der Tür, die sie leise etwas öffnen und wieder zumachen, stehen die Herren Küchenjungen, die in einem freien Augenblick eintreten, um auch etwas von der Messe abzubekommen, und leckere Küchendüfte in die festlich geschmückte, von soviel brennenden Kerzen erwärmte Kirche hineintragen.

Ist es der Anblick dieser kleinen weißen Mützen, der die Gedanken des Pfarrers ablenkt? Oder ist es mehr die Glocke Garrigous, diese kleine, verteufelte Glocke, die sich am Fuße des Altars mit höllischer Geschwindigkeit hin und her schwingt und immer wieder zu sagen scheint:

»Schneller, schneller . . . je früher wir fertig sind, desto früher sitzen wir bei Tisch!«

Tatsache ist, daß jedesmal, wenn die Glocke, diese Glocke des Teufels, ertönt, der Kaplan seine Messe vergißt und nur noch an den Festschmaus denkt. Er hat die geschäftigen Köche, die Riesenfeuer der Herde, die unter halboffenen Deckeln aufsteigenden Dämpfe und in diesen Dämpfen zwei prächtige, gestopfte, straffe, trüffelnmarmorierte Truthähne vor Augen.

Oder auch er sieht Reihen von Pagen vorbeiziehen, die dampfende Schüsseln tragen, und mit ihnen betritt er den für das Festmahl bereiten, großen Saal. O Wonne! Da steht die vollbeladene, funkelnde Tafel, Pfauen in ihrem Federschmuck, Fasane, die ihre goldkäferfarbenen Flügel ausbreiten, rubinleuchtende Karaffen, Haufen von glänzenden Früchten unter grünen Zweigen, und die wundervollen Fische, von denen Garrigou sprach (ah! jawohl Garrigou!), auf Fenchel gebettet, mit Perlmutterschuppen, wie sie aus dem Wasser kamen, und einem Strauß duftender Kräuter in den Nasenlöchern. So lebhaft steht dies Wunderbild vor ihm, daß es Dom Balaguère scheint, als stünden alle diese wundersamen Schüsseln vor ihm auf den Stikkereien des Altartuches, und zwei- oder dreimal ertappt er sich dabei, statt *Dominus vobiscum* das *Benedicite* zu sagen. Abgesehen von diesen leichten Versehen hält der würdige Herr gewissenhaft seine Messe, ohne eine Zeile zu überschlagen oder eine

Kniebeugung auszulassen. Bis zum Ende der ersten Messe geht alles gut, denn, wie Sie wissen, muß derselbe Geistliche am Weihnachtstage drei Messen hintereinander lesen.

»Eine ist erledigt«, sagt der Kaplan mit einem Seufzer der Erleichterung; ohne eine Minute zu verlieren, gibt er seinem Gehilfen oder dem, welchen er für seinen Gehilfen hält, ein Zeichen, und . . .

»Bimbim! . . . Bimbim!«

Die zweite Messe beginnt, und mit ihr beginnt auch die Sünde des Dom Balaguère.

»Schnell, schnell, beeilen wir uns!« ruft ihm die hohe, scharfe Stimme der Glocke Garrigous zu, und dieses Mal stürzt sich der unglückliche Priester, ganz der Lockung seiner Leckerhaftigkeit verfallen, auf das Meßbuch und verschlingt die Seiten mit der Gier seines überreizten Appetits. Wie wahnsinnig kniet er nieder, erhebt sich, deutet das Zeichen des Kreuzes und die Kniebeugungen leicht an, verkürzt alle Gebärden, um schneller fertig zu werden. Kaum hebt er die Arme beim Evangelium und schlägt beim *Confiteor* an die Brust. Sein Sakristan und er plappern um die Wette. Bibelvers und Antwortsgesang überstürzen sich und geraten ineinander. Die Worte werden nur halb gesprochen und der Mund nicht geöffnet, denn das würde zuviel Zeit wegnehmen, und schließlich werden sie zu einem unverständlichen Murmeln.

»*Oremus ps . . . ps . . . ps . . .*«

»*Mea culpa . . . pa . . . pa . . .*«

Ähnlich den Winzern, die eilig die Trauben im Kübel zerquetschen, plätschern alle beide im Latein der Messe und senden nach allen Seiten Spritzer.

»*Dom . . . scum! . . .*« sagt Balaguère.

»*. . . Stutuo! . . .*« antwortet Garrigou; und die ganze Zeit über hört die kleine Glocke nicht auf und tönt ihnen in die Ohren wie jene Schellen, welche die Postpferde tragen, damit sie um so schneller galoppieren. Man kann sich denken, daß bei solchem Tempo eine Messe schnell zu Ende geht.

»Nummer zwei fertig!« sagt der Kaplan außer Atem. Dann,

ohne Zeit zu verlieren, um aufzuatmen, rot und schweißtriefend, eilt er die Altarstufen hinab und ...

»Bimbim! ... Bimbim!«

Die dritte Messe beginnt. Nun braucht er nur einige Schritte zu tun, um zum Eßsaal zu gelangen. Aber ach, in dem Maße, wie das Mahl näher rückt, fühlt sich der unselige Balaguère von wahnsinniger Ungeduld und Freßbegier überkommen. Seine Wahnvorstellung wird deutlicher; die Goldkarpfen, die gebratenen Truthähne sind vor ihm ... er berührt sie ... er ... O Gott! ... Die Schüsseln dampfen, die Weinsorten duften; und das wütende Bimmeln der kleinen Glocke ruft ihm zu:

»Schnell, schnell, noch schneller! ...«

Aber wie hätte es noch schneller gehen sollen? Seine Lippen bewegen sich kaum; er spricht keine Worte mehr aus. Wofern er den lieben Gott nicht ganz betrügen und ihn um die Messe bemogeln will ... Aber das tut der Unglückselige schon! ... Die Versuchung wird stärker, und er beginnt, einen Bibelvers zu überschlagen, dann zwei. Die Epistel ist zu lang ... er liest sie nicht zu Ende, er streift flüchtig das Evangelium, geht am *Credo* vorbei, ohne einzutreten, überspringt das *Pater*, winkt dem Eingang der Messe ab, und stürzt sich so in leidenschaftlichen Sprüngen in die ewige Verdammnis, hineingepeitscht von dem niederträchtigen Garrigou *(vade retro, Satanas!)*, der ihm in wunderbarem Einvernehmen zur Seite steht, ihm das Meßgewand aufschürzt, immer zwei Blätter zugleich umschlägt, die Pulte hin und her stößt, die Meßkelche umwirft, und unaufhörlich die kleine Glocke immer stärker und immer schneller schwingt.

Man muß die verstörten Gesichter sehen, die die Zuhörer machen! Gezwungen, in dem Gebärdenspiel des Priesters die Messe mitzumachen, von der sie kein Wort verstehen, erheben sich die einen, wenn die anderen niederknien, und setzen sich, wenn die anderen stehen. Alle Stadien dieses seltsamen Gottesdienstes vermengen sich auf den Bänken in einem Wirrwarr der verschiedensten Stellungen. Der Weihnachtsstern dort oben am Himmelsgewölbe, auf dem Wege zum kleinen Stall, erbleicht vor Entsetzen, als er die Verwirrung sieht ...

»Der Pfarrer macht es zu schnell ... man kann gar nicht folgen«, murmelt die alte Gräfin und schüttelt bedenklich den Kopf.

Meister Arnoton, mit der großen Stahlbrille auf der Nase, sucht in seinem Gebetbuch vergebens, wie weit man ist. Aber im Grunde des Herzens sind alle diese wackeren Leute, die auch auf den Schmaus begierig sind, keineswegs über die Eilpost ärgerlich, in der die Messe vor sich geht. Als sich Dom Balaguère mit strahlendem Gesicht der Gemeinde zuwendet und mit aller Kraft ruft: *»Ite, missa est«*, gibt es nur eine Stimme in der Kapelle, um ihm zu antworten mit einem frohen, begeisterten *Deo gratias*, als ob man sich schon bei Tafel während des ersten Trinkspruchs befände.

III

Fünf Minuten nachher setzte sich die Menge der edlen Herren, und mitten unter ihnen der Kaplan, an die festliche Tafel. Das von oben bis unten erleuchtete Schloß hallte von Liedern, Geschrei, Lachen und Gelärm wider; der ehrwürdige Dom Balaguère stieß seine Gabel in einen Haselhuhnflügel und ertränkte die Gewissensbisse über seine Sünde in Strömen päpstlichen Weines und dem Bratensaft der Fleischspeisen. Der arme, fromme Mann aß und trank so viel, daß er in der Nacht nach schmerzvollem Übelsein starb, ohne auch nur Zeit zur Reue gehabt zu haben. Am Morgen kam er dann im Himmel, der von den Festlichkeiten der Nacht noch ganz in Aufruhr war, an, und man kann sich ausmalen, wie er dort empfangen wurde.

»Fort aus meinen Augen, du schlechter Christ!« sagte der höchste Richter, unser aller Meister, zu ihm. »Dein Fehler ist groß genug, um ein ganzes Leben der Tugend auszulöschen ... Ach! Du hast mir eine Nachtmesse gestohlen ... Dreihundert sollst du mir dafür zahlen. Du wirst nicht in das Paradies eingehen, bevor du nicht in deiner eigenen Kapelle in Gegenwart all derer, die durch deine Schuld und mit dir gesündigt haben, diese dreihundert Christmessen gefeiert hast ...«

Das ist die echte Sage von Dom Balaguère, wie man sie im

Lande der Oliven erzählt. Heute besteht das Schloß Trinquelage nicht mehr, aber inmitten einer Gruppe von Eichen ragt die Kapelle immer noch auf dem Gipfel des Ventourberges zum Himmel auf. Der Wind spielt mit ihrer verfallenden Tür, das Gras sprießt auf der Schwelle; Vögel nisten in den Ecken des Altars und in der Vertiefung der hohen Fenster, deren bunte Scheiben seit langem verschwunden sind. Aber es scheint, als ob jedes Jahr zu Weihnachten ein übernatürliches Licht durch die Ruinen huscht, und daß, wenn die Bauern zur Messe und zum Festschmaus gehen, sie diese gespenstische Kapelle von unsichtbaren Lichtern erhellt sehen, die im Freien, selbst unter Schnee und Wind brennen. Vielleicht wird mancher darüber lachen; aber ein Winzer der Gegend namens Garrigue, ohne Zweifel ein Nachkömmling Garrigous, hat mir versichert, daß er sich eines Weihnachtsabends etwas angezecht auf dem Berge in der Nähe des Schlosses verirrt und folgendes gesehen habe ... Bis elf Uhr nichts. Alles schweigend, dunkel, leblos. Kurz vor zwölf Uhr ertönte plötzlich Glockengeläut von der Spitze des Turmes, das Läuten einer ganz alten, alten Glocke, die zehn Meilen entfernt zu sein schien. Bald sah Garrigue auf dem berganführenden Wege Lichter flackern und unbestimmte Schatten sich bewegen. Unter der Türhalle der Kapelle flüsterte man:

»Guten Abend, Meister Arnoton!«

»Guten Abend, liebe Leute!«

Als alle drinnen waren, näherte sich der Winzer, der ein tapferer Mann war, leise und blickte durch die verfallene Tür. Er hatte einen seltsamen Anblick. Alle Leute, die er hatte vorbeigehen sehen, waren um den Chor im Schiff der Kirche versammelt, als ob die alten Bänke noch vorhanden wären. Schöne Damen in Brokatkleidern und Spitzenhauben, vornehme Herren in Goldstickerei, Bauern in blumengeschmückten Wämsern, wie sie unsere Großväter trugen, aber alle mit welken, alten staubigen, müden Gesichtern. Von Zeit zu Zeit strichen Nachtvögel, die gewöhnlichen Gäste der Kapelle, vom Lichterglanz aufgescheucht, um die Kerzen, deren Flamme steil und undeutlich wie hinter einem Gazeschleier nach oben stieg. Was Garrigue vor allem Spaß machte, war eine Persönlichkeit mit großer Stahlbrille, die häufig ihre große Perücke schüttelte, und auf deren Haupt einer jener Vögel saß und schweigend die Flügel schwang . . .

Im Hintergrund bewegte ein alter Mann von kindlicher Gestalt, der mitten vor dem Chor kniete, voller Verzweiflung eine klanglose Schelle, während ein in altes Gold gekleideter Priester vor dem Altar hin und her ging und Gebete sprach, von denen man kein Wort hörte . . . Das war sicherlich Dom Balaguère, der seine dritte Messe sagte.

Übersetzt von Dr. Fritz Meyer

ALEXANDER PUSCHKIN

Der Sargmacher

Sehn wir nicht Särge jedes Jahr
Wie welken Weltalls graue Haare?
Derschawin

Die Leidenschaft der Russen für Freßorgien wurde schon in einer Menge von Romanen der berühmtesten Schriftsteller des Landes zum Ausdruck gebracht, wo üppige Mahlzeiten mit ungezählten Gläsern Wodka, Wein und Champagner hinuntergespült werden. Alexander Puschkin (1799–1837), der große Dichter, dessen Leben und Tod – er starb bei einem Duell im Alter von siebenunddreißig Jahren – ebenso ungewöhnlich waren wie alles, was er geschrieben hat, verlieh seiner Liebe zu Zechgelagen in mehreren seiner Geschichten Ausdruck, einschließlich der grimmigen Erzählung ›DER SARGMACHER‹, *die zeigen will, daß die Folgen einer gewaltigen Mahlzeit gelegentlich weit erschreckender sind als vorübergehende Verdauungsschwierigkeiten.*

Des Sargmachers Adrian Prochorow Hab und Gut wurde auf den Leichenwagen gestapelt, und die zwei dürren Klepper schleppten sich zum viertenmal von der Basmannaja nach der Nikitskaja, denn nach dorthin zog der Sargmacher mitsamt seinem ganzen Hause um. Er schloß den Laden und begab sich, nachdem er zuvor an das Tor eine Bekanntmachung genagelt hatte, das Haus sei zu verkaufen oder zu vermieten, zu Fuß nach seiner neuen Behausung. Aber als er sich dem gelben kleinen Hause, das schon so lange seine Einbildung verlockt und das er schließlich für eine angemessene Summe erworben hatte, näherte, da fühlte der alte Sargmacher plötzlich nicht ohne Verwunderung, daß in seinem Herzen keine Freude war. Und als er gar die noch ungewohnte Schwelle überschritt und in seiner neuen Wohnung nichts als Wirrwarr vorfand, da seufzte er fast seinem verwitterten Häuschen nach, denn im Laufe von achtzehn Jahren hatte dort die allerstrengste Ordnung geherrscht; er begann, auf seine zwei Töchter und die Bedienerin ihrer Saumseligkeit wegen zu schelten und legte selber mit Hand an. Die Ordnung war bald hergestellt; der Schrein mit den Heiligenbildern, der Geschirrschrank, Tisch, Sofa und Bett standen in den gehörigen Ecken des hinteren Zimmers; Küche aber und Wohnzimmer wurden von den Erzeugnissen des Hausherrn gefüllt: Särge in den mannigfaltigsten Farben und in jeder Größe, ebenso jedoch Schränke, voll von Trauerhüten, Trauergewändern und Fackeln. Über dem Haustor prangte ein Schild, auf dem ein stämmiger Amor dargestellt war, in der Hand eine zur Erde gesenkte Fackel, die Unterschrift aber lautete: »Särge, einfache und gestrichene, werden hier verkauft und tapeziert, auch verliehen, und alte werden wieder neu hergerichtet.« Die Mädchen gingen in ihr Zimmer; Adrian aber schritt durch seine ganze Behausung, endlich nahm er am Fenster Platz und befahl, den Samowar aufzutragen.

Der aufgeklärte Leser weiß, daß sowohl Shakespeare wie auch Walter Scott ihre Totengräber als lustige und schelmische Menschen schilderten, um unsere Phantasie durch diesen Kontrast nur noch heftiger anzustacheln. Wir jedoch wollen aus Respekt vor der Wahrheit ihrem Beispiel nicht folgen und sind gezwungen zu bekennen, daß die Lebensart unseres Sargmachers seinem düsteren Gewerbe völlig entsprach. Adrian Prochorow war meistens finster und nachdenklich. Sein Schweigen unterbrach er eigentlich nur, um auf seine Töchter zu pochen, wenn er sah, daß sie untätig durchs Fenster auf die Vorübergehenden guckten, oder um für seine Erzeugnisse jenen, die das Unglück (oder auch zuweilen das Vergnügen) hatten, ihrer zu benötigen, gesalzene Preise abzufordern. Und so saß denn Adrian am Fenster und trank die siebente Tasse und war wie gewöhnlich ganz versunken in seine sorgenvollen Gedanken. Er dachte an den Platzregen, der, eine Woche war es her, alle Personen, die zur

Beerdigung des verabschiedeten Brigadiers gekommen waren, am Schlagbaum überrascht hatte. Viele Gewänder waren nachher eingelaufen, und viele Hüte hatten Krümmungen davongetragen. Er sah unvermeidbare Ausgaben bevor, denn sein uralter Vorrat an Gewändern zu Leichenbegräbnissen geriet allmählich in einen kläglichen Zustand. Freilich hoffte er, diesen Verlust durch die alte Kaufmannsfrau Trjuchina wieder hereinzubringen, denn diese lag bereits seit Jahresfrist im Sterben. Aber es war ein entferntes Stadtviertel, in dem die Trjuchina ihrem Ableben entgegensah, und Prochorow fürchtete, daß die Erben, entgegen ihrem Versprechen, zu lässig sein würden, ihn aus einer solchen Entfernung holen zu lassen, und daß sie am Ende mit einem näher wohnenden Lieferanten handelseins werden könnten.

Diese Gedanken wurden unversehens durch ein dreimaliges freimaurerisches Klopfen unterbrochen. »Wer da?« fragte der Sargmacher. Die Tür ging auf, und mit fröhlicher Miene trat ein Mann, dem man bereits auf den ersten Blick den deutschen Handwerker ansah, ins Zimmer und näherte sich dem Sargmacher. »Um Vergebung, mein werter Herr Nachbar«, sagte er mit einer Aussprache des Russischen, die wir auch heute noch nicht, ohne lachen zu müssen, hören können. »Um Vergebung, daß ich Sie störe . . . ich beeilte mich, Ihre Bekanntschaft zu machen. Ich bin ein Schuster meines Gewerbes und heiße Gottlieb Schulz, ich wohne auf der anderen Seite der Straße in jenem Häuschen, das Ihren Fenstern gerade gegenüberliegt. Und morgen, da feiere ich meine Silberhochzeit und wollte Sie und Ihre Töchter gebeten haben, bei mir Ihre Mittagsmahlzeit einzunehmen.« Diese Einladung wurde wohlwollend angenommen. Der Sargmacher forderte den Schuster auf, Platz zu nehmen und eine Tasse Tee zu trinken, und schon bald darauf war, dank Gottlieb Schulzens offenherzigem Wesen, ein freundschaftliches Gespräch im Gange. »Wie steht es mit dem Handel von Euer Liebden?« fragte Adrian. – »Hm«, entgegnete Schulz, »soso, ich kann nicht klagen. Allerdings hält meine Ware keinen Vergleich mit der Ihrigen aus: Der Lebende kann auf Stiefel verzichten, der Tote aber kann nicht ohne Sarg ableben.« – »Wahr, wahr«, warf Adrian ein, »doch wenn der Lebende kein Geld hat, um sich Stiefel zu kaufen, dann ist das nicht zu ändern, dann geht er eben barfuß; der Tote aber, der nichts hat, der nimmt sich eben seinen Sarg ohne Bezahlung.« Und auf diese Weise setzte sich das Gespräch noch einige Zeit hindurch fort, bis endlich der Schuster aufstand und vom Sargmacher Abschied nahm, wobei er nicht versäumte, seine Einladung zu wiederholen.

Pünktlich um die zwölfte Stunde des anderen Tages schritten der Sargmacher und seine Töchter durch das Pförtchen des neuerworbenen Hauses und begaben sich zum Nachbarn. Aber weder gedenke ich hier Adrian Prochorows russischen Kaftan noch Akulinas und Darjas europäisierte Kleider zu beschreiben und weiche in diesem Falle von den zur Gewohnheit gewordenen Gepflogenheiten der gegenwärtigen Erzähler ab. Dennoch halte ich es nicht für überflüssig hinzuzufügen, daß die Mädchen gelbe Hüte trugen und rote Schuhe angezogen hatten, was sie nur bei besonders feierlichen Anlässen taten.

Die enge Wohnung des Schusters war voller Gäste, es waren zum größten Teil deutsche Handwerker, die ihre Frauen und ihre Gesellen mitgebracht hatten. Die russische Beamtenschaft war durch einen Polizeiwächter vertreten, den Finnländer Jurko, der, ungeachtet seiner bescheidenen Stellung, es dennoch verstanden hatte, das besondere Wohlwollen des Hausherrn zu erringen. Mit Treu und Glauben, wie jener Postillon bei Pogorjelskij, versah er schon fünfundzwanzig Jahre lang seinen Posten. Als die Feuersbrunst des Jahres 1812 die Hauptstadt vernichtete, ging auch sein gelbes Schilderhaus mit drauf. Aber als der Feind vertrieben worden war, erstand auf der gleichen Stelle ein neues Häuschen, grau mit weißen Kolonnen im dorischen Stile, und ausgerüstet mit seiner »Hellebarde« und dem »Panzer aus Bauerntuch« schritt Jurko wiederum auf und ab davor. Die meisten Deutschen, die in der Nähe des Nikitatores wohnten, kannten ihn: Manch einem von ihnen war es bereits zugestoßen, die Nacht vom Sonntag auf Montag bei Jurko verbringen zu müssen. Adrian schloß mit ihm, als mit einem Manne, den man früher oder später vielleicht nötig haben würde, sogleich nähere Bekanntschaft und setzte sich, als die Gäste schließlich zu Tisch gebeten wurden, neben ihn. Herr und Frau Schulz und ihre Tochter, das siebzehnjährige Lottchen, speisten mit ihren Gästen am gleichen Tische, bewirteten sie eifrig und halfen gleichzeitig der Köchin auftragen. Bier floß in Strömen. Jurko aß für vier, und Adrian stand ihm in nichts nach, seine Töchter jedoch zierten sich; das in der Hauptsache deutsch geführte Gespräch wurde von Stunde zu Stunde geräuschvoller. Plötzlich bat der Hausherr um Aufmerksamkeit und rief, einer gut versiegelten Flasche den Hals brechend, laut in russischer Sprache: »Auf die Gesundheit meiner guten Luise!« Der Halbchampagner schäumte. Zärtlich drückte der Hausherr einen Kuß auf das frische Gesicht seiner vierzigjährigen Gefährtin, und geräuschvoll tranken die Gäste auf die Gesundheit der guten Luise. »Auf die Gesundheit meiner lieben Gäste!« rief der Hausherr und öffnete die zweite Flasche – und die Gäste bedankten sich, indem sie aufs neue ihre Gläser leerten. Und nun folgte eine Gesundheit der anderen; man trank auf das Wohl eines jeden einzelnen der Gäste, man trank auf das Wohl Moskaus und eines ganzen Dutzends deutscher Städtchen, man trank auf das Wohl sämtlicher Innungen im allgemeinen und einer jeden einzelnen im besonderen, und man trank auf die Meister und auf ihre Gesellen. Adrian trank mit großem Eifer und war schließlich so lustig geworden, daß er selber einen scherzhaften Trinkspruch ausbrachte. Zu guter Letzt schwenkte einer der Gäste, ein dicker Bäcker, seinen Becher und schrie: »Auf die Gesundheit derer, für die wir arbeiten, auf unsere Kundschaft!« Freudig und einmütig, wie alle zuvor, wurde auch dieser Vorschlag aufgenommen. Die Gäste verbeugten sich voreinander, der Schneider vor dem Schuster, der Schuster vor dem Schneider, der Bäcker vor beiden, und alle anderen vor dem Bäcker, und so ging es weiter. Und durch den Wirbel dieser allgemeinen Verbeugungen schrie Jurko, sich zu seinem Nachbarn wendend: »Nun, und du? Trink, Väterchen, auf die Gesundheit deiner Toten!« Die anderen brachen in ein Gelächter aus, aber der Sargmacher, der sich für gekränkt hielt, runzelte die Brauen. Allein niemand bemerkte es, die Gäste fuhren fort zu zechen, und erst als die Abendglocken zu läuten begannen, erhob man sich vom Tisch.

Es war schon spät, als die Gäste gingen; die meisten von ihnen waren angeheitert. Jurko wurde von dem dicken Bäcker und einem Buchbinder, dessen Antlitz rötlich wie ein Saffianeinband glühte, unter den Armen gefaßt und zu seinem Häuschen geschleppt, wobei sie in diesem Falle die Weisheit des russischen Sprichwortes befolgten: Schulden werden schön, wenn man sie zahlt. Betrunken und ärgerlich kam der Sargmacher nach Hause. »Was soll das, wahrhaftig?« sprach er laut. »Worin ist mein Gewerbe weniger ehrenhaft als das der anderen? Oder ist der Sargmacher etwa ein Bruder des Henkers? Worüber lachten die Heiden? Ist denn ein Sargmacher ein Hanswurst? Es war meine Absicht, sie zur Einweihung der neuen Wohnung einzuladen und ein großes Gelage zu veranstalten, aber nichts dergleichen jetzt! Ich will die einladen, für die ich arbeite: Die rechtgläubigen Toten will ich einladen.« – »Was soll das, Väterchen?« unterbrach ihn die Bedienerin, die ihm derweilen die Stiefel auszog. »Was schwatzest du da? Bekreuzige dich! Tote zur Einweihung der neuen Wohnung zu laden! Hat man so was gehört!« – »So wahr mir Gott helfe, ich will sie einladen«, fuhr Adrian fort, »und zwar schon auf morgen. Erweist mir die Ehre, meine Wohltäter, und kommt morgen mich besuchen; ich will euch vorsetzen, was Gott beschert hat.« Nachdem er diese Worte gesprochen, warf sich der Sargmacher auf sein Bett und schnarchte bald darauf.

Draußen war es noch stockdunkel, da wude Adrian bereits wieder geweckt. Die Kaufmannsfrau Trjuchina war in der Nacht gestorben, und ein berittener Bote ihres Verwalters überbrachte Adrian diese Nachricht. Der Sargmacher gab ihm ein Zehnkopekenstück als Trinkgeld, zog sich in aller Eile an, nahm eine Droschke und begab sich dorthin. Vor dem Tore hielt die Polizei Wache, und wie Krähen, die einen Leichnam wittern, schritten Händler davor auf und ab. Gelb wie Wachs, wenn auch noch nicht von der Verwesung verunstaltet, lag der Körper der Verstorbenen auf einem Tisch aufgebahrt. Die Verwandten, die Nachbarn und das Gesinde scharten sich im Kreise. Alle Fenster waren geöffnet, Kerzen flackerten, und Priester sprachen ihre Gebete. Adrian näherte sich dem Neffen der Trjuchina, einem jungen Kaufmann in einem eleganten Gehrock nach der Mode, und benachrichtigte ihn, daß der Sarg, die Kerzen, die Sargdecke und all die anderen zum Leichenbegängnis notwendigen Gegenstände von ihm sogleich, und zwar mit der peinlichsten Genauigkeit, herbeigeschafft werden würden. Der Erbe dankte ihm ein wenig zerstreut und warf hin, daß er wegen des Preises nicht feilschen wolle, sondern daß er sich in allem auf seine Rechtschaffenheit verlasse. Der Sargmacher rief daraufhin, wie er dies immer tat, Gott zum Zeugen an, daß er nichts Überflüssiges berechnen werde, tauschte aber gleichzeitig einen bedeutungsvollen Blick mit dem Verwalter und eilte dann fort, alles zu besorgen. Der ganze Tag verging, indem er rastlos zwischen jenem Stadtteil und dem Nikitator hin und her fuhr, gegen Abend aber war endlich alles erledigt, und er begab sich, nachdem er den Kutscher bezahlt hatte, zu Fuß nach Hause. Die Nacht war mondhell. Ungefährdet erreichte der Sargmacher das Nikitator. An der Himmelfahrtskirche rief ihn der uns bereits bekannte Jurko an, aber als er den Sargmacher erkannte, wünschte er ihm nur eine geruhsame Nacht. Es war schon ziemlich spät. Der Sargmacher näherte sich bereits seinem Hause, da war ihm plötzlich, als sähe er jemand durch das Tor treten, die Tür öffnen und im Innern verschwinden. »Was soll denn das nun wieder?« überlegte Adrian. »Hat schon wieder jemand etwas von mir nötig? Oder schlich sich ein Dieb ein? Oder am Ende Galane, die sich zu meinen Närrinnen stehlen? Jedenfalls nichts Gutes!« Und schon wollte der Sargmacher seinen Freund Jurko zu Hilfe rufen. Aber in dem Augenblick näherte sich wieder einer dem Tor und schickte sich an hineinzugehen, blieb jedoch, als er den herbeieilenden Hausherrn wahrnahm, stehen und lüftete den Dreispitz. Das Gesicht kam Adrian bekannt vor, obwohl er in seiner Hast unterließ, sich die Züge genauer anzusehen. »Sie geruhten, mich aufzusuchen«, stieß Adrian noch atemlos hervor, »erweisen Sie mir doch die Ehre und treten Sie näher.« – »Keine Umstände, mein Väterchen«, erwiderte jener dumpf. »Geh nur voran und zeige den Gästen den Weg!« Adrian hatte auch gar nicht die Absicht, Umstände zu machen. Die Tür stand offen, er schritt die paar Stufen hinan, und jener folgte ihm. Adrian schien es dabei, als höre er Menschen in seiner Wohnung auf und ab gehen. Was für ein Teufelsspuk! dachte er und beeilte sich einzutreten ... aber da versagten ihm die Beine den Dienst. Das Zimmer war voll von Toten. Der Mond schien durch die Fenster auf gelbe und bläuliche Gesichter, er zeigte klaffende Münder, gebrochene Augen und spitzige Nasen ... Und mit Entsetzen erkannte Adrian eben jene in ihnen, die vermittels seiner Bemühungen beerdigt worden waren; der Gast aber, der mit ihm gleichzeitig eingetreten, war jener Brigadier, der während des Platzregens bestattet worden war. Mit Verbeugungen und Begrüßungen umringten sie alle, Frauen sowohl wie Männer, den Sargmacher, und nur ein Allerärmster, der kürzlich umsonst beerdigt worden war, stand zerknirscht und sich seines Hemdes schämend, demütig in einer Ecke und näherte sich nicht. Die anderen waren alle mit großem Anstand gekleidet: Die Frauenleichname trugen Häubchen und Bänder, die verstorbenen Beamten hatten ihre Uniform an, freilich waren ihre Bärte ungepflegt, die toten Kaufleute aber wandelten in ihren Feiertagskaftanen. »Siehst du, Prochorow«, redete ihn der Brigadier im Namen der ganzen respektablen Gesellschaft an, »auf deine Einladung hin sind wir alle gekommen, und nur die sind zu Hause geblieben, die schon gar nicht mehr konnten, die schon ganz und gar zerfallen sind, und jene, die nur noch aus Gerippe ohne Haut bestehen; doch auch von diesen wollte einer nicht zurückstehen – so sehr verlangte es ihn danach, bei dir zu sein ...« Und in diesem Augenblick drängte sich ein kleines Skelett durch die Schar und näherte sich Adrian. Sein Schädel grinste den Sargmacher liebenswürdig an. Fetzen hellgrünen und roten Tuches und morscher Leinwand baumelten an ihm wie an einem Gerüst, und die Beinknochen schlotterten in den viel zu weiten Stulpenstiefeln wie eine Keule im Mörser. »Du erkennst mich nicht mehr, Prochorow«, sagte das Skelett. »Aber erinnerst du dich nicht an den verabschiedeten Gardesergeanten Pjotr Petrowitsch Kurilkin, an jenen, dem du im Jahre 1799 deinen ersten Sarg verkauftest – und dazu noch einen aus Fichtenholz statt aus Eiche?« Und mit diesen Worten wollte ihn der Tote in seine knöcherne Umarmung schließen, da jedoch nahm Adrian all seine Kraft zusammen, schrie auf und stieß ihn fort. Pjotr Petrowitsch taumelte, fiel und war auf einmal ganz und gar zerfallen. Ein unwilliges Gemurmel erhob sich unter den Toten; alle traten für die Ehre ihres Kameraden ein und rückten Adrian mit Scheltworten und Drohungen zu Leibe, der arme Hausherr aber, betäubt von ihrem Schreien und fast zerquetscht, war wie von Sinnen, fiel über die Knochen des verabschiedeten Gardesergeanten und verlor das Bewußtsein.

Die Sonne schien schon lange auf das Bett, in dem unser Sargmacher lag. Endlich öffnete er die Augen und erblickte die Bedienerin vor sich, die damit beschäftigt war, den Samowar anzufachen. Voller Grauen gedachte Adrian der gestrigen Erlebnisse. Dunkel kam ihm die Erinnerung an die Trjuchina, an den Brigadier und an Kurilkin, den Sergeanten. Er schwieg und wartete darauf, daß die Bedienerin zu sprechen anfange und ihm von den Folgen des nächtlichen Abenteuers erzähle.

»Väterchen Adrian Prochorowitsch, du hast dich aber verschlafen«, sagte Axinja und reichte ihm seinen Schlafrock.

»Der Nachbar, der Schneider, kam vorüber, und der Polizeiwächter kam mit der Nachricht, daß heute der Namenstag des Revieraufsehers sei, aber du schliefst in einem fort, und wir wollten dich nicht wecken.«

»Und von der verstorbenen Trjuchina, ist da jemand gekommen?«

»Von der verstorbenen? Ja, ist sie denn gestorben?«

»Närrin! Als ob nicht du mir gestern geholfen hättest, alles zu ihrer Beerdigung vorzubereiten?«

»Was soll denn das, Väterchen, hast du wohl gar den Verstand verloren, oder ist der gestrige Rausch immer noch nicht vergangen? Was für eine Beerdigung war denn gestern? Den ganzen Tag über zechtest du bei dem Deutschen, kamst betrunken nach Hause und fielst geradezu ins Bett und hast bis zu dieser Stunde durchgeschlafen, da doch schon die Glocken das Ende des Mittagsgottesdienstes geläutet haben.«

»Was du nicht sagst!« meinte erfreut der Sargmacher.

»Freilich, freilich«, entgegnete die Bedienerin.

»Nun, wenn sich das so verhält, dann schneller her mit dem Tee und ruf meine Töchter.«

Übersetzt von Johannes von Guenther

RICHARD DEHAN

Die perfekte Hausfrau

Die amerikanische Kochkunst ist weitgehend von europäischen Einflüssen geprägt – von Rezepten, die von frühen Siedlern aus Europa über den Atlantik gebracht worden waren. Dieses Thema inspirierte Richard Dehan (1863–1932) zur folgenden Novelle, als er (oder sie) in den Besitz eines seltenen Kochbuchs aus dem achtzehnten Jahrhundert gelangte.

Richard Dehan, ein Bühnenautor und Romancier, war in Wirklichkeit eine Frau – mit bürgerlichem Namen Matilde I. M. Graves. Sie vermachte besagtes Buch ›THE COMPLEAT HOUSEWIFE‹, *das in der Erzählung eine so fatale Rolle spielt, dem Britischen Museum, wo es noch heute besichtigt werden kann.*

Die weiblichen Mitglieder des britischen Adels werden oft als blaß und ätherisch beschrieben – ob mit Recht oder nicht, wage ich hier nicht zu entscheiden. Jedenfalls wählen englische Aristokraten, sofern sie die abgefallene Kolonie bereisen, überraschend oft amerikanische Mädchen als Lebensgefährtin, vielleicht weil sie meist temperamentvoller sind und mit beiden Beinen fester auf dem Boden stehen.

Wie dem auch sei – Sir Brian Corbryan, sechzehnter Baronet selbigen Geschlechts und der Stolz von Hindsway Abbey in Deershire, hielt es nicht unter seiner Würde, eine einfache Miss Lydia Randolph, Tochter eines Plantagenbesitzers aus Savannah, zu ehelichen. Allerdings – und das möchte ich in aller Bescheidenheit erklären – wurde ich im ›Georgia Chronicle‹ als typische Südstaatenschönheit beschrieben.

Wir lernten uns in einem distinguierten Hotel an der Küste

kennen, wo ich mit meiner älteren Schwester den Sommerurlaub verbrachte. Der Zufall wollte es, daß wir an der Table d'hôtel nebeneinander zu sitzen kamen, und ich war ihm behilflich, wenn er mit den typisch amerikanischen Gerichten nicht zu Rande kam. Er wußte nicht – oder konnte nicht wissen – wie man sich grünen Mais korrekt zu Gemüte führte und wie man Avocados richtig zerteilte und mit einem Tupfen Tomatenmark würzte. Er war nicht der erste fesche Offizier aus England, den ich kennenlernte, aber irgendwie beeindruckte er mich ganz speziell, noch bevor ich von seinen diversen Adelstiteln erfuhr. Und aufgrund meiner späteren Erfahrungen erschien es mir schicksalhaft, daß wir uns erstmals an einem Speisezimmertisch trafen und unsere Bekanntschaft auf einer Unterhaltung über die Unterschiede zwischen amerikanischer und europäischer Küche basierte, denn er behauptete, Austern aus Ostende seien den unsrigen überlegen, eine Behauptung, der ich heftig widersprach und mit der Lobpreisung von Hummer à la Newburg konterte.

Wir gerieten in ein derart angeregtes Gespräch über das interessante Thema, daß mich meine Schwester später hänselte, ich hätte mich Hals über Kopf in den jungen Mann verliebt. Und als ich entrüstet erwiderte, von Romantik könne doch keine Rede sein und wir hätten uns nur über so prosaische Dinge wie diverse Speisen unterhalten, bemerkte sie bloß lapidar: ›Liebe geht durch den Magen.‹

Erst lange Zeit später sollte ich lernen, wie recht sie hatte.

Die nächsten Tage vergingen wie im Flug. Während meine Schwester die meiste Zeit in einem Liegestuhl im Schatten verbrachte – wohlverdiente Ruhe, denn in Savannah hatte sie einem Haushalt mit einem Gatten, drei Töchtern und sieben Bediensteten vorzustehen – nahm ich an allen Tollheiten teil, denen die Jugend von damals frönte: Segelpartien, Ritte über Stock und Stein und nächtliches Hochseefischen im Fackelschein. Brian wich nicht von meiner Seite, und in ruhigen Momenten erzählte er mir von seinem wunderschönen Besitz in Deershire und wie schön es wäre, wenn wir Seite an Seite unter den Tudor-Eichen wandelten, für die Hindsway Abbey berühmt sei. Trotzdem überraschte es mich einigermaßen, als er mich eines Abends bat, seine Frau zu werden.

Meine Schwester hingegen, reifer und klüger als ich, war keineswegs überrascht, denn sie hatte bereits unseren Vater im voraus informiert. Die Hochzeit fand in Savannah statt, in einem Blumenmeer von Tuberosen und Jasmin. Ich hatte gehofft, Brian würde in einer Rüstung seiner Ahnen erscheinen, doch er weigerte sich, eine solche aus England kommen zu lassen, mit der Begründung, Metallkleidung wäre für die Sommerhitze Georgias zu unbequem. Nachher allerdings, nachdem er unendlich viele Hände schütteln mußte, wünschte er, er hätte einen mittelalterlichen Turnierhandschuh tragen dürfen.

Unsere Hochzeitsreise verteilte sich auf eine Woche Saratoga, eine Woche Überfahrt nach Europa und zwei himmlische Wochen in Paris. Dann fuhren wir nach Deershire und Hindsway Abbey – ich konnte es kaum erwarten, mein neues Heim kennenzulernen.

Es war ein würdiger Empfang. Von der Bahnstation bis zum Schloß gab es ein Spalier von fahnenschwenkenden Schulkindern und Pächtern, und ein berittenes Deershire Regiment eskortierte unseren mit Girlanden geschmückten Wagen. Wir fuhren durch ein gewaltiges Steintor, das beiderseitig von heraldischen Löwen bewacht war, die das Wappen derer von Corbryans trugen, und dann weiter durch die Allee von Tudor-Eichen, von denen mir mein Mann schon daheim in Georgia erzählt hatte. Schließlich hielten wir vor dem Schloß, einem eindrucksvollen Bau aus roten Ziegeln mit weißen steinernen Einfassungen und einem moosbewachsenen Dach.

»Brian«, rief ich entzückt und wies auf den gepflegten Rasen vor dem Haus, »ich sehe die Sommerfeste vor mir, die einst hier gefeiert wurden. Herren in Seidenbreeches mit gepuderten Perücken und Damen in weiten Krinolinen, die im Mondschein Menuett tanzen. Werden sie mir manchmal um Mitternacht erscheinen?«

»Das kann ich dir nicht versprechen«, erwiderte er und umarmte mich, »aber wir werden für dein Entree ein großes Fest veranstalten – und wenn es dein Wunsch ist, lassen wir die Gäste in Rokoko-Kostümen kommen.«

Doch dazu kam es leider nicht, zumindest nicht in den folgenden Wochen. Denn kaum hatte ich mich einigermaßen in den weitläufigen Räumen zurechtgefunden, als ein Telegramm unser trautes Beisammensein jäh unterbrach. Es war von meiner Mutter und teilte in kurzen Worten mit, daß Vater einen Schlaganfall erlitten hatte – aufgrund finanzieller Schwierigkeiten infolge eines plötzlichen Sturzes der Baumwollpreise.

Ich brach in Tränen aus und wollte unverzüglich heimfahren, aber Brian gestattete es nicht. Er würde an meiner Stelle fahren. Da Vater nur über Töchter verfüge, sei es jetzt seine Pflicht, die Stelle eines Sohnes einzunehmen, zumal es sich um geschäftliche Angelegenheiten handle.

Ich brachte es kaum über mich, ihn von meiner Seite zu lassen, aber seine Haltung imponierte mir ungeheuer. Ein wahrer Edelmann, der alle Verbindlichkeiten auf seine Schultern nahm, obwohl er in eine bürgerliche Familie eingeheiratet hatte. Ich gestand ihm, wie sehr ich ihn bewunderte, und er quittierte meine Beteuerungen als besonderen Liebesbeweis und belohnte ihn mit stürmischen Umarmungen und Küssen.

Aber dann hieß es Abschied nehmen. »Sei tapfer, Lydia, jetzt bist du die Herrin des Hauses.« Und zu Annabelle, meiner farbigen Zofe, die wir aus Georgia mitgebracht hatten: »Du versprichst mir, auf deine Herrin gut aufzupassen.«

»Ja, Master«, gelobte das Mädchen und schlug ein Kreuz. Dann fuhr der Wagen vor, und mein Gemahl entschwand zwischen den Tudor-Eichen, die den Weg zum Bahnhof säumten.

»Jetzt bin ich eine Strohwitwe«, sagte ich unter Tränen zu Annabelle.

»Besser als eine wirkliche Witwe, Mylady«, erwiderte das Mädchen zum Trost, und natürlich mußte ich ihr recht geben. Ich weinte mich in den Schlaf, aber am nächsten Morgen erwachte ich in besserer Laune, und nachdem ich gebadet hatte und beim Frühstück saß und über den Rosengarten und die große Sonnenuhr blickte, erschien mir die Welt wieder in rosigeren Farben. Ich war sicher, daß Vater sich erholen und Brian alle Kalamitäten wieder in Ordnung bringen würde. Mein Vertrauen zu ihm war ohne Grenzen.

Bevor ich das Frühstück noch beendet hatte, brachte mir Annabelle ein eben eingetroffenes Telegramm. Es war Brian gelungen, sich auf einem großen Ozeandampfer eine Deckkabine zu sichern, und das Schiff würde noch in der gleichen Nacht den Hafen von Southampton verlassen. Vorher würde er noch einen Brief an mich absenden. Mein liebster Brian! Wie lange würde der Brief unterwegs sein? Zwei Tage, drei Tage? Ich fieberte bereits dem Empfang des Schreibens entgegen, hatte ich doch bislang noch nie von ihm eine Nachricht aus eigener Hand erhalten.

Ich war noch ganz in meinen Gedanken verloren, als Mrs. Pounds erschien und respektvoll darum bat, ihre Aufwartung zu machen. Mrs. Pounds war die Haushälterin, eine würdige ältere Frau, die stets ein hochgeschlossenes schwarzes Kleid trug und niemals lächelte. Sie händigte mir mit zeremonieller Verbeugung einen großen Schlüsselbund aus – ein Duplikat der Insignien, die sie selbst an einem breiten Gürtel trug. Da ich befürchtete, sie könne mir meine neue Rolle als Herrin des Haushalts übelnehmen, versicherte ich ihr, daß ich mich in ihre bisherige Tätigkeit möglichst wenig einmischen und mich weitgehend auf ihre langjährige Erfahrung verlassen würde. Eine Erklärung, die sie mit sichtlicher Erleichterung aufzunehmen schien.

In Wahrheit verstand ich recht wenig von Haushaltsfragen. In Georgia hatten wir genügend farbige Dienerschaft gehabt, die uns jede Arbeit abnahm, und ich hatte Brian längst gestanden, daß es mit meinen Kochkünsten traurig bestellt war, denn wir verfügten über eine Köchin, deren Ruhm von Savannah bis Charlotte reichte, und ich hatte unsere Küche nur selten betreten, dafür um so öfter die Tennisplätze und Stallungen.

»Es ist ein regnerischer Tag«, sagte Mrs. Pounds mit einer neuerlichen Verbeugung, »und für einen Ausritt schlecht geeignet. Da Hindsway Abbey eines der interessantesten Tudor-Schlösser der Grafschaft ist, hätte Mylady vielleicht Lust, das Gebäude in seiner Gesamtheit zu besichtigen.«

Bis zu diesem Zeitpunkt hatte ich nur die wichtigsten Räume im Erdgeschoß und das Schlafzimmer im ersten Stock zu Gesicht bekommen.

»Aber natürlich, Mrs. Pounds«, rief ich eifrig.

»Mit Eurer Erlaubnis«, fügte sie in ihrer gestelzten Redeweise hinzu, »werde ich gerne die Führung übernehmen.«

Ich dankte ihr höflich und klingelte nach Annabelle.

»Oh – Sie wünschen, daß die junge Farbige mit uns kommt?« fragte Mrs. Pounds mit einem Anflug von Indignation.

»Ich halte es für opportun«, gab ich zur Antwort. »Da Annabelle im Haus wohnen wird, soll sie so schnell wie möglich sämtliche Räumlichkeiten kennenlernen.«

Mrs. Pounds verbeugte sich resigniert. Und ich hatte zum ersten Mal das Gefühl, daß ich und nicht sie zu bestimmen hatte, was in diesem Haus geschah.

Die Führung durch das Schloß bereitete mir großes Vergnügen; ich hatte bislang gar nicht wahrnehmen können, wieviele Räume und welche Schätze es enthielt. Da gab es ein Kabinett mit Rüstungen und eins mit Tapisserien und Chippendale-Möbeln. An den Wänden hingen alle Arten von Waffen und Gemälden, deren Maler längst zu Asche geworden waren. In einigen Schlafräumen gab es Betten mit seidenen Baldachinen zu bewundern, an deren geschnitzten Pfosten Täfelchen hingen, welche darüber informierten, welche Berühmtheiten in ihnen geschlummert hatten.

Ich konnte kaum fassen, daß ich die Besitzerin all dieser Schätze geworden war; es verschlug mir die Sprache. Annabelle hingegen äußerte ihr Entzücken in ihrer lebhaften Art durch Händeklatschen und naive Rufe, was die würdevolle Mrs. Pounds mit strafenden Blicken mißbilligte. Doch sie fiel nie aus der Rolle der versierten Fremdenführerin, die zu allem und jedem einen passenden Kommentar zu liefern wußte. Schließlich – in einem entlegenen Teil des Hauses, den sie den Westflügel nannte, stieß sie eine mit Messingbeschlägen verzierte Türe auf und erklärte feierlich:

»Dieses Zimmer hat unter dem Namen ›Lady Deborahs Zimmer‹ gewisse Berühmtheit erlangt. Seit sie den Pocken erlag, ist es nie wieder bewohnt worden.«

» – und wann ist sie gestorben?« wollte ich wissen.

Mrs. Pounds gab detailliert Auskunft. »Im Frühsommer 1730, im dritten Regentschaftsjahr von George II., kurz nachdem sie den zehnten Baronet Corbryan geboren hatte. Das große Bild über dem Kamin stellt sie in der Blüte ihrer Jahre dar; es stammt von dem flämischen Meister Jongmans, der bei Hof als Porträtmaler hoch geschätzt wurde. Auf dem Bild trägt sie ein Seidengewand und ein Spitzenhäubchen, und in diesem Aufzug – so erzählt man sich – wandert ihr Geist seit über hundert Jahren durch die Räume des Schlosses.«

Es rieselte mir kalt den Rücken herunter, aber nur einen Moment lang. Als echte Amerikanerin habe ich nie an Gespenster geglaubt. Ich hatte schon öfter gehört, daß es in englischen Schlössern spukte, aber der Gedanke, ich würde einmal in den Besitz eines Geisterhauses kommen, wäre mir gewiß nie gekommen. Unwillkürlich mußte ich lächeln, als Annabelle ängstlich den Raum verließ und hinter der Türe im Korridor Zuflucht suchte.

Neugierig sah ich mich im Zimmer um, schlug eine Portiere zurück und warf durch das Fenster einen Blick auf eine mit Engelsfiguren geschmückte Terrasse. Ich bewunderte den Schreibtisch, der aus Rosenholz gezimmert und mit Intarsien verziert war. Ich schlug ein in braunes Leder gebundenes Buch auf, das dort lag, und las auf der vergilbten Titelseite »THE COMPLEAT HOUSEWIFE. Inhaltsreicher Begleitband für die Dame.« Und darunter die kuriose Ankündigung: Sammlung erprobter Rezepte für die Zubereitung warmer Gerichte und Patisserie. Überdies 105 vererbte Hausmittel – Salben, Spezereien und Kuren – gegen verschiedene Krankheiten und Beschwerden. Alphabetisch geordnet von Eliz. Smith. Gedruckt in Mr. Pinkertons Bücherei in der Fleet Street, London, unter der Regierung von Seiner Majestät König George I.

Mit diesem Buch in der Hand musterte ich interessiert das Gemälde der geheimnisvollen Lady, mit der ich mich freundschaftlich verbunden fühlte, war sie doch eine direkte Ahnherrin meines Gatten. Sie sah zwar hoheitsvoll, aber keineswegs drohend auf den Beschauer herunter – nicht gerade eine Schönheit, aber zweifellos eine attraktive Frau.

»Ich danke Ihnen, Mrs. Pounds«, sagte ich höflich, »aber ich denke, ich habe für den Moment genug gesehen. Die langen Korridore und die vielen Stiegen waren ermüdend. Und was Ihren Bericht über Lady Deborah betrifft – gestatten Sie mir eine persönliche Frage. Sie arbeiten doch schon viele Jahre in diesem Haus. Haben Sie den Geist von Lady Deborah einmal selbst gesehen?«

»Ich hoffe, Mylady nicht zu enttäuschen«, erwiderte sie. »Aber ich muß Ihre Frage mit *nein* beantworten. Immer wieder gab es Geflüster unter den Mägden und auch unter den Gästen des Schlosses – in den Jahren, bevor ich hierherkam, aber auch danach. Doch ich selbst wurde nie mit einer derartigen Erscheinung konfrontiert. Ich habe diesen Geschichten auch nie Glauben geschenkt. Man sagt, daß die Ruhelosigkeit von Toten stets auf schlechtem Gewissen basiert. Warum sollte eine tugendhafte Dame, wie Lady Deborah allgemein beschrieben wird, in ihrem Grab keine Ruhe finden? Die Armenhäuser, die sie gestiftet hat, stehen heute noch unten im Dorf. Ihr ehemaliges Musik-Kabinett wurde unterdes in eine Vorratskammer umgebaut, in der ich meine Marmeladen und Gelees aufbewahre. Ich stelle sie nach alten handgeschriebenen Rezepten her, von denen ich vermute, daß sie von ihr stammen.«

»Die würde sie dann aus diesem Kochbuch kopiert haben«, sagte ich und wies auf den zerlesenen Band. »Ich werde ihn in mein Zimmer nehmen und durchsehen.«

»O bitte – tun Sie das nicht, Mylady«, rief Mrs. Pounds erschrocken und verlor beinahe ihre würdevolle Kontenance. »Ich würde mir nie anmaßen, Euch Vorschriften zu machen, aber eine Warnung wird wohl erlaubt sein.«

»Eine Warnung –?«

Sie nickte und ihre sonst glasklare Stimme sank zu einem vertraulichen Flüstern. »Aber die Leute sagen . . .« Sie stockte.

»Ah, was sagen die Leute?«

»– daß das Buch, wenn es von seinem Platz entfernt wird, stets am nächsten Morgen auf seinem angestammten Platz auf diesem Schreibtisch wiederzufinden ist. So als habe Lady Deborah es nächtens eigenhändig zurückgebracht.«

Unwillkürlich erschauerte ich. Dann riß ich mich zusammen. »Die Leute sagen . . . Das ist doch bloßes Gerede. Ist – seit Sie hier im Schloß sind, Mrs. Pounds – dieses mysteriöse Geschehen jemals wirklich vorgekommen?«

Unter meinem strengen Blick schüttelte sie zaghaft den Kopf. »Nein, Mylady. Nicht meines Wissens.«

»Na also!« rief ich und mit dem schweren Buch im Arm verließ ich Lady Deborahs Zimmer und den sogenannten Westflügel. Der Regen war stärker geworden und starker Wind aufgekommen. Draußen in den zugigen Korridoren hatte es mich gefröstelt, doch im Kamin meines Boudoirs brannte ein helles Feuer. Ich ließ mich in einen bequemen, brokatüberzogenen Fauteuil fallen und starrte müde in die Flammen. Draußen strömte der Regen durch die Wasserspeier auf das steinerne Mosaik der Terrasse; es klang wie das einschläfernde Rauschen eines Baches. Mir gegenüber, am anderen Ende des türkischen Teppichs, stand ein massiver Armstuhl, die hohe Lehne mit buntem Leder gepolstert. Die goldschimmernden Messingknöpfe an den Rändern der Polsterung glänzten im Widerschein der Flammen.

Es gibt antike Möbelstücke, die unwillkürlich das Bild derer beschwören, die sie ehedem benützt haben. Daran mußte ich denken, als sich mein Blick unwiderstehlich an diesem Stuhl festsaugte . . .

Die Umrisse verschwammen. Im Raum war es ziemlich dunkel, denn man hatte daran gedacht, ein Feuer zu machen, jedoch nicht, die Lampen anzuzünden. Im Dämmerlicht formte sich vor meinen Augen eine weite mit Rosen bestickte Krinoline, unter der zierliche Schuhe mit silbernen Schnallen hervorsahen. Mit mäßigem Erstaunen ließ ich meine Blicke weiter wandern, über ein spitzenbesetztes Seidengewand, auf dem langgliedrige

Hände ruhten, über deren Finger antike Ringe mit großen Edelsteinen gestreift waren. Das Oberteil des Kleides bestand aus silberdurchwirktem Stoff; es lief an beiden Seiten in bunte Puffärmeln aus. Es war so eng geschnürt, daß man im Inneren kaum den Körper einer erwachsenen Frau vermuten konnte. Um den weißen Schwanenhals schlang sich ein prächtiges Kollier aus ziseliertem Gold und Bernsteinplättchen. Die Gesichtszüge der Dame waren genau die, die ich erwartet hatte. Das vorgeschobene Kinn, die hochgezogenen Lippen, die gepuderten Wangen mit dem Schönheitspflästerchen – alles glich bis ins kleinste Detail dem Porträt von Lady Deborah, das in ihrem Zimmer im Westflügel hing. Doch trug sie keine Haube wie auf dem Bild, sondern das Haar hochgekämmt, und in der Hand hielt sie ein Retikül aus perlenbesticktem Samt.

Brians Familiengeist – aber auch meiner, da ich doch seine angetraute Gattin war. Das erste Erschauern wich einem gewissen Besitzerstolz, dem Stolz der Corbryans auf ihre erlauchte Vergangenheit, als ich auf die alte Dame blickte, die mich mit unverhohlenem Interesse musterte. Bei meinem Einzug in Hindsway Abbey hatte ich bedauert, daß es im Haus keine weibliche Verwandte – Mutter oder Schwester oder Tante – gab, die meine Vertraute hätte sein können. Doch jetzt war eine vorhanden. Zwar nicht lebendig, aber zweifellos sichtbar. Ob sie auch greifbar war, wußte ich nicht, aber vielleicht konnte ich ihre Stimme hören. Sie unterbrach ihre strenge Musterung und fixierte ihren Blick auf das Buch auf meinem Schoß, das beinahe zu Boden geglitten war, als ich – war ich eingeschlafen?

Jetzt hielt ich es fest und wollte gerade diskret hüsteln, als sie mich unvermittelt ansprach, mit einer Stimme, die seltsam hohl klang, als käme sie aus einem Gewölbe mit einer hohen Kuppel.

»Mein Kind, du mußt nicht so tun, als ob du schliefst. Deine Augenlider bewegen sich die ganze Zeit . . .«

»Oh, Lady Deborah . . .« stammelte ich, doch ehe ich fortfahren konnte, wies sie mich zurecht: »Ist das der Respekt, mit dem man eine ältere Dame begrüßt? Die jungen Frauen von heute scheinen nicht die rechte Erziehung genossen zu haben.

Auf der Stelle zeigst du mir, wie man die passende Reverenz erweist.«

Das war gewiß nicht der Ton, den ich von einem Schloßgespenst erwartet hätte. Doch ich erhob mich hastig und versuchte, einen möglichst respektierlichen Knicks zu machen.

Sie schüttelte mißbilligend den Kopf. »Miserabel«, kritisierte sie. Sie stand auf und machte es mir vor, während sie wie eine strenge Gouvernante angab: »Die Arme falten – so – die Beine an den Knien richtig abbeugen, niedersinken – und sich dann langsam erheben.« Sie glitt nieder, als ob sich der Boden unter ihr geöffnet hätte, doch ehe sie endgültig verschwand, kam sie langsam wieder empor. Dann lächelte sie mir zu und sagte mit einem Anflug altmodischer Höflichkeit: »Ich freue mich, deine Bekanntschaft zu machen, Kind, und hoffe dich bei bester Gesundheit.«

»O ja, ich fühle mich bestens. Vielen, vielen Dank, liebste Lady Deborah. Glauben Sie mir, ich bin überglücklich, Sie bei mir zu sehen. Ich habe so sehr gewünscht, Sie würden hier aufkreuzen . . .«

»Aufkreuzen – ?« Sie runzelte die Stirn. »Das ist kaum ein passender Ausdruck für eine junge Dame. Doch du sprichst wie eine Ausländerin, von der man ohnehin nicht die besten Manieren erwarten kann . . .«

»Verzeihung, Lady Deborah. 's ist wahr, ich komme aus Übersee, aus dem Staat Georgia. Ich wurde als Lydia Randolph geboren, Tochter eines bürgerlichen, aber angesehenen Plantagenbesitzers . . .«

»Ah, der sechzehnte Baronet war auf Reisen, als er dich kennenlernte«, unterbrach sie mich, »drüben, in den Virginias.« Ich wagte es nicht, ihr zu erklären, daß die Vereinigten Staaten nicht länger eine englische Kolonie waren. Doch immerhin rühmte sie meine Heimat. »Von dort kommt Kaffee, Rum und feiner Tabak.« Mit diesen Worten zog sie aus ihrem Retikül eine amethystfarbene Schnupftabakdose hervor und bediente sich.

»Mein junger Nachkomme muß dir unbedingt die Stadt London zeigen«, erklärte sie eifrig. »Du mußt einfach Mr. Garrick als Hamlet sehen und mit Dr. Samuel Johnson parlieren, obwohl seine Sprache nicht immer zimmerrein ist. Und Mr. Reynolds muß dich malen, Kind, – du würdest nicht übel aussehen, wenn du richtig gekleidet wärst.«

»Sie haben all die Berühmtheiten persönlich gekannt, Lady Deborah?« wagte ich schüchtern einzuwerfen.

»Alles, was Rang und Namen hatte«, nickte sie. »Die jungen Herren der Gentry stritten um meine Gunst, kämpften um das Weinglas, aus dem ich getrunken hatte. D'Arcy D'Urfée widmete mir ein Gedicht und Lord Chesterfield machte mir persönlich seine Aufwartung. Doch den Vogel schoß Sir George Cockerell of Bangwood ab. Er war ein stadtbekannter Schürzenjäger und wollte mich am hellichten Tag entführen und auf seinen Besitz in Essex bringen. Doch mein Verlobter, Sir Bryan, stieß ihm seinen Degen durch den Leib. ›Sie haben gewonnen, Corbryan‹, sagte Sir George gelassen, ›aber ich denke nicht daran, mich zu entschuldigen.‹ Nach diesen Worten sank er zu Boden und verschied.«

»Wie schrecklich – !« rief ich entsetzt. Doch die alte Dame meinte stolz: »Damals wußten die Männer noch, wie man die Ehre einer Frau verteidigt. Ja, Kind, ich war einst von allen Seiten umschwärmt, aber Schönheit ist eine Blume, die schnell verwelken kann. Ich erkrankte an den Pocken, und als ich genas und zum ersten Mal in meinen Spiegel schaute –. Man hatte ihn mit Rücksicht auf mich mit rotem Samt verhangen, aber eines Tages zog ich den Überhang beiseite – und was sah ich da –?«

Sie stockte. Aber obwohl ich kein Wort hervorbrachte, fuhr sie ungefragt fort: »Mein Gesicht war mit Narben übersät. Die Haare ausgefallen – nicht einmal die Wimpern waren geblieben . . .«

»Um Gottes willen –!« Ich schlug die Hände vors Gesicht. »Und – und Sir Bryan . . .«

»Es hat ihn hart getroffen. Anfangs kam er nicht darüber hinweg. Er suchte Vergessen in der Brandyflasche und in der Punschbowle. Dazu Fuchsjagden und Kartenspiel – ich kann dir gar nicht sagen, Kind, wie unglücklich ich gewesen bin. Aber schließlich fand ich Trost. In einem Buch, das du kennst . . .«

»In der Bibel –?« stammelte ich, voller Mitleid mit der bedauernswerten verlassenen Frau.

»Aber nein. Im Kochbuch meiner lieben Mutter. Es liegt in deinem Schoß, meine Liebe, und durch unablässiges Studieren in ihm wurde ich die berühmteste Hausfrau der ganzen Grafschaft. Ich hoffe, du wirst es genauest lesen und das Wissen absorbieren, das es uns übermittelt. Eine junge Braut sollte nie die Domäne von Haus und Küche übernehmen, ohne die Kunst des Tranchierens zu beherrschen. Ich nehme an, du verstehst es, eine Trappe zu zerlegen und einen Kapaun einzupökeln. Desgleichen einen Schwan oder einen Bussard kunstgerecht zu zerteilen . . .«

»Guter Gott, nein . . .« Ich war den Tränen nahe, doch konnte ich nicht anders, als meine Ignoranz einzugestehen. »Ich fürchte, diese Fertigkeiten einer englischen Hausfrau hat man mir nie beigebracht. Nötigenfalls könnte ich mit einem Kapaun umgehen, doch vor Schwänen fürchte ich mich, wenn sie mir in einem Teich zu nahe kommen, und einen Bussard habe ich noch nie gesehen.«

»Lydia, ich bin entsetzt.« Sie schlug die Hände zusammen. »Sprich nicht weiter oder ich werde einen Anfall bekommen.« Sie fächelte sich mit einem Schildpattfächer Luft zu und holte aus ihrem Retikül ein Riechfläschchen hervor, an dem sie schnupperte. »Ich werde einen Tropfen Enzianwein benötigen oder etwas Kardamom-Samen, um mich zu beruhigen. Merke dir, es gibt keine bessere Medizin gegen Leberschmerz oder Blähungen.«

»Bisher habe ich noch nie an solchen gelitten«, stammelte ich.

Doch sie fuhr unbeirrt fort: »Gegen Herzattacken helfen Mixturen von Mohn, Nelken und Koriander-Samen, getränkt in starkem Brandy und mit geriebenem Zucker gesüßt. Ich verteilte es an Donnerstagen an die Armen, die mit leeren Flaschen ankamen, um dieses Getränk als milde Gabe zu holen. Die Landarbeiter von Sir Bryans Liegenschaft bettelten regelrecht darum, obwohl ich den Verdacht hatte, sie wären mehr am Brandy interessiert als an den darin enthaltenen Gewürzen.«

»Das könnte ich mir vorstellen«, gab ich zu.

»Bist du je an Wassersucht erkrankt, mein liebes Kind, oder an Gicht?« Und als ich den Kopf schüttelte, fuhr sie fort: »An Schwindsucht etwa, oder Halsentzündung?«

Beinahe mit Stolz gab ich zu, im Winter des öfteren an Halsschmerzen gelitten zu haben.

»Dagegen hilft ein Getränk aus in Weihwedel eingelegten Schnecken, mit frischer Milch übergossen.«

»Ohne Zweifel. Der bloße Anblick der Schnecken würde mich in Windeseile kurieren.«

»In der Behandlung von Gelbsucht habe ich wahre Wunder vollbracht«, berichtete Lady Deborah weiter. »Präparierte Erdwürmer in einer Mehlschwitze von Kurkuma und Rhabarber verjagt die Krankheit in kürzester Zeit.«

›Oder die Patienten‹, dachte ich, hütete mich aber, das laut zu sagen.

Als nächstes fragte sie erstaunlicherweise: »Bist du je von einem tollen Hund gebissen worden, Kind?«

»Gott behüte, nein!«

»In solchem Fall muß man Beifuß, Knoblauch und Melasse in Met aufkochen«, belehrte sie mich, »und dem Gebissenen alle Viertelstunden in kleinen Dosen verabreichen. Gegen Pokken hingegen müssen ganz starke Mittel angewendet werden. Du findest das betreffende Rezept auf Seite hundert. 's ist eine Salbe aus Weinsteinöl, zerstampftem Ampfer und grünem Gänsefett. Diese Salbe muß aber zur Zeit des Neumonds eingenommen werden, wenn Jupiter Abendstern ist und Venus Aszendent. Doch leider«, seufzte sie, »sind meine astronomischen Kenntnisse lamentabel. Ich muß etwas falsch gemacht haben, daher versagte das Rezept bei mir und ich versank in tiefe Melancholie.«

»– was mich außerordentlich betrübt, Lady Deborah«, bemerkte ich höflich.

»Doch meine Verzweiflung dauerte nicht lange«, erklärte

sie. »Ich schloß mich in meine Studierstube und in die Küche ein – nicht um zu jammern, sondern um zu lernen und Leistung zu erbringen. War ich nicht mehr die Königin von Sir Bryans Herz, so wollte ich die Göttin seiner Tafelfreuden werden. Bei Männern, Kind, kommt der Magen zuerst und das Herz in zweiter Linie. Jeder Mann würde eine Mätresse aufgeben, um eine Köchin, wie ich sie wurde, sein eigen zu nennen.«

Stolz reckte sie sich empor, ihre schmale Figur schien mit einem Mal den ganzen Raum auszufüllen, und ihre blitzenden grünen Augen sandten leuchtende Strahlen in das Dämmerlicht.

»Bald sprach man in ganz Deershire von Lady Deborahs Errungenschaften. Man rühmte nicht mehr ihr goldenes Haar, ihre roten Lippen und ihre elfenbeinernen Zähne, statt dessen lobte man ihr Salmagundi in den Himmel, ihren mit Hummerschwänzchen garnierten Lachs und vor allem ihre Battaglio-Pastete. Und ich bedankte mich der Sitte gemäß, obwohl ich heimlich wünschte, sie würden alle an den Leckerbissen erstikken.«

»Oh, Lady Deborah«, rief ich mit weinerlicher Stimme.

Sie zuckte die Achseln. »Schnee von gestern – ich werfe ihnen nichts mehr vor. Alle Männer schwärmen für gutes Essen und Trinken. Und was die Frauen betrifft – ich weiß es doch von mir selbst – sie geben vor, wie Göttinnen nur von Nektar und Blütenstaub zu leben, aber nachts schleichen sie in die Speisekammer und tun sich an kaltem Braten und Plumpudding gütlich.«

Sie machte eine kleine Pause, aber ich forderte sie auf, weiter zu erzählen. »Bitte, Lady Deborah – wie reagierte Ihr Gemahl auf Ihre Wandlung. Wurde er wieder zu einem hingebungsvollen Ehemann?«

»Ich will dir verraten, Lyddy – so darf ich dich doch nennen? Er war wieder mein – von der Schuhschnalle bis zur Perücke. Er betete sogar die weiß-blauen Delfter Kacheln meiner Küche an. Er sonnte sich im unverhohlenen Neid seiner Jagdgefährten und schwelgte bis zu seinem Todestag in den Triumphen meiner Kochkunst, ob es mit Kastanien gestopfte Spanferkel waren oder die berühmte Battaglio-Pastete.«

»Die hat einen wahrhaft verlockenden Namen«, gestand ich. »Woraus besteht sie?«

Sie beugte sich zu mir und verriet mir flüstend wie ein süßes Geheimnis: »Ich machte sie aus Küken, ungefiederten Tauben, Wachteln, Rebhühnern und Lerchen. Bevor die Geflügelsorten in Brotteig gewickelt werden, fügt man verschiedene Ingredienzen hinzu: Bries, Hahnenkamm, ein Quart Austern, eine Scheibe Lammzunge, Mark aus einem Dutzend Beinen, Gewürznelken, Muskatblüten und Eidotter. Das Ganze wird dann mit heißer Butter übergossen, dann fügt man noch eine Pinte Sahne hinzu und die Füllung darf in den Teig kommen. Wenn genügend lange im Backrohr . . .«

»O Gott«, rief ich aus, »diese Pastete muß herrlich schmekken.«

»Leider zu gut«, sagte sie leise und führte ein winziges Spitzentaschentuch an ihre tränenden Augen. »Es hat mich zur Witwe gemacht.«

»Die Battaglio-Pastete?« stammelte ich.

»Ja, so ist es gewesen«, hauchte sie. »Mr. Pope schreibt in seinen ›Moralischen Essays‹ von dem Zwischenfall, obwohl er die Pastete nicht beim Namen nennt. Wie dem auch sei, sie war die Ursache, daß mein Bryan so früh dahinschied. Im Lauf der Zeit widmete er sich immer mehr den Tafelfreuden und betrachtete seine ehemaligen Vergnügen wie Pferderennen und die Jagd als bloße Mittel, sich frischen Appetit zu verschaffen. Seine zarte Haut wies bald eine verschwommene Röte auf, seine feinen Gesichtszüge schwollen an, seine Augen verschwanden unter fettigen Wülsten und ein enormes Doppelkinn senkte sich auf sein Spitzenjabot.«

Ich brachte vor Entsetzen kein Wort mehr hervor.

»Er hat auch viel getrunken, aber das bedeutete nichts im Vergleich zu seinen kulinarischen Exzessen. Besonders Mühe gab ich mir an seinem fünfzigsten Geburtstag. Er hatte fünf Gäste eingeladen, Staatssekretäre, Ärzte, Richter. Nie noch hat es ein erleseneres Mahl gegeben, und wenn ich auf der Stelle sterben sollte – oh, Verzeihung, Lyddy, ich vergaß, daß ich ja schon tot bin –, als das, das ich damals bereitet habe. Als Vorspeise Hechtmus mit westfälischem Schinken, dann Markpudding, Lammragout, gedämpfte Barbe.«

»Mehr als reichlich«, erlaubte ich mir zu sagen.

»Das, Kind, war nur der erste Gang. Später servierte ich gespickten Fasan, ein Gericht aus Seezunge und Aal, Kartoffelsalat, Aprikosentorte und Käsekuchen. Und am Schluß – als Krönung des Ganzen – die verwünschte Battaglio-Pastete . . .« Sie tupfte ihre Augen mit dem Taschentuch und fächerte sich Luft zu. »Als ich sie auftischte, erbat Sir Bryan für sich und seine Gäste eine frische Flasche Bordeaux, die er eigenhändig entkorkte. Dann, zum Wein, sprach er einen Toast aus. ›Gentlemen, Freunde, Gefährten‹, sagte er, während ihm bereits der Schweiß über sein gerötetes Gesicht lief, ›jetzt wollen wir gemeinsam auf das Wohl von Lady Deborah Corbryan trinken, der besten Ehefrau und der besten Köchin der Vier Königreiche.‹ Und sie alle tranken bis zur Neige. Sir Bryan aber griff zum bereitgelegten Messer, zerteilte die Pastete mit Grandezza und legte jedem seiner Gäste ein Stück auf den Teller. Diese Zeremonie überließ er keinem der Lakaien. Die anderen kosteten nur vorsichtig, er selbst aber verschlang ein großes, ein gewaltiges Stück und wischte die Soße mit der Kruste auf, die er sich gleichfalls zu Gemüte führte. ›Ihr könnt nicht weiter?‹ spottete er. ›Ihr zögert zuzugreifen und das beste Gericht der Christenheit zu genießen! Ich wette mit Euch um eine Guinea, daß ich von dieser Köstlichkeit keine Krume zurücklassen werde.‹

Sie nahmen die Wette an, und er begann, mit dem großen Löffel die Pastete vom Auftragsbrett zu schaufeln, häufte Schnitten auf seinen Teller . . . aber ach, der Löffel fiel klappernd zu Boden, er verfärbte sich, die Röte in seinem Gesicht wurde dunkel, purpurn und beinahe schwarz, und röchelnd sank er von seinem Stuhl. Und erst nach dem dritten Aderlaß fand er seine Sprache wieder. ›Bist du bei mir, Deborah –? Glaub' mir, ich habe immer nur dich geliebt. Sag' mir, mein Schatz, muß ich jetzt sterben?‹ Ich sagte nichts, aber Dr. Plumptree nickte mit ernstem Gesicht.

›Keine Hoffnung –?‹ fuhr er fort. Und dann: ›So will ich denn sterben, so wie ich gelebt habe. Bring' mir den Rest der Pastete, Deb, und – bei allen Heiligen – ich werde ihn zu Ende essen und meine Wette gewinnen und meinen Gefährten vorexerzieren, wie ein Edelmann zu sterben weiß.‹ Und er tat es, Kind – er tat es. Bis zu seinem letzten Atemzug. Und ich blieb zurück, in Trauer und Tränen und mit meinem Kochbuch als einzigen Trost. Ich bin gefangen in seinen Seiten und finde Jahre und Jahrzehnte keine Ruhe und weiß nicht, wann ich endlich erlöst sein werde.«

»Oh, du armer bedauernswerter Geist«, rief ich aus. »Kann dir nichts deinen Frieden bringen!«

Erst in diesem Moment wurde mir klar, daß ich es mit einem Phantom zu tun hatte, denn ihre Umrisse lösten sich auf, und durch ihr seidenes Gewand hindurch zeichnete sich immer deutlicher die gepolsterte Lehne des großen Armstuhls ab. Ihre Lippen, ehe sie verschwanden, formten noch das Wort: ›Battaglio-Pastete‹, dann war ich allein im Raum, das Kochbuch glitt aus meinem Schoß zu Boden, und ich saß da, unsicher, ob ich geträumt hatte oder nicht. Doch als ich das Buch aufnahm, sah ich, daß eine der umgeknickten Seiten nicht vergilbt war, sondern rein und weiß, als wäre es erst kürzlich aus der Druckerpresse gekommen, und diese Seite enthielt das Rezept für die Battaglio-Pastete.

Bald darauf wurde mir ein Telegramm von Brian ausgehändigt. Es brachte frohe Botschaft. Papa habe sich glänzend erholt, hieß es, und nach Regelung seiner Angelegenheiten würde sich mein Gatte unverzüglich auf den Heimweg machen. Ich konnte es kaum erwarten, ihn wieder in meine Arme zu schließen.

Ich hatte Lady Deborahs Kochbuch respektvoll wieder zurückgebracht und auf ihrem Schreibtisch plaziert, wie ich es vorgefunden hatte. Nicht aber bevor ich das verhängnisvolle Rezept sorgfältig kopiert und stundenlang studiert hatte.

Erst wagte ich mich nur schüchtern in die riesige Küche, in der ein französischer Chef agierte, den Brians Vater seinerzeit aus der Entourage von Napoleon abgeworben hatte. Er sprach nur gebrochen Englisch, aber war die Liebenswürdigkeit selbst und entzückt, seine neue Herrin in die Geheimnisse der Kochkunst einweihen zu dürfen.

Unter seiner Anleitung lernte ich schnell, was eine perfekte Hausfrau wissen muß. Ich bedauerte, in meinen frühen Jahren kaum unsere Küche betreten zu haben, denn ich fand bald heraus, daß Kochen keineswegs lästige Fronarbeit für Bedienstete war, sondern eine wahre Kunst, die Talent und Fingerspitzengefühl erforderte.

Als es Sommer wurde, war es soweit. Alle nötigen Ingredienzen konnten erworben werden, wenngleich unser Wildhüter heftig stöhnte, als ich auf der Lieferung von drei jungen Wachteln bestand. Doch es gelang mir, alles aufzutreiben, was erforderlich war: die ungefiederten Tauben, die Austern, die Lammzunge und alles andere. Am Tag von Brians Ankunft hatte ich mein Meisterstück beendet, ich fügte noch Dotter, Hackfleisch und die angegebenen Gewürze hinzu und schob das Ganze, nachdem ich es mit Eiweiß glasiert hatte, in den Ofen. Ich wußte, daß ich jetzt etwa eine Stunde zu warten hatte, und legte mich mit klopfendem Herzen auf die Chaiselongue in meinem Boudoir.

Ich war müde geworden und kämpfte mit dem Schlaf. Da erhielt ich einen zweiten Besuch von Lady Deborah. Wieder trug sie das spitzenbesetzte Gewand mit dem silberdurchwirkten Oberteil mit den bunten Puffärmeln, und als ich aufsprang und knickste, schob sie mich sanft auf die Chaiselongue zurück.

»Ich bin dir überaus verbunden, Lydia«, sagte sie lächend. »Seit ich von dieser Welt gegangen bin, hat sich – scheint es – niemand mehr der Mühe unterzogen, die Battaglio-Pastete zu bakken. Du erst hast die Tradition wieder aufgenommen, und ich habe das Gefühl, daß dadurch der alte Fluch von mir genommen wird. Ich bin gekommen, um dir für deine große Güte zu danken.«

Damit verschwand sie, und ich vergaß ihren Besuch und die

Pastete und alles über die Freude von Brians Rückkehr, aber er staunte nicht wenig, als ich mich sehr bald aus seiner Umarmung löste, um in der Küche nach dem Rechten zu sehen.

»Ob du es glaubst oder nicht«, lachte ich, »ich bin in deiner Abwesenheit eine perfekte Hausfrau geworden.«

Es war ein erhebender Moment, als ich die Pastete aus dem Rohr holte. Verlockend flockig thronte die Kruste über der Füllung, die ich erst später zu enthüllen dachte.

Abgesehen von der Pastete hatte ich mit Monsieur Deschamps ein kräftiges Mahl vorbereitet, denn ich vermutete, Brian würde ausgehungert sein. Doch es stellte sich heraus, daß er schon unterwegs gegessen hatte. Trotzdem giff er kräftig zu . . .

»Und jetzt kommt die Überraschung«, triumphierte ich. »Eine Pastete nach einem geheimen Rezept. Zubereitet mit meinen eigenen Händen.«

Vergnügt klatschte er in die Hände. »Das ist mehr, als ich erwarten durfte, Lydia«, rief er. »Die Pastete sieht großartig aus. Ich bin zwar mehr als satt, aber wer könnte dieser Delikatesse widerstehen?« Er füllte sein Portweinglas und hob es hoch. »Ein kleiner Trinkspruch für Lydia Corbryan! Auf das Wohl der besten Frau und besten Köchin der Vier Königreiche.«

Als ich diese Worte hörte, hatte ich das Gefühl, als liefe mir ein eisiger Schauer über den Rücken. Wo hatte ich sie schon gehört? Mir wurde schwindlig, als er mit dem silbernen Pastetenmesser durch die Kruste schnitt und mit dem großen Löffel ein großes Stück der Kostbarkeit auf seinen Teller lud. Irgendwie schien er sich verändert zu haben, die feinen Linien seines Gesichts verschwammen zu einer ungewohnten Breite, seine schlanke Figur schien sich zu einer unschönen Fülle auszudehnen . . . ich starrte ihn an, wortlos, ängstlich, es würde etwas Schreckliches geschehen . . .

»Ich habe zwar zweimal diniert«, kündigte er an, mit einer merkwürdig heiseren Stimme, die mir fremd erschien, »aber ich wette einen Sovereign gegen Sixpence, daß ich mit dieser Pastete aufräumen werde.«

Unvermittelt begann ich zu schreien. »Brian, Brian!« Dabei

konnte ich den Mann, an den ich mich wandte, kaum erkennen. Ein purpurrotes Gesicht, auf dem Schweißperlen glänzten, kleine Schweinsäuglein, ein breiter verschwommener Mund, ein wabbliges Doppelkinn über einem Spitzenjabot. Und – so wahr mir Gott helfe – eine gepuderte Perücke auf einer aufgeschwollenen Stirn . . .

Wie von Sinnen muß ich aufgesprungen und zu ihm gelaufen sein, denn ich fand mich an seine Arme geklammert und jammernd: »Rühr' sie nicht an! Bitte, Brian, wenn du mich lieb hast, rühr' sie nicht an.«

Dann hörte ich wieder die geliebte, mir so vertraute Stimme. »Beruhige dich doch, Liebste. Wenn du nicht willst, dann laß' ich's. Ich könnte ohnehin kaum einen Bissen 'runterbringen.« Und er preßte sein Gesicht zärtlich an meines. »Aber wenn du dir solche Mühe gegeben hast . . .«

»Bitte, bitte, iß nicht von der Pastete. Keinen Bissen –!« wiederholte ich aufgeregt.

»Ist sie dir mißlungen?« wollte er wissen. »Ich will dich nicht kränken, Lydia, aber wenn du es wünschst, werfe ich sie aus dem Fenster.«

»Ja, ja, tu das!« rief ich und riß ein Fenster auf. Und Brian, ohne meine Exaltation zu verstehen, hob gutgelaunt das goldgelb gebräunte Kunstwerk hoch und schleuderte es schwungvoll ins Freie.

Täuschte ich mich –? Hörte ich aus der Ferne einen schrillen Schrei? Und als ob draußen, irgendwo beim Westflügel, eine Fensterscheibe zu Bruch ging –?

Am nächsten Morgen erfuhr ich von meiner Zofe, daß sich die Jagdhunde an meinem Kunstwerk gütlich getan hatten. Sie begleitete mich, wenn auch zögernd, zu Lady Deborahs Zimmer, und bevor sie mir die Tür öffnete, wickelte sie einen roten Faden neunmal um ihren linken Daumen. Ein starker Zauber, belehrte sie mich, den sie von ihren afrikanischen Großeltern gelernt hatte.

Zuerst schreckte ich zurück, denn die Fensterflügel standen weit offen und ein kalter Wind blies in den Raum.

Dann trat ich tapfer ein und besah mir den Schaden. Die Fensterscheibe war zerbrochen, und Glassplitter bedeckten den Teppich. Er war aber auch – zumindest sah es auf den ersten Blick so aus – wie von gelblichem Schnee übersät. Das waren die Blätter aus Lady Deborahs Kochbuch, das der Wind vom Schreibtisch gerissen und in unzählige Fetzen zerrissen hatte.

War es bloß der Wind gewesen? Oder eine uns unbekannte Kraft, von der die Ahnen meiner Zofe in Afrika mehr wußten als wir in Georgia und Deershire?

Fragend hob ich meinen Blick über den Kamin zu Lady Deborahs Gemälde. Doch ihr Konterfei sah steinern auf mich herunter und gab keine Antwort.

Lange Zeit zerbrach ich mir den Kopf, was geschehen wäre, wenn ich Brian nicht zurückgehalten hätte, von der Pastete zu essen. Wäre er wie sein Ahnherr, der unselige Vielfraß, röchelnd dahingegangen, und ich hätte an Lady Deborahs Stelle als untröstliche Witwe durch die Räume von Hindsway Abbey geistern müssen?

Wer weiß?

Ich hätte Lady Deborah gern darüber befragt, doch sie ist mir nie wieder erschienen, und auch in späteren Jahren wurde nie wieder behauptet, daß im Stammschloß der Corbryans ein Spuk sein Unwesen treibe.

E n d e

Die von Lady Deborahs Geist angeführten Kochrezepte stammen aus einer Kopie des Buches ›The Compleat Housewife‹, das sich im Besitz des Autors befindet.
Das Erscheinungsdatum des Originals ist 1733.

Übersetzt von Egon Eis

WALTER BESANT & JAMES RICE

Der seltsame Fall des Mr. Lucraft

Diese Geschichte, die auch übersinnliche Elemente enthält, wurde von vielen Kritikern als »im besten Sinne in der Nachfolge von Charles Dickens« beurteilt. Die Tragödie des Mannes, der seinen einzigen Besitz – seinen famosen Appetit – verkauft und daraufhin unter den Exzessen des Käufers zu leiden hat, wurde erstmals anonym in der Zeitschrift ›Once A Week‹ 1875 veröffentlicht. Der Erfolg war derart, daß die beiden Autoren, Sir Walter Besant (1836–1901) und James Rice (1834–1882), ihre Namen bekanntgaben und von der nationalen Presse und allen renommierten Kochbuchautoren gleichermaßen hochgelobt wurden.

In meinem ziemlich ereignislosen Leben hat es nur ein bemerkenswertes Geschehnis gegeben, aber so oft ich auch darüber berichtet habe – nie hat mir jemand Glauben geschenkt. Ich habe es daher aufgegeben, darüber zu erzählen, aber ich fühle mich veranlaßt, einen genauen Bericht zu hinterlassen, mit allen Details, soweit mich mein Erinnerungsvermögen nicht trübt, ehe mein Ableben die erstaunlichen Vorgänge für immer verlöschen läßt. Je mehr ich mich in die weit zurückliegenden Geschehnisse vertiefe, desto dankbarer bin ich der Vorsehung, die mich einem furchtbaren Geschick entweichen ließ.

Nirgendwo fand ich Berichte ähnlicher Art. Ich habe die verschiedensten Werke, die über Hexenkunst und Teufelskraft aussagen, konsultiert, doch ich fand keine einzige Kunde, die sich mit meinem eigenen Fall vergleichen ließe. Falls es einen Nachfolger von Mr. Ebenezer Grumbelow geben sollte, der gleichermaßen über unheimliche Kräfte und diabolischen Egoismus verfügt, soll meine schlichte Erzählung allen jungen Männern als Warnung dienen, sollten sie in eine Situation geraten wie ich im Jahre 1823. Die Niederschrift dieser Zeilen wäre sinnlos, würden sie nicht ein moralisches Exempel kundtun.

Ich bin nie ein reicher Mann gewesen, doch nur einmal in meinem Leben war ich arm, bettelarm, so daß ich nichts zu beißen hatte. Und in dieser traurigen Zeit beginnt der Faden der sonderbaren Ereignisse.

Mein Vater hat meine Mutter verlassen, bevor ich geboren wurde. Ich habe nie in Erfahrung gebracht, was aus ihm geworden ist, und habe auch nie danach geforscht. Meine Mutter vermochte mich mit Hilfe von Verwandten großzuziehen, bis ich 16 wurde und zur See ging. Ich begann als Schiffsjunge auf einem Kohlentanker und erhielt so viele Tritte und Püffe, wie sie Seeleute in jenen Tagen auszuteilen pflegten. Das Schiff gehörte einem Philanthropen, der sich mehr um das Wohlergehen der westindischen Neger kümmerte als um das seiner Besatzung. Außerdem versicherte er sein Boot weit über den wahren Wert hinaus, so daß ihm die Sicherheit seiner angeheuerten Männer kaum am Herzen lag. Zu meinem Glück ging ich in London von Bord und konnte eine Kerze spenden, als ich davon hörte, daß die SPUNKING SALLY vor der irischen Küste mit Mann und Maus untergegangen war.

Unterdes war ich zum Steward avanciert und arbeitete einige Zeit auf einem ›Afrikaner‹, der zwischen England und den Kolonien pendelte. Die Passagiere waren meist robuste Männer, deren Alkoholkonsum groß und deren Trinkgelder klein waren. So ging ich schließlich in London vor Anker und sagte der christlichen Seefahrt ade.

Für einen bürgerlichen Beruf hatte ich keine Ausbildung genossen, so schloß ich mich einer wandernden Theatertruppe an, die durch die Lande zog und in Kasinos und Bierhallen ihre Künste darbot. Ich begann als ›Mädchen für alles‹, mußte Kulissen schieben, Requisiten ausbessern und auch als Kleindarsteller einspringen. Was ich verdiente, war kaum mehr als ein Taschengeld, doch mir gefiel das Wanderleben und der allabendliche Applaus. Was mir aber am besten gefiel, war die Tochter des Prinzipals.

Wären wir gebildete Leute gewesen (was wir nicht waren), hätten wir gewußt, daß auch Molière als Wanderschauspieler begonnen hatte. Ich habe in keinem Buch feststellen können, ob Molière ein starker oder schwacher Esser gewesen ist, vielleicht aber wählte er seinen Beruf aus einem ähnlichen Grund wie ich. Denn ob man Seemann auf einem Seelenverkäufer ist oder Mitglied einer Schmierentruppe – das unstete Leben bietet unabhängig der elenden Besoldung einen ungeheuren Vorteil: Man muß für sein Essen nicht bezahlen. Unterbringung und Verpflegung sind im Vertrag mit inbegriffen.

Für einen Mann wie mich ein entscheidendes Kriterium.

Schon als Junge hatte ich einen enormen Appetit entwickelt, der meiner Mutter manchen Seufzer kostete. Und die Seeluft und die frischen Brisen der englischen Grafschaften steigerten meine Eßlust noch gewaltig.

Meine Kollegen lachten mich aus, wenn ich öfter zugriff als selbst die kräftigsten unter ihnen. Die Mahlzeiten waren kaum gewürzt, aber deftig. Die Fleischportionen waren winzig, aber Kartoffeln und Brot durfte ich in mich hineinstopfen, soviel ich wollte, ohne daß mir jemand daraus einen Vorwurf machte. Und Julia, deren Sympathie ich von Anfang an genoß, teilte mir alsbald Portionen zu, die nicht nur für zwei, sondern für vier Personen gereicht hätten.

Julia war die Tochter des Direktors, eines Mr. Joshua Kerrans. Sie trat unter dem Bühnennamen Juliet Alvanley auf. Über ihre Begabung möchte ich mich nicht äußern, aber ihre jugendliche Schönheit und ihre natürliche Ausstrahlung prädestinierte sie zur Hauptdarstellerin, seit ihre Mutter, die ehemalige Protagonistin, zu fett geworden war, um noch glaubhaft eine Naive darstellen zu können.

Meine eigene Karriere vollzog sich in Schüben. Langsam vertraute man mir größere Rollen an, hauptsächlich aus Mangel an

Nachschub, wenn Kollegen – was häufig der Fall war – die Truppe verließen, weil man ihnen andernorts höhere Gagen geboten hatte. Die Schauspieler kamen und gingen, nur ich blieb der Kerrans-Truppe stets treu, nicht etwa aus künstlerischen oder finanziellen Gründen, sondern weil Julia ein Magnet war, der mich festhielt. Und als der Hauptdarsteller eines Abends stockbetrunken in einem Pub lag, statt auf der Bühne zu erscheinen, mußte ich seine Rolle beinahe ohne Probe übernehmen. Kerrans staunte, daß ich den Text einigermaßen beherrschte, und das Publikum bewunderte meine Inbrunst in den Liebesszenen und spendete reichlich Beifall. Ich mußte den jugendlichen Liebhaber nicht spielen, ich *war* es. Zumindest mit meiner Julia als Partnerin. Meine Leidenschaft für sie war echt, und die Zuschauer fühlten das und honorierten es.

Bald wurden wir ein allseits beliebtes Paar. Sie war Rosalinde und ich Orlando; wir spielten Miranda und Ferdinand, und wenn sie ihre Namensvetterin darstellte, glänzte ich als Romeo.

Zweifellos waren wir ziemlich mäßige Schauspieler, ohne Ausbildung, ohne Sprechtechnik. Doch Julia war seit Kindestagen auf der Bühne gestanden, ich war von ihr Abend für Abend hingerissen wie tagsüber, und das Provinzpublikum war ja nicht verwöhnt wie die Londoner Theaterbesucher. Sie war ausnehmend hübsch und hatte eine süße, sanfte Stimme – und wenn sie ein Pagenkostüm trug, kam ihre untadelige Figur gut zum Vorschein. Und das in einer Zeit, in der junge Mädchen wenig Gelegenheit hatten, ihre körperlichen Vorzüge zur Schau zu tragen.

Viele Männer waren von ihr bezaubert, vor allem die jungen Offiziere unter den Zuschauern, und man schickte ihr Blumen und Liebesbriefe. Ihr Vater, auf seinen Vorteil bedacht, situierte ihre Verehrer auf teure Logenplätze und drängte ihnen Vorverkaufskarten für kommende Produktionen auf. So erreichten ihre Bewunderer schließlich nicht mehr, als daß sie mehr zahlen durften als andere Theaterbesucher.

Auch ich erhielt gelegentlich ein Billet-doux von liebeshungrigen Damen. Das kann ich heute im Alter von über 70 ruhig sagen, ohne deshalb wegen Eitelkeit gescholten zu werden. Doch es war – um mit Shakespeare zu sprechen – verlorene Liebesmüh. Denn für mich gab es keine andere Frau als Julia. Und sie, die Bedauernswerte, war ebenso verliebt in mich.

Mr. Kerrans wußte natürlich Bescheid und war keineswegs einverstanden. Aber solange wir beide volle Häuser garantierten und bloß verstohlene Küsse austauschten, erhob er keinen Einwand. Doch eines Tages waren wir es leid, immer nur an die Zukunft zu denken und wie schön es sein würde, wenn wir ein glückliches Paar sein würden. So sprachen wir in einer Probenpause ernsthaft mit Julias Vater.

Er lehnte unsere Heiratspläne rundweg ab.

Julia, ganz im Stil einer Heroine, schwor, sie würde nie einen anderen heiraten als mich.

Damit war Mr. Kerrans durchaus einverstanden. »Du sollst überhaupt nicht heiraten, meine Kleine. Zumindest vorläufig nicht. Außerdem zwingst du mich, Mr. Lucraft den Abschied zu geben.«

»Ich werde Lucas nie vergessen. Nie, solange ich lebe.«

Auch dagegen hatte ihr Vater nichts einzuwenden. »Ich bestehe gar nicht darauf, daß du ihn vergißt. Du darfst dich an ihn erinnern, sooft du magst.«

Diesmal verfiel sie in die Rolle der Ophelia. »Ich werde in ein Kloster gehen«, drohte sie. Eine ziemlich leere Drohung, denn im Jahr 1823 gab es in England keine Klöster. Julia brach in Tränen aus, und es gelang mir, die Pause in der Auseinandersetzung ausnützend, zu Wort zu kommen. Ich beherrschte meine Erregung, so gut ich konnte, und fragte: »Darf ich die Gründe Ihrer strikten Ablehnung erfahren, Sir.«

»Selbstverständlich, mein Junge«, erwiderte Kerrans jovial. »Ich habe nichts persönlich gegen dich. Aber erstens besitzt du keinen Penny und zweitens bist du dabei, mein Unternehmen in den Ruin zu führen. Wenn Julia schwanger wird und monatelang aussetzen muß – und das Gott behüte Jahr für Jahr – würde ich meine Truppe auflösen müssen.«

Diesem Argument konnte ich nichts entgegenhalten, um so mehr Julia und ich stets von einer fröhlichen Kinderschar fabuliert hatten. Betreten senkte ich den Kopf. Es war Kerrans, der mich aufrichtete.

»Kopf hoch, junger Mann, du hast deine Zukunft noch vor dir. Geh und versuche dein Glück. Beweise, daß du ein ganzer Mann bist. Fahre nach London und sieh zu, daß du Karriere machst. Du bist jung, begabt und siehst gut aus; du hast alle Chancen auf deiner Seite. Wenn du es zu etwas gebracht hast und das nötige Kapital, um den alten Kerrans abzulösen, kannst du jederzeit zurückkommen und meine Tochter haben.«

Und dabei blieb es. Das einzige, was er mir mit auf den Weg gab, war eine Vorauszahlung meiner Gage für eine Woche und gute Wünsche. »Viel Glück für deine Zukunft!«

Wie hätte er ahnen können, welche Art von Glück mich erwartete.

Dann kam die Stunde des Abschieds. »Bitte vergiß mich nicht, Luke«, schluchzte sie. »Es gibt so viele schönere und bessere Mädchen auf der Welt als mich – und sie werden versuchen, mir deine Liebe zu rauben. Oh, ich würde sie alle am liebsten erwürgen.« Und sie stampfte mit dem Fuß auf. Ihr Temperament zeigte sich nicht nur auf der Bühne.

»Und du –?« entgegnete ich hitzig. »Liegen dir nicht ganze Scharen von Verehrern zu Füßen? Hast du nicht erst gestern einen Liebesbrief von einem Fabrikbesitzer aus Nottingham bekommen?«

Sie trocknete ihre Tränen. »Du hast recht, Luke. Wir müssen einander vertrauen.«

»Unsere Trennung wird nicht lange dauern«, tröstete ich sie. »Ich werde mir in London einen Namen machen und dich an meine Seite holen, und wir werden gemeinsam im Drury Theater Romeo und Julia spielen. Dein Vater hat nichts gegen mich einzuwenden, was ihn stört, ist bloß meine Armut. Nun, da genügt ein Stapel von Pfundnoten, um seine Überzeugung zu ändern.«

So naiv und optimistisch sind junge Verliebte. Wir schworen uns nochmals ewige Treue und brachen, wie es damals üblich war, ein Sixpennystück in zwei Teile. Ihr Teil ist mittlerweile mit ihr begraben, das meine hängt immer noch an einer Kette um meinen Hals.

Eine elende Kutsche brachte mich nach London, aber ich überschäumte vor Hoffnungsfreude. Hier, hieß es, seien die Straßen mit Gold gepflastert, und man müßte sich nur die Mühe nehmen, sich zu bücken und die Schätze aufzulesen. Ich dachte an die großen Mimen, an Garrick und seinesgleichen, die ärmer noch als ich in die große Stadt gekommen waren und es zu Ruhm und Reichtum gebracht hatten. Ich bezog einen bescheidenen Mietraum in der Vorstadt und machte mich auf den Weg zum Drury.

Ich kam kaum weiter als bis zur Bühnentür. Kein Schauspieler wurde benötigt, nicht einmal ein Statist. Und gleichermaßen erfolglos blieben meine Bemühungen bei anderen Theatern, selbst bei kleineren Bühnen in Greenwich und Richmond. Überall dasselbe Lied – mehr Bewerber als offene Stellen.

Meine Ambitionen sanken immer tiefer. Hatte ich zuvor von Hauptrollen geträumt, so wäre ich statt Othello und Macbeth bald mit Horatio oder Mercutio zufrieden gewesen. Und schließlich hätte ich auch die Rolle eines Botenjungen oder Reisigen akzeptiert. Doch es bot sich keine Chance, nicht einmal bei Provinzbühnen. Ich hatte keine Freunde, die mich mit Empfehlungsbriefen ausstatten konnten, und meine Erfahrungen mit Kerrans Truppe fielen nicht so stark ins Gewicht, wie ich gehofft hatte. Der Agent, den ich aufsuchte, konnte mir keine Hoffnungen machen. Die englischen Theater befanden sich wieder einmal in einer Krise, und nicht einmal Bühnenarbeiter für Music-Halls wurden gesucht.

Meine finanziellen Reserven erschöpften sich schneller, als ich mir vorgestellt hatte. Ich war nie gewohnt gewesen, für meine Mahlzeiten zu bezahlen. Weder auf See noch beim Theater war es nötig gewesen. Und das dauernde Herumlaufen in der Stadt hatte meinen ohnehin kolossalen Appetit ständig anwachsen lassen. Hatte ich anfangs achtlos drei Mahlzeiten pro Tag verschlungen, so begann ich mich bald einzuschränken, erst auf zwei und schließlich auf eine. Und ich suchte immer billigere

Gaststätten auf, bis ich schließlich bei Garküchen landete, die Fish 'n' chips darboten. Das Londoner Pflaster hatte die Sohlen meiner Schuhe hart hergenommen, und seit langem schon hatte ich mir nicht einmal einen Galerieplatz in einem Theater gegönnt. Was ich bei meinen spärlichen Theaterbesuchen gesehen hatte, vermehrte noch meine Depressionen. Ich lernte erkennen, was wahre Schauspielkunst war, und daß ich als Darsteller von der Pike auf zu beginnen hatte. Und während dieser ganzen unseligen Tage quälte mich immer mehr ein nagender Hunger, denn je mehr ich gezwungen war, meine Mahlzeiten einzuschränken, desto energischer rebellierte mein Magen.

Eines Morgens erwachte ich hungrig und ohne eine einzige Münze in meinen Taschen. Ich trug meine Uhr und meine zweite Jacke ins Leihamt; meine wenigen Bücher wies der Schätzer ungerührt zurück. Von dem, was ich erhielt, vermochte ich einige Tage zu leben, aber dann war ich am Ende. Ich schuldete bereits eine Woche Miete, hatte den letzten Krümel eines Brötchens verzehrt und sah keine Möglichkeit mehr, mir auch nur einen einzigen Penny zu beschaffen, denn ich hatte nichts mehr zu versetzen.

Sicher war ich nicht der erste, der sich in einer ähnlichen Situation befunden hat, doch ich zweifle, daß es je einen Leidensgefährten gegeben hat, den ein ähnlicher Hunger peinigte. Um 8 hatte ich mein letztes Stück Brot verzehrt, gegen 12 spürte ich ein quälendes Gefühl in der Magengegend. Der schmerzende Krampf wurde noch verstärkt durch die anregenden Gerüche, die aus den Speisehäusern und Garküchen drangen, während ich ziellos durch die Straßen strich. Gegen 1 starrte ich voll Neid auf die glücklichen Bankangestellten in ihrer formellen Kleidung, die imstande waren, die zahlreichen Restaurants aufzusuchen, aus deren Türen ein Duft drang, der mir süßer erschien als der von Veilchen und Rosen. Und gegen 2, als sich in meinen Eingeweiden bereits ein dumpfer Schmerz heimisch gemacht hatte, kamen die Herren wieder heraus, mit langsamerem Schritt als vorher, aber in aufrechter Haltung und mit zufriedenem Gesichtsausdruck.

Zu dieser Stunde konnte ich mich kaum mehr auf den Beinen halten, zusammengekrümmt hielt ich mich an einem Laternenpfahl fest. Es war in Bucklesbury, gegenüber einem Lokal, das in seinen Schaufenstern Hasen und Geflügel aufgetürmt hatte. Am liebsten hätte ich die ganzen Schätze zusammen mit Möhren und Blumenkohl in einen großen Kessel getan und als riesiges Festmahl direkt auf der Straße verschlungen.

Wenn sich die Tür des Speisehauses öffnete, glaubte ich Stimmen zu hören, die für mich unerreichbare Bestellungen aufgaben: Roastbeef und Lammkoteletts und Kalbskopf in Sülze – ich hätte ein Dutzend von solchen verdrücken können – mit Beilagen, die wohl meinen verwirrten Sinnen entsprangen: Puddings und Käse und Karamellen. Ich stellte mir vor, ich würde dieses Paradies der Hungrigen aufsuchen und mich satt essen und dann Messer und Gabel gemächlich hinlegen und dem Kellner erklären, ich hätte kein Geld, die Zeche zu bezahlen. Was würde geschehen? Würde man mich der Polizei übergeben oder einfach mit einem Tritt in den Hintern auf die Straße hinausbefördern?

Unterdes war es halb drei geworden, ich war immer tiefer zusammengesunken und starrte mit glasigem Blick auf die Hühner und Hasen im Fenster. Kurz bevor ich ohnmächtig auf das Pflaster sank, sprach mich ein Mann an.

Erst sah ich ihn nur verschwommen vor mir; erst nachdem ich mich mühsam aufgerichtet hatte, konnte ich ihn näher betrachten. Ein älterer Herr mit ansehnlichem Bauch, gewelltem weißen Haar und buschigen ergrauten Augenbrauen. Seine Wangen waren gerötet und von bläulichen Adern durchzogen wie bei Apoplektikern. Er war kostspielig gekleidet, in der Hand hielt er einen dicken Stock mit einem Griff aus ziseliertem Silber.

»Junger Mann«, sagte er zu mir, keineswegs freundlich, eher streng. »Sie sehen krank aus. Haben Sie getrunken?«

Ich schüttelte den Kopf. »Keineswegs«, erwiderte ich matt. »Ich bin bloß hungrig.« Ich war bereits so tief gesunken, daß ich keine Scham mehr empfand, mein Elend preiszugeben. »'s ist der Hunger, der meine Übelkeit verursacht.«

Er stieß mit dem Stock auf das Pflaster und stützte sich mit vollem Gewicht auf ihn. Mißbilligend musterte er mich, und während er sprach, unterbrach oft ein tierisches Grunzen seine einzelnen Worte. »Hunger – und er fühlt sich elend.« Neuerliches Grunzen. »Er hat Hunger – wie beneidenswert! – und beklagt sich auch noch.« Er spie auf das Pflaster. »Schämt er sich nicht? London bietet einem die feinsten Leckerbissen der Welt, die besten Delikatessen, die es gibt. Man braucht bloß Appetit, um alles zu genießen – und er hat einen solchen und jammert noch.«

»Was nützt der gesündeste Appetit, wenn man kein Geld hat, ihn zu stillen?«

Er schien zu überlegen. Dann stellte er eine erstaunliche Frage: »Ein kleiner Appetit oder ein großer?«

Ich war viel zu wirr, um mich über sein absurdes Interesse zu wundern. »Ein gewaltiger«, gab ich zur Antwort. »'s ist ein Geburtsfehler. Speziell verdrießlich für einen, der keine Mittel hat.«

Jetzt begann er zu lachen, beinahe frohlockend. »Sie kommen mit mir, junger Mann. Und sprechen Sie nicht – das viele Reden schadet dem Appetit. Gehen Sie vor mir her und schweigen Sie!«

Ich tat ihm den Willen. Ich war viel zu schwach, um Widerstand zu leisten oder Fragen zu stellen. Er dirigierte mich durch mehrere Straßen, immerfort kichernd und mit der Zunge schnalzend. Während er mir den Mund verbot, sprach er dauernd vor sich hin. »Was für ein kräftiger Bursche! Ein starker Rückhalt für einen schwachen Magen. Breite Schultern für *über* dem Eßtisch und lange Beine für *darunter.* Himmel – was könnte ein Dinner für ihn tun, wenn er bloß Geld hätte! Gesundheit, Jugend und Appetit – verschwendet an einen Bettler. Doch die Vorsehung hilft. Ja, die Vorsehung. Hier gehen wir nach rechts, mein Freund. Gleich sind wir an Ort und Stelle.«

Längst hatten wir Bucklesbury hinter uns gelassen; wir gingen eine Straße entlang, die in eine mir unbekannte Vorstadt zu führen schien. Vor einem Haus, das nicht anders aussah wie alle anderen in der Gegend, hieß er mich stehenzubleiben. Ich sah eine kleine dunkle Pforte in einem ansehnlichen Torbogen. Erst konnte ich überhaupt kein Schlüsselloch sehen; dann merkte ich, daß es bloß erstaunlich klein war. Er zog keinen Schlüssel aus der Tasche, ja es schien mir, als bliese er bloß kräftig in das Schlüsselloch. Jedenfalls öffnete sich die Türe.

Er ließ mich in einen dunklen Korridor treten, und mir war, als schlösse sich die Pforte automatisch hinter uns. Wir stiegen eine Treppe hoch: Ich konnte die Stufen kaum sehen, obwohl es heller Nachmittag war. Von irgendwoher, wahrscheinlich von oben, drang fahles Licht. Ich hangelte mich an einem Geländer hoch, hinter mir hörte ich den schweren Atem des fülligen Mannes. Eine doppelflüglige Türe wurde geöffnet, und ich betrat einen großen Raum – man hätte ihn einen Saal nennen können – der von einer Anzahl brennender Wachskerzen erleuchtet war. Mitten im Raum stand ein langer Tisch, an dem viele Personen Platz gefunden hätten, es war aber – wie ich feststellte – bloß für eine einzige Person gedeckt.

»Setzen Sie sich!« befahl der Hausherr. »Sie haben Hunger. Hier – das ist der Stuhl für Sie. O du meine Güte – ich wollte, ich wäre hungrig wie Sie.«

Ich ließ mich in den Stuhl fallen, erschöpft wie ich war, und sah mich um. Es war ein achteckiges Zimmer, an den Wänden standen schwere, dunkle Möbel. Aber ich konnte kein Fenster sehen, auch keinen Kamin. Und mein Befremden wuchs, als ich auch keine Spur der Türe entdecken konnte, durch die ich eingetreten war. Dann begannen meine Sinne zu schwinden, und es wurde mir schwarz vor Augen.

Als ich wieder zu mir kam, lag ich auf einem Sofa in einer der acht Ecken. Sanfte Finger massierten meine Stirn, dann hielt mir eine Hand ein parfümiertes Tuch an die Lippen. Beinahe übergangslos fühlte ich mich wieder bei Kräften und setzte mich auf. Der Herr des Hauses stand am Fuß des Sofas, mir gegenüber.

»Langsam, Schneeball, geh vorsichtig mit ihm um«, sagte er. »Lassen wir ihn eine Weile ruhen. Sein Hunger war zuviel für ihn.«

Ich wandte den Kopf, um zu sehen, wen er mit ›Schneeball‹ angeredet hatte. Es war ein Neger, anscheinend aus dem tiefsten

Afrika, denn seine Haut war schwarz wie Ebenholz. Er mußte ziemlich alt sein; die Haut hing ihm schlaff von seinem ausgedünnten Körper. Er hatte kaum mehr Zähne im Gaumen, und seine Nase war platt wie die eines Affen. Aber seine Hände waren hell und sanft wie die einer Frau.

»Schneeball, was denkst du von diesem«, wollte sein Herr wissen.

»Kräftiger junger Mann, mag guten Appetit entwickeln«, lautete das Gutachten. »Wird lange aushalten, länger als der letzte. Der war Abfall, ging in einem Monat zum Teufel.«

»Und dieser da –?«

»Stark wie Ochse. Gute Rasse.« Er strich mir übers Haar und kicherte. »Wieviel wird er heute vertragen?«

»Das werden wir sehen, Schneeball. Wir werden ihm ein einfaches Dinner servieren und dann unser Urteil bilden. Die jungen Leute von heute enttäuschen häufig. Aber dieser da macht einen guten Eindruck. Ich bin optimistisch. Vielleicht – vielleicht –« und er stieß einen tiefen Seufzer aus.

»Und wann will Massa selbst essen?«

»Ich weiß noch nicht«, entgegnete der Mann unbestimmt. »Vielleicht erst nach neun, vielleicht überhaupt nicht. Es hängt von unserem Gast ab. Verschwinde jetzt, Schneeball, und trag das Essen auf.«

Die Männer schienen mir in Rätseln zu sprechen. Was bedeuteten sie, was steckte hinter den Seufzern meines Wirts? Wieso hing die Zeit seines Abendessens von mir ab? Schneeball schien tatsächlich im wahrsten Sinn des Wortes zu ›verschwinden‹, mit einem Mal stand er nicht mehr an meiner Seite. Und der Tisch – war er in der Versenkung verschwunden und wieder aufgetaucht? Jedenfalls war er jetzt, als ich näher trat, mit Speisen beladen.

Meine Verwirrung verflog. Der Anblick und der Geruch des Essens ließen meinen verzweifelten Hunger voll entbrennen.

»Ich möchte essen«, schrie ich außer mir.

»Aber ja, das sollen Sie. Nur einen Moment noch. Bevor Sie

zugreifen, möchte ich wahrheitsgemäß Natur und Dimension Ihres Appetits kennenlernen. Die Wahrheit, mein Freund, die Wahrheit! Ich hoffe, Sie sind religiös aufgezogen worden. Lügen ist eine Sünde.«

»Ich habe einen Wolfshunger. Warum sollte ich lügen?«

»Sie sprechen wie ein Laie. Es gibt sehr verschiedene Formen von Appetit. Es gibt Menschen, die geben groß an, wieviel sie essen können, und wenn dann die Stunde der Wahrheit kommt, versagen sie kläglich. Ich habe das mehr als einmal erlebt, zu meinem größten Bedauern. Wie steht es bei Ihnen, mein Freund. Ist er andauernd, hält er ein massives Dinner durch? Verschwindet er auf die Dauer oder kommt er in regelmäßigen Abständen wieder?«

Ich benahm mich wie ein Einfaltspinsel; ich lachte ihn einfach aus. »Sie werden mit eigenen Augen sehen, was ich für ein Kaliber bin«, erwiderte ich anmaßend. »Mein Leben lang konnte ich keine ausgedehnte Mahlzeit zu mir nehmen – einfach weil ich stets zu schnell fertiggeworden bin. Mein Appetit hält viele Steaks durch und ist so regelmäßig wie ein Uhrwerk.«

»Hört sich gut an. Steak ist eine gute Probe für den Durchschnitt. Aber – und das ist wichtig – Sie sprechen von Regelmäßigkeit . . . Nun, zeigt sich Ihre Eßlust nur zu bestimmten Stunden und Tageszeiten oder hält sie durch von früh bis abend.«

»Leider tut sie das. Ich wünschte, es wäre anders.«

»Versündigen Sie sich nicht! Ein gesunder Appetit ist eine Gottesgabe. Sagen Sie mir, ehrlich –« Mit zitternden Fingern griff er nach meiner Hand, und seine hervorstechenden Augen glitzerten im Kerzenlicht – »wenn Sie sich jetzt satt essen – es ist halb vier –, wann könnten Sie wieder speisen?«

»Ich schätze, zwischen acht und neun. Aber etwas Leichtes könnte ich auch gegen sechs zu mir nehmen. Im Moment habe ich das Gefühl, ich könnte einen ganzen Ochsen verschlingen.«

»Einen ganzen Ochsen –!« Er kicherte. »Wunderbar! Ich bin der Vorsehung wirklich dankbar, daß ich Sie getroffen habe, mein Freund. Nehmen Sie Platz und greifen Sie zu. Ich habe Lust, Ihnen beim Essen zuzusehen. Meiner Treu, dies ist ein gesegneter Tag. Ich werde Ihnen persönlich servieren.« Er beugte sich schon über den Tisch, um meinen Teller zu füllen, als er plötzlich innehielt und sagte: »Sie sind arbeitslos, habe ich verstanden.«

»Leider. Unmöglich, einen Job zu finden.«

»Was ist Ihr Metier?«

»Ich bin Schauspieler.«

»O weh – das ist böse. Ein unchristlicher Beruf. Unser Parlament stellt die Schauspieler den Vagabunden gleich. Es wird mir zur Ehre gereichen, Sie einem Stand der Ungnade zu entziehen. Aus welchem Grund haben Sie Ihre letzte Position verloren? Mit der Kasse manipuliert – auf eigene Rechnung?«

Das wies ich empört zurück. »Ich bin ein ehrlicher Mann, Sir, und streng im christlichen Glauben erzogen.«

»Ha! Und Ihre Frau –?«

»Ich habe keine.«

»Aha. Nicht verheiratet. Ich hoffe, ich habe keinen nichtswürdigen Frauenverführer in mein Haus genommen. Haben Sie Sprößlinge gezeugt, die jetzt vaterlos umherlaufen?«

»Aber nein, mein Herr.«

»Meine Fragen mögen Ihnen überflüssig und lächerlich scheinen, aber das sind sie nicht. Sie stehen nämlich im Begriff, in eine neue Phase Ihres Lebens einzutreten, und das ist ein überaus ernster Schritt – für uns beide. Denn ich als Christ und Angehöriger der Gemeinde von . . . aber lassen wir das! Sie haben Hunger und wollen speisen. Wir können alles nach dem Mahl besprechen.«

Und er begann, die Deckel der aufgetragenen Schüsseln zu entfernen. Eine Reihe der verschiedensten Gerichte stand auf dem Tisch, nebeneinander aufgereiht. Andere standen auf einer Anrichte, neben Karaffen und geschlossenen Flaschen. Mit meinem generösen Wirt war eine merkliche Veränderung vor sich gegangen. Sein gemessener Ernst war verschwunden; seine trübe Miene erhellte sich, als der Geruch der Speisen in seine Nasenlöcher drang, und er begann fröhlich zu lachen.

»Immer mit der Ruhe, junger Mann, nicht so hastig! Vor

Ihnen steht ein Dinner, das jedem König gerecht wäre, ja sogar mir gemäß, wenn ich es nur essen könnte. Ah, mein guter Schneeball ist mehr als ein Koch, er ist ein wahrer Künstler. 's ist eine wahre Verschwendung, ein solches Mahl einem Banausen anzubieten, der sich den Magen mit Steaks vollschlagen möchte. Mein Guter, Sie werden sich noch in Jahren an dieses Mahl erinnern. Sie werden jedes der Gerichte, die Schneeball zubereitet hat, zu schätzen wissen. Bitte, essen Sie korrekt, wie es sich geziemt. Langsam und genüßlich, Bissen für Bissen.«

Ich verfluchte die Verzögerung, aber er hielt seine große Hand zwischen mir und die Gerichte, anscheinend befürchtete er, ich könnte mich in wilder Gier auf die Köstlichkeiten stürzen.

»Geduld, Geduld. Diese Delikatessen müssen mit Verständnis und Genuß gegessen werden. Mit Dankbarkeit für die Meister der Kochkunst, die das Handwerk der Zubereitung von Speisen zu solcher Perfektion gebracht haben. Unterdrücken Sie jeden Gedanken daran, daß ›Essen‹ für den Großteil der Menschheit nichts anderes bedeutet, als das Hungergefühl zu beenden. Denken Sie daran, daß alle Schätze dieser Welt geplündert worden sind, um Ihnen ein solches Dinner vorzusetzen. Wir wollen dieses Mahl nicht nur als Kunstwerk betrachten, sondern auch seinen wissenschaftlichen Wert auf der Zunge zergehen lassen.«

»Aber ja, gerne«, sagte ich ungeduldig. »Aber ich möchte endlich beginnen. Ich habe Hunger.«

»Wie schön, Sie hungrig zu sehen! Aber ich kann nicht gestatten, daß Sie etwas herunterschlingen. Essen Sie, so viel und so lange Sie Lust haben – aber beginnen Sie langsam und besonnen. Denken Sie an die Zukunft. Denken Sie an mich?«

Ich starrte ihn verständnislos an. »An Sie, Sir?«

»Gewiß. Was würde mit mir geschehen, wenn ich Ihren Appetit gedankenlos zerstören würde? Oder wenn Sie – der Himmel möge es verhüten – an einem Knochen erstickten?«

Immer mehr hatte ich das Gefühl, ich hätte es mit einem Verrückten zu tun.

»Ein guter Christ«, ermahnte er mich, »spricht, bevor er zu essen beginnt, ein Dankgebet.«

Ich mußte gestehen, daß ich keinen Text kannte. Weder meine Familie noch Kerrans' Truppe waren übertrieben fromm gewesen.

»Dann werde ich es für Sie sprechen. Oh, die gottlose Welt des Theaters, in der man nicht mal den Segen lernt.«

Und er betete tatsächlich für mich, ehe er zu servieren begann. Er bediente mich wie ein aufmerksamer Lakai und ließ mich ohne weitere Unterbrechung essen, aber dabei gab er, während ich mir andächtig alle Kostbarkeiten zu Gemüte führte, unaufhörlich Kommentare von sich. Allmählich verlor er sogar jegliche Selbstbeherrschung, und ehe ich noch die Hälfte des Dinners hinter mich gebracht hatte, tänzelte er um mich herum, schlug sich vergnügt auf die Schenkel und lachte prustend, bis er im Gesicht rot anlief.

Den Grund seiner Heiterkeit konnte ich damals nicht erraten. Doch, bei allen Heiligen, ich sollte ihn noch kennenlernen.

»Das hier sind Schnepfeneier«, erläuterte er. »Kein besser Gericht, mein Freund, um ein Dinner zu eröffnen. Alderman Stowport empfiehlt zwar Austern, aber er ist kein echter Feinschmecker. Nicht, daß ich Austern verachte ... oh, Sie haben gleich zwei Dutzend vertilgt – brav, brav – ein mannhaftes Entree, meinen Glückwunsch, darf ich die Tassen abräumen und die Suppe servieren. Schildkrötensuppe. Schneeball sagt, die Tiere werden lebend von den Seychellen nach Liverpool transportiert. Ach, die ungestüme Jugend! Langsam, mein Lieber, langsam! Man muß seinen Appetit vorsichtig aufbauen, nicht durch Hast zum Erliegen bringen. Es ist eine Sünde, so schnell zu essen, daß die Geschmacksnerven nicht zu ihrem Recht kommen. Nein, ich werde nicht nachreichen, Sie sollen sich Ihren Appetit nicht mit zu viel Suppe verderben.« Er nahm mir den Suppenteller fort und trug die Vorspeisen auf. »Sehen Sie doch, was an der Reihe ist. Lachs mit Gurke, Hummersauce – wie ein Traum aus dem Schlaraffenland. Seezungenfilet, der Caesar aller Fischgerichte! Hechtmus – eine Wolke vom Sternenhimmel. Leberpastete, Hühnercroquetten, coq au vin – langsam, Freund, gemächlich, nicht schlingen! Einem Kunstwerk muß man mit Respekt begegnen. Lerchen im Topf, süße singende Lerchen. Ah, er verschlingt sie mit Haut und Haaren und Knöchelchen. Gut so, gut so! Kalbsmedaillon – das wahre Lächeln unserer kleinen unschuldigen Kälber! Machen Sie doch eine Pause, junger Mann, ein richtiger Tropfen wird Ihnen weiterhelfen. Champagner gefällig oder ein Sauternes? Von Sherry rate ich ab; er ist süß und regt die Magennerven nicht an.«

»Kein Champagner«, bat ich. »Den haben wir manchmal nach Premieren getrunken, aber mir hat er nie zugesagt. Ich möcht' gern Bier, wenn's recht ist, das bin ich gewohnt, und auch davon nicht zuviel.«

Trotzdem trank ich drei Gläser hintereinander, denn die vorzüglich gewürzten Speisen hatten mich durstig gemacht. Er füllte mir die Gläser aufmerksam nach und zwinkerte mir mit eigenartigem Vergnügen zu, das ich mir nicht erklären konnte.

»Fahren wir fort, mein Nero, mein Nebukadnezar, mein Juda Makkabäus.« Er schmeichelte mir mit konfusen Namen, die ich nicht immer richtig verstand. »Hier, mein Ptolemäus, eine Lammschulter, wie sie auch bei Hof nicht delikater sein kann, mit Kartoffelpuffern und Rosenkohl und Curry-Gelee. Doch ein Glas Champagner? Mehr Bier? 's ist ein Vergnügen, ihm zuzusehen. Vergnüglicher als ein Programm in der Music-Hall. Rehrücken – der König der Tafel! Lassen Sie sich's schmecken, Zar Peter! Etwas Reis gefällig –? Oh, eine doppelte Portion! Wahrlich, er ist ein Goliath, ein Goliath aus Gath.«

Er lief tatsächlich rot an, daß ich befürchtete, er würde vom Schlag gestreift werden. Doch seine Schmeicheleien blieben nicht ohne Wirkung, und ich fuhr fort zu essen und zu trinken, als hätte ich gerade erst begonnen.

»Wachteln oder Schnepfen, mein Lieber. Ah, er nimmt beides, mein Attila. Respekt, Respekt! Gelee, mein Heliogabal? Aprikosengelee, mein Caracalla? Plumpudding? Oh, zwei Teller Pudding, König Salomo! Also doch Champagner! Und Rheinwein! Käse gefällig? Brie mit Sellerie wäre zu empfehlen. Dazu ein

Glas Port. Schokoladespeise zum Abschluß? Gut so, gut so. Ah, er trinkt Cognac aus einem Römer – wie Og, der König von Bashan.«

Ich war richtiggehend überwältigt von der außerordentlichen Mahlzeit und von dem unerklärlichen Entzücken, das mein enormer Appetit bei meinem Gastgeber hervorrief. Er klatschte in die Hände, klopfte mir auf die Schulter; er grinste und zwinkerte und schnalzte mit den Lippen. Sein Vergnügen und die Ausdrücke, die er diesem verlieh, kannte keine Grenzen. Nachdem ich zu Ende gespeist hatte, servierte er mir noch Bordeaux und starken schwarzen Kaffee und Likör. Nie in meinem jungen Leben hätte ich gewagt, von einem derartigen Festmahl auch nur zu träumen.

Nicht nur, daß ich entsetzlich ausgehungert gewesen war – jede einzelne Speise, jeder Tropfen war so exquisit gewesen, daß ich mich wie im siebenten Himmel fühlte.

Doch ehe ich noch meine enorme Dankbarkeit bezeugen konnte, merkte ich, daß mein Gastgeber mich mit einem sonderbaren Gesichtsausdruck musterte. Die übertriebene Fröhlichkeit, die er zur Schau getragen hatte, war verschwunden. Sein Blick verriet ein Gefühl, das ich mir ebensowenig erklären konnte, wie ehemals seinen Eifer und später sein übertriebenes Vergnügen. In seinen Augen glomm etwas wie unerfüllte Sehnsucht.

»Nun, junger Mann«, fragte er mich erwartungsvoll, »wie fühlt er sich jetzt?«

»So gut wie noch nie«, gab ich zur Antwort. »Ich bin Ihnen dankbarer, Sir, als ich mit Worten sagen kann.«

»Zum Teufel mit der Dankbarkeit! Das sind leere Worte. Ich möchte Genaueres wissen, alle Einzelheiten, die Ihren Zustand betreffen. Steigt Ihnen das Blut zu Kopf? Haben Sie Schwindelgefühle? Ist der Redefluß behindert – nein, in keiner Weise? Wie wundervoll! Eine Gnade der Vorsehung, jemanden wie Sie zu finden – in einem Moment, da ich ihn so dringend benötigte. Nun, glückliche Zufälle kommen oft, wenn man sie am wenigsten erwartet.«

Sonderbare Worte. Doch die Geschehnisse waren ohnehin so seltsam, daß mich Kuriositäten kaum mehr überraschen konnten. Darüber hinaus fühlte ich mich nach dem guten Essen äußerst wohl – ich streckte mich aus, um mich in aller Ruhe zu entspannen.

»Nun, mein Freund, während Sie in wohlverdienter Ruhe Ihr Mahl verdauen, erzählen Sie mir etwas über sich. Übrigens – ist Ihre Verdauung in Ordnung? Durch keinerlei Exzesse beschwert? Gut so, ich habe das von einem so gesunden und talentierten Mann nicht anders erwartet. Ein Straußenmagen, wie man zu sagen pflegt. Ja, ein wahrer Vogel Strauß!«

Ich berichtete ihm kurz von meinem wenig ereignisreichen Leben, doch er interessierte sich kaum für die Höhen und Tiefen meines Schicksals, sondern unterbrach mich des öfteren mit Fragen nach der Dimension und der Regelmäßigkeit meines Appetits – Fragen, die ich anscheinend zu seiner Zufriedenheit beantwortete, denn er nickte meist zustimmend mit dem Kopf. Schließlich trat er gravitätisch zum Tisch, von dem merkwürdigerweise sämtliche Spuren meiner Mahlzeit verschwunden waren, und legte ein in gestochener Schrift geschriebenes Dokument auf die Platte. Dann setzte er sich an meine Seite und zückte eine Feder.

»Und nun, mein Freund«, sagte er mit Entschiedenheit, »kommen wir zur Sache.«

Ich hatte keine Ahnung, was er damit meinte. Wollte er mir eine Stellung anbieten? Ich dachte schon an ein angemessenes Gehalt, das mir erlauben würde, meinem überschwenglichen Appetit zu frönen –.

»Trotz Ihrer gesunden Veranlagung«, begann er, »müssen Sie mit ernsten Schwierigkeiten rechnen. Sie haben kein Geld und in kurzer Zeit werden sie von neuem hungrig sein, was mit außerordentlichen Qualen verbunden sein dürfte.«

Das leugnete ich nicht. »Ja, mein Herr. Mein Appetit bedeutet eine große Bürde für mich, speziell wenn ich schlecht bei Kasse bin.«

Er sprang beinahe vom Stuhl. »Wozu viele Worte machen –

wir sind uns im Prinzip ja einig. Reden wir nicht um den Brei herum. Ich will Sie aus Ihren Schwierigkeiten erlösen. Ich bin bereit, Ihnen Ihren Appetit abzukaufen.«

Ich starrte ihn verständnislos an. War dieser Mensch geisteskrank?

»Ein seltsames Angebot, das weiß ich. Ein überaus sonderbares, und Sie haben wahrscheinlich noch nie von einem ähnlichen gehört. Doch ich meine es ernst. Ich offeriere Ihnen, Ihnen Ihren Appetit abzukaufen. Und ich gedenke, nicht kleinlich zu sein.«

»Sie wollen – was –? Meinen Appetit kaufen?«

»Genau das. Lesen Sie!«

Er reichte mir das Dokument, das er auf den Tisch gelegt hatte. Da stand geschrieben:

Ich, Luke Lucraft, bei guter physischer und psychischer Gesundheit und im reifen Alter von 24 Jahren, überantworte aus freiem Willen und ohne daß auf mich irgendwelcher Druck ausgeübt wurde, meinen Appetit gänzlich und insgesamt und zur freien Verfügung des Herrn Ebenezer Grumbelow von diesem Tage an und vom Moment meiner Unterschrift. Als Gegenwert akzeptiere ich die monatliche Summe von 50 Pfund sowie eine Anzahlung von ebenfalls 50 Pfund in bar. Dafür verpflichte ich mich, auch in Zukunft durch regelmäßiges Leben und körperliche Übungen für den Erhalt meines Appetits zu sorgen und alles zu vermeiden, was zu einer Beeinträchtigung eines natürlichen, gesunden und kräftigen Hungers führen könnte.

Darunter war ein Platz für meine Unterschrift freigeblieben sowie für die Signatur eines Zeugen.

»Sie sehen«, sagte er, »dieser Vertrag stellt keine unbilligen Bedingungen. Er stellt Ihnen ein sorgenfreies Leben in Aussicht. Nun, was sagen Sie dazu?«

Unwillkürlich zögerte ich. Mehr einem Instinkt folgend als vernünftiger Überlegung. »Das kommt so plötzlich«, stammelte ich.

»Los, los, keine Fisematenten«, befahl er. Sein bisher verbindlicher Tonfall hatte mit einem Mal einen barschen Kommandoton angenommen.

Das ließ mich erneut zögern. »Geben Sie mir etwas Zeit«, bat ich. »Lassen Sie mich überlegen. Bis morgen früh . . .«

»Überlegen!« brüllte er. Ein Zornanfall hatte sein Gesicht rot anlaufen lassen. »Was zum Teufel braucht dieser Habenichts zu überlegen?! Er hat keinen Penny, keine Freunde, keine Möglichkeiten. Er will überlegen – bitte. Ich gebe ihm fünf Minuten – nicht mehr.« Er erhob sich zu voller Größe und stand vor mir in einer beinahe drohenden Haltung. Als ich in sein Gesicht blickte, verschwammen seine Züge vor meinen Augen. Ich hörte ihn zwar weiter sprechen, aber irgendwie klang seine Stimme plötzlich, als würde sie aus weiter Ferne kommen.

›Luke Lucraft‹, hörte ich – doch es war nicht mehr mein Gegenüber, das zu mir sprach. ›Luke Lucraft – sieh dich doch an!‹ Was für eine Stimme war das? Etwa meine eigene?

Ja, ich sah mich. Obwohl es ein Blick von außen war, empfand ich alle Gefühle, als wäre ich selbst der Darsteller in den Szenen, die ich betrachtete.

Ich hielt mich am Laternenpfahl fest, von grimmigem Hunger gequält. Die Türe des Restaurants gegenüber öffnete sich. Die letzten Gäste waren gegangen, es dunkelte bereits. Die Kellner kamen aus dem Lokal und schütteten die Essensreste in die Gosse. Ich torkelte auf sie zu, gestand, daß ich seit dem Morgen nichts zu mir genommen hatte, und bat um Überreste von den Tellern. Die beiden Männer warfen einander einen Blick zu, dann schoben sie mich gemeinsam von der Türe fort, und ich stieß mit dem Kopf gegen die Laterne.

Hatte ich das wirklich erlebt oder spielte mir die Phantasie bloß ein Geschehen vor, das sich hätte ereignen *können*, wenn mein Wohltäter nicht dazwischengetreten wäre.

Ich schlich durch die Straßen von London. Passanten gingen selbstgefällig an mir vorbei, ohne mich zu beachten. Die Glokken der Stadt zeigten die Stunden an, und ich fragte mich, was aus mir werden würde und wie ich mein Elend beenden könnte.

Ich begann zu betteln. Nahm meinen Hut in die Hand und hielt ihn den Vorübergehenden hin. Doch die Leute streiften mich mit Widerwillen und harten Blicken. Keiner gab mir auch nur die kleinste Münze, mit der ich mir hätte ein Stück Brot kaufen können. Wäre nur einer von ihnen je so hungrig gewesen wie ich, er hätte mir kein Almosen verweigert. Und die Frauen –? Sie wichen mir aus, sahen mich strafend, beinahe ängstlich an und gingen auf die andere Straßenseite. Fürchteten sie, ich würde sie überfallen und berauben? Nun, es waren rauhe Zeiten, und auch die Sitten waren rauh. Mehr als einmal stieß mich ein Mann mit seinem Stock an und riet mir, mir Arbeit zu suchen. Man hielt mich für einen Tagedieb, den seine Faulheit zum Betteln zwang.

Ich kam an einem Laden vorbei, der auf der Straße gebackene Kartoffeln feilhielt. Der Besitzer stand mit dem Rücken zu mir. Ich nahm die Gelegenheit wahr und stahl eine Kartoffel. So wahr mir Gott helfe, ich stahl eine, drückte mich mit verschämtem Gesicht an dem Mann vorbei und bog schnell um die Ecke, um meine Beute zu verzehren. Doch eine Kartoffel genügte bei weitem nicht, um meinen Hunger zu stillen. Ich kehrte zurück, doch der Ladenbesitzer war nicht mehr zu sehen, und der kleine Ofen mit den gebackenen Köstlichkeiten war verschwunden. Ich ging weiter, gierig wie ein Raubtier auf der Suche nach einem Riß. Ich kam zu einem Platz mit brutzelnden Würsten, die von einem jungen Mädchen bewacht wurden. Schnell griff ich nach einer Wurst und machte mich davon, ehe sie noch erschrocken zu schreien begann. Ich lief und lief, die heiße Wurst brannte in meiner Hand und Scham auf meinen Wangen . . .

All diese Szenen sah ich mit offenen Augen vor mir; sie spielten sich blitzschnell ab, ich hatte jedes Zeitgefühl verloren. Ich sah, wie ich beim Stehlen immer dreister wurde und schließlich packten mich kräftige Arme und schleppten mich vor Gericht – eine Vision, die ich bis auf den heutigen Tag nicht vergessen kann. Dann kam die letzte Szene des grausigen Bilderbogens, und ich sah mich tot in der Gosse liegen, nackt und verhungert.

Hatte dieser Mr. Grumbelow durch schwarze Magie meine Sinne verwirrt? Wie brachte er mich dazu, Erlebnisse zu erleiden, die sich in meiner Phantasie abspielten?

Seine Stimme kam immer noch wie aus weiter Ferne. »Jetzt haben Sie Ihre Zukunft gesehen, junger Mann. Ein trauriges

Dasein, ein miserables Ende. Aber jetzt können Sie die andere Seite der Medaille erschauen.«

Ich saß in einem Garten und rund um mich tanzten hübsche Mädchen einen Reigen. Ich hörte ihr Lachen und das Rascheln ihrer Kleider. Das Hungergefühl war verschwunden; ich war satt, nein, mehr als das. Ich empfand die Gewißheit, nie mehr Hunger leiden zu müssen. Meine Taschen wogen schwer von Goldstücken; ich wußte, daß ich mir kaufen konnte, was ich wollte, und daß mein Reichtum nie enden würde.

Da kam Julia auf mich zu. Sie erschien mir schöner denn je zuvor. Ich nahm sie bei der Hand, und wir liefen lachend durch Hecken und Büsche eines ausgedehnten Parks. Ich pflückte Blumen für sie, und sie band sie zu einem Strauß. Waren wir noch verlobt oder schon ein Paar? Gegenwart und Zukunft verschmolzen ineinander.

Träume. Wunschträume, die zu erlebten Szenen wurden. Mit einem Mal wurde mir bewußt, was mir geschah, und die Realität gewann mich zurück. Ich saß im Haus von Mr. Grumbelow, dem alten Mann gegenüber. Welche geheimnisvollen Mächte erlaubten es meinem sonderbaren Gastgeber, meinen Geist derart zu verwirren?

»Sie haben jetzt verschiedene Möglichkeiten gesehen, junger Mann, die Ihr Lebenslauf nehmen kann.« Er beugte sich zu mir, und seine Lippen berührten beinahe mein Ohr, als er flüsterte: »Jetzt müssen Sie sich entscheiden. Die fünf Minuten sind um.«

Er hielt eine großväterliche Uhr mit aufgeklapptem Deckel in der Hand. Ich hatte den Eindruck, er zähle die Sekunden.

»Was haben Sie beschlossen?« fragte er streng.

Blieb mir eine Wahl? Ich schluckte. Dann keuchte ich: »Ich nehme Ihr Angebot an.«

»Bravo!« rief er und stieß einen Seufzer der Erleichterung aus. Ich fühlte mich noch benommen von dem, was ich gesehen hatte. Die gewährte Überlegungszeit hatte ich nicht zum Überdenken nutzen können.

»Schneeball«, brüllte Mr. Grumbelow und klatschte in die Hände. »Schneeball – wo bleibst du? Er hat zugestimmt – so wie ich es erwartet hatte.«

In Sekundenschnelle tauchte der furchteinflößende alte Neger hinter einem Stuhl auf, als wäre er aus dem Nichts erschienen. Womöglich war das auch der Fall gewesen. Sein Grinsen verzog seinen breiten Mund von einem Ohr zum anderen. Seine Augen glänzten im Kerzenlicht wie glühende Kohlen, und mehr denn je glich er einem Dämon aus einem orientalischen Märchen. Ich erschauerte.

»Schneeball dient uns als Zeuge, der unserem Abkommen Gesetzeskraft verleiht«, sagte der Alte. »Schneeball, dieser junge Mann, Mr. Luke Lucraft, wird einen Kontrakt signieren, und du wirst als Zeuge deine Unterschrift druntersetzen.«

»Amen«, bekräftigte der Neger. »Junger Mann Lucraft ist Glückspilz. Ein Sohn von Fortuna.« Er kicherte. »Wann wird Master sein Dinner wünschen?«

Statt ihm zu antworten, wandte sich Mr. Grumbelow an mich. »Wann werden Sie wieder Appetit haben?« fragte er wohlwollend. »Prahlen Sie nicht, Lucraft, sagen Sie einfach die Wahrheit. Kein falscher Stolz, bitte. Ich warne Sie, jede Lüge könnte Folgen haben.«

»Sie brauchen mir nicht zu drohen«, lachte ich selbstsicher, »auf meinen Appetit kann ich mich verlassen.«

»Gut so. Ausgezeichnet. Jetzt ist es sechs. Also wann –?«

»Normalerweise könnte ich um neun zu Abend essen, aber nach solch einem reichlichen Mahl würde ich sicherheitshalber einen Termin um zehn vorziehen.«

Er nickte. »Du siehst, Schneeball, unser Gast ist bescheiden und macht keine unseriösen Versprechungen. Also zehn Uhr. Du wirst mir Punkt zehn das Souper servieren, Schneeball, und gib dir Mühe. Ich werde keine zweitklassige Mahlzeit akzeptieren. Und jetzt die Unterschriften!«

Ich nahm die Feder auf, aber konnte nicht schreiben, denn es war kein Tintenfaß in Sicht. »Keine Tinte . . .«

»Wir brauchen keine«, sagte Mr. Grumbelow.

»Das werden wir gleich haben«, amüsierte sich der Neger und nahm meine Hand in seine große schwarze Tatze. Ich spürte einen Stich an meinem Gelenk.

»'s ist eine reine Formsache«, belehrte mich mein Gastgeber. »Tauchen Sie die Feder in Ihr Blut ein. Ein einfacher Ersatz für Tinte, denn wir haben keine im Haus.«

Etwas befremdet folgte ich seiner Anweisung. Schneeball unterschrieb nach mir; ich konnte weder sehen noch erraten, welche Flüssigkeit er zum Schreiben benützte. Er war äußerst vergnügt, doch ich konnte mir den Grund seiner Heiterkeit nicht erklären. Eine nie gefühlte Angst überfiel mich, aber ehe ich mich zusammenreißen oder Fragen stellen konnte, begannen meine Sinne zu schwinden – so wie zu der Zeit, als ich diesen Raum betreten hatte. Wie durch einen Nebel sah ich die grinsenden Gesichtszüge des Negers und die ebenfalls heitere Miene von Mr. Grumbelow – und während die Bilder vor meinen Augen verschwammen, hörte ich seine triumphierende Stimme: »Souper um zehn, mein lieber Schneeball. Ich beginne bereits Appetit zu haben. Warum bis 10 warten? Jetzt bin ich meiner sicher. Du kannst eine halbe Stunde früher servieren, mein Guter. Glücklicher Tag! Gesegneter Tag! Bereite ein kräftiges Mahl, Schneeball – für zwei, für drei, für vier! Mit Champagner – Perrier Jouet – und nachher Curacao-Punsch. Ich hab' seit drei Monaten keinen mehr getrunken. Oh, was für ein glücklicher, gesegneter Tag . . .«

Das war das letzte, was ich noch hörte. Dann schwanden meine Sinne vollends, und seine Stimme erstarb in meinen Ohren.

Als ich wieder zu mir kam, stand ich wieder am Laternenpfosten in Bucklesbury – gekrümmt, so wie mich Mr. Grumbelow zuerst gesehen hatte.

Es fiel mir jedoch nicht schwer, mich aufzurichten. Der Geruch von gebratenem Fleisch erreichte meine Nasenflügel, doch diesmal erregte er keinen Appetit, sondern Widerwillen. ›Bah‹, brummte ich, ›geschmortes Lamm‹, und ich ging schnell die Straße hinunter, um den abgestandenen Küchengerüchen zu entkommen. Ich verspürte keinen Hunger, und das überraschte mich im ersten Moment. Was war mit mir geschehen? Während ich benommen nach Hause wankte, versuchte ich, mir die Geschehnisse ins Gedächtnis zurückzurufen, doch das gelang mir nicht gleich. Nur langsam kam die Erinnerung zurück, schließlich in allen Details. Der sonderbare Mr. Grumbelow, der schreckliche alte Neger, kichernd und grinsend – und auch der merkwürdige Raum ohne Türen und Fenster, und die unglaubliche Mahlzeit, die man mir vorgesetzt hatte.

Den Neger hatte er Schneeball genannt, daran entsann ich mich. Doch der Name des Mannes, an den ich meinen Appetit verkauft hatte – an dessen Namen konnte ich mich nicht erinnern, so sehr ich auch mein Gehirn zermarterte. Hatte ich wirklich diesen unwahrscheinlichen Vertrag unterschrieben? Oder war ich bloß betrunken gewesen, weil man mir zum Essen zu viele Alkoholika verabreicht hatte? Waren die stipulierten Geldbeträge bloß ein Traum gewesen – die Ausgeburt eines Rausches, der verflogen war mit der Wirkung der schweren Weine und Schnäpse?

Doch nein – in dieser Hinsicht hatte ich mich nicht getäuscht. Als ich mit schwankenden Schritten meine ärmliche Behausung betrat, fand ich auf meinem Bett bereits einen Brief einer Anwaltsfirma vor, die bereits den von mir unterzeichneten Kontrakt bestätigte. Unerklärlich – denn seit ich diesen Kontrakt signiert hatte, konnte kaum eine Stunde vergangen sein. In welcher Zeitspanne hatten die Anwälte ihre Instruktionen erhalten? Doch hier stand es – sie waren von ihrem Mandanten, dessen Name nicht genannt war, ermächtigt, mir jeden Monat den Betrag von fünfzig Pfund auszuhändigen. Also keine Sinnestäuschung! Die 50 Pfund waren bare Münze.

Überwältigt von den Ereignissen des Tages fiel ich völlig angekleidet auf das Bett und schlief sofort fest ein. Doch schon nach einer Stunde wachte ich auf – mit einem beklemmenden Gefühl im Magen. Es war, als ob ich mehr zu mir nahm, als mir guttat.

Ich verstand nicht gleich, was geschah, aber dann wurde mir klar: Der alte Mann genehmigte sich sein Abendessen – und aß

Portionen, die er zwar sich zumuten durfte – aber nicht mir, der noch satt war.

Ich sprang aus dem Bett und begann im Zimmer auf und ab zu laufen. Gleichzeitig spürte ich, daß er zu viel trank – weit mehr *als meinem augenblicklichen Durst entsprach.* Ein Rausch erfaßte meine Sinne – und wie betrunken fing ich an, in meinem engen Raum umherzutanzen. Bis ich im Vollrausch der Länge nach hinfiel und liegen blieb.

Als ich am nächsten Morgen erwachte, lag ich immer noch auf dem Boden. Mühsam rappelte ich mich hoch. Mein Kopf schmerzte, und im Sturz hatte ich mir an einer Bettkante ein Auge angeschlagen. Ich fühlte mich schlecht und zitterte vor Kälte. Ich zog mich aus und kroch ins Bett. Wieder schlief ich ein und wachte erst auf, als die Uhr schon 12 schlug. Ich hatte nicht gefrühstückt und nahm gewohnheitsgemäß an, ich würde Hunger haben. Doch nein, kein Hunger, nicht einmal eine Spur von Appetit.

Das Aufstehen fiel mir schwer, das Ankleiden noch schwerer. Die Hände zitterten, mein Gesicht war angeschwollen, das rechte Auge sah aus, als hätte ich bei einer Wirtshausrauferei einen Faustschlag erhalten. Ich mußte mich aufgeführt haben wie ein Trunkenbold. Dabei hatte ich Zeit meines Lebens Alkohol meist nur mäßig genossen. Natürlich hatte ich – speziell auf hoher See – auch mal über den Durst getrunken wie jeder junge Mann an Deck – doch die Auswirkungen waren mir stets verhaßt gewesen und hatten mich abgeschreckt, Trunkenheitsexzessen zu frönen.

Als ich meine Jacke anzog, hatte ich das Gefühl, die Taschen seien schwerer als gewohnt. Ich griff in sie hinein, mit beiden Händen. Ich bekam Geldstücke zu fassen, Sovereigns. Die Jakkentaschen waren voll von ihnen. Instinktiv begann ich zu zählen. Achtundvierzig, neunundvierzig – und einer fiel mir aus der Hand und rollte über den Boden.

Genau 50! Die Vorauszahlung für den Verkauf meines Appetits. Und auf dem Tisch lag der Brief der Anwaltsfirma, die mich einlud, monatlich die gleiche Summe einzukassieren.

Ich setzte mich hin und versuchte, meine Gedanken zu ordnen. Immer noch konnte ich mir den Namen des Mannes nicht ins Gedächtnis rufen, der mich zu dem absurden Handel überredet hatte, dessen fatale Folgen mir erst später bewußt werden sollten.

Ich erinnerte mich an die alte Sage von dem leichtsinnigen Professor, der seine Seele dem Teufel verschrieben hatte. Irgendein deutscher Dichter hatte über dieses Thema ein Drama geschrieben, doch der alte Kerrans hatte es nie in sein Programm aufgenommen, denn die Heroine war vom Professor geschwängert worden, und eine solche Rolle wollte unser Prinzipal seinem Töchterchen nicht zumuten. Doch zum Unterschied von Dr. Faust – ja, das war sein Name – hatte ich nicht die ewige Seligkeit für ein trügerisches Glück verpfändet, sondern bloß das Beschwernis eines kräftigen Appetits eines mittellosen Schauspielers.

Das konnte doch keine Todsünde sein!

Müßige Entschuldigungen, wie sich später herausstellen sollte. Noch aber ahnte ich nicht, welche Gefahren mir drohten.

Als ich das Haus verlassen wollte, kam meine Wirtin auf mich zu, mit unheilverkündender Miene. Ende der Woche sollte ich ausziehen.

»Ich hielt Sie für einen ruhigen und nüchternen Mieter, Mr. Lucraft. Ich habe mich in Ihnen getäuscht. Sie hielten mich und die Hausgäste bis zwei Uhr morgens wach durch Ihr Singen und Tanzen. Und wenn Sie mich auf den Knien bitten, Ende der Woche verlassen Sie mein Haus. Meine Nachbarn haben mir schon mit den Konstablern gedroht – mir, die ich bis heute auf meinen guten Ruf stolz sein konnte.«

Ich erhob keinen Einwand, sondern schwieg verschüchtert. Dabei war mir klar, daß im Grunde nicht ich, sondern mein freundlicher Wohltäter die Ursache der Ruhestörung gewesen war. Doch mit welchen Worten hätte ich das erklären sollen? Wortlos verließ ich das Haus.

Unterdes war es ein Uhr geworden; trotzdem drängte es mich nicht, ein Frühstück zu mir zu nehmen. Eine Erfahrung, die mir neu war. Immerhin suchte ich gewohnheitsgemäß eine Teestube auf und bestellte einen Tee und ein Speckbrot. Doch als die Bestellung serviert wurde, entdeckte ich zu meinem Schrecken, daß mein Geschmackssinn Schaden gelitten hatte. Ich konnte kaum unterscheiden, daß der Tee flüssig war und das Speckbrot nicht. Auch mein Geruchssinn half mir nicht weiter; meine Nase schien die Fähigkeit verloren zu haben, zu unterscheiden und zu begutachten. Seit jeher war mir der Geruch von Pulverrauch und Knaster verhaßt gewesen, während ich Rosen, Nelken und gewisse Weinsorten bevorzugt hatte. Doch ich war nicht mehr in der Lage, angenehme und widerliche Gerüche zu unterscheiden. Auch der heißgeliebte Geschmack von Roastbeef und Bratkartoffeln hatte jede Wirkung verloren. In der Folge mußte ich mich richtiggehend zwingen zu essen und zu trinken, um mich am Leben und gesund zu erhalten, aber ich empfand während der Mahlzeiten keinerlei Befriedigung, geschweige denn Vergnügen.

Doch zu diesen Erkenntnissen gelangte ich nicht jäh, sondern erst allmählich. Allerdings bereitete mir bereits das erste Frühstück einen gelinden Schock. Um ihn zu mildern, machte ich mich auf den Weg zur Kanzlei der Anwälte, deren Adresse auf dem Briefkopf stand.

Am Empfang saß ein junger Mann, der tadellos gekleidet war und dessen selbstgefälliges Gehaben mich enervierte. Er warf nur einen flüchtigen Blick auf den Brief, den ich ihm reichte. »Ha, ich dachte schon, daß Sie bald aufkreuzen würden. Keiner hat bisher Zeit verloren, aber Sie waren noch schneller als die anderen.« Er lächelte herablassend. »Meinen Respekt, Mr. Lucraft. Bitte hier zu unterzeichnen.«

Es war eine Quittung. Ich wollte ihn schon mit der Frage irritieren, ob es auch hier üblich war, mit Blut zu signieren, doch er kam mir zuvor, indem er mir eine Feder in die Hand drückte, die er aus einem Tintenfaß zog. »Auf dieser Stelle, bitte – quer über die Stempelmarke.«

Ich unterschrieb. »Wenn Sie mir einige Fragen erlauben, mein Herr . . .«

Doch er unterbrach mich und schüttelte den Kopf. »Ich muß Sie leider darauf hinweisen, daß es unserer Kanzlei streng verboten ist, irgendwelche Fragen zu beantworten, die unseren Mandanten betreffen. Es wäre auch sinnlos, mit meinen Chefs sprechen zu wollen; sie empfangen nur einen sehr ausgewählten Klientenkreis. Nehmen Sie einfach das Geld, das Ihnen zusteht, und gehaben Sie sich wohl.«

Doch so leicht ließ ich mich nicht abweisen. »Und wenn ich darauf bestehe, Mr. Chambers oder Mr. Fox zu sehen . . .«

»Dann müßte ich Maßnahmen ergreifen, Sie gewaltsam aus unseren Räumen entfernen zu lassen«, erwiderte er mit unverminderter Freundlichkeit. »Das war schon bei Ihrem Vorgänger der Fall, Mr. Lucraft. Er drang in trunkenem Zustand in das Büro ein und bedrohte Mr. Chambers.«

Mir lief es kalt über den Rücken. Ich starrte ihn schweigend an, und er streckte tröstend seinen Arm aus, als wolle er mich auf die Schulter klopfen. »Ich hoffe allerdings, Sir, daß Sie mehr Glück haben werden als die Herren vor Ihnen.«

»Wer sind diese Männer?« stammelte ich. »Wo sind sie geblieben?«

»Genaues weiß ich nicht«, antwortete er ungerührt. »Doch ihr Verbleib läßt sich erraten. Sie sind tot und begraben, ohne Ausnahme, soweit mir bekannt ist.«

»Tot –?«

Er nickte. »Die Todesursache war stets die gleiche. Delirium tremens. Säuferwahnsinn.«

»Das kann nicht sein. Das glaube ich nicht.«

»Was für einen Grund sollte ich haben, Sie zu belügen, Sir? Ja, der alte Herr hatte wenig Glück mit der Auswahl seiner Schutzbefohlenen. Dabei hat er es mit ihnen stets gut gemeint. Nach dem Tod Ihres Vorgängers hatte er Tränen in den Augen und schwor sich, er würde es nie wieder versuchen, Gestrandeten auf die Beine zu helfen, die seine Güte stets mißbrauchten. Er ist ein echter Philanthrop, das dürfen Sie mir glauben.«

»Wie, sagten Sie, ist sein Name –?«

Er sah mich hochmütig an. »Keine Tricks, Mr. Lucraft – ich

werde ihn nicht nennen. Hier ist Ihr Scheck, Sir, und ich hoffe, Sie werden über eine längere Zeitspanne als die anderen kommen, um Ihr Monatsgeld zu kassieren. Allerdings scheint eine Art Fluch auf den Pensionsempfängern zu lasten. Wenn ich an den letzten denke . . . als er anfangs herkam, um sein Geld zu holen, sah er gesund und kräftig aus wie ein Preisboxer . . .«

»War er gut bei Appetit –?«

»Eben nicht. Sagte, er könne kaum einen Bissen herunterwürgen. Hatte seinen Geschmackssinn verloren, wenn Sie verstehen, was ich meine. Er verfiel sichtlich von Monat zu Monat und starb im Suff, ehe ein halbes Jahr zu Ende war. Es heißt, daß er sich jede Nacht bis zur Bewußtlosigkeit betrunken hat wie die Gentlemen vor ihm. Mag bloßer Zufall gewesen sein; ich will Ihnen keine Angst machen, Mr. Lucraft. Jedenfalls wünsche ich Ihnen Glück – besseres Glück, als es die armen Teufel hatten.«

Verwirrt schlich ich mich mit meinem Geld davon; dieses Gespräch hatte mich im höchsten Maße beunruhigt. Fest entschlossen machte ich mich auf den Weg nach Bucklesbury, um von meinem Vertragspartner Aufklärung zu fordern. Ich fand mühelos den bewußten Laternenpfahl – ohne Zweifel war es derselbe wie am Vortag, denn in den Schaufenstern gegenüber lagen immer noch Hasenrücken und Gemüse, und aus der Türe drang der Geruch frisch zubereiteter Speisen, auch wenn er nicht mehr so verlockend duftete wie ehedem, sondern eher abstoßend. Ich konnte auch die Straße finden, in die mich der alte Herr geführt hatte, doch dann – ja, dann – erstaunlicherweise konnte ich die Türe nicht finden, durch die er mich in sein Haus geleitet hatte. Obwohl ich zweimal auf und ab ging, war in der kleinen gewundenen Gasse kein Gebäude zu sehen, in das eine solche oder ähnliche Türe gepaßt hätte. Ich fragte sogar einen Polizisten aus, der in der Gegend Bescheid wußte, und beschrieb nicht nur den alten Herrn, sondern auch den großen Neger mit dem weißen Haar. Doch der Mann konnte mir nicht weiterhelfen; er schwor Stein und Bein, daß weder in dieser Straße noch in der Nachbarschaft ein Mohr hause. Dabei hörte ich, als ich suchend die Gasse abschritt, ganz deutlich das unverkennbare Kichern des Kochs, den sein Herr ›Schneeball‹ rief. Er schien mich von einem unsichtbaren Versteck aus zu verspotten. Und obwohl er mir nichts Böses getan – ganz im Gegenteil, er hatte mir ein köstliches Mahl serviert – begann ich ihn zu hassen wie meinen schlimmsten Feind.

Obwohl ich mehr Geld besaß als je zuvor in meinem Leben, befand ich mich keineswegs in gehobener Stimmung. Am liebsten hätte ich den ganzen Handel rückgängig gemacht. Ein übles Vorgefühl peinigte mich; ich mußte an das Schicksal meiner unglücklichen Vorgänger denken. Sie hatten jede Eßlust verloren, verschachert gegen Mammon – und was ihnen an Geruchs- und Geschmacksempfinden geblieben war, reichte anscheinend nur, um Brandy von Wasser zu unterscheiden. Und Brandy oder Whisky oder Gin hatte sich als einzig mögliche Nahrung erwiesen – eine Kost, die auf die Dauer unweigerlich zum Tode führte.

Jetzt erst begann ich die Konsequenzen meines Tuns klar abzusehen. Mir schwante bereits, daß ich mich ins Verderben geritten hatte. Ich war ein Opfer des alten Mannes, und nicht das erste. Andere waren vor mir durch seine Schuld zu Tode gekommen. Mein Schicksal war vorgezeichnet: Er würde fressen, und ich würde leiden. Er würde genießen, und ich würde krepieren.

Verzweifelt streifte ich durch die Straßen von Bucklesbury und suchte nach dem verfluchten Haus, aber ich fand keine Spur von ihm. Ich hoffte, durch einen glücklichen Zufall auf den alten Mann zu stoßen, der sich als mein Wohltäter aufspielte, aber mein Verderber war. Doch ich sah ihn nicht.

Aber ich fühlte ihn.

Gegen sieben Uhr begann er mit dem Abendessen. Als echter Feinschmecker verschlang er die Speisen nicht; er ging langsam und genießerisch vor, wie ich an der allmählich anschwellenden Schwere meines Magens abschätzen konnte. Doch er war ein Vielfraß, er schlemmte ohne Unterlaß bis etwa acht, und da war das Gewicht, das mich bedrückte, bereits so groß, daß ich kaum zu atmen vermochte.

Doch das war erst der Anfang. Er begann zu trinken. Der

Schuft, der Halunke! Er mußte schwere Getränke zu sich nehmen, denn der Alkohol stieg mir zu Kopf, und ich konnte nicht dagegen ankämpfen. Alles begann vor meinen Augen zu verschwimmen; ich erlitt alle Qualen der Trunkenheit, ohne die Segnungen wahrzunehmen, von denen Alkoholiker berichten: Frohsinn, Vergessen aller Sorgen, gesteigertes Selbstvertrauen – nichts von all dem spürte ich, ehe mich sinnloser Rausch überkam. Ich wollte sprechen, aber meine Zunge war dick; die Häuser kreisten immer schneller um mich, während ich mich vergeblich an einer Mauer festzuklammern versuchte. Ich gab mir Mühe, auf allen vieren Halt zu gewinnen, aber das Straßenpflaster, das erbarmungslos auf mich zukam, war schneller.

Ich schlug auf – und dann wußte ich nicht mehr, was mit mir geschah.

Als ich die Augen aufschlug, befand ich mich in einem kleinen Raum mit weißgewaschenen Wänden, auf einer schmalen Pritsche. In meinem Kopf brummte es, meine Kehle war trocken. Immer noch glaubte ich, das höhnische Kichern des Negers zu hören. Dann wurde eine Eisentüre aufgerissen und ein baumlanger Konstabler erschien in der Füllung.

»Aufstehen!« befahl er. »Wenn du gehen kannst, komm mit!«

Jetzt wurde mir klar, daß ich in einer Zelle eingeschlossen worden war, die für die Brandyleichen bestimmt ist. Der Friedensrichter, dem ich vorgeführt wurde, beschuldigte mich der Trunkenheit und des liederlichen Lebenswandels. Man hatte mich am frühen Morgen auf einer Straße in Bucklesbury aufgelesen, unfähig zu sprechen und meinen Namen zu nennen. Da man in meiner Tasche einen Scheck von 50 Pfund fand, verdächtigte man mich eines Verbrechens, und einer der Firmeninhaber, die diesen Scheck ausgestellt hatten, war vorgeladen worden.

Zu meinem Glück sagte Mr. Chambers aus, daß ich das Geld in seinem Büro rechtmäßig erhalten hatte; aufgrund der Schenkung eines Wohltäters, der ungenannt bleiben wollte.

Der Friedensrichter bezichtigte mich mit harten Worten der

unglaublichen Undankbarkeit, weil ich die Gabe, statt sie zum Aufbau einer Existenz zu benützen, zu übertriebenem Alkoholkonsum mißbraucht hatte. Er riet Mr. Chambers, die Zahlungen bis auf weitere Direktiven auszusetzen und verurteilte mich aufgrund meiner Jugend und da es mein erster Verstoß gegen die Gesetze der Sittlichkeit war, zu der milden Strafe von zehn Shilling.

In meinen Taschen fand ich kaum mehr als diesen Betrag, gegen dessen Zahlung ich in Freiheit entlassen wurde. Wo war der Rest meines Geldes geblieben? Zweifelsohne war ich beraubt worden. Wahrscheinlich, während ich in der Gosse gelegen hatte, vielleicht auch von einem der Konstabler, die meine Taschen durchsucht hatten. Beim Ausgang erwartete mich Mr. Chambers und richtete einige ernste Worte an mich. »Ich habe meinen Klienten schon mehrfach gewarnt und ihn gebeten, seine Akte der Generosität nicht fortzusetzen. Sie sind bereits der fünfte junge Mann, der seine Güte mit Undank belohnt und in schändlichster Weise mißbraucht. Alle Ihre Vorgänger endeten als Säufer und mit Schimpf und Schande. Akzeptieren Sie das heutige Urteil als Warnung und enthalten Sie sich aller Exzesse, bevor es zu spät ist.«

Was hätte ich erwidern können? Wortlos schlich ich mich davon und verkroch mich in meiner armseligen Behausung. Ich schäme mich nicht zu gestehen, daß ich mich verzweifelt auf mein Lager warf und in Tränen ausbrach. Ich war jung und hatte noch mein ganzes Leben vor mir – statt dessen hatte ich mich durch eigenen Leichtsinn zu einem schrecklichen Ende verurteilt.

Am Nachmittag, als ich wieder durch die Straßen von Bucklesbury schlenderte, hatte ich ein beängstigendes Erlebnis. Gerade als wieder die tägliche Qual begann und ich die Pein fühlte, die das Vollmampfen meines Magens begleitete, sah ich auf der anderen Straßenseite meinen bösen Geist, den Neger Schneeball, der mit spöttisch ausgestrecktem Finger auf mich zeigte. Außer mir vor Zorn lief ich auf ihn zu. Doch als ich die Stelle erreichte, auf der er gerade gestanden hatte, war er nirgends mehr zu sehen. Bloß aus der Ferne hörte ich noch sein verdammtes Kichern. Welche Dämonen trieben mich? War ich im Begriff, meinen Verstand zu verlieren?

Eines jedenfalls war mir klar: Der schreckliche alte Mann, dem ich mich ausgeliefert hatte, kannte keine Gnade. Er würde nach Lust und Laune essen und trinken, ohne die für mich verderblichen Folgen zu bedenken. Er würde den abscheulichen Handel auskosten bis zur Neige; seinen Wams Tag für Tag vollschlagen und sich allnächtlich bis zur Besinnungslosigkeit betrinken. Und ich war machtlos. Seine Ausschweifungen würden nicht ihn ruinieren, sondern mich.

Nur ein kleiner Trost blieb mir, nur ein winziger Hoffnungsschimmer. Der Appetit, den ich ihm verkauft hatte, würde seine Kraft verlieren. Meine Appetitlosigkeit würde schließlich auf ihn zurückfallen und ihn dort bestrafen, wo er am empfindlichsten war. Als ich meine letzten Pennies zusammenkratzte, um mir etwas zu essen zu kaufen, merkte ich, daß ich nicht imstande war, auch nur einen Bissen herunterzubringen. Das focht mich nicht an, im Gegenteil, ich frohlockte. Auf diese Weise würde mein Erzfeind für seine Exzesse des Vortags bezahlen.

Doch am nächsten Tag sah ich den Neger Schneeball wieder. Und diesmal verflüchtigte er sich nicht wie ein Phantom.

Es war gegen fünf Uhr, eine Zeit, zu der ich mich sicher fühlen konnte, denn nach einem kräftigen Lunch pflegte er nicht vor sieben sein Abendessen einzunehmen. Wieder durchstreifte ich die mir bekannten Straßen, in der vagen Hoffnung, den Alten zu treffen. Ich ahnte nicht, wie bald mein Wunsch in Erfüllung gehen sollte.

Mit einem Mal spürte ich, daß jemand hinter mir stand. Mein Arm wurde berührt. Ich fuhr herum und stand Schneeball gegenüber.

»Kommen Sie mit, Massa Lucraft«, sagte er mit seiner schrillen Stimme. »Master begierig, Sie zu sehen.«

Lange hatte ich auf diesen Moment gewartet, um dem Neger an die Gurgel zu fahren und ihn zu zwingen, seine Geheimnisse preiszugeben. Doch als es schließlich soweit war – das muß ich gestehen –, war ich absolut unfähig, etwas zu sagen oder zu tun. Willenlos ließ ich geschehen, daß Schneeball mich am Arm nahm und mit sich führte wie ein Lamm zur Schlachtbank. »Diesen Weg, Massa Lucraft – diesen Weg. Sie kennen ihn ja gut. Hahaha.« Sein Kichern noch im Ohr, stand ich plötzlich vor der Türe, an die ich mich gut erinnerte, die ich aber niemals finden konnte.

Schneeball öffnete sie mit einem kleinen Schlüssel, den er an einer langen Kette trug, und führte mich durch winkelige Gänge zu dem großen achteckigen Raum. Niemand war zu sehen, aber der Tisch war gedeckt.

»Master wird kommen. Du warten.«

Dann stand ich allein im Saal. Immer noch konnte ich weder Türen noch Fenster entdecken. Und wieder hatte ich das irritierende Gefühl, daß meine Sinne schwinden würden. Doch nein, diesmal verlor ich das Bewußtsein nicht. Und zu meinem Erstaunen kannte ich plötzlich den Namen des Hausbesitzers, der mir tagelang entfallen gewesen und von seinen Anwälten geheim gehalten worden war. Ebenezer Grumbelow. Und dann stand er plötzlich vor mir. Gleichzeitig sah ich Schneeball am gedeckten Tisch stehen, eine dampfende Suppenschüssel in der Hand. Vor kurzem war ich noch allein im Raum gewesen; jetzt waren wir zu dritt.

Ich hoffe, derlei unerklärliche Einzelheiten werden niemanden an der Wahrhaftigkeit meiner Erzählung zweifeln lassen. Ich wünschte, ich könnte solche Ungereimtheiten beiseite lassen. Aber das kann ich nicht und darf ich nicht. Ich muß alles wiedergeben, wie ich es erlebt habe.

Mr. Grumbelow musterte mich mit Verachtung. »Ah, da sind Sie ja.« Dann wandte er sich dem Neger zu. »Die Suppe, Schneeball!«

»Master hungrig –? Massa Lucraft, junger Teufel, schon ziemlich blaß . . .«

»Nicht erstaunlich, Schneeball, keineswegs erstaunlich. Kommen Sie her, junger Mann, und lassen Sie sich anschauen.« Ich erhob keinen Einwand und gehorchte. Es war als wäre meine Willenskraft gelähmt. »Zeigen Sie Ihre Hände. Hm, sie zittern. Und Ihre Augen –? Blutunterlaufen. Kein Appetit mehr, wie –? Dabei ist es erst der vierte Tag.«

»'s ist nicht meine Schuld«, stammelte ich.

»Unsinn! Widersprechen Sie nicht. Ich dulde keine Frechheiten. Wieso nicht Ihre Schuld? Ihre allein! Was haben Sie denn getan, um Ihren Appetit anzuregen? Körperliche Bewegung? Lange Märsche? Sie sind vertragsbrüchig, Mr. Lucraft. Ich könnte Sie verklagen.«

»Von all dem ist in unserem Kontrakt nicht die Rede«, warf ich trotzig ein.

»Doch, doch. Sie hätten besser lesen müssen, bevor Sie unterschrieben.« Er zog den Vertrag aus seiner Jackentasche und hielt ihn mir unter die Nase. »Hier steht es schwarz auf weiß: Ich verpflichte mich – ich zitiere wörtlich – durch regelmäßiges Leben und körperliche Übungen für den Erhalt meines Appetits zu sorgen und alles zu vermeiden, was zu einer Beeinträchtigung eines gesunden und kräftigen Hungers führen könnte.« Er schlug mit der Faust auf den Tisch und durchbohrte mich mit einem vorwurfsvollen Blick.

Ich wußte nichts zu erwidern. Er hatte recht. Dieser Satz stand im Kontrakt. Und ich hatte ihn mit meinem Blut signiert.

»Master, Suppe wird kalt«, ermahnte der Neger seinen Herrn. Der begann, die wohlriechende Suppe zu löffeln, während er sich hin und wieder mißmutig an mich wandte. »Undank, schreiender Undank. Ein hungernder Faulpelz, den ich auch aus der Gosse geklaubt habe, dem ich zu essen gab und zu einem Einkommen verhalf. Und wie lohnt er es mir –?«

Schneeball fletschte die Zähne. »Mit Undank, Master. Ein Lump. Betrüger, Teufelsbrut.«

Er hatte die Suppe ausgelöffelt; jetzt schob er den Teller zurück. »Jetzt hören Sie mir gut zu, Luke Lucraft. In Hinkunft werden Sie alle Buchstaben Ihres Vertrags erfüllen. Lange tägliche Märsche! Zehn Meilen oder auch mehr. Und merken Sie sich, was der Friedensrichter meinen Anwälten geraten hat. Die Zahlungen bis zu weiteren Direktiven auszusetzen.«

Triumphierend sah er mich an. Schneeball kicherte.

Ich war sprachlos. Ich hatte vorgehabt, diesen Grumbelow zur Rede zu stellen, ihn zu bedrohen. Doch jeder Funke eines Widerstands war in mir erloschen. Immerhin unternahm ich einen schwächlichen Versuch zur Gegenwehr. »Und wenn ich mich weigere –? Wenn ich keinen Appetit bekomme, werden Sie nicht essen können, Sir.«

Er parierte mit einem hämischen Lächeln. »Das nicht. Aber trinken, Mr. Lucraft – trinken! Ich könnte Sie schneller in den Orkus befördern, als Sie sich vorstellen können. Wollen Sie wieder in der Gosse aufwachen? Und vor den Friedensrichter kommen, der Sie diesmal nicht so billig davonkommen lassen wird?

Oder – besser noch – in eines unserer vorzüglichen Londoner Krankenhäuser geschleppt werden, die man meist zwischen sechs Brettern und zwei Brettchen verläßt?«

Darauf wußte ich nichts zu erwidern. Ich schwieg, denn ich sah keinen Hoffnungsschimmer. Ich hätte mich sogar so weit demütigen können, daß ich um Gnade gefleht hätte – wenn ich nicht gewußt hätte, daß dieses Wort in Mr. Grumbelows Wortschatz fehlte. Immerhin brachte ich zögernd vor: »Ich war ohnehin schon vier Nächte volltrunken . . .«

»Ihre Schuld«, schnitt er mir das Wort ab. »Ein gesunder junger Mann und so wenig trinkfest! – Schneeball, was war mein Quantum gestern nacht?«

Der Neger antwortete ohne Zögern: »Eine Flasche Champagner, eine Flasche Portwein. Und acht Gläser Whisky. Haha. Master hat Haus gehalten.«

»Das ist alles? Ihr Vorgänger, Mr. Lucraft, hat das Doppelte vertragen.«

Der Neger tat dieses Opfer mit einer kurzen Handbewegung ab. »Nein, Master, der war nur Abfall. Die zwei vor ihm waren besseres Material . . .«

»Stimmt. Den vorletzten haben wir in einer einzigen Nacht erledigt. Der Jamaica-Rum hat ihn abserviert.«

Der diabolische Neger nickte lachend, wobei er seine Zähne

zeigte, die wie das Gebiß eines Skeletts aus seinem Kiefer ragten. »Haha – so sinnlos geladen, daß er aus dem Fenster fiel.«

» – und sich das Genick brach, der Narr.«

Diese Konversation war nicht angetan, meinen Gemütszustand zu stärken. Währenddessen hatte Mr. Grumbelow begonnen, sein Abendessen fortzusetzen. Er verschlang die delikaten Speisen, daß es mich in der Kehle würgte. Dazu trank er ohne Unterlaß schweren Wein, bis er im Gesicht rot anlief. Rausch überkam mich, und er amüsierte sich köstlich, als ich torkelnd nach einem Stuhl tastete.

»Ein Vergnügen, das mit anzusehen«, grölte er. »Ich hätte schon früher daran denken sollen. Ein doppelter Genuß, zuzuschauen, wie mein Trinken auf das Gehirn eines anderen wirkt. Stehen Sie doch auf, Mr. Lucraft. Lassen Sie sich gehen! Singen Sie! Tanzen Sie! Wie lange werden Sie sich auf den Beinen halten können, Sir?«

Dann wandte er sich wieder an den Neger. »Bring' mir einen Brandy zum Kaffee, Schneeball. Und dann ein Glas Curacao. Ich möchte auf das Wohl unseres Gastes trinken. Und nachher noch einen Punsch, um die Mahlzeit abzurunden. Vorsicht, Sir, Sie hätten nicht versuchen sollen aufzustehen. Sie fallen ja gegen den Tisch. Geben Sie doch auf meine kostbaren Möbel acht, sie haben mehr gekostet, als Ihre Person wert ist. Von mir aus dürfen Sie auch auf dem Boden sitzen, während ich Ihnen von Ihren Vorgängern erzähle. Alle tot und unter der Erde, die armen Teufel.

William Saunders war einer meiner Buchhalter. Bald nachdem er unterschrieben hatte, suchte er Zuflucht in einer Kirchengemeinde. Und als das nichts half, flüchtete er nach Essex. Doch Schneeball stöberte ihn auf und brachte ihn zurück. Dieser Saunders bettelte und weinte. Er hielt vier Monate durch, dann krepierte er im St. Mary's Hospital in einer Gummizelle.

Der nächste war ein Däne, ein gewisser Hansen. Ein Melancholiker, schon nach drei Wochen sprang er von der Towerbrücke in die Themse. Er enttäuschte mich, und ich machte mich auf die Suche nach einem robusteren Kerl. Ein Kohlenarbeiter aus Yorkshire, stark wie ein Ochse, und an gehörige Dosen Alkohol gewohnt. Der brachte es auf fast ein Jahr. Mit dem war nicht zu spassen; er brach in die Kanzlei von Mr. Chambers ein und hätte den ehrenwerten Anwalt um ein Haar umgebracht. Er starb im Polizeigewahrsam.

Der Vierte, Tom Kirby, war ein Preisboxer. Versprach am meisten und hielt am wenigsten. Ein Hüne mit kräftigen Fäusten, der sich binnen Tagen in einen heulenden, abscheulichen Jammerlappen verwandelte. Er liegt in einem Armengrab.

Ich muß mit meiner Auswahl vorsichtiger sein. Wenn Sie durch sind, Mr. Lucraft, werde ich in den East Indian Docks auf die Suche gehen. Unter den Scheuermännern. Vielleicht werde ich gleich zwei von ihnen unterschreiben lassen und mir einen doppelten Appetit zu Gemüte führen.«

Er lachte dröhnend. »Ich werde nicht lange über Ihren Abgang trauern, Mr. Lucraft. Aber vorläufig müssen Sie Ihren Vertrag einhalten, mein Freund, wenn Sie nicht ein schnelles Ende nehmen wollen. Aufgepaßt – Sie stoßen ja den Tisch um. Aus meinen Augen! Schneeball, roll' doch den betrunkenen Sack auf die Straße –!«

Als ich am nächsten Morgen zu mir kam, lag ich auf meinem Bett. Meine Vermieterin erzählte mir später, zwei Dienstmänner hätten mich bei ihr abgeliefert und sich lobend über die Bezahlung geäußert, die sie für ihre Mühe erhalten hatten.

Kopfschmerzen plagten mich; ich fühlte mich übel. Prüfend besah ich mich im Spiegel. Was ich sah, ließ mich erschrecken. Das Gesicht war aufgeschwollen, die Augen blutunterlaufen.

Der normale Trunkenbold kennt Mittel, die ihn nach einer durchzechten Nacht auf die Beine bringen. Ich versuchte es mit Tee, mit Kaffee, mit Brandy als Gegengift. Nichts half.

Das Ende der Woche war gekommen, und ich mußte das Zimmer räumen. In meinen Taschen fand ich Geld; mein Herr und Meister ließ mich nicht mittellos, ich mußte mich ernähren können, um meine täglichen Märsche zu absolvieren und seinen Appetit aufrechterhalten zu können.

Denn ich mußte ihm gehorchen. Es blieb mir keine andere Wahl, wenn ich nicht auf der Stelle verenden wollte wie ein streunender Hund.

Jenseits von Islington, am Rande der Stadt fand ich eine passende Behausung. Ein entlegenes Häuschen inmitten eines verwilderten Gartens, das für einen geringen Betrag zu mieten war. In dieser Bretterbude fand ich die Abgeschiedenheit, die ich suchte. Hier konnte ich mich Abend für Abend einschließen und nach ermüdenden Märschen die schreckliche Qual erwarten, die unvermeidlich begann, wenn mein Peiniger seine Mahlzeiten einnahm. In der nächsten Umgebung gab es keine bewohnten Häuser; niemand konnte mich hören und Anzeige erstatten, wenn ich in wüster Trunkenheit randalierte und Möbel in Stücke schlug. Innerhalb dieser brüchigen Wände durfte ich mich sicher fühlen; kein Konstabler würde mich auflesen und vor Gericht schleppen. Ungestört durfte ich meinem schicksalhaften Ende entgegensehen.

So begann mein neues Leben. Es war nicht entbehrungsreich, aber bar jeder Freude. Meine Zwangsmärsche erinnerten in keiner Weise an die wunderbaren Spaziergänge, die ich einst mit Julia unternommen hatte. Meine eintönigen Mahlzeiten verursachten keine Befriedigung, denn meine Geschmacksempfindungen waren erstorben, und da das Essen mir kein Vergnügen bereiten konnte, verzichtete ich bald auf jede Abwechslung. Ein Stück Fleisch, gebratene Kartoffeln und Brunnenwasser – das war alles, was ich mir zu Gemüte führte, um mich bei Kräften zu erhalten. Ob Wein oder Bier, Brandy oder Whisky – ich konnte den Unterschied nur durch das Aussehen feststellen, und kaltes Lamm schmeckte nicht anders als getrüffelte Wachteln. Zweimal täglich, um elf Uhr und um fünf, nahm ich meine karge Mahlzeit zu mir, die mich am Leben erhielt. Zwischendurch, ob Sonne oder Regen, ging ich über die Felder. Ich lebte wie ein Eremit, trüber Kerzenschein erhellte meine Behausung, doch ich las nicht einmal eine Zeitung. Isoliert von der Außenwelt verlor ich jedes Interesse an dem, was sich in der Welt abspielte.

Allmählich verlor ich auch das Gefühl für Schönheit oder andere Annehmlichkeiten des Lebens. Wenn hübsche Mädchen meinen Weg kreuzten, blickte ich ihnen nicht nach; und die verlockendste Musik klang mir bloß wie störendes Geräusch.

Doch auch andere Gefühlsregungen schienen erstorben zu sein. Früher hatte ich Sympathien für meine Mitmenschen empfunden, ich war gutherzig gewesen und an keinem Bettler vorbeigegangen, ohne ihm einen Penny zu geben. Doch jetzt ließ mich die Not meiner Nachbarn kalt. Eine Familie in meiner Umgebung, bei der ich Lebensmittel einzukaufen pflegte, war in Schwierigkeiten geraten und konnte die Miete nicht mehr bezahlen. Doch obwohl die Frau sich an mich wandte und Hilfe erbat, wies ich sie ab. Ich hätte helfen können, aber ich tat es nicht und sah ungerührt zu, wie sich die Mutter mit ihren Kindern und ihren Habseligkeiten auf den Weg ins Ungewisse machte. Möge Gott mir meine Hartherzigkeit verzeihen, die mir heute unverständlich erscheint, doch zu jener Zeit hatte mir der alte Mann mit dem gräßlichen Neger einen Teil meiner Persönlichkeit geraubt.

Diese qualvolle Zeit dauerte etwa vier Monate. Die Tage reihten sich grau und ereignislos aneinander, und die Eintönigkeit wurde nur am ersten jedes Monats unterbrochen, wenn ich in der Kanzlei von Chambers und Fox erschien, um mein Geld – den Lohn der Sünde – zu kassieren.

Ich erhielt es pünktlich.

Doch was half es mir? Ich konnte mir nichts kaufen, nichts leisten, was mir Vergnügen bereitet hätte. Von Woche zu Woche wurde ich schwächer, und längst hatte ich den Umfang meiner Märsche reduzieren müssen. Ich konnte mich nicht mehr weit von meinem Haus entfernen, aus Angst, den Heimweg nicht mehr zu schaffen. Zu Hause warf ich mich erschöpft auf meine Bettstatt. Mir war klar, daß Mr. Grumbelow den Verfall meiner Kräfte längst gemerkt haben mußte, und ebenso, wie er darauf reagieren würde. Die Konsequenzen ließen auch nicht auf sich warten. Die Trunkenheitsexzesse nahmen an Intensität zu. Was ich als Folge zwischen meinen vier Wänden anstellte, weiß ich nicht, denn niemand war anwesend, um mich zu beobachten, und ich selbst befand mich in einem Rauschzustand, der jede Erinnerung ausschloß.

Mutlos wartete ich darauf, innerhalb weniger Tage zu meinem Schöpfer gerufen zu werden. Doch eine Laune des Schicksals gewährte mir einen Aufschub.

Es war ein naßkalter Mai, und die Welle der Erkrankungen, die damals London heimsuchte, verschonte Mr. Grumbelow nicht. Zuerst begriff ich nicht, aus welchem Grund sich mein Befinden überraschend verbesserte. Später erst erfuhr ich, daß mein Peiniger von einer heftigen Halsentzündung aufs Krankenlager geworfen worden war und an derartigen Schluckbeschwerden litt, daß er überhaupt nicht essen und kaum trinken konnte. Verblüfft wachte ich eines Morgens auf, ohne an den Folgen nächtlicher Exzesse zu leiden, keinerlei Kopfschmerzen oder Übelkeiten quälten mich, und auch mein Aussehen verbesserte sich zusehends. Ich vermochte wieder ohne Erschrecken in den Spiegel zu schauen. In meiner Einfalt schöpfte ich sogar Hoffnung – der jetzige Zustand würde von Dauer sein und Mr. Grumbelow hätte sein unchristliches Tun bereut.

Ich rasierte mich sorgfältig, bürstete meine Jacke und wagte mich wieder auf die Straßen von London. Als ich einmal die Oxford Street entlang schlenderte, traf ich niemand anderen als meinen ehemaligen Prinzipal, Julias Vater. Er begrüßte mich mit unerwarteter Freundlichkeit. »Lucas, mein lieber Junge! Du hast nichts von dir hören lassen. Wie ergeht es dir in London? Du mußt mir alles erzählen. Laß uns zusammen lunchen.«

Ich entschuldigte mich höflich und fragte nach Julia.

Ein Schatten von Bekümmernis zog über sein Gesicht. »Sie ist nicht so fröhlich wie sonst. Ich bin sicher, daß du ihr fehlst. Vielleicht war es ein Fehler von mir, dich von ihr zu trennen.«

Herzerwärmende Worte. »Ein Fehler, der sich gutmachen läßt, Sir«, sagte ich eifrig. Und ich log: »Ich habe schon daran gedacht, mich bei Ihnen zu melden. Es ist mir gelungen, in der Zwischenzeit zu etwas Geld zu kommen.«

»Ausgezeichnet!« rief er und griff nach meiner Hand. »Du darfst dich nicht länger vor Julia verstecken. Morgen spielen wir in Richmond ›Romeo und Julia‹. Hast du die Rolle des Romeo noch im Kopf?«

»Jedes Wort.«

»Gut so. Meinem jetzigen Hauptdarsteller fehlt es an Temperament. Du kannst einspringen, wenn du magst.«

Was für eine Frage! Ich sagte zu, ohne zu überlegen. Seit 14 Tagen hatte ich an keiner Attacke mehr gelitten. Und ich wollte, ich *mußte* Julia wiedersehen, obwohl ich das beklemmende Gefühl hatte, für sie nicht mehr so zu empfinden wie einst. Wie gesagt, alle menschlichen Gefühle in mir waren in den letzten Monaten langsam erstorben, als ob ich sie gemeinsam mit meinem Appetit verschachert hätte. War Julia für mich nicht mehr als eine Erinnerung an eine Vergangenheit, mit der mich nichts mehr verband?

Sie empfing mich mit einer leidenschaftlichen Ungeduld, die mich mit unsäglichem Glück hätte erfüllen müssen. Doch ach, der alte Zauber meiner Verliebtheit hatte sich verflüchtigt. Ihr Anblick erinnerte mich bloß an die Seligkeiten vergangener Jugendzeit. Ich ließ mir allerdings nichts anmerken – ich sah ihr tief in die Augen und küßte ihre Lippen wie früher. Sie umarmte mich, küßte mich immer wieder und brach schließlich in Tränen aus. »Oh, Luke, Luke! Ich habe mich so nach dir gesehnt. Jeder Tag ohne dich war ein verlorener.«

Aber auch der beste Schauspieler kann einer liebenden Frau auf die Dauer nichts vormachen. »Liebst du mich nicht wie früher, Luke?« fragte sie nach einer Weile.

Ich zuckte zusammen: »Wie kommst du darauf?«

»Du bist irgendwie verändert. Du sprichst so wenig.«

»Überwältigt von Glück«, gab ich zur Antwort. »Mir fehlen einfach die Worte.«

Sie musterte mich prüfend. »Dein Gesicht ist schmal geworden. Ist das Leben in London so hart? Hast du zu viel gearbeitet. Weißt du, was Mrs. Mould sagt?«

Mrs. Mould war die Garderobiere, bei der ich mein neues Kostüm probiert hatte. »Was sagt sie –?«

»Daß du aussiehst, als hättest zu trinken begonnen.«

»Was für ein Unsinn!« lachte ich. Was hätte Mrs. Mould wohl gesagt, hätte sie mich vor 14 Tagen gesehen?

Die Vorstellung begann durchaus erfolgreich. Der Saal war voll, denn Julia war in Richmond äußerst populär. Und sowie der Vorhang sich hob und ich im Rampenlicht stand, fiel die Last der vergangenen Monate von mir ab, und ich fühlte mich wieder wohl und sicher wie ehedem. Das alte Feuer begann in meinen Adern zu brennen, und es gelang mir, die schwierige Rolle mit Leben zu erfüllen. Es gab Applaus, und ich dachte schon, ich hätte mein Spiel gewonnen.

Doch zwischen dem ersten und zweiten Akt erfaßte mich der blanke Schrecken. Das schreckliche Gefühl, das mir zwei Wochen lang erspart geblieben war, ergriff wieder Besitz von mir.

Mr. Grumbelow hatte wieder zu essen begonnen.

Der Anfall war nicht schlimm, denn er war noch nicht imstande, große Brocken zu schlucken. Aber dann begann er zu trinken. Und er trank viel und schnell, als wolle er alles nachholen, was er in den verflossenen Tagen versäumt hatte.

Ich konnte mir nicht helfen, ich mußte auf die Bühne hinaus. Der zweite Akt hatte begonnen. Ich versuchte, gegen die beginnende Trunkenheit anzukämpfen, aber mein Widerstand war nutzlos. Binnen weniger Minuten benahm ich mich wie ein verrückter Alkoholiker. Ich begann den Text durcheinanderzubringen, dann vollführte ich einen wilden Tanz und sang dazu die Lieblingslieder der Londoner Straßenjungen. Das Publikum buhte, die Kollegen waren entsetzt, und Julia verließ heulend die Bühne. Mr. Kerrans ließ den Vorhang fallen und befahl zornig seinen Leuten, den Trunkenbold aus dem Haus zu entfernen. Sie wollten mich mitten auf dem Hauptplatz abladen, doch einer von ihnen, dem ich manchmal Tabak für seine Pfeife geschenkt hatte, war mitleidig genug, mich auf einem Schubkarren zu seiner Behausung zu bringen.

Am nächsten Morgen verließ ich Richmond hastig und kehrte nach London zurück, schloß mich in meinem Haus ein und verging beinahe vor Scham und Verzweiflung. Der kurze Ausflug in ein besseres Leben hatte mir grausam vor Augen geführt, was ich verloren hatte. Zum ersten Mal überlegte ich, ob es nicht das beste wäre, meinem Leben mit eigener Hand ein Ende zu bereiten und meinem Dämon zuvorzukommen. Denn ich fürchtete, daß er mich jetzt in aller Eile loswerden wollte, um ein nächstes Opfer zu suchen.

Es folgte eine Woche entsetzlicher Torturen. Der mitleidslose alte Mann, der mich als kontraktbrüchigen Versager ansah, hatte mir ein erbärmliches Ende zugedacht und ging jetzt mit aller Energie daran, es zu exekutieren. Ich verfiel von einem Rausch in den nächsten, und die Zwischenräume wurden immer kleiner. Mir war, als wolle Mr. Grumbelow sich ohne Rücksicht auf seine Gesundheit ständig betrinken – bloß, um sich an mir zu rächen.

Ich konnte kaum mehr gehen. Ich lag kraftlos auf meinem Bett, fiebrig und hoffnungslos. Die Übelkeit, die mich quälte, ließ nicht nach, und ich konnte keinen Bissen herunterbringen.

Dann begannen mich Visionen heimzusuchen.

Meterhohe Wellen, die ein Schiff, auf dem ich Dienst tat, zu verschlingen drohten. Eine buhende Zuschauermenge, die mich, weil ich meinen Text vergessen hatte, von der Bühne jagte. Der Friedensrichter, der mich wegen liederlichen Lebenswandels zu lebenslanger Zwangsarbeit verurteilte. Und zwischen den vielen Kreaturen, die mir übelwollten, tauchte immer Schneeball auf, der mich bedrohte, weil ich seinen Herrn im Stich gelassen hatte. Wenn ich die Augen aufschlug, saß er stets am Rand meines Bettes und schwang seine Fäuste gegen mich. Und wenn ich die Kerze löschte, um ihn nicht sehen zu müssen, starrten mich seine Augen aus einer Ecke an wie kleine glühende Kugeln, und ich hörte sein Kichern.

Doch am siebenten Tag, als ich bereits mein Ende nahen fühlte und mich freute – jawohl, freute –, daß ich bald von allem Jammer erlöst sein würde, geschah etwas Seltsames.

Es war gegen sieben Uhr abends und ich wartete wie üblich auf eine Steigerung von Mr. Grumbelows Exzessen, als ich eine neue, noch nie gekannte Qual empfand. Ein Gefühl, als ob sich mein Herz zusammenkrampfte und eine Woge unerträglicher Spannung durch meine Adern führe.

Natürlich dachte ich an eine neue Teufelei des alten Mannes. Wie hätte ich ahnen können, daß es diesmal die Vorsehung gut mit mir meinte!

Die Krämpfe ließen plötzlich nach, die Spannungen ebbten ab. Ich holte tief Atem und schlief ein.

Als ich am nächsten Morgen erwachte, fühlte ich weder Kopfschmerzen noch Übelkeit. Meine Hände zitterten nicht; ich schien meine Nervenkraft wiedererlangt zu haben. Und statt profunder Niedergeschlagenheit empfand ich – zum ersten Mal seit langer Zeit – eine Spur von Hoffnung.

Unsicher erhob ich mich von meinem Lager, doch zu meinem Erstaunen fiel es mir nicht schwer, auf den Füßen zu stehen. Mechanisch nahm ich mein karges Frühstück aus dem Schrank, ein Stück kaltes Fleisch und mehlige Kartoffeln.

Es schmeckte scheußlich.

Doch ich stieß einen triumphierenden Schrei aus. Glücksgefühl überkam mich. Denn ich hatte feststellen können, wie scheußlich der Fraß war, was seit langem nicht der Fall gewesen war. Ich konnte wieder zwischen gut und schlecht unterscheiden. Mein Geschmackssinn funktionierte.

Zuerst hielt ich es für ein Wunder, an das ich nicht recht glauben konnte. Ich war hungrig wie ein Wolf, doch ich warf Fleisch und Kartoffeln in den Abfall. Ich jauchzte vor Freude und kam mir vor wie ein zum Tode Verurteilter, dem plötzlich eröffnet wird, er sei als unschuldig befunden und freigesetzt worden. Oder ein Sterbender, dem sein Arzt gesteht, er habe sich geirrt und ihm stünde noch ein langes Leben bevor.

Ich ging zur nächsten Kneipe und bestellte ein kräftiges Frühstück mit Speck und Eiern und aß alles mit großem Appetit. Nie hatte ich ein besseres Mahl gekostet.

Und dann, in der Überzeugung, das alte Scheusal müsse das Zeitliche gesegnet haben, begab ich mich nach London und suchte die Kanzlei Chambers und Fox auf.

Mein alter Bekannter, der hochnäsige Angestellte mit den scharfen Brillengläsern, empfing mich diesmal in einer höchst veränderten Haltung, beinahe respektvoll.

»Ja, der alte Herr ist plötzlich verschieden«, seufzte er. »Sein Leben verlöschte wie eine Kerze, der Sauerstoff entzogen wird. Wenn es jemand verdiente, in den Himmel zu kommen, dann er.«

»Und woran starb er?» fragte ich. »Na, ich kann mir schon denken – Übermaß an Essen und Trinken. Schlagfluß, wohlverdient.«

»Mr. Lucraft«, erwiderte er indigniert, »gerade Sie sollten sich nicht in diesem Ton über Ihren Wohltäter äußern.«

»Und warum gerade ich nicht –?« wollte ich wissen.

»Das werden Sie gleich erfahren. Darf ich Sie bitten, mir in das Hauptbüro zu folgen.«

Mr. Fox, der Senior-Partner, erwartete mich bereits. Er war noch beträchtlich älter als Mr. Chambers, und sah aus, wie einer, der bereits in einem Sarg zu schlafen pflegte, um sich rechtzeitig an die Ruhestatt zu gewöhnen.

»Ihr Erscheinen wurde uns bereits angekündigt«, eröffnete er mir.

»Von wem?« fragte ich erstaunt.

»Vom farbigen Bedienten des Verblichenen.«

Schneeball! Der teuflische Neger. Seine Intervention versprach mir nichts Gutes.

Doch ich sollte mich irren.

»Mein verehrter Freund, Mr. Ebenezer Grumbelow«, begann Mr. Fox und nannte nun den Namen seines Mandanten, den er nicht länger geheimhalten mußte, »scheint seit einiger Zeit mit seinem Ableben gerechnet zu haben. Er hat bereits vor einigen Wochen verfügt, daß eine gewisse Summe, die wir für ihn im Depot verwahren, im Falle seines Todes Ihnen ausgehändigt werden soll.«

Mit diesen Worten reichte er mir einen Scheck, dessen Höhe mich verwirrte. Ich fand keine Worte.

Mr. Fox akzeptierte mein wortloses Staunen mit Befriedigung. »Diese spezielle Donation ist nicht im Testament verzeichnet«, fuhr Mr. Fox fort. »Mr. Grumbelow händigte sie mir persönlich aus, in der Hoffnung, sie würde Sie bewegen, Mr.

Lucraft, Ihren sündigen Lastern abzuschwören und hinfort ein gesundes und christliches Leben zu führen.«

Es verschlug mir die Sprache. Noch über den Tod hinaus konnte es mein Peiniger nicht lassen, zu heucheln und den Menschenfreund zu spielen.

Mr. Fox ließ mich eine Quittung unterschreiben. »Ich weiß nicht, welchen Grund Mr. Grumbelow hatte, Sie zu bedenken und worauf Ihr Anrecht auf seine Güte basiert – aber es ist wohl nicht zuviel verlangt, wenn ich erwarte, daß Sie ihn in Zukunft in Ihre Gebete einbeziehen werden.«

In meine Gebete, fragte ich mich, oder in meine Flüche? »Er war ein wahrer Philanthrop«, stammelte ich und verwahrte den Scheck sorgfältig in meiner Tasche.

»Oh, das war er«, bekräftigte Mr. Fox, »er fühlte sich durch seinen Reichtum verpflichtet, diverse karitative Stiftungen zu unterstützen. Ein guter Mensch und ein guter Christ.«

– der versuchte, sich mit Geld von allen Lastern loszukaufen, ging es mir durch den Kopf. Das Datum des ausgestellten Schecks gab mir gewisse Aufschlüsse. Es lautete auf den Beginn seiner ersten Krankheit. Hatte er befürchtet, ich würde – zumindest vorübergehend seinem Griff entzogen – unseren Vertrag, unser schreckliches Geheimnis vorzeitig lüften?

In diesem Moment hörte ich ein Kichern. Die Türe zum Vorraum war nicht gepolstert.

Auch der alte Anwalt hatte es gehört. Er wies zur Türe. »Das ist Mr. Grumbelows ergebener Diener. Rührend, wie er den Verlust seines Herrn betrauert. Er kommt aus Afrika, aber ist trotzdem ein guter Christ.«

Dazu hätte ich einiges zu sagen gewußt, aber ich hielt es für besser zu schweigen und ging mit höflichem Nicken.

Vor dem Haus wartete Schneeball auf mich. Er begrüßte mich fröhlich. »Junger Herr zufrieden?«

»O ja.« Ich packte ihn am Rockaufschlag. »Sag mir, woran ist dein Herr gestorben.«

»Junger Herr wissen doch. Zu gutes Leben. Zu viel essen, zu viel trinken. Schlagfluß.«

»Da steckt mehr dahinter«, beharrte ich. »Los, Schneeball, sag mir alles, was du weißt.«

Er zuckte ausweichend die Achseln. »Nicht viel zu sagen. Jüngstes Gericht kommt immer. Niemand kann entfliehen. Master wußte Bescheid. Hatte viel Angst, aber konnte nicht fliehen.«

»So hat ihn schließlich Beelzebub geholt«, zischte ich.

Schneeball kicherte. »Kann sein. Kann sein.« Und indem er sich mir näherte, flüsterte er verheißungsvoll: »Braucht junger Herr vielleicht treuen Diener? Kann liebliche Mahlzeit kochen. Und vieles andre mehr. Master Grumbelow immer sehr zufrieden.«

»Geh weg, verschwinde!« brüllte ich. »Eher würde ich den Teufel engagieren.«

Er hörte auf zu kichern, zeigte seine scharfen weißen Zähne, und seine Augen blitzten gefährlich. »Warum nicht?« murmelte er. »Warum nicht?« Und er ergriff meinen Arm.

Ich schüttelte ihn ab und wandte mich zum Gehen. Hörte noch, wie er hinter mir herrief: »Junger Herr kann tun wie beliebt. Andere warten auf treuen Diener wie mich. Überall Angebote.«

Wieder begann er fröhlich zu kichern. Ich eilte davon, doch auch als ich bereits um eine Ecke bog, hatte ich noch das abscheuliche Geräusch im Ohr.

Ich war endlich frei; die Dämonen, die mich gequält hatten, gehörten der Vergangenheit an. Doch das Glücksgefühl, der Triumph, überlebt zu haben, nahm nur langsam von mir Besitz. Die Last der vergangenen Monate wich nur allmählich von meinen Schultern. Gallonen von Schildkrötensuppe, Schiffsladungen von Braten und Fisch und Fässer voll Spirituosen hatten mich für meine unselige Unterschrift bestraft, und trotz meiner gesunden Konstitution dauerte es eine Weile, bis ich mich vom Ballast der Vertragskonsequenzen völlig befreit hatte und wieder ich selbst wurde.

Als ich mich halbwegs sicher fühlte, suchte ich Mr. Kerrans auf, der gerade in der Umgebung von London ein Gastspiel veranstaltete.

Er empfing mich, wie erwartet, äußerst ungnädig. Es wäre müßig gewesen, ihm die Wahrheit zu erzählen, die er ja doch nie geglaubt hätte. Ich gab vor, in jener Schreckensnacht einen unerklärlichen Krankheitsanfall erlitten zu haben, der sich aber seither nie wiederholt hatte. Ich erinnerte ihn daran, daß ich nie übermäßig getrunken hatte, was er wohl wußte. Daß ich die Vorstellung mit meinem üblichen Elan begonnen und noch in der Pause mich mit ihm völlig nüchtern unterhalten hatte. Daß es unmöglich gewesen wäre, binnen weniger Minuten völlig betrunken zu werden, und daß mein Betragen daher keinesfalls die Folge von Alkoholgenuß gewesen war.

Er konnte nicht anders, als meinen Unschuldsbeteuerungen Glauben zu schenken und mir schließlich zu vergeben – in der Hoffnung, mein Kollaps – falls es sich um einen solchen gehandelt hätte – würde sich nie wiederholen.

Was er auch nicht tat.

Freilich hatte er auch noch andere Gründe, mich wieder in die Truppe aufzunehmen. Julia war nach meinem Abgang aus Richmond immer melancholischer geworden, und es war ihm in der Zwischenzeit auch nicht gelungen, für mich einen entsprechenden Ersatz zu finden.

Auch Julia nahm mich keineswegs gleich mit offenen Armen auf. Zu groß war ihre Enttäuschung, ihr Schmerz gewesen. Ich wiederholte meine Erklärungen so gut ich konnte und flehte um ihre Vergebung. Doch sie blieb lange mißtrauisch und zurückhaltend. Erst als sie merkte, daß die Veränderung, die sie in jener Zeit gemerkt hatte, verschwunden war, daß ich nicht länger kalt und schweigsam war, sondern der leidenschaftliche Liebhaber aus glücklichen Tagen, schmolz ihr Widerstand, und sie wurde wieder die Julia von ehedem, das Mädchen, das ich geliebt und vergöttert hatte, und in den vielen Jahren unserer Ehe hat sie mir niemals Vorwürfe gemacht, daß ich mich einst unter unheilvollem Einfluß aus einem Romeo in einen Kaliban verwandelt hatte.

Seither sind mehr als 50 Jahre vergangen, und sie ruht seit langem auf dem Kirchhof von Norwood, und ihre Kinder und

Enkelkinder schmücken ihr Grab nicht weniger oft als ich mit Blumen. Bis heute habe ich noch nie versucht, meine schrecklichen Erlebnisse jener schicksalhaften Tage zu berichten, und ich habe es auch nie übers Herz gebracht, meiner angebeteten Julia von den Zeiten meiner Verzweiflung und Schande zu beichten. Daher kann ich auch abschließend nicht berichten, ob sie mir Glauben geschenkt hätte oder nicht.

Übersetzt von Egon Eis

G. B. STERN

Der Mann ohne Paprika

Im Lauf der Jahre waren überall nationale und auch exotische Gerichte modern geworden, und eine Unzahl entsprechender Kochbücher erschien in allen Ländern, während in vielen Großstädten diverse Restaurants aus dem Boden schossen, die die Kostbarkeiten ihrer nationalen Küchenkunst anboten.

Gladys Bertha Stern (1890–1973) war eine enthusiastische Hobbyköchin und Expertin internationaler Rezepte, und ihre Arbeit als Schriftstellerin und Drehbuchautorin in England und Hollywood gab ihr die Chance, in vielen Ländern die Produkte unzähliger Speisekarten auszuprobieren.

Ihre Geschichte vom ›MANN OHNE PAPRIKA‹ *spielt im Wien des Jahres 1922 und macht uns mit einem kleinen, aber renommierten Speiselokal mit dem Namen ›Zum lila Pudel‹ bekannt. Sie erzählt von einem Mann, der an einem seltenen und seltsamen Gebrechen litt, das den Tod seines Rivalen zur Folge hatte ...*

»Ist dir die Sauce nicht zu scharf?« fragte Franz besorgt.

»Keineswegs«, erwiderte Ilona. »Mir kann nichts scharf genug sein. Nicht nur, weil Paprika ein ungarisches Nationalgewürz ist. Ich halte alle Nationalgerichte in Ehren. So wie Landeshymnen.«

»Ich verstehe«, nickte Franz. »Bouillabaisse in Marseille, Lammchops in London. Eiskrem in Amerika ...«

» – aber Paprika hat etwas Spezielles«, rief Ilona enthusiastisch. »Er regt an, er regt auf. Ob rosarot und süß, ob dunkelrot und scharf. Was wäre ein Gulasch ohne Paprika?!«

»Geschmackloses Fleisch, das du nicht anrühren würdest. Könntest du dir vorstellen, Ilona, daß du eines Tages nicht imstande wärst, Paprika zu schmecken?«

»Nein, das könnte ich nicht. Es wäre, als könne man den Duft einer Rose nicht riechen, oder Klavierkonzerte von Chopin nicht hören.«

»Ein Dasein ohne Glanz, nicht wahr? Aber ich habe einen Mann gekannt, der sein Leben – ein Leben ohne Paprika – trotzdem genossen hat. Er war allerdings Engländer.«

»Das erklärt einiges, aber nicht alles. Erzähl mir doch von diesem Mann – du hast mich neugierig gemacht.«

»'s ist eine lange Geschichte.«

»Macht nichts. Ich könnte im Moment ohnehin nicht tanzen.«

»Zu viel gegessen –?«

»Genau. Wenn ich rings herum die Leute den Inhalt ihrer Teller verschlingen sehe, fühle ich mich wie ein müder Tiger, der eine Ziege verschlungen hat. Was geschah mit deinem bedauernswerten paprikalosen Briten?«

»Nun – er hat einen Mann erschossen und mußte nach Übersee fliehen.«

»Ah – das hört sich spannend an. Aber sag mir nicht, daß Paprika schuld daran war. Ich würde dir kein Wort glauben.«

»Du kannst mich getrost einen Aufschneider nennen, meine Liebe. Natürlich ging es nicht nur um Paprika, auch meine Wenigkeit hatte seine Hand im Spiel.«

»So erzähl' schon. Wir können nachher tanzen. Charleston ist nichts für einen vollen Magen.«

Franz lehnte sich wohlig in seinem Stuhl zurück und zog einen Strohhalm aus einer seiner Virginia-Zigarren, die er nach einem kräftigen Abendessen bevorzugte. Einer der aufmerksamen Kellner des ›Lila Pudel‹ gab ihm Feuer. Er machte einen tiefen Zug und begann: »Es ist etwa zwanzig Jahre her, lange bevor sie in Sarajewo den Thronfolger erschossen haben. Damals gab es in teuren Restaurants noch Separées, in die man sich mit seiner Dame nach dem Essen zurückziehen konnte.«

»Wie schade, daß ich damals noch nicht mit dir ausgehen konnte!«

»Du bist eben zu spät geboren, Ilona.«

»Gab es zu jener Zeit schon den ›Lila Pudel‹?«

»O ja, und es wurde ein kleines musikalisches Programm dargeboten, wie es damals üblich war. Der Star war La Belle Denise, eine wunderschöne Tänzerin, die sich als Französin ausgab, obwohl sie – wie ich später erfuhr – aus Chemnitz stammte. Egal, mein Freund Charles war fasziniert von ihr . . .«

»Der bewußte Engländer?«

»Ja. Ich hatte ihn beim Reiten im Prater kennengelernt, wir hatten schnell Freundschaft geschlossen und klapperten sämtliche renommierten Lokale der Stadt ab. Ich war ein junger Dragonerleutnant und hatte noch keinen Anflug von dem Bauch, den ich heute mit mir herumtrage.«

»Und versuchte dein Freund, die schöne Denise zu erobern?«

»Natürlich hat er es versucht. Aber er hatte einen Rivalen. Einen Südamerikaner, der vorgab, in Wien Medizin zu studieren, aber ich zweifle, ob er je einen Hörsaal von innen gesehen hat. Er benutzte den Aufenthalt in Wien hauptsächlich dazu, das Geld seines Vaters, der irgendwo – in Bolivien oder Peru – Zinn-Minen besaß, mit vollen Händen auszugeben. Aber auch Charles war nicht arm, seine Familie war an einer Kohlengrube bei Sheffield beteiligt.«

»Aha! Ich nehme an, daß diese Denise an reichen Männern interessiert war.«

»Das kann man wohl sagen. Und sie verstand es sehr geschickt, die Rivalität der beiden auszuspielen, ohne einen von ihnen zu bevorzugen. Dadurch bekam sie dauernd Geschenke von beiden. Kostbare Geschenke! Kaufte ihr Charles einen Ring, überbot ihn Juan mit einem Perlenkollier. Die beiden konkurrierten nicht nur mit teuren Geschenken, sondern auch mit den ausgefallensten Einfällen. Juan arrangierte ihr einmal im Prater ein venezianisches Fest mit Gondeln, und Charles schenkte ihr einen Jagdhund, den er aus England kommen ließ, und der ein brillantenbesetztes Halsband trug. Denise verstand es, die Besessenheit der beiden in einem raffinierten Gleichgewicht zu halten und blieb unnahbar, während ich und meine Freunde Wetten abschlossen, zu wessen Gunsten sie sich schließlich entscheiden würde. Schien sie sich einem von beiden zuzuneigen, pendelten die Einsätze hin und her.«

»Wie lange dauerte dieses Spiel?«

»Ein paar Wochen, vielleicht zwei Monate. Doch schließlich nahm es dramatische Formen an. Denn aus den beiden Rivalen wurden Feinde, veritable Feinde. Die anfängliche Nebenbuhlerschaft geriet zu Haß, zu richtigem Haß. Sogar Denises Entourage spaltete sich in Partisanen des einen und des anderen.

Ich hielt natürlich zu Charles und versuchte, ihm seine Besessenheit auszureden. Doch vergeblich. Der arme Narr wollte sich schließlich zu einem verzweifelten Schritt entschließen . . .«

»Den Spanier umzubringen –?« fragte Ilona aufgeregt.

»Nein, er wollte das Mädchen heiraten und mit nach England nehmen. Was für eine Verrücktheit –! Charles, der Sohn einer der besten Familien, und eine Schleiertänzerin! Von der jedermann wußte, daß sie schon eine Affäre mit einem russischen Großherzog und einem ungarischen Stahlbaron gehabt hatte. Damals war die englische Gesellschaft strikter als heute. Er hätte sein künftiges Leben zerstört.

Als ich feststellen mußte, daß mit ihm nicht vernünftig zu reden war, machte ich einen letzten Versuch. Ich erschien eines Tages in Denises Appartement in der Ringstraße und überreichte ihr als Entree 12 langstielige Rosen.

›Mademoiselle‹, begann ich meine Ansprache, ›was versprechen Sie sich davon, einen ergebenen Verehrer, einen Sklaven Ihrer Schönheit, ins Unglück zu stürzen? Sie wissen so gut wie ich, daß ein Engländer aus einer Patrizierfamilie seine Ehefrau nach anderen Kriterien wählt als Schönheit. Er sucht keinen Paradiesvogel, eher eine häusliche Taube. Eine Frau, die kochen und nähen kann und die seinen Kindern eine gute Mutter sein wird.‹

Ihre Augen blitzten mich herausfordernd an. ›Mon cher Monsieur Franz – Sie zweifeln also daran, daß ich eine gute bürgerliche Ehefrau abgeben könnte. Nun, ich werde Ihnen beweisen, daß ich es mit jeder Wiener Hausfrau aufnehmen kann.‹

Etwas verwirrt starrte ich sie an. ›Wie wollen Sie das tun, teuerste Denise?‹

›Durch ein Diner. Ein Diner aus fünf Gängen, die ich selbst zubereiten werde. Kommen Sie morgen abend zu mir und bringen Sie Ihre zwei armen verblendeten Freunde mit. Und ich werde Ihnen zeigen, daß Denise mehr kann als tanzen und Schleier lüften.‹

Nun, am nächsten Abend, Schlag sieben Uhr, klopfte ich an ihre Türe. Sie öffnete selbst und empfing unser Trio in einem einfachen, aber raffiniert geschnittenen Hauskleid. Und – bei Gott – sie trug eine Schürze und auf ihrer kostspieligen Frisur die weiße Kappe eines Kochs. Unter uns – sie sah bezaubernder aus als je in einem gewagten Kostüm auf der Bühne. Sie servierte uns Aperitifs in ihrem Salon, der ebenfalls für den Anlaß verändert worden war. Die Plüschmöbel waren verschwunden, ebenfalls die Bühnenfotografien, die an den Wänden gehangen hatten. Biedermeierstühle standen um einen exquisit gedeckten Tisch – Teller mit Zwiebelmustern und Kristallgläser. Auf einem Arbeitstisch begrüßte uns ein Daguerreotyp mit einem älteren solide aussehenden Ehepaar, das vermutlich ihre Eltern darstellen sollte. Das bürgerliche Ambiente wurde ergänzt durch ein prasselndes Feuer im Kamin und eine gutgenährte Katze, die auf dem Kaminvorleger schlief.

Auf dem Sofa lag eine große Puppe, die Denise immer wieder aufnahm und an ihren Busen drückte. ›Meine kleine Meggy‹, erklärte sie uns. Ein beliebter Trick von Frauen, die Männern den Kopf verdrehen wollen. Sie umarmen und herzen nicht ihn, der sich das so sehr wünscht, sondern ein beliebiges Objekt – ob Puppe oder Katze. Ich erwähne das, Ilona, damit du so etwas nicht bei mir versuchst.«

»Das würde ich niemals tun, Franz«, beteuerte sie. »Ich weiß, daß du zu alt und erfahren bist, um auf solche Tricks hereinzufallen.«

Er nickte schmunzelnd. »Doch weder Charles noch Juan waren alt und abgeklärt. Sie verschlangen Denise mit den Augen und gerieten in steigende Erregung. Und wenn Denise in die Küche entschwand, knurrten sie sich übelgelaunt und gereizt an. Und ich – ich Narr – benahm mich wie ein Schuljunge und schürte noch die Spannung, indem ich sie zur Katastrophe trieb.«

»Um Gottes willen, Franz – was hast du gemacht?«

»Ich konnte es nicht lassen – ich mußte Denise, die sich so selbstsicher gab, einen Streich spielen. Die Omelett, die sie uns versprach, sollte ihr Meisterwerk werden – crêpe homard – Hummeromelette mit Cognacsauce. Die sollte beweisen, daß sie eine erstklassige Hausfrau sei, die es verstand, ein Heim behaglich und einen Mann glücklich zu machen. ›Ich wette‹, rief sie triumphierend, ›daß keiner von euch auch nur einen Krümel übriglassen wird.‹ Und herausfordernd zwinkerte sie mir zu und bat mich in die Küche, um ihr beim Aufschlagen der Eier zu helfen.

Die Küche war erstaunlich gut eingerichtet und verriet die Erfahrung einer guten Hausfrau. Mit Interesse studierte ich die Menage mit nicht weniger als sechs Reihen mit Gewürzen aller Art. Ich entdeckte nicht weniger als fünf Arten von Paprika – vom süßen bis zum schärfsten. Und als Denise schließlich die vorgewärmten Teller zum Eßtisch trug – da beging ich das Sakrileg.«

Gespannt sah Ilona ihn an. »Und das war –?«

Er seufzte. »Ich kann es mir heute noch nicht verzeihen. Aber ich konnte es nicht lassen, Denise und die beiden Narren außer Fassung zu bringen. Ich schüttete den ganzen Inhalt der Dose mit dem schärfsten Paprika in die Cognacsauce. Vergnügt malte ich mir aus, wie Charles und Juan und schließlich Denise reagieren würden. Doch was dann geschah, war keineswegs vergnüglich.

Ich verzichtete wohlweislich auf die Omelette und gab vor, mich mit dem folgenden Pudding vollstopfen zu wollen. Und Denise, ganz Köchin und Hausfrau, wollte erst ihre Verehrer zufrieden stellen. So wurde die Omelette, als sie auf den Tisch kam, gerecht zwischen den beiden Kampfhähnen geteilt.

Charles griff zu und begann zu essen. Zu meiner Verblüffung verzog er keine Miene. ›Exquisit‹, rief er begeistert aus, während Juan reagierte wie erwartet. Er verschluckte sich beinahe, begann zu krächzen und wurde rot im Gesicht. Dann starrte er böse auf Denise und auf Charles, der sich am Gericht delektierte. Schließlich sprang er zornig auf und brüllte die Hausfrau an. ›Du versuchst mich also zu vergiften – und nur mich, weil du dieses englische Schwein bevorzugst. Aber er wird nicht lange genug leben, um von dir geliebt zu werden.‹ Und er schlug Charles zweimal ins Gesicht.

Jetzt war auch Charles aufgesprungen. Er konnte sich kaum beherrschen, um ein Haar hätte er sich auf den anderen gestürzt.

Ein Duell war unvermeidlich. Das hatte ich schon lange befürchtet, aber keineswegs hätte ich es provozieren wollen.

Charles sagte schneidend: ›Ich weiß nicht, von was für einem Gift Sie faseln, Señor. Ich fand die Omelette von Mademoiselle Denise vorzüglich. Aber ich lasse mich von einem Dago nicht ungestraft insultieren. Sie werden mir Genugtuung geben, und zwar unverzüglich. Ich überlasse Ihnen die Wahl der Waffen.‹

Ich war noch immer sprachlos. Ich konnte mir Charles' Verhalten nicht erklären. Er hatte doch ebenfalls von der Omelette gegessen. Denise war vom rüden Betragen der Männer schokkiert und speziell von Juans Behauptung, sie hätte ihn vergiften wollen. Mit einem kurzen Blick der Sympathie auf den Engländer verließ sie den Raum.

Immer noch verwirrt faßte ich meinen Freund am Arm. ›Charles – ist dir bei der Omelette nichts aufgefallen?‹

Verwundert sah er mich an. ›Nicht das geringste. Warum fragst du?‹

›Ich habe Paprika in die Sauce getan – eine ganze Dose . . .‹

Der Südamerikaner glaubte natürlich kein Wort von dieser Version – er dachte, ich wolle Denise entlasten. Das Unheil, das ich angerichtet hatte, war nicht mehr gut zu machen.«

»Aber wieso hat dein Freund nichts gemerkt?« fragte Ilona neugierig.

»Ich bin auch erst später dahintergekommen. Durch eine individuelle Besonderheit seines Gaumens *konnte er Paprika nicht schmecken.* Nachher fand ich heraus, daß gewisse Menschen gegen bestimmte Gewürze unempfindlich sind. Das gilt als spezielles Gebrechen, und es gibt sogar einen komplizierten lateinischen Namen dafür.«

»Und kam es zum Duell?«

»Das war unvermeidlich. Juan wählte Pistolen und erschwerende Umstände. Sie mußten einander im verdunkelten Raum gegenüberstehen, in dem es nur zwei Lichtpunkte gab – die Enden ihrer brennenden Zigaretten, die sie im Mund hielten. Das waren die Ziele.

Wir zogen die schweren Portieren vor und schoben den gedeckten Tisch in eine Ecke. Ich wies den beiden ihre Positionen an und löschte alle Lichter. Dann ging ich zu Denise, und wir warteten ungeduldig, während die beiden Verrückten einander zu töten versuchten.

Dreimaliges Feuern war ausgemacht worden. Wir hörten sechs Schüsse in schneller Folge. Dann einen Schrei und einen schweren Fall.

Ich riß die Türe zum Salon auf und tastete nach dem Lichtschalter. Gleichzeitig hörte ich die Stimme von Charles: ›Ich glaube, ich hab' ihn getroffen.‹

Juan lag reglos auf dem Rücken, durch seine Hemdbrust sikkerte Blut. Die Augen waren weit offen, und in der Hand hielt er immer noch die brennende Zigarette.

›– und er hätte sie doch im Mund halten müssen‹, rief Charles empört. ›Aber ich kannte den Hurensohn. Ich hab' erraten, daß er mich täuschen wollte. Meine hatte ich im Mund. Aber ich habe nicht auf den hellen Punkt gezielt, sondern darüber . . .‹

Duelle, auch die verrücktesten, waren damals häufiger als heute, und die Behörden waren nachsichtiger, speziell wenn es sich um Ausländer handelte. Trotzdem hätte es für Charles böse ausgesehen, wenn man ihn mit der Leiche in Denise' Salon in Verbindung gebracht hätte.

Denise und ich schützten einen Selbstmord vor. Juans vergebliches Werben um sie war schließlich Stadtgespräch, und selbst der Kommissar, der die Untersuchung führte, hatte davon gehört. Denise hatte für das Verhör ihr gewagtestes Negligé angezogen und weinte stilvoll. Sie gelobte, sich in ein Kloster zurückzuziehen und dort ihre Tage zu beenden. Die polizeilichen Erhebungen hatten keine Konsequenzen, zumal Charles noch in der gleichen Nacht den Zug nach Paris genommen hatte. Monate später erhielt ich von ihm einen Brief aus Kanada. Dann habe ich nichts mehr von ihm gehört.«

»Und Denise –? Ist sie wirklich ins Kloster gegangen?«

Franz schüttelte den Kopf, lächelnd, als ob er sich eine erfreuliche Erinnerung ins Gedächtnis riefe.

»Und hast du je herausgefunden, wen von den beiden sie eigentlich geliebt hat?«

»Nein. Sie hat es mir nie verraten. Nicht einmal während der bezaubernden Monate, die wir nach der bedauerlichen Affäre miteinander verbracht haben.«

Übersetzt von Egon Eis

AGATHA CHRISTIE

Vierundzwanzig Schwarzdrosseln

Die zwanziger und dreißiger Jahre gelten als das ›Goldene Zeitalter‹ der Kriminalliteratur, und wenn man die entsprechenden Romane aus dieser Zeit liest, erscheint es einem erstaunlich, wie viele Opfer der Mörder am Eßtisch umbrachte. Wie ein Fachmann festgestellt hat, wurde der Speiseteller zum ›Spielplatz der Giftmörder‹, und weil er ein so einfaches Instrument war, ist er bis heute populär geblieben – wenn auch die Methoden, das Gift vor den Augen der Gerichtsmedizin zu verbergen, zunehmend raffinierter geworden sind. Eine Reihe der berühmtesten Romandetektive haben nicht nur Fälle aufgeklärt, bei denen Mord auf dem Menü stand, sondern sich auch zugleich als versierte Gourmets entpuppt – angefangen bei Charles Dickens' fortschrittlichem Inspektor Bucket bis zu Hercule Poirot, Jules Maigret, Nero Wolfe und Nicolas Freeling van der Valk. (Freeling war übrigens zeitweise Lehrer an einer Kochschule.) Drei dieser Detektive treten in diesem Teil des Buchs auf, er beginnt mit Poirot im Fall ›VIERUNDZWANZIG SCHWARZDROSSELN‹ *von Agatha Christie (1890-1976).*

Hercule Poirot saß mit seinem Freund, Henry Bonnington, in dem Restaurant ›Gallant Endeavour‹, das sich im Künstlerviertel Londons, auf der King's Road, befindet.

Mr. Bonnington verkehrte gern im ›Gallant Endeavour‹. Er fand die herrschende Atmosphäre gemütlich, ihm schmeckte das Essen, das einfach und trotz des französischen Namens des

Restaurants typisch englisch war und, wie er sagte, keine Zusammenstellung verunglückter Gerichte darstellte. Es machte ihm Freude, seinen Freunden den Platz zu zeigen, auf dem Augustus John immer gesessen hatte, und sie auf die berühmten Künstlernamen aufmerksam zu machen, die im Gästebuch standen. Mr. Bonnington war zwar der unkünstlerischste Mensch, den man sich vorstellen kann, aber er bewunderte wohlwollend die künstlerischen Leistungen anderer.

Die sympathische Kellnerin Molly begrüßte Mr. Bonnington wie einen alten Freund. Ihr Stolz war, genau zu wissen, was ihren Gästen schmeckte und was nicht.

»Guten Abend«, sagte sie, als die beiden Herren an einem Ecktisch Platz nahmen. »Sie haben heute Glück, es gibt Truthahn mit Kastanienfüllung. Das ist doch Ihr Lieblingsgericht? Außerdem haben wir einen wirklich sehr guten Stilton-Wein da. Möchten Sie vorher lieber Suppe oder Fisch?«

Mr. Bonnington überlegte. Warnend sagte er zu Poirot, der die Karte studierte:

»Für dich gibt es diesmal keine französischen Delikatessen, sondern ein schmackhaftes, kräftiges englisches Gericht.«

»Mein Freund«, winkte Hercule Poirot ab, »ich wünsche mir gar nichts anderes. Ich überlasse dir völlig die Entscheidung.«

Mr. Bonnington widmete sich mit großer Aufmerksamkeit der Speisekarte.

Nachdem er dieses wichtige Problem und sogar auch die Weinfrage gelöst hatte, lehnte er sich aufatmend im Stuhl zurück und faltete seine Serviette auseinander. Molly eilte mit der Bestellung davon.

»Diese Bedienung ist ausgezeichnet«, lobte er. »Früher muß sie eine Schönheit gewesen sein. Sie wurde häufig von Malern porträtiert. Außerdem versteht sie auch etwas von guter Küche, was noch viel wichtiger ist, denn im allgemeinen ist in dieser Hinsicht auf die Frauen kein Verlaß. So viele von ihnen merken nicht einmal, was sie essen, wenn sie mit einem Mann ausgehen, der ihnen gefällt.«

Hercule Poirot schüttelte den Kopf: »*C'est terrible.*«

»Gott sei Dank sind wir Männer da anders!« erklärte Mr. Bonnington selbstzufrieden.

»Stimmt das immer?« Hercule Poirot lächelte verschmitzt.

»Nun ja, es mag vielleicht nicht für die jungen Männer zutreffen«, gab Mr. Bonnington zu. »Diese jungen Burschen von heute sind alle gleich – sie haben keinen Mut und keine Ausdauer. Ich kann mit der Jugend nichts anfangen, und«, fügte er völlig objektiv hinzu, »sie können auch nichts mit mir anfangen. Vielleicht haben sie recht! Aber wenn man einigen von diesen jungen Burschen Glauben schenkt, dürfte niemand mehr das Recht haben, älter als 60 zu werden. So wie sie sich aufführen, muß man sich nur wundern, daß nicht mehr von ihnen dabei mithelfen, ihre älteren Verwandten aus der Welt zu schaffen.«

»Möglicherweise tun sie es«, sagte Hercule Poirot.

»Nette Ansichten hast du da, Poirot, ich muß schon sagen. Diese Detektivarbeit hat dich wohl aller deiner Ideale beraubt.«

Hercule Poirot lächelte. »*Tout de même*«, sagte er. »Es wäre einmal interessant, eine Statistik aufzustellen, die zeigt, wer älter als sechzig geworden ist und nicht eines natürlichen Todes starb. Dir würden dann garantiert einige merkwürdige Gedanken kommen.«

»Du hast angefangen, nach dem Verbrechen zu suchen, anstatt darauf zu warten, daß es zu dir kommt. Das ist neu.«

»Entschuldige«, sagte Poirot. »Ich fachsimple wieder, wie du es nennst. Erzähle mir lieber von dir, mein Freund. Wie steht es so in der Welt?«

»Ach, alles geht drunter und drüber. Das gilt heute für die ganze Welt. Alles ist viel zu verworren. Es werden viel zu viele schöne Worte gemacht. Damit will man das Durcheinander verdecken. Diese schönen Worte sind wie eine köstliche Sauce, die über ein Stück Fisch gegossen wird, damit man nicht merkt, daß der Fisch darunter schon riecht. Gib mir ein anständiges Seezungenfilet und keine schlechte Sauce darüber.«

In diesem Moment wurde ihm das Seezungenfilet serviert, und er schnalzte anerkennend mit der Zunge. »Sie wissen ganz genau, was mir schmeckt, Mädchen«, sagte er.

»Nun ja, Sie kommen doch ziemlich regelmäßig hierher, nicht wahr? Wie sollte ich da nicht wissen, was Sie gern essen!«

»Essen denn die Gäste immer das gleiche? Wollen sie nicht manchmal Abwechslung?«

»Nicht die Männer. Die Frauen lieben wohl die Abwechslung. Aber die Männer wollen immer dasselbe.«

»Was habe ich gesagt?« murmelte Bonnington. »Frauen haben keine Ahnung, was das Essen angeht!«

Er sah sich im Restaurant um. »Diese Welt ist doch komisch. Siehst du dort in der Ecke diese merkwürdige Gestalt mit dem Bart? Molly könnte dir erzählen, daß er an jedem Dienstag- und Donnerstagabend hier ist. Seit fast zehn Jahren kommt er regelmäßig – er ist hier so eine Art Wahrzeichen. Aber niemand weiß, wie er heißt, wo er lebt und was er tut. Es ist doch seltsam, wenn man darüber nachdenkt.«

Als die Kellnerin den Truthahn brachte, sagte er:

»Ich sehe, der ›Großvater‹ besucht euch noch?«

»Freilich. Er kommt immer dienstags und donnerstags. Letzten Montag kam er ausnahmsweise auch. Ich war ganz verwirrt. Ich bildete mir ein, daß ich alle meine Verabredungen durcheinandergebracht hätte und es Dienstag wäre, ohne daß ich es wußte. Aber er kam auch am Dienstag – der Montag war also sozusagen nur eine Ausnahme.«

»Das ist eine interessante Abweichung von der Gewohnheit«, murmelte Poirot. »Ich würde gern den Grund wissen.«

»Nun ja, wenn Sie mich fragen, glaube ich, daß er irgendwie durcheinander war oder sich Sorgen machte.«

»Warum glauben Sie das? Hat er sich so benommen?«

»Nein, es war nicht eigentlich sein Benehmen. Er war wie immer sehr still. Selten sagt er etwas anderes als ›guten Abend‹, wenn er kommt und geht. Nein, es war seine Bestellung.«

»Seine Bestellung?«

»Sie werden mich sicherlich auslachen, meine Herren.« Molly errötete. »Wenn aber ein Gast schon seit zehn Jahren hierherkommt, dann weiß man, was er gerne ißt und was nicht. Er verabscheut Nierenpastete und Brombeeren, und ich kann mich nicht erinnern, daß er jemals dicke Suppen bestellt hätte – aber Montag abend bestellte er dicke Tomatensuppe, Steak, Nierenpastete und Brombeertorte. Es sah so aus, als ob er gar nicht bemerkte, was er bestellte!«

»Wissen Sie«, sagte Hercule Poirot, »das finde ich außerordentlich interessant.«

Molly schaute befriedigt drein und ließ die beiden Gäste wieder allein.

»Nun, Poirot«, sagte Henry Bonnington kichernd. »Gib ein paar Folgerungen von dir, und zwar von deiner besten Sorte.«

»Ich würde lieber zuerst deine Schlüsse hören.«

»Du willst, daß ich Watson spiele, äh? Nun gut, der alte Knabe ging zum Doktor, und der verschrieb ihm mal eine andere Kost.«

»Dicke Tomatensuppe, Steak, Nierenpastete und Brombeertorte? Ich kann mir keinen Arzt vorstellen, der so etwas tut.«

»Du brauchst es nicht zu glauben, alter Junge. Die Ärzte verschreiben doch die unmöglichsten Sachen.«

»Ist das die einzige Lösung, die dir einfällt?«

Henry Bonnington antwortete: »Im Ernst, ich glaube, es gibt dafür wahrscheinlich eine Erklärung. Unser unbekannter Freund war über irgend etwas sehr erregt. Er war einfach so verstört, daß er nicht wahrnahm, was er bestellte oder aß.« Er schwieg einen Moment lang und sagte dann: »Du wirst mir gleich als nächstes sagen, daß du ganz genau weißt, was in ihm vorging. Vielleicht wirst du mir sagen, daß er gerade den Entschluß gefaßt habe, einen Mord zu begehen.« Er lachte über seine eigene Annahme.

Hercule Poirot lachte nicht.

Er mußte sich selbst eingestehen, daß er in diesem Moment ernstlich beunruhigt war. Er behauptete später, er hätte damals schon ahnen müssen, daß möglicherweise etwas geschehen würde, obwohl ihm seine Freunde versicherten, daß so eine Ahnung ziemlich unbegründet gewesen wäre.

Etwa drei Wochen waren vergangen, als Hercule Poirot und Bonnington einander zufällig in der Untergrundbahn wiedertrafen. Sie nickten einander zu, während sie sich an den nebeneinanderhängenden Gurten festhielten und von einer Seite zur anderen schwankten. Am Piccadilly Circus stiegen sehr viele Leute aus. Die beiden fanden zwei Sitzplätze im vorderen Teil – es war eine ruhige Ecke, weil hier niemand ein- noch ausstieg. »So ist es besser«, sagte Mr. Bonnington. »Die Menschen sind doch ein egoistisches Volk. Du kannst sie bitten, nach vorn zu gehen, so oft du willst, sie tun es einfach nicht!«

Hercule Poirot zuckte die Achseln. »Was kannst du nun tun?« fragte er. »Das Leben ist zu unsicher.«

»Da hast du recht. Heute lebst du, und morgen bist du vielleicht schon tot«, sagte Mr. Bonnington ein wenig trübsinnig, aber doch genießerisch. »Und weil wir gerade davon sprechen, fällt mir etwas ein. Erinnerst du dich noch an den alten Knaben, den wir im ›Gallant Endeavour‹ gesehen haben? Ich würde mich nicht wundern, wenn er schon in eine bessere Welt verschwunden wäre. Seit einer Woche hat er sich nicht mehr sehen lassen. Molly macht sich darüber ziemliche Sorgen.«

Hercule Poirot saß plötzlich aufrecht. Es blitzte in seinen grünen Augen. »Ist das wahr?« fragte er. »Bist du sicher?«

»Erinnerst du dich, daß ich gemeint hatte, er sei zu einem Arzt gegangen, und der hätte ihm eine bestimmte Kost verschrieben? Die Sache mit der Kost war natürlich Blödsinn, aber ich würde mich nicht wundern, wenn er wegen seiner Gesundheit wirklich zum Arzt gegangen wäre, und der ihm etwas gesagt hätte, was ihn völlig aus dem Gleichgewicht brachte. Das würde erklären, warum er irgendwelche Gerichte von der Karte bestellte, ohne zu merken, was er eigentlich tat. Sehr wahrscheinlich hat ihn der Schock zu einem noch früheren Zeitpunkt aus dieser Welt befördert, als ohnehin vorgesehen war. Die Ärzte sollten sich genauer überlegen, was sie sagen.«

»Im allgemeinen tun sie das«, antwortete Poirot.

»Ich muß hier aussteigen«, sagte Mr. Bonnington. »Auf Wiedersehen. Glaube bloß nicht, daß wir jemals erfahren, wer der alte Knabe war. Nicht einmal seinen Namen werden wir erfahren. Die Welt ist doch komisch.« Er eilte aus dem Wagen.

Hercule Poirot saß grübelnd da. Es sah so aus, als hielte er die Welt nicht für so komisch. Er ging nach Hause und gab George, seinem Diener, einige Anweisungen.

Kurze Zeit darauf fuhr Hercule Poirot mit dem Finger eine Liste entlang, die den Namen aller kürzlich Verstorbenen in einem bestimmten Stadtteil enthielt. Plötzlich hielt sein Finger inne. »Gascoigne, 69. Ich sollte es zunächst mal mit ihm versuchen.«

Ein paar Stunden später saß Hercule Poirot in der Praxis von Dr. MacAndrews ganz in der Nähe der King's Road. MacAndrews war Schotte, er war groß, rothaarig und hatte ein intelligentes Gesicht.

»Gascoigne?« sagte er. »Ja, das stimmt. Er war ein exzentrischer alter Kauz. Er lebte allein in einem dieser baufälligen alten Häuser, die jetzt abgerissen werden, weil man dort einen modernen Häuserblock errichten will. Er war nie mein Patient gewesen, aber ich kümmerte mich um ihn, ich kannte ihn. Dem Milchmann war es als erstem aufgefallen, denn die Milchflaschen sammelten sich draußen an. Schließlich benachrichtigten die Nachbarn die Polizei. Polizisten brachen die Tür auf und fanden ihn. Er war die Treppe hinuntergefallen und hatte sich den Hals gebrochen. Er trug einen alten Morgenmantel, dessen Gürtel zerrissen war. Wahrscheinlich hatte ihn das zum Stolpern gebracht.«

»Ich verstehe«, sagte Hercule Poirot. »Es war ganz einfach – ein Unfall.«

»Ja.«

»Hatte er Verwandte?«

»Einen Neffen. Er besuchte ihn immer einmal im Monat. Lorrimer heißt er, George Lorrimer. Er ist auch Arzt. Er wohnt in Wimbledon.«

»War er über den Tod des alten Mannes bestürzt?«

»Ich weiß nicht, ob ich es so nennen kann. Ich meine, er fühlte sich zu dem alten Mann hingezogen, aber eigentlich kannte er ihn nicht sehr gut.«

»Wie lange war Mr. Gascoigne schon tot, als man ihn fand?«

»Ach«, sagte Dr. MacAndrews, »jetzt kommen wir auf das Dienstliche zu sprechen. Er war seit nicht weniger als achtunddreißig Stunden und nicht länger als zweiundsiebzig Stunden tot. Man fand ihn am Sechsten, frühmorgens. Wir wissen noch mehr. Ein Brief steckte in der Tasche seines Morgenmantels. Der war am Dritten geschrieben und nachmittags in Wimbledon aufgegeben worden; er müßte etwa gegen einundzwanzig Uhr zwanzig ins Haus gebracht worden sein. Das bedeutet, daß er am Dritten, abends, nach einundzwanzig Uhr zwanzig gestorben ist. Der Mageninhalt und die Verdauungsprozesse stimmten mit dieser Zeit überein. Er hatte zwei Stunden, bevor er starb, gegessen. Ich untersuchte ihn am Sechsten, frühmorgens, und sein Zustand entsprach ziemlich genau einem Todeseintritt am Dritten, gegen zweiundzwanzig Uhr, also sechzig Stunden vorher.«

»Das paßt scheinbar alles großartig! Sagen Sie, wann sah man ihn zuletzt lebend?«

»Er wurde in der King's Road am gleichen Abend gesehen, Donnerstag, dem Dritten, und er aß um neunzehn Uhr dreißig im ›Gallant Endeavour‹. Er scheint dort immer donnerstags gegessen zu haben. Er war Künstler, müssen Sie wissen, wenn auch kein sehr bedeutender.«

»Hatte er außer diesem Neffen keine andere Verwandtschaft?«

»Doch, einen Zwillingsbruder. Die ganze Geschichte ist ziemlich verworren. Seit Jahren hatten sie sich nicht mehr gesehen. Sein Bruder, Anthony Gascoigne, hatte wohl eine sehr reiche Frau geheiratet und die Kunst an den Nagel gehängt. Deswegen hatten sich die Brüder zerstritten. Und seit dieser Zeit haben sie sich meiner Meinung nach nicht mehr gesehen. Aber seltsamerweise starben sie beide am gleichen Tag. Der ältere Zwillingsbruder starb am Dritten, so gegen drei Uhr nachmittags. Ich habe schon einmal von einem Fall gehört, daß Zwillinge am gleichen Tag starben, obwohl sie durch Länder voneinander getrennt waren. Wahrscheinlich war es nur ein Zufall, aber das hier ist wieder so ein Fall.«

»Lebt die Frau des Zwillingsbruders noch?«

»Nein, sie starb vor Jahren.«

»Wo wohnte Anthony Gascoigne?«

»Er hatte ein Haus auf dem Kingston Hill. Nach dem, was Dr. Lorrimer mir erzählte, glaube ich, daß er sehr zurückgezogen gelebt hat.«

Hercule Poirot nickte nachdenklich.

Der Schotte sah ihn aufmerksam an.

»Was beschäftigt Sie eigentlich so, Monsieur Poirot?« fragte er unvermittelt. »Ich habe Ihre Fragen beantwortet. Das mußte ich ja auch wohl, nachdem Sie mir Ihren Ausweis zeigten. Aber was ist denn nun los? Haben Sie etwa einen Verdacht?«

Poirot sagte langsam: »Sie sagten, es sei ganz einfach ein Sturz gewesen. Was ich dagegen denke, ist genauso einfach – es handelt sich ganz einfach um einen Stoß.«

Mr. MacAndrews sah ihn erschrocken an.

»Mit anderem Worte: Mord! Haben Sie irgendwelche Gründe für diese Annahme?«

»Nein«, antwortete Poirot. »Ich vermute es nur.«

»Aber selbst dafür müssen Sie doch einen Grund haben«, beharrte der andere.

Poirot antwortete nicht darauf, und der andere fuhr fort: »Wenn Sie seinen Neffen Lorrimer verdächtigen, so kann ich Ihnen ganz offen und ehrlich sagen, daß Sie auf dem Holzweg sind. Lorrimer spielte Bridge in Wimbledon von zwanzig Uhr dreißig bis Mitternacht. Das stellte sich bei den Untersuchungen heraus.«

»Wahrscheinlich ist das wirklich wahr«, murmelte Poirot, »die Polizei arbeitet sorgfältig.«

»Wissen Sie vielleicht etwas, was gegen ihn spricht?« fragte der Arzt.

»Nein, durchaus nicht. Dieser Fall ist das typische Verbrechen menschlicher Bestien. Das ist wichtig. Und der Tod von Mr. Gascoigne paßt nicht in das Konzept. Es stimmt alles nicht, wissen Sie.«

»Ich verstehe nicht, wirklich nicht.«

Poirot murmelte: »Das Problem ist, daß schlechter Fisch unter zu viel Sauce versteckt wurde.«

»Aber verehrtester Monsieur, wie soll ich das verstehen?«

Hercule Poirot lächelte, dann sagte er:

»Sie werden mich wohl bald in eine Irrenanstalt bringen lassen, Monsieur le Docteur, aber ich bin doch kein Verrückter, sondern nur jemand, der geordnete Verhältnisse und methodisches Arbeiten liebt. Es quält mich, wenn ich mit einer Tatsache konfrontiert werde, die keine ist. Verzeihen Sie mir, daß ich Sie so lange aufgehalten habe.«

Er erhob sich, und auch der Arzt stand auf.

»Ich muß Ihnen ganz ehrlich meine Meinung sagen«, fuhr MacAndrews fort. »Der Tod von Henry Gascoigne erregt in mir nicht den leisesten Verdacht. Nach meiner Ansicht fiel er die Treppe hinunter, nach Ihrer Ansicht stieß ihn jemand hinunter. Es hängt alles – nun ja – in der Luft. Genaues weiß man nicht.«

Hercule Poirot seufzte.

»Ja«, sagte er. »Es ist die Arbeit eines Fachmannes. Irgend jemand hat gute Arbeit geleistet.«

»Sie glauben immer noch . . .?«

Der kleine Mann spreizte die Hände. »Ich bin hartnäckig, nicht wahr? Ich habe eine Vermutung, und sonst habe ich nichts, was diese bloße Vermutung bestätigen könnte. Hatte Henry Gascoigne übrigens ein Gebiß?«

»Nein, seine Zähne waren tadellos in Ordnung. In seinem Alter übrigens recht bemerkenswert.«

»Pflegte er sie gut? Waren sie weiß und sorgfältig geputzt?«

»Ja, sie sind mir sogar als besonders weiß aufgefallen. Im allgemeinen werden Zähne im Alter leicht etwas gelblich. Aber seine waren weiß und gesund.«

»Waren sie nicht verfärbt?«

»Nein. Ich glaube, er rauchte auch nicht. Das war es doch, was Sie wissen wollten?«

»So genau wollte ich es nicht wissen. Es war nur ein kühner Vorstoß, ein Versuch, der wahrscheinlich zu nichts führen wird. Auf Wiedersehen, Doktor MacAndrews, ich danke Ihnen für Ihre Mühe.«

Er gab dem Arzt die Hand und ging.

»Und nun auf zu dem Versuch«, murmelte er zu sich selbst.

Im ›Gallant Endeavour‹ setzte er sich an denselben Tisch, an dem er schon mit Bonnington gesessen hatte. Molly war nicht da. Eine andere Kellnerin bediente ihn. Sie erzählte ihm, Molly sei verreist.

Es war erst neunzehn Uhr und noch ziemlich leer, so konnte Hercule Poirot ohne Schwierigkeiten das Mädchen in ein Gespräch über den alten Mr. Gascoigne verwickeln.

»Ja«, sagte sie. »Seit Jahren kam er hierher, aber keiner von uns kannte seinen Namen. Wir suchten nach dem Artikel in der Zeitung über die Untersuchungen und so, da sahen wir sein Foto. ›Da‹, sagte ich zu Molly, ›das ist doch unser alter Großvater‹, so nannten wir ihn immer.«

»Er aß hier auch an dem Abend, an dem er starb, nicht wahr?«

»Ja, das stimmt. Es war am Donnerstag, dem Dritten. Er kam immer donnerstags hierher. Dienstags und donnerstags, pünktlich wie eine Uhr.«

»Ich nehme an, Sie erinnern sich nicht mehr an seine Bestellung, oder doch?«

»Tja, warten Sie mal, es war Currysuppe, ja, ganz bestimmt, dann Rindfleischpastete – oder war es Hammel? – nein, es war Pastete, das stimmt auch, und dann Brombeer- und Apfeltorte und Käse. Da muß sich einer vorstellen, daß er nach Hause ging und noch am gleichen Abend die Treppe hinunterfällt. Man sagt, der zerschlissene Gürtel seines Morgenmantels wäre der Grund gewesen. Seine Kleider sahen immer so schäbig aus, wissen Sie, altmodisch, abgetragen und ungepflegt. Aber trotz allem, er verbreitete so ein gewisses Etwas um sich herum, als ob er was Großes wäre. O ja, es kommen schon interessante Gäste zu uns.«

Sie machte sich davon.

Hercule Poirot aß sein Seezungenfilet. In seinen Augen blitzte es grün.

»Zu merkwürdig«, sagte er zu sich selbst, »auch die klügsten Leute übersehen Details. Das wird Bonnington interessieren.«

Nachdem er sich Empfehlungsschreiben von einer bestimmten einflußreichen Stelle hatte geben lassen und also wohlgewappnet war, bedeutete es für Hercule Poirot keine Schwierigkeit mehr, mit dem Untersuchungsrichter des Distrikts eine Unterredung zu vereinbaren.

»Eine sonderbare Person war doch dieser verstorbene Gascoigne«, bemerkte er. »Ein alter, exzentrischer Bursche. Aber sein Tod scheint ein ungewöhnliches Interesse hervorzurufen?«

Während er sprach, betrachtete er neugierig seinen Besucher. Hercule Poirot wählte seine Worte sorgfältig.

»Monsieur, es sind Umstände damit verbunden, die eine Untersuchung wünschenswert erscheinen lassen.«

»Nun gut, wie kann ich Ihnen helfen?«

»Ich glaube, es liegt in Ihrer Verfügungsgewalt, Dokumente zu vernichten, die Ihrem Gericht vorgelegt wurden. Oder auch sie in Verwahrung zu nehmen, je nachdem, was Sie für richtig halten. Nun, ein bestimmter Brief wurde in der Tasche des Morgenmantels von Henry Gascoigne gefunden, ist es nicht so?«

»Ja, ganz recht.«

»Ein Brief von seinem Neffen Dr. George Lorrimer?«

»Richtig. Bei der gerichtlichen Untersuchung wurde der Brief vorgelegt, um die Zeit des Todes bestimmen zu können.«

»Das gerichtsmedizinische Gutachten bestätigte wohl die angegebene Zeit?«

»Ja, genau.«

»Ist dieser Brief noch vorhanden?«

Hercule Poirot wartete ungeduldig auf die Antwort. Als er erfuhr, daß der Brief noch zur Untersuchung verfügbar war, atmete er erleichtert auf.

Als er ihm schließlich vorgelegt wurde, studierte er ihn sehr sorgfältig. Er war mit Tinte in leicht verkrampfter Schrift geschrieben.

Der Brief lautete:

Lieber Onkel Henry,
leider muß ich Dir mitteilen, daß ich bei Onkel Anthony keinen Erfolg gehabt habe. Er zeigte keine Begeisterung, als ich ihm von Deinem Plan, ihn zu besuchen, erzählte, und reagierte nicht auf Deinen Wunsch, Vergangenes doch zu vergessen. Er ist natürlich sehr krank, und seine Gedanken sind häufig ganz abwesend. Ich könnte mir denken, daß sein Ende schon sehr nahe ist. Er schien sich Deiner kaum noch zu erinnern. Es tut mir leid, daß ich Dich enttäuschen muß, aber Du kannst sicher sein, daß ich mein Bestes tat.

Dein Dich liebender
George Lorrimer.

Der Brief war auf den dritten November datiert. Poirot betrachtete den Stempel auf dem Briefumschlag. Er war am dritten November um sechzehn Uhr dreißig abgestempelt.

»Das ist doch völlig in Ordnung, nicht wahr?« murmelte er.

Kingston Hill war sein nächstes Ziel. Nach einigen Mühen und gutgelaunter Hartnäckigkeit erhielt er ein Interview mit Amelia, der Köchin und Haushälterin des kürzlich verstorbenen Anthony Gascoigne. Anfangs war sie voll Mißtrauen und sehr reserviert, aber der Charme und die Herzlichkeit dieses merkwürdigen Ausländers hätten auch einen Stein erweicht. Mrs. Amelia wurde immer aufgeschlossener.

Wie schon so viele Frauen vor ihr schüttete sie ihr Herz einem wirklich teilnahmsvollen Zuhörer aus. Vierzehn Jahre lang hatte sie für Mr. Gascoigne den Haushalt geführt. – Es war keine leichte Sache gewesen. O nein, wirklich nicht! So manche Frau wäre unter der Bürde, die sie zu tragen hatte, zusammengebrochen. Der alte Herr war exzentrisch. Er verheimlichte es auch nicht. Dazu war er bemerkenswert geizig, es war bei ihm eine Art Sucht. Dabei war er doch so reich. Trotzdem hatte Mrs. Amelia ihm treu gedient, hatte all seine Grillen ertragen und hatte natürlich auch zumindest eine Geste des Dankes erwartet. Aber nein, nichts dergleichen. Es existierte nur ein altes Testament, in dem er all sein Geld seiner Frau oder, falls sie ihn nicht überlebte, seinem Bruder Henry vermachte. Schon vor Jahren hatte er das Testament aufgesetzt. Und es erschien ihr sehr ungerecht!

Allmählich gelang es Hercule Poirot, sie von ihrem Hauptthema, ihrer unbefriedigten Gier, abzubringen. Es war tatsächlich herzlos und ungerecht, ja, ja, da hatte sie ganz recht! Man konnte Mrs. Amelia nicht verdenken, daß sie verletzt und empört war. Mr. Gascoigne war für seinen Geiz bekannt gewesen. Man erzählte sich sogar, daß er selbst seinem einzigen Bruder nicht einmal geholfen hätte. Wahrscheinlich wußte Mrs. Amelia darüber Bescheid.

»Dann war das also der Grund, weshalb Dr. Lorrimer ihn besuchte?« fragte Mrs. Amelia. »Ich wußte, daß es irgend etwas mit seinem Bruder zu tun hatte, aber ich dachte, er wollte sich nur aussöhnen. Sie hatten sich vor Jahren zerstritten.«

»Ich habe erfahren«, sagte Poirot, »daß Mr. Gascoigne sich entschieden weigerte?«

»Das ist völlig richtig«, stimmte ihm Mrs. Amelia zu. »›Henry‹, sagte er ziemlich schwach. ›Was soll ich mit Henry? Ich habe ihn seit Jahren nicht mehr gesehen, und ich will ihn auch in Zukunft nicht sehen. Henry ist zänkisch.‹ Das war alles, was er dazu gesagt hat.«

Die Unterhaltung wandte sich dann wieder Mrs. Amelias eigenen Kümmernissen zu. Man sprach auch vom Rechtsanwalt des kürzlich verstorbenen Mr. Gascoigne, der ebenfalls für sie kein Verständnis zeigte.

Mit einiger Mühe gelang es schließlich Hercule Poirot, sich zu verabschieden, ohne die Unterhaltung zu abrupt abzubrechen.

Kurz nach dem Abendessen stand Hercule Poirot vor der Wohnung des Dr. George Lorrimer in Elmcrest, Dorset Road, Wimbledon.

Der Arzt war zu Hause, und Poirot wurde in die Praxis geführt. Dr. George Lorrimer begrüßte ihn freundlich. Anscheinend war er gerade vom Abendbrottisch aufgestanden.

»Ich bin kein Patient, Herr Doktor«, sagte Hercule Poirot.

»Mein Besuch mag vielleicht aufdringlich erscheinen, aber ich bin ein alter Mann, und ich glaube daran, daß man schnell, offen und ehrlich handeln soll. Ich mache mir nichts aus Rechtsanwälten und ihren überaus umständlichen Verhandlungsmethoden.«

Er hatte zweifellos das Interesse Lorrimers geweckt. Der Arzt war mittelgroß und makellos rasiert. Er hatte braunes Haar, seine Wimpern waren allerdings beinahe weiß, was seinen Augen ein blasses, farbloses Aussehen verlieh. Er gab sich lebhaft und humorvoll.

»Rechtsanwälte?« fragte er und hob die Augenbrauen. »Ich hasse diese Burschen. Sie erwecken meine Neugier, mein Herr. Aber bitte, setzen Sie sich doch.«

Poirot setzte sich, holte eine seiner dienstlichen Visitenkarten heraus und reichte sie dem Arzt.

George Lorrimers weiße Wimpern zuckten.

Poirot beugte sich vertraulich vor. »Ein großer Teil meiner Klienten sind Frauen«, sagte er.

»Natürlich«, sagte Dr. Lorrimer verstört und zwinkerte flüchtig mit den Augen.

»Sie haben mit Ihrem ›natürlich‹ ganz recht«, stimmte ihm Poirot bei. »Frauen trauen der Polizei nicht, sie bevorzugen Detektive. Sie wollen nicht, daß ihre Probleme an die Öffentlichkeit dringen. Vor einigen Tagen kam eine ältere Dame zu mir. Sie machte sich Sorgen wegen ihres Mannes, mit dem sie sich vor Jahren zerstritten hatte. Dieser Mann war Ihr Onkel, Mr. Gascoigne, der erst vor kurzem gestorben ist.«

George Lorrimers Gesicht lief dunkelrot an.

»Mein Onkel? Unsinn! Seine Frau starb vor vielen Jahren.«

»Ich meine nicht Ihren Onkel Mr. Anthony Gascoigne, sondern Ihren Onkel Mr. Henry Gascoigne.«

»Onkel Henry? Aber der war doch gar nicht verheiratet!«

»O doch, natürlich war er das«, log Hercule Poirot, ohne rot zu werden. »Daran besteht gar kein Zweifel. Dic Dame brachte sogar ihre Heiratsurkunde mit.«

»Das ist eine Lüge!« schrie George Lorrimer. Sein Gesicht

war nun krebsrot. »Ich glaube das nicht. Sie sind ein unverschämter Lügner.«

»Es ist zu schade, nicht wahr?« sagte Poirot. »Sie haben ganz umsonst einen Mord begangen.«

»Mord?« Lorrimers Stimme zitterte. Aus seinen Augen starrte Entsetzen.

»Übrigens«, sagte Poirot, »ich sehe, Sie haben wieder Brombeertorte gegessen. Das ist eine unvernünftige Angewohnheit. Man sagt zwar, daß Brombeeren sehr viele Vitamine enthalten, aber andererseits können sie auch tödlich wirken. Diesmal habe ich so ziemlich den Eindruck, daß sie dazu beitragen, den Strick um den Hals eines Mannes zu legen – um Ihren Hals nämlich, Dr. Lorrimer.«

»Du siehst, *mon ami*, dein Fehler bestand darin, daß du von vornherein von einer falschen Annahme ausgegangen bist.«

Hercule Poirot, der seinen Freund gelassen über den Tisch hinweg anstrahlte, machte eine erklärende Handbewegung. »Wenn sich ein Mann über irgend etwas Sorgen macht, tut er in diesem Augenblick bestimmt nicht gerade das, was er vorher noch nie getan hat. Er wählt dann eher automatisch den Weg des geringsten Widerstandes. Es ist denkbar, daß er vielleicht zum Essen im Pyjama herunterkommt, aber es wird sein eigener Pyjama sein, nicht der eines anderen. Jemand, der keine dicke Suppe, Nierenpastete und auch keine Brombeeren mag, bestellt sich nicht alle diese drei Dinge auf einmal an einem Abend, an dem er den Kopf voller Gedanken hat. Du glaubst, er handelt so, weil er an etwas anderes denkt, ich glaube aber, daß jemand, der sich intensiv mit etwas anderem beschäftigt, sich automatisch das Essen bestellt, das er schon zuvor häufig gegessen hat.

Eh bien, was hätte es denn für eine andere Erklärung geben können? Mir fiel einfach keine vernünftige ein. Ich war beunruhigt. Es stimmte alles nicht an diesem Vorfall. Nichts reimte sich. Ich denke methodisch, und mir gefällt es nicht, wenn die Dinge nicht zueinander passen. Mr. Gascoignes Bestellung machte mir Sorgen.

Dann erzähltest du mir, daß der Mann verschwunden sei. Er war zum erstenmal seit Jahren weder am Dienstag noch am Donnerstag erschienen. Das gefiel mir noch weniger. Ich hatte plötzlich eine ganz eigentümliche Vermutung. Der Mann war gestorben, wenn meine Ahnung mich nicht täuschte. Ich forschte nach. Der Mann war tot. Es war ein hübscher, sauberer Tod, da gab es gar keine Zweifel. Mit anderen Worten: Der schlechte Fisch war unter einer Sauce versteckt worden.

Man hatte ihn um sieben Uhr in der King's Road gesehen. Er hatte hier um sieben Uhr dreißig gegessen – zwei Stunden bevor er starb. Das Beweismaterial wies keine Lücke auf – es stimmte alles, sowohl der Mageninhalt als auch der Brief. Es war aber zuviel Sauce. Man konnte nicht mal den Fisch sehen!

Der liebe Neffe schrieb einen Brief, der liebe Neffe hatte ein wunderschönes Alibi, als Gascoigne starb. Ein ganz normaler Tod – ein Sturz. Ein normaler Unglücksfall? Ein normaler Mord? Jeder glaubte an das erstere.

Der liebe Neffe überlebte als einziger. Der liebe Neffe will erben – aber gibt es überhaupt etwas zu erben? Der Onkel ist bekanntlich arm. Aber es gibt einen Bruder, der vor langer Zeit eine reiche Frau geheiratet hat. Und der Bruder lebt in einem großen, vornehmen Haus auf dem Kingston Hill. Anscheinend hat ihm also seine reiche Frau das ganze Geld vermacht. Du siehst die Logik – die reiche Gattin vererbt ihr Geld an Anthony, Anthony vererbt es an Henry, und Henrys Geld geht an George – es ist eine perfekte Kette.«

»Das ist alles in der Theorie ja ganz schön«, sagte Bonnington, »aber was hast du eigentlich getan?«

»Wenn du erst einmal weißt, was los ist, bekommst du auch gewöhnlich heraus, was du wissen willst. Henry war zwei Stunden nach einer Mahlzeit gestorben. Mit dieser Feststellung begnügte sich die Untersuchung. Aber man könnte sich auch vorstellen, daß diese Mahlzeit nicht abends, sondern mittags eingenommen wurde. Versetz dich in Georges Lage. George braucht dringend Geld. Anthony Gascoigne liegt im Sterben, aber sein Tod nützt George nichts. Das Geld erbt Henry, und

Henry Gascoigne kann noch Jahre leben. Daher muß auch Henry sterben, und je schneller, um so besser. Aber er muß *nach* Anthony sterben, und zur gleichen Zeit muß George ein Alibi haben. Da er ein vorsichtiger Bursche ist, probt er erst einmal seinen Plan durch. Er spielt die Rolle seines Onkels am Montag abend in dem betreffenden Restaurant. Es klappt alles tadellos. Jeder hält ihn für den Onkel. Er ist zufrieden. Er braucht nur so lange zu warten, bis Onkel Anthony endlich soweit ist und stirbt. Der Zeitpunkt kommt. Er schreibt am zweiten November nachmittags einen Brief an seinen Onkel, aber er datiert ihn auf den dritten November. Er fährt am Dritten nachmittags hierher in die Stadt, besucht seinen Onkel und führt seinen Plan aus. Er gibt dem Onkel Henry einen starken Stoß, und schon fällt der die Treppe hinunter. George sucht nach dem Brief, den er geschrieben hat, und den schiebt er in die Morgenmanteltasche seines Onkels. Um halb acht ist er im ›Gallant Endeavour‹, der Bart, die buschigen Augenbrauen, alles ist perfekt. Man hegt keine Zweifel: Mr. Henry Gascoigne lebt noch um diese Zeit. Dann vollzieht sich eine schnelle Metamorphose in der Toilette, und zurück geht's im Eiltempo nach Wimbledon zu einem Bridge-Abend. Das Alibi ist perfekt.«

Mr. Bonnington sah ihn an. »Aber der Stempel auf dem Brief?«

»Oh, das war einfach. Der Stempel war verschmiert. Warum? Er war mit Ausziehtusche vom zweiten auf den dritten November geändert worden. Du hättest es nicht bemerkt, wenn du nicht danach gesucht hättest. Und dann war da noch die Sache mit den Schwarzdrosseln.«

»Schwarzdrosseln?«

»Vierundzwanzig Schwarzdrosseln in Pastete gebacken. So nennt man doch bei euch hier die Brombeeren. Gut, sagen wir Brombeeren, wenn du ganz genau sein willst. Du mußt wissen, Georges Schauspielkunst hat trotz allem nicht gereicht. Erinnerst du dich noch an die Geschichte mit dem Jungen, der sich mit schwarzer Farbe anmalte, um Othello zu spielen? Du mußt ein so guter Schauspieler sein wie er, wenn du ein perfektes Verbrechen begehen willst. George sah wie sein Onkel aus, er ging wie sein Onkel und sprach wie sein Onkel, und er trug den Bart und die Augenbrauen seines Onkels, aber – er vergaß, wie sein Onkel zu essen. Er bestellte sich, was er selbst gerne aß. Brombeeren nämlich, und Brombeeren verfärben die Zähne. Die Zähne der Leiche waren aber nicht verfärbt, und trotzdem aß Henry Gascoigne an diesem Abend Brombeeren im ›Gallant Endeavour‹. In seinem Magen fand man keine Brombeeren. Ich erkundigte mich heute morgen danach. Und George war so dumm gewesen, den Bart und den Rest der Aufmachung zu behalten. Oh! Es gibt eine Menge Beweismaterial, wenn man erst einmal danach sucht. Ich besuchte George und brachte ihn aus der Fassung. Und das war das Ende. Er aß übrigens schon wieder Brombeeren. Der Bursche ist vielleicht gierig – er ißt gerne. *Eh bien*, wenn ich mich nicht sehr täusche, wird diese Gier ihn jetzt an den Galgen bringen.«

Die Kellnerin brachte ihnen zwei Portionen Brombeer-Apfeltorte.

»Nehmen Sie die Torte bitte wieder mit«, sagte Mr. Bonnington. »Man kann nie vorsichtig genug sein. Bringen Sie mir eine kleine Portion Sagopudding.«

H. C. BAILEY

Das große Abendessen

Der aristokratische Spürhund Reggie Fortune, ein praktizierender Arzt und Chirurg, der als Sonderberater von Scotland Yard tätig ist, wurde als ›der wahrscheinlich populärste Detektiv Englands zwischen den beiden Weltkriegen‹ beschrieben. Reggie, ein für sein Alter jugendlich aussehender, ziemlich korpulenter Mann, ist ein Gourmet, ein Genießer feiner Speisen und Getränke. Es heißt auch, er sei ein Mann, der das Leben und Feste liebe – wie der Leser im Falle des ›ABENDESSENS‹ *entdecken wird. Reggie Fortune wurde von H. C. Bailey (1877-1961) geschaffen, einem klassischen Gelehrten, der unter anderem Theaterkritiken für Zeitungen schrieb und seinen Spaß daran hatte, sich über das englische Klassenbewußtsein lustig zu machen. In dieser Geschichte jedoch ist es der Snobismus bezüglich Speisen, der zu einem Mörder führt . . .*

»Ich mag Sie nicht«, sagte Mr. Fortune. »Die wohl schmutzigste Wäsche, die ich je gesehen habe.« Mürrisch starrte er den Chef der Kriminalpolizei an.

»Allerdings«, stimmte Lomas zu. »Schmutziger Kerl. Was meinen Sie zu den Flecken?«

»Oh, mein lieber Junge!« jammerte Mr. Fortune. »Farben. Alle Arten von Farben. Auch Speisereste und Getränke und allerhand Unflat. Warum bemühen Sie mich? Was haben Sie erwartet? Menschliches Blut?«

»Ich hatte keine Erwartungen«, erwiderte Lomas süßlich.

Eine gewisse Intensität zeigte sich in Mr. Fortunes blauen Augen. »Ja. Ich hasse Sie«, murmelte er. »Wollten Sie sonst noch etwas wissen?«

»Eine Menge«, sagte Lomas. »So nützen Sie mir wenig, Reginald. Ich will wissen, was für ein Kerl er war und was aus ihm geworden ist.«

»Er war ein Künstler – mit recht zwielichtigem Charakter. Malte sowohl in Öl als auch in Aquarell, lebte unanständig und zügellos und hatte teure Vorlieben. Ich habe nicht die geringste Ahnung, was aus ihm geworden ist und würde sagen, daß er auf dem besten Weg zur Hölle war. Aber was hat das alles zu bedeuten? Warum dieses Interesse an einem liederlichen Künstler?«

»Weil der Kerl verschwunden ist«, sagte Lomas. »Er ist so etwas wie ein Maler, Sie sagten es. Name – Derry Farquhar. Er war begabt und hatte vor Jahren auch etwas Erfolg, doch seitdem ging es mit ihm bergab. Kein unbeschriebenes Blatt bei der Polizei – Geld unter Vorspiegelung falscher Tatsachen und dergleichen – aber nie ein klarer Fall. Vor zehn Tagen erschien eine Frau und informierte uns, daß Mr. Derry Farquhar verschwunden sei. Er hatte ihr vor drei Monaten etwas Geld abgeknöpft – es ging um fünfzig Pfund. Sie beschwerte sich nicht deswegen. Sie war es gewohnt, ihm Zuwendungen zu machen – die Art von Frau und die Art von Mann, bei denen so etwas üblich ist. Was sie beunruhigte, ist, daß er seit diesen fünfzig Pfund von der Bildfläche verschwunden ist. Und das ist sehr seltsam. Zehn Jahre lebte er jetzt in einem Rattenloch von Wohnung in Bloomsbury, wurde jedoch dort seit Monaten nicht mehr gesehen. Das paßt nicht zu ihm. Früher war er nie lange fort. Ein gewöhnlicher Londoner Herumtreiber. Und sein eigenes Geld – er bezieht ein kleines Einkommen von einer Treuhandgesellschaft – hat sich auf der Bank angesammelt. August- und September-Dividenden unberührt. Das ist absolut untypisch für ihn. Außerdem: Eines Nachts vor etwa zwei Wochen – wir konnten das Datum nicht genau ausmachen – wurde jemand in der Wohnung gehört, da er ziemlichen Lärm machte. Als Bell sich die Wohnung ansah, fand er alles in völligem Durcheinander und einen Haufen stinkender Wäsche. Und die schickten wir Ihnen.«

»In der Hoffnung eines Beweises für ein Blutvergießen«, murmelte Reggie. »Hoffnungsvoller Junge. Außergewöhnlich übelriechende Hemden, die aber keinen Beweis für ein faules Spiel liefern. Blut ist nicht vorhanden. Beinahe die einzige Substanz, die fehlt.«

»Sie glauben also nicht, daß an dem Fall etwas dran ist?«

»Mein lieber Junge! Oh, mein lieber Junge«, Reggie blickte ihn mit großen traurigen Augen an. »Glauben ist ein ernster Vorgang. Ich glaube, Sie haben nichts gefunden. Das ist alles. Ich sollte sagen, Sie haben nicht richtig nachgeschaut.«

»Danke«, sagte Lomas säuerlich. »Bell hat alles durchsucht.« Er sagte etwas in die Sprechanlage, und Polizeiinspektor Bell erschien mit einem dicken Aktenordner.

»Mr. Fortune meint, Sie hätten etwas übersehen, Bell«, lächelte Lomas.

»Wenn unter den Dingen, die ich habe, irgend etwas von Bedeutung ist«, erwiderte Bell heftig, »freue ich mich zu erfahren, was es ist. Hier sind einige Photographien des Ortes, Sir. Und eine Bestandsaufnahme.«

»Sie könnten ein Geschäft machen, Reginald«, sagte Lomas, während Reggie, mit dezentem Ernst, das Verzeichnis sorgfältig studierte und die Photographien betrachtete.

»Vier Ölgemälde, fünfzehn Aquarelle. Ungerahmt«, las er und richtete einen unschuldig fragenden Blick auf Bell.

»Ich würde sie als talentiert bezeichnen«, sagte Bell. »Nicht schön, wissen Sie, aber leuchtend und eindrucksvoll. Frauenakte und dergleichen. Ich hätte gedacht, er könnte sich davon ein angenehmes Leben machen. Aber ein Kunsthändler, der sie gesehen hat, bewertete sie auf je einen halben Dollar. Schlüpfrigen Mist nannte er sie. Ich habe keine Ahnung von Kunst. Wie auch immer – es bringt uns nicht weiter.«

»Das würde ich nicht sagen. Nein«, murmelte Reggie. »Gibt uns ein Bild von Mr. Farquhars Charakter. Eine Person ohne Ehre, selbst in seiner Broterwerbskunst. Wie dem auch sei. Sonst nichts in der Wohnung?«

»Einige Briefe – meist Rechnungen und Mahnungen. Nichts, was darauf hindeuten würde, was er getan hat. Nichts, womit man arbeiten könnte.«

Reggie schaute rasch die Korrespondenz durch. »Ja. Wie Sie sagten.« Bei einer zerknitterten, verfärbten Karte hielt er inne. »Wo haben Sie die gefunden?«

»In der Tasche einer schmutzigen, alten Sportjacke«, sagte Bell. »Es ist nur eine Speisekarte, keine Ahnung, weshalb er sie aufbewahrt hat. Auf die Rückseite hatte er einige Gesichter gezeichnet. Vielleicht waren sie gerade seiner Phantasie entsprungen. Kein Beweis für Geschmack. Für mich sieht es aus, als ob er Teufel gezeichnet hätte.«

»Ziemlich diabolisch, ja«, murmelte Reggie. »Konventionelle Teufel. Mephisto im Film.« Die Gesichter waren in Bleistift, mit wenigen vollendeten Strichen skizziert, jedoch ohne jede Eigenart: dasselbe Gesicht abwechselnd grinsend, finster und lüstern: ein Gesicht mit schwarzen Augenbrauen, Schnurr- und Spitzbart.

»Talentierter Handwerker. Nur talentiert.« Er wendete die Karte auf die Vorderseite, wo das Menü angegeben war. »Meine Güte!« stöhnte er und las mit ruhiger Stimme vor:

Dîner
Artichauts À l'Huile
Pommes de Terre À l'Huile
Porc frais froid aux Cornichons
Langouste Mayonnaise
Canard aux Navets
Omelette Rognons
Filet garni
Fromage À la Créme
Fruits, Biscuits

»Guter Gott! Das ist ein Essen«, kicherte Lomas.

»Ich behaupte nicht, daß ich alles verstanden habe«, sagte Bell stirnrunzelnd. »Aber hat das was zu bedeuten? Er ließ es sich eben manchmal gutgehen.«

»Gut!« seufzte Reggie. »Mein lieber Junge! Artischocken in Öl, kalter Schweinebraten, Hummer, Ente mit Wurzelgemüse

– und ein Omelette mit Nierchen und Rostbraten mit Beilagen.«

»Man braucht einen kräftigen Magen, das alles zu verdauen«, sagte Bell verdrießlich. »Was dann?«

»An Verstopfung gestorben«, sagte Lomas. »Oder hat in Krämpfen Selbstmord begangen. Sehr natürlich. Sehr gerecht. Na bitte, Bell. Mr. Fortune hat den Fall gelöst.«

»Ich habe das selbst ernsthaft angenommen«, Bell blickte sie wütend an.

»Mein lieber Bell!« seufzte Reggie. »Ich auch.« Er drehte sich zu Lomas. »Unverbesserlich respektlos, Ihr Geist. Dies ist eine wesentliche Tatsache. Suchen Sie in der Bretagne nach Mr. Farquhar.«

Bell holte tief Luft. »Wie kommen Sie darauf, Sir?«

»Ein solches Diner wird an keinem anderen Ort als in einem bretonischen Gasthaus serviert.«

Bell rieb sich das Kinn. »Ich verstehe. Ich selbst kenne die Bretagne nicht, muß ich freudig gestehen. Zugegeben, ich habe nie ein solches Essen vorgesetzt bekommen.« Er sah zu Lomas hinüber. »Das bedeutet, den Fall den Franzosen zu übergeben.«

»Sehr wohl«, lächelte Lomas. »Brillanter Gedankengang, Reginald. Würde es Sie überraschen zu hören, daß Paris uns bittet, einen Mr. Derry Farquhar in England zu suchen?«

»Gut, gut«, Reggie beobachtete ihn mit geduldiger Geringschätzung. »Eine andere relevante Tatsache, die Sie nicht erwähnt haben, weist ebenfalls auf eine Verbindung Ihres Mr. Farquhar mit Frankreich hin.«

»Wenn Sie wünschen«, Lomas zuckte die Achseln. »Aber der Punkt ist, die sind sicher, daß er hier ist. Dubois kommt heute herüber. Ich nehme ihn zum Abendessen in den Club mit. Sie sollten uns besser begleiten.«

»O nein«, erwiderte Reggie schnell. »Dubois wird mit mir zu Abend essen. Bringen Sie ihn mit. Ihr Club-Dinner würde seinen Glauben an die englische Intelligenz zerstören. Wenn er überhaupt daran glaubt. Und ich mag Dubois. Angenehm, den Fall mit einem ernsthaften Menschen zu diskutieren. Auf Wiedersehen. Halb neun.«

Mit einem überlegenen englischen Lächeln lehnte sich Lomas zurück und beobachtete Reggie und Dubois beim Vertilgen jener Wunderdinge von Pfannkuchen, Crêpes Joan genannt, die Reggie erfunden hatte, als Ausdruck für die Art, wie seine Ehefrau mit ihrem Ehemann ...

Dubois säuberte seinen wallenden Schnurrbart. »Meine Bewunderung«, sagte er ehrerbietig.

Zum Gewürzkuchen wurde ein anderer Claret serviert. Dubois prüfte, roch, probierte, und seine Augen leuchteten dankbar.

»Probieren Sie ihn mit einer Mispel«, schnurrte Reggie.

»Sie haben recht. Keine Frucht paßt besser zu Wein.«

Sie vertieften sich in ein ekstatisches Ritual, während Lomas sich ein Glas Portwein genehmigte und sich eine Zigarette anzündete.

Reggie starrte ihn vorwurfsvoll an. »Meine Güte! Vergeben Sie ihm, Dubois. Er ist bloß ein moderner Engländer.«

»Ich bedaure zutiefst«, seufzte Dubois. »Ein trostloses Leben. Dies ist ein großartiger Wein, mein Freund. Ein Pauillac, denke ich, eh? Aus dem vorigen Jahrhundert?«

»Ziemlich gut, ja«, schnurrte Reggie. »Mouton Rothschild 1900.«

Dubois breites Gesicht strahlte. »Aha. Nicht übel für den armen alten Dubois.«

Sie begannen mit einem Duett über französische Weine ...

Lomas wurde unruhig. »Diese Einmütigkeit rührt mich. Sie haben sich nun gegenseitig inständig umarmt, wir sollten endlich zum Geschäft kommen und sehen, ob Sie es weiterbringen können.«

Dubois wandte sich mit einer Geste der Mißbilligung an ihn. »Pardon, mein Freund. Haben Sie keine Angst. Wir stimmen Ihnen zu. Aber ich will Sie nicht aufhalten. Die Angelegenheit ist letztlich sehr einfach –«

»Allerdings«, lächelte Lomas. »Sagen Sie es Fortune. Er hat seine eigenen Vorstellungen darüber.«

»Aha«, Dubois hob die Augenbrauen. »Ich werde dankbar

sein, wenn er sie mir mitteilt. Also gut, ich beginne mit Max Weber. Er ist, wie Sie sagen würden, ein Wucherer, aber trotzdem ein guter Kerl. Er heiratete vor einem Jahr eine reizende Dame. Sie war, höflich ausgedrückt, eine Schauspielerin, die schöne Clotilde. Man kann nichts Nachteiliges über sie sagen. Sie leben sehr glücklich in einer luxuriösen Wohnung. Vor zwei Wochen fand sie heraus, daß einige ihrer Juwelen, die sie in ihrem Schlafzimmer aufbewahrte, verschwunden waren; nicht alle, die Weber ihr geschenkt hatte, die wertvollsten sind in einer Bank, aber Diamanten im Wert von fünfhunderttausend Franc. Weber kam zur Sûreté und beschwerte sich. Was haben wir herausgefunden? Die Dienstboten – sie sind schon viele Jahre bei Weber. Sie sind verwöhnt, sie sind nachlässig, aber unehrlich – ich denke nicht. Es gibt keine Anzeichen für einen Einbruch. Aber einen Tag bevor die Juwelen vermißt wurden, kam ein Mann zu Webers Wohnung, der nach Madame Weber fragte, und es wurde ihm gesagt, sie sei nicht zu Hause. Das stimmte auch in der Tat, aber Webers Dienstbote mochte den Blick des Mannes nicht. Ein *gouape* der feinsten Art – das ist die Beschreibung. Was Sie einen Schurken nennen, nicht wahr? Der Mann machte einen armseligen, aber auffälligen Eindruck; er ähnelte eindeutig einem Herumtreiber aus dem Quartier Latin, ein Künstler *décavé* – wie Sie das nennen.«

»Aus dem letzten Loch pfeifend. Ja. Noch interessanter. Aber keine Identifizierung, Dubois.«

»Haben Sie noch Geduld. Sehen Sie – da ist ein Typ, der *la belle* Clotilde gut gekannt haben könnte, bevor sie Madame Weber wurde. Sehr gut sogar. Dieser Herr, als er an Webers Tür abgewiesen wurde, ging nicht sehr weit weg. Wir haben eine Concierge, die ihn mindestens bis in den Nachmittag hinein in der Nähe herumlungern sah. Am Nachmittag haben die Dienstboten der Webers frei. Der Mann ging zu einem Café – gab er an; seine Frau besuchte einen Freund da, einen anderen dort. Was ist einfacher für unseren lumpigen Künstler als einzutreten, die Schatulle mit den Juwelen an sich zu nehmen und abzuhauen, wie Sie sagen.«

»So sagen wir. Ja.«

»Nun gut, dann beginne ich mit der Beschreibung des Monsieur Schurken. Sie ist nicht übel. Ein Mann, der rundlich und dunkel ist, mit einem kleinen, dunklen Backenbart, der vorstehende Vorderzähne hat, der geht wie ein laufender Vogel, mit kurzen Schritten, die pit pat machen. Er spricht Französisch gut genug, aber nicht wie ein Franzose. Er trägt Kleidung von orangener Farbe, sehr weit geschnitten, und einen weichen, schwarzen Hut mit breiter Krempe. Dann fand ich heraus, daß ein Mann wie dieser auf dem Bahnhof St. Lazare den Nachtzug nach Dieppe bestieg – das ist, wissen Sie, der billige Weg, um nach England zurückzukommen. Sehr gut. Wir haben im Quartier Latin gearbeitet, wir haben herausgefunden, daß ein Mann wie dieser vor ein oder zwei Tagen in einigen der Cafés gesehen wurde. Sie erinnerten sich gut an ihn, weil sie ihn schon vor zehn Jahren kannten, als er Student war. Sie sind so, diese alten Leute des Quartiers – das zahlt sich für uns aus. Sein Name war Farquhar, Derek Farquhar, ein Engländer.« Dubois zwirbelte seinen Schnurrbart. »Deshalb, mein Freund, wage ich es, Mr. Lomas zu bemühen, um in England diesen Farquhar zu finden.«

»Ja. Methode völlig einwandfrei«, murmelte Reggie. »Als Methode.«

»Mein armer Reginald«, lachte Lomas. »Was für ein kummervolles, widerwilliges Bekenntnis! Sie haben ihn verletzt, Dubois. Er war vollkommen sicher, daß Mr. Farquhar durch die Wildnis der Bretagne gereist sei.«

»Aha.« Dubois hob seine Augenbrauen und machte eine respektvolle Geste zu Reggie hinüber. »Mein lieber Freund, ich habe Sie nie um Rat gefragt, aber ich finde, Sie sehen weiter als ich. Sprechen Sie also.«

»Nein. Nein. Das ist nicht alles«, murmelte Reggie und erzählte ihm von der Speisekarte des großen Abendessens.

»Ohne Zweifel wurde das Essen in der Bretagne serviert«, nickte Dubois. »Ich stimme zu, es ist wahrscheinlich, daß er vor nicht allzu langer Zeit dort war. Aber was bedeutet das? Er war Maler, er hat in Frankreich studiert, und die Bretagne ist immer voll von Malern.«

»Ja. Sie vernachlässigen einen Teil des Beweismaterials. Gesichter auf der Rückseite der Speisekarte.« Er holte sein Notizbuch hervor und skizzierte den Gesichtsausdruck mit den schwarzen Augenbrauen und den schwarzen Bart. »Wie das da.«

»Der Teufel«, sagte Dubois.

»Wie Sie sagen. Der Teufel der Oper und des Maskenballs. Der gemeine Mephisto. Von Ihrem Mr. Farquhar mit der Bretagne vereint.«

»Mein lieber Fortune!« Dubois' großes Gesicht verzog sich zu einem spöttischen Lächeln. »Sie sind sehr spitzfindig. Ich finde, Sie machen zu viel aus Kleinigkeiten. Teufel zu zeichnen ist ein verbreiteter Sport. Sie finden Teufel in allen unseren Comic-Heften – ein Teufel und eine hübsche Dame – und dieser Farquhar zeichnete oft hübsche Damen, sagen Sie – und dies ist ein sehr gewöhnlicher Teufel.«

»Ja, rationale Kritik«, murmelte Reggie, ihn mit verträumten Augen musternd. »Sie sind sehr rational, Dubois. Dennoch. Irgendwelche Assoziationen der Webers mit der Bretagne?«

»Oh, mein Freund!« Dubois lächelte ungeduldig. »Überhaupt keine. Und wenn sie aus Paris hinausfahren, dann nach Monte Carlo, nach Aix, nicht in die Unbequemlichkeit der Bretagne, dessen dürfen Sie gewiß sein. Nein. Sie werden mir verzeihen, aber ich finde nichts auf Ihrer Speisekarte, was meine Meinung ändern würde. Ich muß meinen Farquhar hier suchen.« Traurig schüttelte er seinen Kopf und schaute Reggie an. »Ich bin verzweifelt, daß Sie nicht zustimmen.« Er wendete sich zu Lomas. »Aber dies ist der einzige Weg, *hein*?«

»Absolut. Es gibt überhaupt keine andere Linie«, sagte Lomas mit Befriedigung. »Lassen Sie sich nicht von Fortune beunruhigen. Er lebt dafür, Dinge zu sehen, die es nicht gibt. Großartige Einbildungskraft.«

»Meine Güte!« seufzte Reggie. »Ich doch nicht, nein. Ich habe überhaupt keine Einbildungskraft. Nur einfachen Glauben an Tatsachen. Sie gehören zu den Leuten, die sie ignorieren, wenn sie nicht rational sind. Unwissenschaftlich und abergläubisch. Wie auch immer. Lassen Sie uns heucheln und sehen wir, was dabei herauskommt. Gehen Sie ruhig Ihren eigenen Weg.«

»Man tut, was man kann«, sagte Dubois achselzuckend.

»Allerdings. Fortune begnügt sich niemals mit dem Möglichen. Wir müssen ihn hier finden. Ich habe alles für Sie in Bewegung gesetzt. Wir haben einen Abzug von Farquhars Photographie. Die wurde mit einer Beschreibung in Umlauf gebracht und wegen ihm und der Juwelen allgemeiner Alarm gegeben. Wir kämmen alle seine Freunde und seine gewöhnlichen Aufenthaltsorte durch.«

»So zerrinnt mein Traum, aber was bin ich?« murmelte Reggie. »Ein Waisenkind, weinend in der Nacht. Ein Waisenkind, weinend um den Tag – Gut, gut. Sind wir niedergeschlagen? Ja. Ein kleiner Armagnac wäre wohltuend und tröstlich.« Er lenkte die Konversation gebieterisch auf die Qualitäten jenes Weinbrands, und Dubois reagierte schnell mit respektvollen Antworten. Lomas ließ sich mit olympischer Geringschätzung mit einem Glas Whisky und Soda zurücksinken.

Als er mit Dubois wegging, meinte Lomas lächelnd: »Phantastischer Junge, Fortune, nicht wahr? Verstand erster Klasse, aber er begnügt sich niemals damit, ihn zu benutzen.«

»Ein Künstler, mein Freund«, sagte Dubois. »Ein großer Künstler. Er fühlt das Leben. Wir denken bloß darüber nach.«

»Verdammt, Sie glauben doch nicht, daß er recht hat mit dieser Bretagne-Vermutung?«

»Was weiß ich?« erwiderte Dubois achselzuckend. »Es bedeutet nichts. Deshalb ist es nichts für uns. Dennoch muß man zugeben, er ist verwirrend, Ihr Mr. Fortune. Er läßt einen an sich selbst zweifeln.«

Als ihm dies zu Ohren kam, betrachtete Reggie es als das größte Kompliment, das er jemals erhalten hatte, mit Ausnahme derer seiner Frau. Er meinte auch, daß es wohlverdient sei ... Einige Tage später war er in seinem Marionettentheater mit der Produktion der Tragödie Don Juan beschäftigt, Lyrik von Lord

Byron, Text und Musik von Mr. Fortune, als das Telefon ihn aus einer überwältigenden Szene über die Zurückweisung seines Helden aus der Hölle riß.

»Ja, hier spricht Fortune. Einem Stern gleich schwebt das Leben zwischen zwei Welten. Vielleicht wußten Sie das nicht, Lomas. Wie wenig kennen wir das, was wir sind. Entdeckung des späten Lord Byron. Ich vertone sie. Abteilungsliedchen für die Kriminalpolizei. Ich –«

»Könnten Sie einen Augenblick zuhören?« fragte Lomas süßlich. »Sie werden interessiert sein.«

»Eigentlich nicht. Nein. Was beunruhigt Sie?«

»Nichts als Sympathie für Sie, Reginald. Ich fürchte, Sie werden leiden. Um es vorsichtig zu sagen, wir haben eine Spur von Farquhar. Aber nicht in der Bretagne, Reginald.«

Reggie blieb ruhig. »Nein, sicher nicht«, stöhnte er. »Sie haben es ja nicht versucht. Ich will nicht hören, was Sie versäumt haben. Es dauert zu lang.«

Ein spöttischer Ton kam aus der Leitung. »Sind Sie jemals im Unrecht, Reginald? Nein. Es ist immer der andere Junge. Aber die unangenehme Tatsache ist, daß Farquhar nicht in die Bretagne ging, sondern nach Westshire. Deshalb war das der einzige Ort, wo wir ihn finden konnten. Wir haben unsere Grenzen.«

»So ist es. Ja. *C'est brutal, mais ça marche.* Sie sind ungeschickt, aber Sie bewegen sich – manchmal – wie die ersten Automobile. Was hat er zu seiner Verteidigung zu sagen?«

»Ich weiß nicht. Wir haben ihn noch nicht gefaßt. Wir – was?« »Verzeihen Sie. Es war nur ein Gefühlsausbruch. Ein Schluchzer der Ehrfurcht. Oh, mein lieber Lomas. Sie haben den einzigen Ort ausfindig gemacht, wo Sie ihn finden könnten, also haben Sie ihn nicht gefunden. Der vollkommene Beamte. Keine Ergebnisse, aber immer die überlegene Person.«

»Die Ergebnisse sind durchaus zufriedenstellend«, stieß Lomas hervor. »Wir haben eine eindeutige Identifizierung. Er hielt sich in Lyncombe auf. Er ist uns wieder entkommen. Ohne Zweifel waren wir auf seiner Spur. Aber wir werden ihn kriegen.

Sie durchkämmen gerade den ganzen Distrikt. Bell ist mit Dubois hinuntergefahren.«

»Großartig. Schließe die Stalltür immer erst, wenn das Pferd schon draußen ist. Ich werde auch hinfahren. Ich mag es, diese Operation zu beobachten. Steigert mein Vertrauen in die Polizeikräfte.«

Als der Mond über dem Meer aufstieg, fuhr Reggies Wagen in Lyncombe ein, einem Ferienort der luxuriöseren Art. Die Beleidigungen, die der Natur durch die Hotelblocks und die gewundenen Straßen mit den Villen der pensionierten Reichen zugefügt wurden, konnten jedoch die Schönheit der Klippen und der Bucht nicht gänzlich zerstören.

Als Reggie sie sah, waren die banalen Gebäude und die Landzunge in Mondlicht getaucht, das sie in eine Traumwelt verwandelte. Das Meer wirkte wie ein dunkles Mysterium, über das sich das Licht wie ein glitzernder Pfad ergoß.

Er quartierte sich im neuesten Hotel ein, nahm ein angenehmes Bad und aß schlecht zu Abend. Als er auf dem Balkon saß, wo die Luft nach Chrysanthemen und Meer duftete, und seine tröstende Pfeife schmauchte, erschien Dubois mit Bell bei ihm.

»Aha«, sagte Dubois. »Sie sind also nicht in die Bretagne gefahren, mein Freund?«

»Nein. Nein. Ich folgte der höheren Intelligenz. Ich habe einen bescheidenen Geist. Und wie weit sind Sie gekommen?«

»Wir sind auf Farquhars Spuren gestoßen, es gibt keinen Zweifel. Bemerkenswert ist, daß er sich im Hotel unter seinem Namen eintrug. Die Leute dort erkannten seine Photographie – sie sind sich dessen ganz sicher. Es ist tatsächlich ein Gesicht, bei dem man sich sicher sein kann, ein Hasengesicht.«

»Die Identifizierung ist richtig«, brummte Bell. »Das Verteufelte daran ist, daß er wieder weg ist, Mr. Fortune. Er hatte es sehr eilig. Ließ alle seine Habseligkeiten zurück, so wie sie waren. Die Hotelangestellten meinen, er wollte bloß die Zeche prellen. Er weilte etwa zehn Tage im Hotel, ohne zu bezahlen, und sein Gepäck ist überhaupt nichts wert – ein abgenutzter, alter Koffer und ein paar Klamotten, gerade gut genug für den Mülleimer.«

»Oh, Peter!« stöhnte Reggie. »Nein, Bell, nein. Ich muß mir nun nicht wieder seine Hemden anschauen?«

»Ich habe Sie nicht darum gebeten, Sir. Es gibt keinen Grund anzunehmen, daß ihm etwas angetan wurde. Er ging bloß aus und kehrte nicht mehr zurück. Vor drei Tagen. Ich sehe überhaupt keinen Lichtschimmer. Was er hier getan hat, geht über meinen Verstand. Man könnte annehmen, er habe sich mit der Beute, die er sich in Paris geholt hat, hier versteckt. Aber warum trägt er sich dann unter seinem eigenen Namen ein? Sagen wir, er war bloß ein dummer Esel – diese Art von Amateurdieben gibt es. Aber warum hat er dann Reißaus genommen? Er konnte keinen Verdacht haben, daß wir hinter ihm her sind. Zu der Zeit, als er sich hier verabschiedete, waren wir es noch nicht.«

»Aber mein Freund, Sie denken zu schnell«, sagte Dubois. »Von Ihnen, nein, da kann er kein Alarmsignal bekommen haben. Aber da ist das andere Ende – Paris. Es ist sehr wahrscheinlich, daß ein Freund aus Paris ihn warnte, daß die Polizei ihn sucht.«

»Also gut«, brummte Bell. »Nehmen wir das an. Warum sollte er dann die Hotelangestellten auf sich aufmerksam machen, indem er ausreißt, ohne die Rechnung zu bezahlen? Wieder dumm. Völlig dumm. Er hätte eine Menge Geld bekommen, wenn er die Juwelen tatsächlich hat, wie Sie sagen. Verschwinden, ohne zu bezahlen, führt doch gerade dazu, daß sofort die Polizei informiert wird.«

»Das ist ein gutes Argument. Sie haben Einsicht, Geisteskraft, mein Freund.« Dubois' Stimme war seidenweich. »Aber was haben wir dann? Es war klar, daß Farquhar wieder verschwinden würde, es ist aber nicht natürlich, daß er es so tat. Ich muß gestehen, daß ich nicht imstande bin, mir eine Vorstellung von Farquhar zu machen. Daß er der Typ ist, eine Frau wie Clotilde auszurauben, da gibt es Anhaltspunkte genug – er hatte das Wissen, er hatte die Gelegenheit. Es gibt

Tausende solcher Fälle. Aber daß er sich dann in so einem bürgerlichen Paradies zur Ruhe setzen würde, das paßt überhaupt nicht zu ihm.«

»Das stimmt«, sagte Bell. »Irgendwie kein Sinn dahinter.«

»Nein. Wie Sie sagen«, murmelte Reggie. »Das stößt mich vor den Kopf. Glücklich, mit allen übereinzustimmen. Wir wissen nichts.«

»*Bigre*! Sie gehen ein wenig hart vor«, polterte Dubois. »Hören Sie, da gibt es zumindest eine Verbindung mit Clotilde, und ihre Juwelen sind verschwunden. Weber selbst ist ein ehrlicher Mann – außer in Geschäften. Und was ist Ihre Hypothese? Sie sagen, suchen Sie ihn in der Bretagne. Dies wenigstens ist sicher – er ist nicht dorthin gegangen. Was zum Teufel sollte er mit diesem so anständigen Lyncombe zu tun gehabt haben? Ebensoviel wie mit unserer rauhen Bretagne.«

»Ja. Ziemlich unklar. Ich habe nicht die geringste Ahnung, was er getan hat. Dennoch. Sind wir niedergeschlagen? Nein. Wir haben nun ein fundamentales Problem berührt. Was hat Mr. Farquhar mit der Bretagne und Clotilde und Lyncombe zu tun? Erste Lösungsmethode klar angezeigt. Finden Sie heraus, was er in Lyncombe getan hat. Das sollte ein leichtes sein, Bell. Er muß bemerkt worden sein. An diesem anständigen Ort sollte er verdächtigt worden sein. Gute Nacht.«

Am nächsten Tag saß er wieder auf dem Balkon, sein erstes Teegebäck mit dicker Sahne und Blaubeergelee bestreichend, als die beiden zurückkamen.

»Was! Sitzen Sie seit gestern abend hier?« Dubois schnitt eine Grimasse zu ihm hinüber.

»Mein lieber Junge! Bin gerade eine der Buchten entlang spaziert. Und wieder zurück. Wunderbare große Bucht. Eine Übung, die mein ungeduldiges und gereiztes Gehirn verlangte. Ruhe ist besser. Nehmen Sie auch eine Ecke. Sie sind zwar zu dick, aber die Sahne ist einwandfrei.«

Dubois schauderte. »Brr. Sie sind ein sagenhaftes Tier. Ich bin nur menschlich. Aber Bell hat Neuigkeiten für Sie. Berichten Sie ihm, alter Junge.«

»Es ist so«, erklärte Bell. »Vor ungefähr einer Woche – das heißt drei oder vier Tage, bevor er verschwand – wir können den Zeitpunkt nicht genauer bestimmen –, sprach Farquhar bei einem der großen Häuser hier vor. Es gibt keinen Zweifel darüber. Es ist beinahe wie die Geschichte von Paris. Er wurde beobachtet, wie er vorher und nachher um das Haus herum bummelte – wie Sie sagten, er ist so eine Art von Kerl, die sofort auffällt. Das Haus, zu dem er ging, gehört einem alten Herrn – Mr. Lane Hudson. Lebt hier seit Jahren. Sehr reich, sagt man. Machte sein Geld in Südwales und kam hierher, als er in den Ruhestand trat. Er ist achtzig Jahre alt oder älter, halb gelähmt und bewegt sich nur in seinem Haus und auf seinem Grundstück, in einem Rollstuhl. Ich habe ihn besucht und mich mit ihm unterhalten. Sein Verstand ist in Ordnung. Er sieht aus wie eine Mumie, nur ein wenig aufgeschwollen. Eine Art gelbliches, ledernes Gesicht, das sich nie verändert oder bewegt. Er sitzt in seinem Rollstuhl, starrt ins Leere und spricht mit weicher, heiserer Stimme. Er sagte mir, er habe niemals von Farquhar gehört, er wußte nicht einmal, daß Farquhar bei seinem Haus war. Das ist in Ordnung, es ist seine Anweisung, daß die Dienstboten jedem Unbekannten sagen, er fühle sich nicht wohl und könne niemanden empfangen, und ich habe ihm keine Vorwürfe gemacht. Ich würde auch keinen Besuch von Fremden mögen, wenn ich in seiner Lage wäre. Ich vermittelte ihm eine Vorstellung von der Art Kerl, die Farquhar war, und beobachtete ihn ziemlich eingehend, aber er verzog keine Miene. Er wiederholte nur, er habe keine Ahnung von einer solchen Person, und ich glaube ihm. Er war nicht interessiert. Er sagte, der Kerl sei ohne Zweifel gekommen, um zu betteln; er habe viel zu schaffen mit solchen Leuten. Wir sollten das gefälligst unterbinden – und guten Tag, Mr. Superintendent. Wie dem auch sei, sicher ist, daß Farquhar ihn nicht getroffen hat. Der alte Butler und die Krankenschwester bestätigten diese Aussage, und sie haben nie zuvor von Farquhar gehört. Der Butler sah ihn und beförderte ihn hinaus – er hatte etwas Probleme, ihn lozuwerden, ließ sich aber davon nicht weiter beunruhigen. Er sagte ebenso wie der alte Mann, daß sie ab und zu unverschämte Bettler hätten. Hier ist also eine andere nette Sackgasse.«

»Ja. Wie Sie sagen. Ziemlich verrückt, nicht wahr? Der schillernde, ausschweifende Farquhar klopft an die Tür, um zu einem reichen, gelähmten, alten Mann zu kommen, der nie zuvor von ihm gehört hat. Ich staune. Kuriose Auswahl von Leuten, die unser Mr. Farquhar aufsucht. Eine hübsche Pariser Dame, die Geld geheiratet und sich darauf niedergelassen hat; ein reicher alter Waliser, der sich hilflos am Rande des Grabes befindet. Und keiner der beiden hat – gemäß der Beweise – Mr. Farquhar gesehen, keiner will zugeben, irgend etwas über ihn zu wissen. Sehr ungewöhnlich. Ja.« Reggie wandte seine großen melancholischen Augen zu Dubois. »Das beschäftigt Ihre Phantasie, nicht wahr? Der gemeine Künstler klopft an eine Tür, und im oberen Stock sitzt eine Mumie von einem alten Mann hilflos in seinem Stuhl.«

»*Nom de nom*!« polterte Dubois. »Das ist Phantasie pur. Man sieht solche Dinge in Träumen. Dies hat nicht mehr Bedeutung.«

»Nein. Nicht für uns. Aber es ist geschehen. Deshalb hat es eine Ursache. Mr. Lane Hudson lebt ganz alleine, nicht wahr – ausgenommen die Dienstboten?«

»Das stimmt, Sir«, nickte Bell. »Er ist seit langer Zeit Witwer. Nur ein Kind – eine Tochter – und da gibt es einen Enkelsohn, noch ein Kind. Die Tochter war zweimal verheiratet – erst mit einem Kerl namens Tracy, jetzt mit einem Mr. Bernal – der Sohn stammt aus erster Ehe, keine weiteren Kinder.«

»Sie haben sich Mühe gegeben, Bell«, lächelte Reggie.

»Ja, ich habe alles aufgenommen, was mir wichtig erschien«, sagte Bell mit melancholischer Befriedigung. »Ohne zu wissen, was ich eigentlich wollte. Und bei dem, was ich gefunden habe, gibt es nichts, was ich suchte. Die Bernals kommen ziemlich regelmäßig hierher – Mr. und Mrs. Bernal ohne das Kind. Sie verbrachten gerade einige Zeit hier bei dem alten Herrn. Der übliche Herbstbesuch. Als Farquhar vorsprach, waren sie da – sie gingen erst letzten Mittwoch fort. Sehen Sie, das ist vor Farquhars Verschwinden, der Tag davor. Farquhar fragte nicht nach den Bernals, und sie haben ihn überhaupt nicht gesehen, sagten die Dienstboten. Also bitte. Die Bernals stellen keine Verbindung dar. Das führt zu nichts, ebensowenig wie alles andere auch.«

»Ja. Das hat sehr viel Mühe gekostet«, murmelte Reggie.

»Was möchten Sie haben?« Dubois zuckte die Achseln. »Nutzloses Wissen anhäufen – es ist unsere einzige Methode; man ist dazu verdammt. Unser Geschäft ist langsam, mein Freund. Wir sammeln Tatsachen und Tatsachen und Tatsachen, und wenn wir Glück haben, eliminieren wir neunundneunzig von hundert und verwenden letztendlich eine.«

»Ja. Wie Sie sagen«, murmelte Reggie. »Wo leben die Bernals, Bell?«

»In Frankreich, Sir«, sagte Bell, und Reggies Augen weiteten sich. »Aha!« Dubois verzog sein Gesicht zu einer Grimasse und deutete dreist mit dem Finger auf ihn. »Da, mein Freund. Die eine großartige Tatsache, nicht wahr? In Frankreich! Und die Bretagne ist in Frankreich! Aber leider, mein lieber Fortune, sie leben nicht in der Bretagne! Weit weg davon. Sie leben im Süden, nahe bei Cannes; sie leben dort seit – was weiß ich, seit sie verheiratet sind, *hein*?« wendete er sich an Bell.

»Das ist richtig«, brummte Bell. »Die Dame ließ sich bereits mit ihrem ersten Ehemann dort nieder. Er mußte in Südfrankreich leben – Gasvergiftung aus dem Krieg.«

»Sehen Sie?« Dubois lächelte. »Es ist immer dasselbe nutzlose Wissen. Und Ihre Vision von der Bretagne, mein Freund, hat immer noch keine Substanz.«

»Ich wundere mich«, murmelte Reggie und sank tief in seinen Sessel . . .

Selbst ohne Hoffnung war er gewissenhaft. In jener Nacht überprüfte er einen anderen Satz von Farquhars schmutziger Wäsche, aber weder in jener noch in dem Rest des wertlosen Gepäcks konnte er irgendwelche Anhaltspunkte finden. Von Reggie aufgestachelt, erkundigte sich Bell im Hause Hudson, wo die Bernals zu finden wären. Er konnte aber nur die Adresse ihrer Villa in Cannes erhalten, da sie angegeben hatten, mit dem Auto zurückzufahren. Dubois wurde überredet, nach Cannes zu telegraphieren und erhielt die Antwort, daß die Villa der Bernals verschlossen sei; Monsieur und Madame waren fort auf Autourlaub und ihr Junge in der Schule – in welcher Schule wußte niemand.

»Was nun?« faßte Dubois zusammen. »Nichts zu machen.«

»Nicht heute abend, nein«, gähnte Reggie. »Ich gehe zu Bett.«

»Um von der Bretagne zu träumen, *hein*?«

»Ich träume nie«, sagte Reggie entrüstet . . .

In der Nacht jedoch wurde er geweckt. Er rieb sich die Augen und sah in Dubois großes Gesicht über sich. »Oh, mein Kopf«, ächzte er. »Was ist los? Was ist so eilig, daß es nicht bis morgen warten kann?«

»Mut, mein Freund. Sie haben ihn gefunden. Zumindest glauben sie das. Einige Fischer, die gestern abend ausfuhren, fanden einen Körper auf den Felsen bei Grannys Cove. Kommen Sie. Der tapfere Bell will, daß Sie das auch sehen.«

»Er sei gesegnet«, ächzte Reggie und rollte aus dem Bett. »Was ist das Leben, daß jemand es suchen sollte? frage ich Sie.« Und rasch in die Kleider schlüpfend, sang er: »Drei Fischer segelten hinaus gen Westen, hinaus gen Westen, als die Sonne unterging – und erstaunlicherweise fingen sie den erstaunlichen Farquhar.«

»Sie haben recht«, nickte Dubois. »Nichts ist klar, nichts ist sicher. Je mehr sich dieser verfluchte Fall verändert, desto mehr ist er derselbe. Er hat keine Form; es ist keine Vernunft darin.«

»Struktur bislang noch unbestimmt. Nein«, murmelte Reggie, der seine Haare scheitelte, um gepflegt wie immer auszusehen. »Wir sind nicht sehr schlau. Wir sollten in der Lage sein, die ganze Sache mit Hilfe der verfügbaren Beweise zu beschreiben. Ähnlich wie man das Zeitalter der Reptilien aus ein oder zwei Fossilien ableitet – Drachen der Frühzeit, sich gegenseitig in der Ursuppe zerreißend, waren süße Musik in seinen Ohren. Ja. Der Überlebenskampf der Reptilien mag im Vergleich zu den Täuschungsmanövern des Mr. Farquhar und seiner Freunde süße Musik gewesen sein. Eine fortschrittliche Welt, Dubois.«

»*Nom d'un chien!*« rief Dubois. »Wenn Sie philosophisch sind, dreht sich mir der Magen um. Was geht in Ihrem Kopf vor?«

»Gefühl von Ohnmacht. Sehr unangenehm«, murmelte Reggie, hüllte sich bis zum Kinn ein und ging eilig hinaus.

Im Leichenschauhaus stellte ihnen Bell einen mit einem Laken bedeckten Körper vor. »Bitte sehr, Sir.« Er schritt beiseite. »Die Kleider scheinen Farquhars Kleider zu sein, in Ordnung. Eine Art orangefarbener Tweed und grüne Flanellhosen. Aber bei dem Mann bin ich mir nicht sicher.«

Reggie zog das Laken von dem, was von einem Gesicht übrig geblieben war.

»*Saprelotte*!« polterte Dubois. »Die Fische haben zugebissen.«

»Gut, er gehört Ihnen«, sagte Bell heiser . . .

Unter einer leichten Brise strahlte das bewegte Meer im Sonnenschein, auf dem Festland trieben die Nebel aus den Tälern zu den düsteren Hängen des Moors hinauf, als Reggie wieder heraustrat.

Er fuhr zurück zum Hotel, rasierte sich, badete und rief die Polizeistation an. Als Bell und Dubois eintrafen, fanden sie ihn in seinem Zimmer, wo er mit Appetit gegrillten Schinken und Eier verzehrte.

»Mein Neid; mein ganzer Neid«, Dubois verzog das Gesicht. »Dies ist wahre Größe. Das englische Genie auf seinem Höhepunkt.«

»Oh, nein. Nein«, protestierte Reggie. »Ein ganz normaler Mann. Gut. Die Leiche ist aller Wahrscheinlichkeit nach Mr. Farquhar. Vorstehende Zähne, nicht beschädigt durch die Tätigkeit der Hummer. Einige andere Konturen noch erkennbar. Die Marmelade – danke. Ja. Haare, Farbe, Größe und so weiter stimmen überein. Mr. Farquhar war drei oder vier Tage im Meer. Stimmt mit dem Tag des Verschwindens überein. Tod durch Ertrinken. Starke Prellungen an Kopf und Körper, die ihm vor Eintritt des Todes beigebracht worden waren. Möglicherweise durch Schläge, möglicherweise durch einen Sturz. Könnte von den Klippen gestürzt sein; könnte von den Wellen gegen die Felsen geschmettert worden sein. Nicht mit Sicherheit feststellbar. Das ist der medizinische Bericht.«

»Was Sie nicht sagen!« rief Dubois. »*Flute*! Da sind wir wieder. Was auch immer kommt, es wird für uns keine Bedeutung haben. Hier ist Mord, Selbstmord, Unfall – was Sie wünschen.«

»Ich wundere mich.« Reggie begann, einen Apfel zu schälen. »Irgend etwas in seinen Taschen, Bell?«

»Eine Menge Geld, Sir. Sonst nichts. Die Scheine sind alle durchgeweicht, aber es ist ein gutes Bündel, und es gibt einige Fünfziger darunter. Es dürften fünf- oder sechshundert Pfund sein. Er wurde also nicht ausgeraubt.«

»Und dann?« sagte Dubois. »Das ist nicht genug für die gesamten Juwelen Clotildes, aber es ist etwas in der Hand. Können Sie mir sagen, was zum Teufel er an der Tür dieses alten gelähmten Millionärs getan hat? Es ergibt keinen Sinn, nichts davon.«

»Nein. Immer noch ein zusammengetragenes nutzloses Wissen, wie Sie schon sagten.« Reggie starrte mit verträumten Augen zu Dubois. »Ich würde sagen, deshalb sind wir hier. Es scheint nicht der richtige Ort zu sein, nicht wahr? Wie auch immer. Da wir schon hier sind, versuchen wir vor unserer Abreise noch etwas mehr zu erfahren. Verwenden wir die einheimischen Kenntnisse. Bell, Ihre Fischer – haben sie irgendeine Idee, wo der Kerl ins Meer gestürzt sein könnte, um in Grannys Cove angespült zu werden?«

»Ah.« Bell nickte erfreut. »Ich habe sie darüber befragt, Sir. Angenommen, er ist vom Ufer hineingestürzt, so meinen sie, es müßte irgendwo um Shag Nose gewesen sein. Das ist ein Stück Klippe westlich der Stadt. Ich habe Männer hingeschickt, die die Umgebung absuchen und sich umhören. Aber die Fährte ist mittlerweile ziemlich kalt.«

»Ja. Wie Sie sagen«, seufzte Reggie. Seine Augen wurden

groß und melancholisch. »Ist es weit?« fragte er mit einer ängstlichen Stimme.

»Eine Angelegenheit von ein oder zwei Meilen.«

»Mein lieber Bell.« Reggie zuckte die Achseln. Er schob seinen Stuhl zurück und erhob sich steif. »Kommen Sie.«

Shag Nose ist eine Landzunge, von der dunkle Klippen steil ins Meer fallen. Unterhalb der Klippen erstreckt sich meerwärts eine Felsenkette, die bei Ebbe ein Stück weit nackt aus dem Wasser herausragt und bei Flut ein Tumult von Strudeln und Wasserfällen erzeugt.

Die Spitze der Landzunge ist eine Fläche von weichem, federndem Torf, auf dem Büsche von Grasnelken und Polster von verkümmertem Ginster wachsen.

»Brr. Es ist trostlos«, klagte Dubois. »Können Sie mir sagen, weshalb Farquhar hierher gekommen sein sollte? Er war nicht – wie sagen Sie? – ein Mann für große, weite Räume.«

»Sie wissen die Antwort, nicht wahr?« murmelte Reggie.

»Genau. Er kam, um jemanden heimlich zu treffen, der wünschte, seinem Leben ein Ende zu setzen. Sehr gut. Aber wer denn? Nicht der Gelähmte. Auch nicht der Schwiegersohn. Es ist erwiesen, daß der Schwiegersohn fort war, bevor Farquhar verschwand.«

»Das ist richtig. Ich habe das nachgeprüft«, brummte Bell. »Bernal und seine Frau fuhren in der Nacht davor fort.«

»Da sind wir wieder«, sagte Dubois achselzuckend. »Nichts hat irgendeine Bedeutung. Mit Sicherheit ist es kein perfektes Alibi. Sie fuhren mit dem Auto; sie hätten ungesehen zurückkommen können. Aber es ist ein Alibi, das Bestand hat, bis Sie es widerlegen können. Ein Glück, das Sie bislang nicht hatten, mein lieber Bell, Gott weiß es.«

»Kein leichter Fall. Nein«, murmelte Reggie. »Dennoch. Noch nicht überprüfte Möglichkeiten. Lyncombe liegt an der Küste. Haben Sie das bemerkt? Ich frage mich, ob nicht irgendein kleines Boot aus Frankreich herüberkam, als Farquhar noch am Leben war.«

Dubois lachte. Dubois klopfte ihm auf die Schulter. »Großartig! Wie resolut Sie sind, mein Freund. Immer die große Idee! Ein Boot aus der Bretagne, *hein*? Das würde alles lösen. Der gute Farquhar war so freundlich herzukommen, um es zu treffen und von den tapferen Bretonen ermordet zu werden. Und der gelähmte Millionär? Er war nur eine Zerstreuung, um die Zeit totzuschlagen.«

»Ja. Wir sind nicht amüsiert«, ächzte Reggie. »Sie haben es so eilig. Bell – was sagen die Einheimischen über die Gezeiten? Wann war in der Nacht, als Farquhar verschwand, der Wasserstand hoch?«

»Erst am frühen Morgen, Sir. Ab etwa drei Uhr nachmittags war Ebbe.«

»Ich verstehe. Zur Abenddämmerung und danach wird jenes Felsenriff aus dem Wasser herausragen. Angenommen, er ging im Dunklen oder im Dämmerlicht über die Klippen, so könnte er auf die Felsen gestürzt sein.«

»Das ist richtig. Sicherlich könnte er von den Felsen abgeprallt und ins Meer gestürzt sein. Ich habe zwei Männer hinunter geschickt, um Küste und Klippen abzusuchen.«

»Guter Mann«, lächelte Reggie und entfernte sich zu dem Klippenrand.

»Ja, völlig richtig«, sagte Dubois achselzuckend. »Ich sollte was tun, zugegeben. Aber ich sollte nichts erwarten, nichts. Trotzdem, wir kamen zu spät. Wir kommen bei allem zu spät.«

Reggie wandte sich um und starrte ihn an. »Ich weiß. Das ist es, was ich befürchte«, murmelte er.

Er wanderte am Rande der Klippen hin und her und fand nichts Befriedigendes. Zum Schluß legte er sich auf den Bauch, an einer Stelle, wo ein Vorsprung der Landzunge ihm die Sicht auf beide Seiten der Klippen ermöglichte.

Zwei Männer kletterten auf den unteren Felsen herum und suchten die Felsoberfläche ab, indem sie ihre Nase in jede erreichbare Spalte steckten ... einer von ihnen verschwand unter einem überhangenden Felsenriff, erschien wieder, arbeitete sich drumherum, verschwand wieder in einer Spalte ... als er herauskam, hielt er etwas in der Hand.

»*Nom d'un chien*!« polterte Dubois. »Ist es möglich, daß wir endlich Glück haben?«

»Nein.« Reggie erhob sich. »Es würde kein Glück sein, was immer es auch sei. Belohnung der Tugend. Bells unendliches Vermögen, keine Mühe zu scheuen.«

Ein atemloser Polizist erreichte die Spitze der Klippen und hielt ein durchgeweichtes Buch vor sich. »Das ist das einzige verrottete Ding, das es da unten gibt, Sir«, keuchte er. »Keine Spur von irgend etwas anderem.«

Bell reichte es Reggie. Es war ein Skizzenbuch von der Größe einer Jackentasche. Auf der ersten Seite stand in prunkvollen Lettern der Name Derek Farquhar.

»Ah. Da gibt es also keinen Zweifel«, sagte Bell. »Er stürzte über diese Klippe und sein Skizzenbuch fiel aus seiner Tasche, als er an dem Riff abprallte.«

»Sehr gut.« Dubois zuckte die Schultern. »Wir wissen nun ebensoviel, wie wir schon erraten haben. Was soviel wie nichts bedeutet.«

Farquhar hatte in Bleistift gezeichnet, zunächst eher Entwürfe als Skizzen, Bruchstücke von Gesichtern, Körpern und Szenen, an denen jene unheilige Phantasie Gefallen fand, ein betrunkenes Mädchen, ein zotiger Bühnentanz, Variationen von Unschicklichkeiten. Dann folgten einige Darstellungen badender Männer und Frauen, nicht weniger unerfreulich, aber etwas mehr ausgearbeitet.

»Aha! Hier gibt es wenigstens etwas zu sehen«, sagte Dubois.

»Ja, ich denke schon«, murmelte Reggie und blätterte weiter. Der nächste Entwurf zeigte tanzende Kinder – kleine Jungen und Mädchen. Es war eine Spur von Grausamkeit in der Zeichnung, aber sie wirkte kraftvoll – die Gestalten waren mit einem linkischen Ausdruck versehen, der ihnen eine Intensität zerbrechlichen Lebens verlieh, pathetisch und grotesk zugleich. Sie umtanzten eine riesige Statue – ein Block mit possenhaft dargestelltem Umriß einer Frau, auf scheußliche Art dick und dünn zugleich, mit einem flachen, törichten Gesicht.

Es waren keine Kleider zu erkennen, wohl aber grobe Linien, die Gürtel und Halskette hätten darstellen können.

»Was zum Teufel!« rief Dubois aus. »Dies ist sonderbar. Dieser tierische Mensch entdeckt, daß er Talent hat.«

Reggie antwortete nicht. Noch einmal starrte er auf die Kinder und die Statue und fröstelte, dann blätterte er weiter in dem Buch. Es gab einige Entwürfe von Gesichtern, dann etliche Satiren auf das Ansehen von Lyncombe – die Meerseite, mit Nymphen in Liegestühlen, von Satyrn geschoben und Satyrn, von Nymphen geschoben. Er blätterte zurück zu den tanzenden Kindern und der riesigen weiblichen Statue, starrte darauf, und sein rundes Gesicht wurde bleich. »Ja. Farquhar hatte Talent«, sagte er. »Spielte sein Leben lang ein schlechtes Spiel damit. Und doch arbeitet es für die andere Seite. Welches ist der schnellste Weg in die Bretagne? London und dann Flug nach Paris. Vorwärts!«

Dubois fluchte und holte ihn ein. »Was denn? Wie finden Sie hier drin Ihre Bretagne wieder?«

»Die Statue«, schnappte Reggie. »Die Art von Statuen, die man in der Bretagne findet. Nirgendwo sonst. Er hat dies nicht einfach so mit seiner schmutzigen Phantasie erfunden. Er hatte es gesehen. Es hatte eine Bedeutung für ihn. Ich würde sagen, daß er auch die Kinder gesehen hatte.«

»Sie sind mir voraus«, sagte Dubois. »Nun, es ist nicht das erste Mal. Eine Statue in der Bretagne, wie? Sie meinen die alten Dinge, die es dort gibt zwischen den aufrechten Steinen und Menhiren und Dolmen? Eine urzeitliche Göttin. Zum Teufel! Ich glaube nicht, daß Farquhar an Antiquitäten interessiert war. Aber um so verblüffender ist es, daß er sie studiert hat. Da gebe ich Ihnen recht. Und die Kinder? Ich bin bereit zu schwören, daß er kein Kindernarr war.«

»Nein. War er nicht. Das kommt in der Zeichnung zum Ausdruck. Kein freundlicher Mensch. Es gefiel ihm, sich Kinder vorzustellen, die rund um die barbarische Frau tanzen.«

»Ich glaube Ihnen«, sagte Dubois. »Der Teufel steckt in dieser Zeichnung.«

»Ja. Teuflische Gesinnung. Genau. Und dennoch wird es uns weiterhelfen. Weil der dekadente Kerl nämlich Talent hatte. Es ist doch keine gänzlich schlechte Welt.«

»Optimist. Nun denn. Aber welche Bedeutung finden Sie in dem Bild?«

»Ich habe nicht die leiseste Idee«, murmelte Reggie. »Der Stellenwert von Kindern im Werk des späten Farquhar ist sehr obskur. Die einzig bisher entdeckte Spur: Die Bernals haben ein Kind. Rechtfertigt keine Schlußfolgerung. Ich werde in die Bretagne fahren und nach Spuren suchen, die mit dieser Statue in Zusammenhang stehen. In der Zwischenzeit soll Bell herausfinden, ob ein französisches Boot in Lyncombe war – und Sie sollten lieber Ihre Leute auf die Bernals ansetzen. Sie sollten sie aufspüren – mit Kind. Haben die Webers ein Kind?«

»Ah nein«, lachte Dubois. »Die schöne Clotilde, sie ist nicht der Typ für so etwas.«

»Schade. Wie auch immer. Sie können mich einen Blick auf die Webers werfen lassen, wenn ich durch Paris komme.«

»Von ganzem Herzen«, sagte Dubois. »Mein Freund, Sie verstehen, Ihr Wunsch ist mir Befehl. Ich kann nichts erkennen, gar nichts, aber ich vertraue Ihnen vollständig.« Er schnitt eine Grimasse. »Es gibt tatsächlich nichts anderes zu tun. Es ist ein Fall für Inspiration. Ich hatte niemals welche.«

»Auch ich nicht, o nein.« Reggie war peinlich berührt. »Meine Güte! Inspiriert! Ich bin nicht inspiriert. Ich glaube nur an Beweise. Das ist alles. Ihr Experten seid so herablassend.«

Am nächsten Morgen saßen sie im *Salon* der Webers. Er überwältigte mit der übelsten Großartigkeit des Second Empire – Spiegel und Vergoldungen, Marmor und Malachit und Lapislazuli. Die Arm in Arm eingetretenen Webers waren dagegen nur in ihren opulenten Proportionen großartig. Clotilde, ein dunkles, voll erblühtes Geschöpf, trug nichts als Puder im Gesicht, keine Juwelen, aber eine Perlenkette, und die Üppigkeit ihrer Figur wurde durch ein einfaches schwarzes Kleid gemildert. Webers plumpe Körperfülle war ebenso ganz in Schwarz gekleidet.

Sie empfingen Dubois mit offenen Armen; sie unterhielten sich. Was hatte er ihnen zu erzählen? Sie hatten gehört, daß der unselige Farquhar tot in England aufgefunden worden war. Es war erschütternd; wurde etwas von den Juwelen gefunden?

Im wesentlichen nichts, sagte ihnen Dubois. Nur, daß Farquhar mehr Geld hatte, als solch ein Tier haben sollte. Es war ein Jammer. Clotilde warf die Arme in die Höhe. Weber schimpfte.

Dubois bedauerte – was aber war zu tun? Sie mußten zugeben, daß man Farquhar schnell, sehr schnell aufgespürt hatte. Sie würden sicherlich seinem *confrère* aus England ein Kompliment aussprechen – was mechanische Verbeugungen hervorrief. Wonach die englische Polizei fragte – und zurecht –, ob irgend etwas über Komplizen von Farquhar zu erfahren wäre und warum er gerade zu der Wohnung der Webers kam?

Die Webers zeigten Geringschätzung. Was sollte eine solche Frage? Man pflegte keinen Umgang mit Dieben. Und warum er bei ihnen erschien, gerade sie zum Bestehlen aussuchte – ein Dieb muß dorthin gehen, wo es etwas zu stehlen gibt, und sie – nun, man war ein wenig bekannt. Weber grinste seine Frau an, und sie lächelte zurück.

»Sicher. Jeder kennt Monsieur – und Madame.« Dubois verbeugte sich. »Aber ich suche nach etwas Greifbarem.«

Sie schäumten. Es werde wohl nicht angenommen, daß sie etwas von so einem Dahergelaufenen wissen könnten.

»O nein. Nein«, sagte Reggie schnell. »Der Busche könnte aber in der Geschäftswelt« – er sah zu Weber – »in der Welt des Theaters« – er sah zu Clotilde – »Ihre Wege gekreuzt haben, nicht wahr?« Das war besänftigend. Sie stimmten zu, es war möglich. Wie sollte man es genau wissen? Sie schwatzten über alle gesellschaftlich untragbaren Leute, die sie kannten – ohne Ergebnis.

Unter den traurigen Blicken Reggies brach Dubois die Befragung durch einen hastigen Aufbruch ab. Als sie draußen waren – »Nun, Sie haben sie kennengelernt!« Dubois zuckte die Schultern. »Und wenn an ihnen irgend etwas ungewöhnlich ist, so habe ich es nicht gesehen.«

Reggie starrte ihn mit runden vorwurfsvollen Augen an. »Sie waren in Trauer«, stöhnte er. »Sie haben mir das nie gesagt. Waren sie in Trauer, als Sie sie davor sahen?«

»Aber ja«, Dubois runzelte die Stirn. »Ja, sicherlich. Was ist los? Denken Sie, daß sie wegen dem Tier Farquhar Trauer anlegen?«

»Mein lieber Junge! O mein lieber Junge«, seufzte Reggie. »Finden Sie heraus, warum sie trauern. Unauffällig, sehr unauffällig. Leben Sie wohl. Ich treffe Sie am Bahnhof.«

Der Nachtexpress nach Nantes und Quimper verließ Paris. Verbissen und schweigsam aßen sie ihr Abendessen. Sie gingen zurück zum Schlafwagen und schlossen sich in Reggies Abteil ein. »Nun, ich habe meine Arbeit getan«, sagte Dubois. »Die Webers trauern um ihren Neffen. Ein Kind von zehn, das Weber zu seinem Erben machen wollte – der Sohn seiner Schwester.«

»Ein Kind«, murmelte Reggie. »Wie starb es?«

»Es war nicht in der Bretagne, mein Freund«, grinste Dubois. »Darüber hinaus gibt es kein Geheimnis. Er starb in Fontainebleau, im August, an Diphterie. Sie hatten die besten Ärzte von Paris. Aber wie alles andere: Es hat nichts zu bedeuten.«

»Ich wundere mich«, murmelte Reggie. »Irgendwelche Neuigkeiten von den Bernals?«

»Es scheint, daß sie durch die Touraine gefahren sind. Wenn sie es tatsächlich waren, dann hatten sie kein Kind bei sich. Keine Angst, es wird nach ihnen Ausschau gehalten. Man verschwindet in Frankreich nicht.«

»Glauben Sie nicht? Nun gut. Bleibt das Kind der Bernals. Es ist noch nicht bekannt, ob es gestorben ist. Weder an Diphterie noch an etwas anderem! Auch ich habe meine Arbeit getan. Habe mit dem alten Huet am Institut gesprochen. Sie wissen – der Prähistoriker. Er sagt, Farquhars Göttin sei die Frau von Sarn. Er erkannte sie sofort. Sie steht so ziemlich auf dem westlichsten Hügel Frankreichs. Unheimlicher Ort, sagt Huet. Und er kann sich nicht vorstellen, warum Farquhar an Kinder dachte, die sie umtanzten. Die Leute erzählen, sie sei des Teufels.«

»Aber Sie werden gehen, sie anzusehen?« Dubois schnitt eine Grimasse. »Die fixe Idee.«

»Nein. Rationale Schlußfolgerung. Farquhar stellte sie sich mit Kindern vor. Und da ist ein totes Kind – und ein anderes Kind, das wir nicht finden können –, und sie gehören zu den Leuten, die mit Farquhar in Verbindung stehen. Ich mache weiter.«

»Bis ans Ende des Landes – bis ans Ende der Welt – und darüber hinaus. Ich bewundere Ihr Selbstvertrauen. Sie sind großartig, mein lieber Fortune. Nun, ich folge Ihnen. Armer alter Dubois. Sancho Pansa für Ihren Don Quichotte, *hein*?« . . .

Sie stiegen aus dem Zug in einen von sanftem Sonnenschein und milder Meeresluft erfüllten Morgen. Strahlend erhoben sich die Doppeltürme von Quimper zwischen den Minaretten, die Schwesterflüsse der Stadt schimmerten, und der bewaldete Berg im Hintergrund leuchtete bronzen. Dubois entfernte sich eilig vom Frühstückstisch, um sich mit den örtlichen Beamten zu treffen. »Don Quichotte ist sich selbst Gesetz, aber Sancho sollte sich lieber korrekt verhalten, mein Freund.«

»Ja, allerdings«, murmelte Reggie, den Mund voll Honig.

»Beschwichtigen Sie die Behörden. Wir werden sie noch brauchen.«

»Immer der Optimist, mein Quichotte.«

»Nein, nein. Nur vorsichtig. Sagen Sie ihnen nichts.«

»Nom de nom!« explodierte Dubois. »Diese Warnung ist berechtigt. Ich habe so viel zu sagen.«

Eine Stunde später fuhren sie von Quimper aus über hochgelegenes Moorland mit Heidekraut und Ginster, dann wieder abwärts, einer goldenen Bucht und einem Fischerdorf mit zahlreichen Booten entgegen, dann westwärts, mit sporadischen Ausblicken aufs Meer auf beiden Seiten der Straße. Kein Baum war zu sehen, nur üppig wachsende Brombeeren und Ginster um die Steinmauern herum, welche das nackte Land in ein Schachbrett von kleinen Feldern aufteilte.

Nach dem nächsten Dorf mit seiner schmalen Hafenbucht gingen die Felder wieder in Moor über. Hie und da erhoben sich riesige Steine, in Linien, in Kreisen und einzeln stehend.

»Brrr«, knurrte Dubois. »Gräber oder Tempel, was Ihnen besser gefällt. Es war eine finstere Religion, die diese Steine hier in diesem windigen Weltende aufstellte.«

Das Auto hielt an. Der Fahrer drehte sich in seinem Sitz um, deutete nach vorne und sagte, er könne nicht näher heranfahren, aber das sei die Frau von Sarn. »Sie ist allein.« Dubois zuckte die Achseln. »Ist hier kein Dorf in der Nähe, mein Junge?«

»Dort ist Sarn.« Der Fahrer deutete zum südlich gelegenen Meer. »Aber es ist ein Nichts.«

Reggie trottete durch das Heidekraut davon. »Nun, dies scheint hoffnungsvoll, nicht wahr?« Dubois erreichte ihn. »Was haben wir gefunden, wenn wir sie gefunden haben? Ein Götzenbild in der Einöde. Aber Sie werden bis zum Ende gehen, mein Quichotte. Also vorwärts.«

Sie erreichten die Statue und sahen zu ihr auf, da ihr grobes Gesicht hoch über ihnen aufragte. »Und wir haben sie gefunden, muß man zugeben.« Dubois zuckte die Achseln. »Dieses ist die Dame, die Farquhar zeichnete, kein Zweifel. Aber, *saperlipopette*, sie sieht hier schlimmer aus als gezeichnet auf dem Papier. Sie ist leibhaftig, sie ist viehisch – alles, was an Tier in der Frau liegt, aus der formlosen Erde in Erscheinung tretend.«

»Ja, unmenschlich und schrecklich menschlich«, murmelte Reggie. »Die Grausamkeit des Lebens. Ja. Der Bursche, der sie geschaffen hat, wußte davon, der arme Kerl. Ebenso wußte Farquhar davon.«

»Das glaube ich auch! Aber wollen Sie mich glauben machen, daß kleine Kinder hierher kommen und um diesen Greuel herumtanzen? Ah, nein!«

»O nein. Nein. Das ist nie geschehen. Nicht in unserer Zeit. Das Interessante dabei ist, daß es Farquhar passend erschien, wenn sie es getan hätten. Ein sehr interessanter Punkt.« Reggie sah noch einmal zu der Statue hinauf und ging dann zum höchstgelegenen Punkt des Moores.

Von dort konnte er das winzige Dorf Sarn sehen, in einer kleinen Bucht zusammengedrängt, die Linie dunkler Felsen, ein langer Schutzwall gegen den Atlantik. Unter dem höchsten Felsen entdeckte er ein ziemlich großes, weißes Haus, welches abseits zu stehen schien.

Sein Gesicht war von einer träumerischen Gelassenheit, als er zu Dubois zurückkehrte. »Gut, gut. Keine vollständige Wüste«, murmelte er. »Ein ziemlich herrschaftliches Anwesen in dieser Gegend. Lassen Sie uns losgehen.«

Sie schlugen den Weg nach Süden, zur See, ein. Als sie sich dem weißen Haus näherten, bemerkten sie, daß es auf moderne Weise gebaut worden war – nüchterner Betonbau, mit mehr Fenstern als Wandfläche. Seine Lage war gut ausgewählt, in einer kleinen Mulde unter dem höchsten Felsen gelegen, geschützt, dennoch hoch genug für eine weite Aussicht, die südliche Sonne voll ausnützend.

»Die neue Häßlichkeit, was?« sagte Dubois, dessen Geschmack in allen Bereichen kunstvolle Gestaltung bevorzugte. »Der letzte Schrei. Es könnte ein Sanatorium sein, kein Wohnhaus.«

»Schon möglich, ja.« Reggie ging schnell weiter.

Sie erreichten das Haus von oben her. Es stand in einer ausgedehnten, ummauerten Einfriedung, die einen gepflegten Garten umschloß; den größten Teil jedoch beanspruchte ein gepflasterter Hof mit einer bedachten Plattform in der Mitte, die wie ein Musikpavillon aussah. Reggie stand da in schweigsamer Betrachtung. Kein Lebewesen war zu sehen. Die Fensterflächen blinkten blank und ohne Vorhänge.

»Die Musik spielt nicht.« Dubois schnitt eine Grimasse. »Es ist nicht Saison.«

Reggie antwortete nicht. Die Augen zusammenkneifend, versuchte er, durch ein Fenster zu sehen, hinter dessen Scheiben ein Gegenstand aus Messing in der Sonne glänzte. Einen unartikulierten Ton von sich gebend, ging er weiter, sich oberhalb des Hauses haltend. Sie sahen aber niemanden, kein Lebenszeichen, bis sie dicht an den Rand des Felsens gelangten.

Unter ihnen öffnete sich eine Mulde in einer glänzenden Fläche weißen Sandes und im Sand spielten Kinder, einige spielten unbekümmert Schlagball, andere bauten Burgen, wieder andere purzelten übereinander wie junge Hunde. Auf einem Felsen saß ein Mann, sie gelassen beaufsichtigend, mit demselben schwarzen Spitzbart, denselben dicken schwarzen Augenbrauen, die Farquhar auf seiner Speisekarte skizziert hatte. Diese mephistophelischen Verzierungen zeigten aber nicht die Lüsternheit und den höhnischen Ausdruck wie in Farquhars Zeichnung. Der Eigentümer beobachtete die Kinder mit einer ernsten und gütigen Aufmerksamkeit, die kein Kind auszulassen schien. Freundlich rief er ihnen zu und erhielt fröhliche Antworten. Ihrem Gelächter antwortete sein gütiges zufriedenes Lachen.

Reggie nahm Dubois am Arm und führte ihn weg. »Ah mein armer Freund.« Dubois gluckste polternd. »Da sind wir endlich. Wir kommen an. Da haben wir die grausame Göttin, wir haben die Kinder, ja sogar den Teufel unseres Farquhar. Und siehe da! Er ist eine freundliche, väterliche Seele, und alle Kinder lieben ihn. O mein armer Freund!«

»Ja, es ist lustig, nicht wahr?« stieß Reggie hervor. »Verdammt lustig. Sagten Sie endlich? Dann vergebe uns Gott. Was er nicht tun würde. Er würde nicht vergeben.«

Dubois sah ihn seltsam an, etwas Hohn, etwas Ehrfurcht und einen guten Teil Zweifel im Gesicht. »Wenn Sie so reden« – ein Achselzucken, ein Abwinken mit den Händen – »es ist jenseits jeder Vernunft, nicht wahr? Eine Eingebung des Glaubens.«

»Glaube, daß die Welt vernünftig ist. Das ist alles«, knurrte Reggie. »Gehen wir.«

»Und wohin?«

»Hinunter zu diesem Dorf.«

Die zusammengedrängten Bauernhäuser von Sarn waren schon zu sehen. Dann konnten Gerüche wahrgenommen werden, eine Mischung von altem Fisch und dem Unrat von Tieren und Menschen. Frauen klapperten in Holzschuhen während der Arbeit. Männer lehnten an der Wand über dem Schmutz des Strandes. Einige wenige kleine und alte Boote ankerten in der kleinen Bucht, aber auch ein größeres, in besserer Verfassung und mit Motorantrieb.

Sie fanden eine schmutzige *estaminet* und erhielten vom Wirt eine Flasche eines unbekannten Rotweines. Er sagte, der Wein sei alt, er sei fabelhaft, aber weil sie ihn sonst teilen müßten, zöge er ein Glas Apfelbranntwein, Calvados, vor. »Fabelhaft, so ist die Welt«, grinste Dubois. »Sie haben vollkommen recht. Für uns auch Calvados, mein Freund. Es ist menschenfreundlicher.«

Der Wirt war wortkarg und ein Pessimist. Sogar mit etlichen Gläsern Calvados intus redete er nur von dem schweren Leben und der Armut von Sarn und dem Fluch, der auf der modernen Sardine lastete. Reggie war derselben Meinung, das Leben sei teuer und kompliziert, aber dennoch hätten sie noch ihre guten Boote in Sarn – sogar Motorboote. Der Wirt verneinte mit finsterer Heftigkeit: Motoren – kein einziger – nur in der *Badebec*, und auch das sei kein Fischerboot. Es gehöre Monsieur David.

»So ist das.« Reggie gähnte und zündete seine Pfeife an. Verträumt schaute er die Dorfstraße entlang zur abscheulichen kleinen Kirche. Heraus kam ein dicker und schäbiger *curé* unter einem geflickten Schirm, um damit den starken Wind oder die schwache Sonne abzuhalten. »Mehr Glück, mein Freund«, murmelte Reggie, überließ es Dubois zu zahlen und spazierte davon.

Er traf den *curé* an der Kirchentür. War es erlaubt, diese interessante Kirche zu besichtigen? Sicherlich, es war erlaubt, aber Monsieur würde nichts Interessantes finden – die Kirche war neu; dies hier war leider! ein armer Ort.

Der *curé* hatte recht – sie war neu; sie war grell, sie war schäbig. Er zeigte sie Reggie mit der rührenden Einfachheit eines schüchternen Stolzes. Reggie zeigte sich aufmerksam und lobte die Sorgfalt, mit der die Kirche instandgehalten wurde. »Sie sind so freundlich«, strahlte der *curé*. »Sie sind gerecht. Meine arme Gemeinde ist in der Tat bewundernswert fromm, aber arm – sehr arm.«

»Sie erlauben dem Fremden –« Reggie ließ einen Geldschein in die Hand des Geistlichen gleiten.

»Ah, Monsieur. Sie sind großzügig. So Gott will, wird es belohnt werden.«

»Es ist nicht der Rede wert«, erwiderte Reggie schnell. »Denken Sie nicht mehr daran.« Sie verließen die Kirche. »Dies ist wohl fast der äußerste Ort Frankreichs, vermute ich?«

»Manchmal habe ich den Eindruck, man hat uns vergessen«, stimmte der *curé* zu. »Ja, fast der äußerste. Auf jeden Fall sind wir hier alle sehr arm. Einzig Monsieur David ist manchmal gut zu uns.«

»Ein Gast?« fragte Reggie.

»Ah, nein. Er lebt hier. Wissen Sie, die *Maison des Iles.* Kennen Sie sie nicht? Eine Schule für kleine Kinder – eine Schule für Kinder aus gutem Hause. Monsieur David ist ein guter Mann. Er nimmt sogar manchmal Kinder, die kränklich sind, fast kostenlos auf, und in kurzer Zeit sind sie so kräftig wie die kräftigsten. Ich habe Wunder gesehen. Sicherlich gibt es hier in Sarn die beste Luft der Welt. Aber er ist ein sehr guter Mensch. Er nennt seine Schule ›Inselschule‹, weil dort draußen Inseln sind« – der *curé* deutete auf ein Gebilde, das wie ein Felsenriff aussah. »Meine armen Schäfchen nennen sie die Inseln der Gesegneten. Dies ist ein Aberglaube, aber früher wurde angenommen, daß die Seelen der Unschuldigen dahin gingen. Ja, die *Maison des Iles* ist seine Schule. Sie sollten sie sich ansehen, Sir. Die Kinder sind entzückend.«

»Wenn ich Zeit hätte –« sagte Reggie und verabschiedete sich. Dubois stand am Tor. Er nahm Reggies Arm und führte ihn weg. »Mein Freund, beinahe hättet Ihr mich überzeugt –« Er flüsterte in Reggies Ohr. »Raten Sie, was ich herausgefunden habe. Diese Motorjacht, die Jacht von Monsieur David, sie war vor zehn Tagen eine ganze Woche verschwunden. Und Monsieur David war an Bord. Sehen Sie? Es ist möglich, daß sie nach England hinüber fuhr. Eine Vermutung, ja, eine Möglichkeit, aber man muß zugeben, daß es teuflisch gut zusammenpaßt, wenn es uns gelingt, es passend zu machen. Eine Verbindung mit allen Ihren Hirngespinsten. Monsieur David drüben in England, als Farquhar ertrank. Ist es möglich, daß wir endlich Erfolg haben?«

»Ja, das wäre denkbar. Raten Sie, was ich gehört habe. Monsieur David hat eine Schule. Das war kein Musikpavillon. Ein Open-air-Klassenzimmer. Monsieur David ist ein guter Mann, und er nutzt seine Schule, um die Kinder der Armen zu heilen. Er tut Wunder. Der alte *curé* hat es gesehen.«

»Zum Teufel!« sagte Dubois. »Das paßt hinten und vorn nicht zusammen. Aber ein Priester kann Wunder sehen. Das ist seine Arbeit.«

»Oh, nein. Nein. Nur wenn sie tatsächlich geschehen«, brummte Reggie.

»Mein Freund, Sie glauben mehr als irgend jemand sonst, den ich kenne«, polterte Dubois. »Kommen Sie, ich muß mehr über diesen David herausbekommen. Je schneller wir in Quimper zurück sind, desto besser.«

»Ja, das ist jetzt wohl notwendig. Quimper und ein Telefon.« Er hielt einen Moment inne und blickte Dubois voller Pein an. »Oh, zum Kuckuck, wie ich Telefone hasse!«

Dubois besaß diese altmodische Schwäche nicht. Er, der ohne Zweifel die letzten Stunden dieses Nachmittags in vollen Zügen genossen hatte, schloß sich in die Abgeschiedenheit der besten Telefonzelle im Postgebäude ein und scheuchte London und Paris und halb Frankreich auf, bis der Schweiß von seinem großen Gesicht tropfte und ihm die Adern wie dicke Stricke über den Brauen hervortraten.

Es war schon nach der Abendessenszeit, als er in Reggies Hotelzimmer trat. Ermattet von einem Bad lag Reggie auf seinem Bett. »Mein guter Alter!« ächzte er voller Mitgefühl. »Was für eine Schlacht! Sie müssen dabei ganze Pfunde an Gewicht verloren haben.«

»Dann um so besser«, gluckste Dubois. »Und ich habe Ergebnisse. Hören Sie zu! Punkt eins: Ich preise den guten Bell. Er hat herausgefunden, daß letzte Woche ein französisches Boot – ein motorisierter Kutter mit Takelage – von Fischern in der Bucht von Lyncombe gesehen wurde. Sie beobachteten das Boot, weil sie es verdächtigten, ihre Hummer und Krabben plündern zu wollen, was, wie sie völlig grundlos glauben, eine Gewohnheit unserer ehrlichen französischen Fischer sei. In der Nacht vom

Dienstag lag es in der Bucht – Sie sehen, die Nacht, in der Farquhar verschwand. Am Morgen war es verschwunden. Über den Namen waren sie sich nicht sicher, aber sie glaubten, es wäre *Badboy*. Das kommt ziemlich nahe an Badebec, *hein*? Tatsächlich verstehe ich selbst den Namen Badebec nicht.«

»Eine Dame bei Rabelais«, murmelte Reggie. »Recht interessant. Zeigt die Bandbreite von Monsieur Davids Geschmack.«

»Aha. Sehr gut. Hier gibt es für Monsieur David eine Menge zu erklären. Punkt zwei: Monsieur David selbst. Er ist bekannt, und es gibt nichts gegen ihn. Tatsächlich ist er ein Mann wie Sie, ein Wissenschaftler, ein Biologe, ein Doktor. Er war ein brillanter Student, in etwa zur gleichen Zeit als Farquhar Kunst und andere Dinge im Quartier Latin studierte. David hatte kein Geld. Er arbeitete in Kinderkrankenhäusern; er errichtete vor vier Jahren diese Schule hier – eine Schule für schwächliche Kinder. Ihr Ruf ist ausgezeichnet. Ein Arzt aus Quimper nimmt einmal pro Monat eine medizinische Überprüfung vor. Aber, Punkt drei, Webers Neffe war bis Juli an dieser Schule. Er fuhr nach Hause nach Paris, sie fuhren nach Fontainebleau und – puff!« Dubois schnipste mit den Fingern. »Er ist tot wie nichts. Ohne Zweifel war es Diphtherie. Sagten Sie akute Diphtherie? Genau das ist es.«

»Ich hätte gerne einen medizinischen Bericht«, murmelte Reggie.

»Ich habe ihn angefordert. Jedoch – die Ärzte sind über jeden Verdacht erhaben, mein Freund. Und jetzt, Punkt vier – die Bernals sind aufgefunden. Sie sind in Dijon. Sie wurden gefragt, was aus ihrem lieben kleinen Jungen geworden ist, und sie antworteten, er sei in der Schule in der Bretagne. Auf der Schule von Monsieur David, *Maison des Iles,* Quimper.«

»Ja. Da wird er sein. Ich dachte es mir.«

»*Nom de nom.* Ich glaube, Sie haben sich immer alles schon gedacht.«

»O nein. Nein. Jetzt kann ich mir nichts weiter denken«, murmelte Reggie. »Wie dem auch sei. Wir finden es heraus. Sie haben wunderbare Arbeit geleistet.«

»Nicht so schlecht.« Dubois schmunzelte. »Meine Begabung liegt im Handeln.«

»Ja. Wunderbar. Meine nicht. Ich habe nur einen Blick in das hiesige Museum geworfen.«

»Mein lieber Freund, warum auch nicht?« meinte Dubois herablassend. »Nach all dem ist der Rest der Affäre meine Angelegenheit.«

»Ja, danke. Interessantes Museum. Fand einen Mann, der sich gut mit den hiesigen Legenden auskennt. Erzählte mir, daß der Frau von Sarn hier Kinder geopfert wurden. Das war es wohl, was Farquhar in seinem netten Kopf hatte. Obwohl Monsieur David so gut zu Kindern ist.«

»Aha. Es erklärt und erklärt es nicht«, erwiderte Dubois. »Ungeachtet Ihrer Hilfe bleibt Monsieur David ein Rätsel. Lassen Sie es den armen alten Dubois versuchen. Alle diese Leute – die Webers, die Bernals – ich lasse sie beobachten, sie können mir jetzt nicht entkommen. Und gute Leute sind losgezogen, um Monsieur David in seiner *Maison des Iles* zu überwachen. Morgen werden wir mit ihm reden, *hein*?«

»Mit Vergnügen«, murmelte Reggie. »Gehen Sie besser und nehmen Sie jetzt ein Bad. Sie können es brauchen. Und ich brauche nun mein Abendessen.«

Als sie am nächsten Morgen nach Sarn hinausfuhren, folgte ihnen ein zweiter Wagen. Bei strahlendem Sonnenschein fuhren sie los, doch waren sie nicht weit gekommen, als ein Sprühregen vom Meer hereinwehte. Als sie die *Maison des Iles* erreichten, schien sie mitten in den Wolken zu stecken.

»Ein Omen, *hein*?« Dubois schnitt eine Grimasse. »Zumindest könnte es störend sein, wenn er aufgeschreckt worden ist und mit gezinkten Karten spielen will. Wir haben in dieser Angelegenheit kein Glück. Mut jedoch, mein Freund. Der arme alte Dubois ist nicht ohne Hilfsmittel.«

Ihr Auto fuhr auf das mit einer Mauer umgebene Grundstück der *Maison des Iles,* der zweite Wagen hielt davor. Nachdem Dubois seine Karte für Monsieur David abgegeben hatte, wurden sie in ein hübsches Wartezimmer geführt, wo sie nicht lange allein blieben. David war mit nachlässigem Schick gekleidet. Er hatte ein gepflegtes Äußeres und war vollkommen ungezwungen. Seine vollen roten Lippen lächelten, seine dunklen Augen sahen sie prüfend an. »Was für einen elenden Morgen haben Sie erwischt, meine Herren. Ich muß mich für meinen Ozean entschuldigen. Monsieur Dubois?« Er machte eine Verbeugung.

»Von der Sûreté.« Dubois verbeugte sich ebenfalls. »Und Monsieur Fortune, mein berühmter *confrère* aus England.«

David war entzückt. Und was könne er für sie tun?

»Wir führen ein paar kleinere Untersuchungen durch. Zunächst, Sie haben hier einen Jungen, Tracy, der Sohn von Madame Bernal. Ist er bei guter Gesundheit?«

»Es geht ihm bestens.« David hob seine schwarzen Brauen. »Erlauben Sie mir zu erfahren, weshalb Sie fragen?«

»Weil ein anderer Junge, der hier war, nun tot ist. Der kleine Neffe von Monsieur Weber. Sie erinnern sich an ihn?«

»Sehr gut sogar. Er war ein reizendes Kind. Ich bedauere unendlich. Aber Sie wissen zweifellos, daß er in den Ferien krank wurde. Für seine Familie war es eine Tragödie. Aber die Ursache für seine Krankheit findet sich nicht hier. Wir hatten überhaupt keine Krankheiten, keine Infektionen. Ich empfehle Ihnen, Dr. Lannion in Quimper zu fragen. Er ist unser zuständiger ärztlicher Betreuer.«

»Ja. Das haben wir gehört«, murmelte Reggie. »Hatten Sie andere Fälle von Kindern, die in den Ferien nach Hause fuhren und dann starben?«

»Das ist eine grausame Frage!« rief David aus.

»Aber Sie sind sich nicht ganz sicher über die Antwort?« fragte Dubois.

»Wenn das eine Anspielung sein soll, protestiere ich«, sagte David mißbilligend. »Ich habe nichts zu verbergen, Sir. Es ist für mich unmöglich zu wissen, was aus jedem einzelnen der Kinder wird, die meine Schule verlassen haben. Aber, das sei deutlich gesagt, ich kann mich an keinen Tod außer dem des kleinen Neffen der Webers erinnern, das arme Kind.«

»Sehr gut. Dann haben Sie sicher nichts dagegen, daß mein Assistent Ihre Unterlagen durchsieht«, sagte Dubois. Er öffnete das Fenster, pfiff und hob eine Hand.

»Nicht im geringsten. Ich stehe zu Ihrer Verfügung.« David verbeugte sich. »Erlauben Sie mir, ich gehe und hole die Bücher«, und er wendete sich schroff ab.

»Wenn wir jetzt Glück haben, versucht er davonzulaufen«, polterte Dubois. »Aber erwarten Sie es nicht.«

»Das tue ich auch nicht«, stöhnte Reggie.

Und David lief nicht davon. Er kam zurück und führte sie zu seinem Büro. Dort wurde Dubois' Mann dazu abgestellt, die Eintragungen durchzusehen. »Wollen Sie dabei sein?« fragte David.

»Nein, danke. Nein«, murmelte Reggie. »Ich würde mir gerne Ihre Schule ansehen.«

»Eine Besichtigung!« David lächelte. »Mit dem größten Vergnügen. Ich wage auf die Billigung eines so berühmten Wissenschaftlers zu hoffen.«

Sie besichtigten Schlafsäle und Speisesaal und Küche, Klassenzimmer, Werkraum und das Labor. Monsieur David war mitteilsam und enthusiastisch, doch bescheiden. Entweder war er ein begnadeter Schauspieler, oder er hatte ein großes Interesse an der Einhaltung höchster hygienischer Maßstäbe in seiner Schule. Seine Einrichtungen waren über jeden Verdacht erhaben. Im Labor blieb Reggie zurück. »Es ist nur eine Grundausrüstung«, entschuldigte sich David. »Aber was will ich machen? Ein bißchen wissenschaftliche Allgemeinbildung, das ist alles, was meine Kleinen lernen können, größtenteils Botanik, wie Sie sehen, ein bißchen Chemie, um sie zu erfreuen.«

»Ja. Sehr solide. Ja. Ich hätte gerne das andere Labor gesehen.«

»Was?« staunte David. »Es existiert nur dieses Labor.«

»Oh, nein. Das andere mit dem großen Mikroskop«, murmelte Reggie. »Nordseite des Hauses.«

»O la la«, lachte David. »Sie haben meinem armen Haus etwas Aufmerksamkeit geschenkt. Ich bin geschmeichelt. Sie meinen meine eigene Höhle, wo ich immer noch ein bißchen mit Meeresbiologie herumspiele. Sicher können Sie die sehen. Nur einen kleinen Moment. Ich muß den Schlüssel holen. Sie werden verstehen. Man muß sein gutes Mikroskop verschlossen halten. Diese Racker, sie spielen überall.« Er eilte hinaus.

»*Bigre*! Wie zum Teufel wußten Sie, daß es noch ein Labor gibt?« fragte Dubois. »*Nom d'un chien!* Gibt es irgend etwas, was Sie nicht sehen?« beklagte sich Dubois. »Nun gut, wenn wir überhaupt Glück haben, ist er dieses Mal davongelaufen.«

Sie warteten eine lange Zeit, Dubois' Gesicht war an das Fenster gedrückt, um durch den Regen zu dem wachestehenden Mann zu spähen. Aber David war nicht davongelaufen, er kam schließlich zurück und entschuldigte sich für eine Verzögerung durch einen Narren von Lehrer, der Himmel gebe ihm Geduld! Er brachte sie flott zu dem anderen Labor, seiner Höhle.

Es war nichts Anspruchsvolles. Es gab einige Regale mit Flaschen und eine Bank mit einem Abfluß und einen gläsernen Geschirrschrank, der offen stand und leer war. Auf dem breiten Tisch am Fenster stand ein Mikroskop mit hoher Lichtstärke, allerlei Krimskrams lag daneben.

Reggie blickte auf die Flaschen mit Chemikalien und kam zum Mikroskop. »Ich spiele mit dem, worüber ich gearbeitet habe. Das macht das mittlere Alter«, lächelte David. »Dies hier ist ein bißchen interessanter.« Er schob einen Objektträger in das Mikroskop und lud Reggie ein, einen Blick darauf zu werfen.

»Oh, ja, eine Kieselalge. Sehr hübsch«, murmelte Reggie, und ihm wurden weitere Objektträger gezeigt. »Danke vielmals.« Ein Blick von ihm brachte Dubois dazu, eilig aufzubrechen. David war auf charmante Weise enttäuscht. Er habe gehofft, sie würden zum Essen bleiben. Der Herr mit den Verzeichnissen könne kaum seine Untersuchungen beendet haben. Er wünsche eine umfassende Untersuchung.

»Ich werde ihn hierlassen«, schnappte Dubois und sie gingen los. »Nichts, mein Freund?« murrte Dubois.

»Nein. Das ist der Punkt«, sagte Reggie. »Als sie ihr Ziel erreichten, war der Schrank leer.«

Als ihr Wagen das Tor passierte, gab ihnen ein Mann durch den Regen Zeichen. Sie hielten gerade außerhalb der Sichtweite des Hauses, und er stieg ein. »Bouvier hat jemanden aufgehalten«, keuchte er. »Einen Mann mit einem Sack.« Sie stiegen aus dem Auto, und Dubois winkte ihn vorwärts.

Durch die verhüllenden Regenwolken kamen sie auf die Rückseite des Hauses, und auf dem Weg hinauf zu den Klippen fanden sie Bouvier mit der Hand am Kragen eines mürrischen, bestürzten Bretonen. Ein Sack lag vor ihm auf dem Boden.

»Er sagt, es sei nur Müll«, erklärte Bouvier, »den er mitgenommen hat, um ihn ins Meer zu werfen, wohin sie alle Abfälle werfen. Aber ich hielt ihn dabei auf.«

»Gut. Laß uns sehen.« Dubois knotete den Sack auf. »Zum Teufel, es ist nur zerbrochenes Glas!«

Reggie schnappte die Hand, die dabei war, den Sack umzudrehen. »Nicht, Sie sollten das nicht tun«, sagte er schneidend. »Riskant.«

»Warum? Was denn? Es ist zerbrochenes Glas und Reste von Marmelade.«

»Ja. Wie Sie sagen. Zerbrochenes Glas und Reste von Marmelade. Dennoch.« Reggies nasses Gesicht wurde langsam von einem gütigen Lächeln erhellt. »Genau was wir wollten. Inhalt des leeren Schranks. Ich muß damit etwas arbeiten. Ich fahre ins Krankenhaus. Sie holen besser David ab – mit dem anderen Wagen. Auf Wiedersehen« . . .

Vierundzwanzig Stunden später trat er in einen düsteren Raum in der *gendarmerie* von Quimper. Dort saßen sich Dubois und David an einem Tisch gegenüber, und keiner der Männer bot einen angenehmen Anblick. Davids blühendes Aussehen war verschwunden, er sah schlampig aus und war auf seinem Stuhl zusammengesunken, unfähig, Müdigkeit und Schmerz zu verbergen. Auch Dubois war ungepflegt, und seine Augen waren schmal und eingesunken, aber sein großes Gesicht trug einen Ausdruck von hungriger Grausamkeit. Er wendete sich Reggie zu. »Aha. Da sind Sie ja endlich. Und was erzählen Sie Monsieur David?«

»Nun ja, wir werden eine kleine Demonstration durchführen.« Reggie setzte eine Kiste auf dem Tisch ab und nahm ein Mikroskop heraus. »Nicht so ein schönes Instrument wie Ihres, Monsieur David, aber es wird seinen Zweck erfüllen.« Er legte einen Objektträger ein. »Sie zeigten mir in Ihrem Labor einige wunderschöne Meereskieselalgen. Lassen Sie mich Ihnen dies zeigen. Auch aus Ihrem Labor. Aus dem Sack voller Abfall, den Sie versuchten, ins Meer zu werfen.«

David zog sich hinauf, sah hinein, starrte ihn an und fiel zurück auf seinen Stuhl.

»Oh, dies ist nicht alles, nein.« Reggie wechselte den Objektträger. »Versuchen Sie einmal dieses.«

Wieder, diesmal noch müder, sah David hinein. Er setzte sich wieder. Er schürzte seine vollen Lippen und zeigte seine Zähne mit einem Grinsen. »Und jetzt?« sagte er.

»Was haben Sie?« Dubois kam zum Mikroskop. »Kleine Punkteketten, wie?« Reggie legte den ersten Objektträger wieder ein. »Und Stäbchen mit Punkten am Ende.«

»Nicht schlecht für einen Laien, stimmt es, Monsieur David?« murmelte Reggie. »Streptococcus pyogenes und der Diphtheriebazillus. Ich habe noch mehr –«

»Ja, wirklich?« David grinste höhnisch.

»O ja. Aber diese hier werden genügen. Pyogenes fand man im armen kleinen Weber, was die Virulenz der Diphtherie erklärt. Ein sehr effizienter und wissenschaftlicher Mord.«

»Und die anderen?« brüllte Dubois. »Die anderen Kinder, die nach Hause in die Ferien fuhren und starben. Zwei, drei, vier, stimmt es, David?«

David lachte. »Was spielt es für eine Rolle? Ja, es gibt andere, die zu den Inseln der Seligen gegangen sind. Es gibt aber auch viele, die gesund und kräftig gemacht wurden. Ich lache über Sie.«

»Sie haben allen Grund, Herodes«, schrie Dubois. »Sie sind mit dem Mord an Kindern reich geworden. Wir aber sind es, die zuletzt lachen. Wir übergeben Sie jetzt der Gerechtigkeit.«

»Gerechtigkeit! Ach so, Sie glauben an so etwas«, David

lachte erneut. »Sie sind primitiv und barbarisch. Ich, ich bin vernünftig, ein Wissenschaftler. Ich opfere ein Leben, damit ein Dutzend gesund und glücklich leben kann. Für den Tod derjenigen, die den Reichen im Wege stehen, wird bezahlt, und mit diesem Geld heile ich viele. Wie, wenn Leben bewertbar ist, soll das nicht Weisheit und Gerechtigkeit sein? Laßt einen sterben, um viele zu retten – das findet man in allen Religionen. Aber heute glaubt niemand mehr diesen Religionen. Ich – ich glaube an den Menschen. Nun, ich bin meiner Zeit voraus. Eines Tages wird die Welt jedoch von lauter Davids bevölkert sein. Mit mir geht es jetzt zu Ende.«

»Noch nicht, in Gottes Namen!« grollte Dubois.

»O ja, mein Freund. Ich bin jetzt schon todkrank. Ich habe dafür gesorgt.« Er winkte Reggie zu. »Sie werden mich nicht erretten – nein, auch Sie nicht, mein kluger *confrère.* Gute Nacht. Gehen Sie und verfolgen Sie die Webers und Bernals und den Rest. David geht in die Unendlichkeit ein.« Er fiel zurück, eine Hand an seinem Kopf.

Reggie näherte sich ihm, sah ihn genau an und befühlte ihn. »Tragen Sie ihn besser weg«, sagte er. »Ins Krankenhaus zur Beobachtung.«

Dubois gab die Anweisungen ... »Schauspielerei, mein Freund«, er zuckte die Achseln.

»O nein. Nein. Nicht so ein Mensch. Logisch denkend und konsequent. Er ist schon krank. In seiner Sammlung war der Meningitis-Diplococcus. Das könnte es sein.« Und so war es tatsächlich ...

Zehn Tage danach fuhren Dubois und Reggie nach London zurück und informierten Lomas über den Fall. »Ich bin trostlos, daß ich Ihnen niemanden zum Hängen anbieten kann, mein Freund. Aber was kann man tun? Der unglückliche Farquhar – ich habe keinen Zweifel, daß er von David und Bernal gemeinsam ermordet wurde. Aber es gibt keinen Beweis. Und schließlich David, er ist tot, und wir haben Bernal der Anstiftung zum Mord an seinem Stiefsohn angeklagt. Das wird durchgehen. Im

Grunde war es ein vollkommen einfacher Fall, so wie alle großen Verbrechen. Handel mit der planvollen Ermordung unerwünschter Kinder zu treiben, das ist ein altes Geschäft. Was David von seinen Vorgängern unterschied, war, daß er dieses mit wissenschaftlichen Mitteln organisierte, mehr nicht. Ein Kind, das ein Vermögen erben sollte und das einen Geldgierigen als nächsten in der Erbfolge hatte, das war sein Fall. Webers Neffe stand der schönen Clotilde auf dem Weg zu Webers Vermögen im Weg. Mrs. Bernals kleiner Junge hinderte ihren zweiten Mann, an das Vermögen ihres Vaters zu gelangen. Und all die anderen! Nun gibt es hier eine schöne neue Schule für schwächliche Kinder, wo neun von zehn wunderbar gedeihen. Für das zehnte aber, da gibt es Davids bakteriologisches Laboratorium, mit einer tödlichen Krankheit, die es mit in die Ferien nach Hause nimmt. Sie sterben immer nur zu Hause. Immer an einer Infektionskrankheit, mit der sie sich wo auch immer angesteckt haben konnten. *Bigre*! Ein geniales Werk. Und es wäre immer so weiter gegangen, wäre nicht dieser nichtswürdige Farquhar in der Bretagne zufällig darauf gestoßen und hätte begonnen, die schöne Clotilde und Bernal zu erpressen. Clotilde bezahlte mit ihrem Schmuck und mußte einen Raub vortäuschen. Bernal will nicht bezahlen – kann vielleicht nicht. Farquhar macht sich an den alten Großvater heran, und Bernal zieht David hinzu, worauf der Erpresser ermordet wird. Die älteste Geschichte der Welt. Die Schurken treten ab, die Gerechtigkeit tritt auf. Hier ist Ihr Engel der Gerechtigkeit.« Er verbeugte sich vor Reggie. »Teurer Meister. Sie haben mir den Weg gewiesen. Nun, ich bin zufrieden damit zu dienen. Dient er nun schlecht, der arme alte Dubois?«

»O nein. Nein. Brillant«, murmelte Reggie. »Sonderbarer Fall, trotzdem. Ich persönlich glaube David. Er wollte ein Gott sein. Nach seinem Wunsch Leben spenden. Und genau das tat er. Er heilte mehr, als er tötete, weitaus mehr. Dann taucht dieser Kerl auf, der nie etwas anderes sein wollte als ein Tier, und besiegt ihn. Sonderbare Welt. Und David hätte ein freundlicher menschlicher Kerl sein können, hätte er nur keine Macht besessen. Eine gefährliche Sache, die Wissenschaft. Viele von uns sind nicht dafür geeignet.«

Übersetzt von Sigrid-Ursula Detchey

ROY VICKERS

Dinner für zwei

Die Abteilung für »Ungelöste Fälle« bei Scotland Yard beschäftigt sich mit genau dem, was der Name besagt – nämlich mit den Fällen, in denen jegliche Spuren, Hinweise und Fetzen von Beweisen in eine Sackgasse geführt haben. Und Kriminalinspektor Rason ist in diesem obskuren Gebiet der Polizei derjenige, dem die Aufgabe obliegt, all das, was seine Kollegen bisher ermittelt haben, erneut methodisch zu durchforsten in der Hoffnung, etwas zu finden, das alle anderen bisher übersehen haben. Über Fälle dieser Abteilung schrieb Roy Vickers (1889–1965), ein ehemaliger Gerichtsreporter, der, mit Geschichten wie ›DINNER FÜR ZWEI‹, *die Bahn für die »umgekehrten« Kriminalstories freimachte, in denen der Leser die Polizeimethoden von der Entdeckung des Verbrechens an bis zu seiner eventuellen Aufklärung verfolgen kann.*

Wenn Sie heutzutage den Fall Ennings erwähnen würden, so würde man Ihnen versichern, jedermann wisse doch, daß Dennis Yawle Charles Ennings ermordet habe. Zufällig hat jedermann hier durchaus recht, wenn auch aus den falschen Gründen. Die öffentliche Meinung hat entschieden, daß er schuldig war, weil er eine attraktive junge Frau von angenehmen Umgangsformen und gutem Ruf denunzierte. Und jedermann weiß, daß nette junge Frauen keinen Mord begehen, ganz gleich welcher Schicht sie entstammen, und daß egozentrische, einsame, aggressive kleine Männer gelegentlich dazu neigen.

Charles Ennings war Patentanwalt. Er wohnte im dritten Stock von Barslade Mansions, Westminster, in einer der Wohnungen, die von erfolgreichen Männern und Juniordirektoren in Anspruch genommen werden. Er war Junggeselle und gab seinen promiskuitiven Impulsen unbekümmert nach, vermied indessen geschickt, seine Nachbarn in irgendeiner Form zu schockieren.

Seine Leiche wurde morgens um halb neun von der Putzfrau, die jeden Tag kam, aufgefunden. Sein Tod, der über zehn Stunden zurücklag, war durch einen Schnitt in die Kehle verursacht worden, und zwar mit einem gewöhnlichen Taschenmesser, so wie man es in jedem einschlägigen Geschäft um ein paar Shilling kaufen konnte. Die Nachricht erschien natürlich erst in der Mittagsausgabe der Zeitungen.

Dennis Yawle, der Mörder, war ein frühzeitig verbitterter Zweiunddreißigjähriger. Er war ausgebildeter Chemiker und seit neun Jahren bei einer bekannten Seifenfirma angestellt, wo er für ein bescheidenes Gehalt arbeitete. Es lag an seiner Person und nicht an seinen Kenntnissen, daß es mit seiner Karriere nicht klappte. Die Firma hatte ihm als Manager ihrer Niederlassung auf dem Balkan eine Chance gegeben; aber er enttäuschte sie in jeder Hinsicht, außer in der Erledigung seiner Routinearbeit. Wie es das Schicksal wollte, war es jedoch auf dem Balkan gewesen, wo er gelernt hatte, wie man mit einem Messer umging – abgesehen vom Durchschneiden eines Bindfadens.

Allein in seinem Fach, der Chemie, war er unternehmungslustig. Er hatte ein paar nützliche kleine Mixturen hergestellt, die nichts mit Seife zu tun hatten, und sie durch Ennings patentieren lassen. Sein Einkommen hatte sich dadurch wesentlich verbessert, aber doch nicht so sehr, daß er seinen Job hätte aufgeben können.

Er glaubte, daß Ennings ihn bei seinen Patenten hereingelegt hatte, was zutraf. Er glaubte, daß er Aileen Daines verloren hatte, weil er nicht wohlhabend genug war – was möglicherweise ebenfalls zutraf. Zu seinem Kummer gesellte sich Hysterie einer weiteren Vermutung wegen, nämlich der, daß Ennings selbst für eine kurze Zeit die Gunst der Lady genossen hatte, bevor er sie gegen eine andere eintauschte – was wahrscheinlich eine Übertreibung war. Aber eben diese Form der Übertreibung hat den Haß schon manchen Mannes zu Mordlust gesteigert.

Jeden Mittag pflegte er sein Labor in Nordlondon zu verlassen, um mit seinem Kollegen Holldon zum Lunch zu gehen. Holldon war ein Dauerwetter bei den Pferderennen und kaufte immer an einem Stand vor dem Restaurant eine Zeitung. Er pflegte sie beim Lunch durchzublättern, während Yawle im allgemeinen in einem Buch las. Aber am 18. Januar 1933 brachte er jedoch kein Buch mit, denn er mußte im Zusammenhang mit Holldons Zeitung Theater spielen.

Zuerst mußte er seinen Lunch essen, was gar nicht so leicht war. Als der Kaffee eintraf, begann er, seine Rolle zu spielen, die mit einem Gähnen begann.

»Gibt's was Neues in deinem Blatt?«

»Nein. Sie mußten einen Mord reinstopfen, um die Seite zu füllen.«

Holldon spielte seinen Part gut, er schob ihm sogar die Zeitung über den Tisch weg zu. Yawles hatte keine Schwierigkeiten mit seiner eigenen Rolle.

»Um – Himmels willen!« stieß er hervor, und Holldon war ausreichend verblüfft, um ihm seine Aufmerksamkeit zu schenken. »Ich kenne den Burschen, der da ermordet wurde. Hör mal, Holldon, das ist ziemlich scheußlich für mich! Ich war noch gestern abend bei ihm – ich muß sofort die Polizei anrufen.«

»Ich würde an deiner Stelle die Finger davon lassen. Da wirst du Tag für Tag im Gericht auftauchen müssen, falls sie dich als Zeugen benennen.«

»Aber sie haben Scotland Yard zugezogen, was bedeutet, daß die städtische Polizei keinen Verdächtigen finden kann.« Yawle redete solange weiter, bis der andere überzeugt war.

Fünf Minuten später sprach er am Telefon mit Chefinspektor Karslake und teilte ihm die nötigen Einzelheiten über sich mit.

»Ich war gestern abend zwischen sieben und halb acht in seiner Wohnung. Vermutlich kann ich Ihnen nichts mitteilen, was Sie nicht schon selbst wissen, aber ich dachte, ich rufe Sie besser an.«

Karslake bedankte sich mit einiger Wärme und sagte, er würde einen Mann in Mr. Yawles Büro schicken.

»Hm, ich – ich habe heute einen ziemlich arbeitsamen Nachmittag vor mir. Aber ich könnte in rund zwanzig Minuten bei Scotland Yard sein. Wenn Sie dann Zeit haben, könnten Sie meine Aussage aufnehmen.«

In seiner Tasche steckte eine Glaskapsel mit Zyankali, um notfalls dem Prozeß nachzuhelfen.

In die Höhle des Löwen zu gehen und ihn herauszufordern, war nichts weiter als ein verzweifelter Improvisationsversuch, der durch die groben Schnitzer bei einem schlecht geplanten Mord notwendig geworden war. Genau genommen ist es fraglich, ob seine Pläne das Stadium der Phantasievorstellung überhaupt schon überschritten hatten, bevor er zustieß – wenn man von der einzigen Sicherheitsvorkehrung absieht, die aus der genauen Beobachtung des Portiers bestanden hatte.

An drei vorangegangenen Abenden war Yawle auf der gegenüberliegenden Straßenseite am Wohnblock vorübergeschlendert und hatte dabei festgestellt, daß der Portier zwischen sieben und acht Uhr immens beschäftigt war – angesichts der drei Eingänge und fünfundvierzig Wohnungen, deren Inhaber zumeist um diese Zeit mit dem Taxi oder eigenen Wagen eintrafen oder abfuhren. Es mußte ein Kinderspiel sein, hinein- und auch wieder hinauszuschlüpfen, ohne gesehen zu werden.

In seinen Phantasievorstellungen kam er unbemerkt am Portier vorbei, durchquerte einen leeren Vorraum und stieg durch ein völlig leeres Treppenhaus zu der Wohnung im dritten Stock hinauf.

In Wirklichkeit kam er auch unbemerkt am Portier vorbei. Aber schon der Vorraum war nicht leer. In der kleinen Halle unten, in der sich eine Palme, eine Heizung und drei Stühle befanden, stand ein Mädchen, das seiner Ansicht nach eine gewisse Ähnlichkeit mit Aileen Daines hatte. Das hieß, daß sie weder groß noch klein war, aber schlank und dunkelhaarig, mit regelmäßigen Zügen und kräftigen Augenbrauen. Sie warf einen Blick auf die elektrische Uhr an der Wand, ließ sich dann nieder und begann, ihre Einkaufspäckchen zu sortieren. Yawle blickte ihr geradewegs in die Augen, aber sie achtete nicht auf ihn, was völlig unsinnigerweise seinen Schmerz über Aileens Verlust neu entflammte.

Auch das Treppenhaus trug zu den Problemen bei. Die meisten Leute benutzten den Aufzug – das war der Grund, weshalb er sich für die Treppe entschieden hatte. An der ersten Biegung der Treppe prallte er fast gegen eine ältere Dame, die vor Schreck ein Päckchen fallen ließ.

Er geriet auch aus der Fassung. Die Frau, klein aber irgendwie eindrucksvoll, starrte ihn mit einer Entrüstung an, die etwas Gieriges an sich hatte – in seiner Nervosität kam es ihm vor, als wollte sie sich auf ihn stürzen und ihn fressen wie eine Spinne die Fliege.

»Tut mir schrecklich leid, Madam! Wie unachtsam von mir! Ich habe Sie hoffentlich nicht erschreckt.«

Der gefräßige, spinnenartige Ausdruck verschwand von ihrem Gesicht, das eigentlich ganz durchschnittlich, ja sogar angenehm war. Sie nahm das von ihm aufgehobene Päckchen mit einem anmutigen, altmodischen Neigen des Kopfes und dem dazu passenden Lächeln entgegen.

Er eilte weiter zum ersten Stock hinauf und danach zum zweiten.

»Hören Sie – wissen Sie, daß Sie in Wirklichkeit Zeit *verlieren*, wenn Sie zwei Stufen auf einmal nehmen?«

Die dünne, flötenartige Stimme war die eines ungefähr zehnjährigen Jungen.

»Wirklich? Vielleicht hast du recht. Ich werde deinen Rat beherzigen.«

Es war ein Albtraum. Der geplante Mord, noch immer Bestandteil einer Phantasievorstellung, trat in den Hintergrund. Merkwürdig, wie das Mädchen unten ihn an Aileen erinnert hatte! In gewisser Weise mußte sie ihr sehr ähnlich sein. Aber die Kleine im Vorraum war sich ihrer selbst sicher und zudem offensichtlich glücklich gewesen. Wenn er nur gewußt hätte, was aus Aileen geworden war!

Der Gedanke, einfach ihren Eltern zu schreiben und sich zu erkundigen, war ihm nicht gekommen. Als er schließlich den dritten Stock erreicht hatte, war Aileens derzeitige Verfassung in seiner Vorstellung beklagenswert, ja sogar unaussprechlich – als Folge von Charles Ennings' allgemeinem Verhalten.

Als der Anwalt die Tür öffnete, trug er eine Smokingjacke, was irgendwie alles noch schlimmer machte. Er sah jünger aus als seine fünfzig Jahre, um die fülligen Lippen lag ein gebieterischer Zug, er wirkte schlanker, wahrscheinlich dank eines Korsetts. Jedenfalls machte er den Eindruck eines erfolgreichen, selbstsicheren, überlegenen Mannes.

»Ich möchte mit Ihnen reden, Ennings.«

»Um Himmels willen!« Ennings war alles andere als begeistert, wenn nicht sogar verärgert. »Unter uns gesagt, ich erledige Geschäftliches nicht zu Hause, aber nun ja – kommen Sie rein.«

Die Diele war lediglich eine kleine Ausbuchtung des Korridors. Auf der gegenüberliegenden Seite befanden sich zwei ungefähr drei Meter weit auseinanderliegende Türen. Ennings öffnete die eine davon, und Yawle betrat ein nahezu luxuriös ausgestattetes Wohnzimmer, was er erwartet hatte, vollgestellt mit Aufnahmen der derzeitigen Flamme – in Yawles Augen war sie nicht einmal attraktiv.

Das Telefon klingelte, wie um zu betonen, daß Yawles Anwesenheit ein Eindringen in die Privatsphäre des Wohnungsinhabers bedeutete.

»Nein, es war ein Reinfall«, sagte Ennings. »Ich bin dann doch um die übliche Zeit heimgegangen und mache mir jetzt einen freien Abend. Reden kann ich im Augenblick nicht, ich habe einen Kunden, der es eilig hat.«

Ennings legte auf. Er wies auf einen Sessel, aber Yawle blieb stehen. Ennings ließ sich im anderen Sessel nieder.

»Gronston's«, sagte Yawle, »hat meinen Reiniger bei jedem Lebensmittelhändler, in jedem Farbengeschäft und in jedem Eisenwarenladen eingeführt. Und er verkauft sich gut.«

»Natürlich verkauft er sich! Es ist ein verdammt gutes Mittel. Wer behauptet denn das Gegenteil?«

»Warum bekomme ich dann so lumpige Gewinnanteile? Warum wurde der Vertrag bei Lanberry's statt bei Gronston's unterzeichnet?«

»Ach, das setzt Ihnen zu!« Ennings hatte diese Unterhaltung in dieser oder jener Form schon oft mit einer ganzen Reihe von Erfindern geführt. »Unter uns – Lanberry's ist eine Holdinggesellschaft, wenn Sie wissen, was das bedeutet.«

»Ich weiß nur, daß Lanberry's nur einen einzigen Schreibtisch in einem einzigen Raum in einer Hinterstraße von Holborn stehen hat. Und ich weiß, daß der ›Geschäftsführer‹ von Ihnen eingestellt wurde. Ich war nämlich dort.«

»So, Sie waren dort«, schnaubte Ennings. »Dann bleibt dem Blutsauger von Finanzier wohl nichts weiter übrig, als in Tränen auszubrechen und das Zeug wieder rauszurücken. Mein lieber junger Mann, Sie stecken Ihre Nase in Dinge, die Sie nicht verstehen – und Sie machen sich selbst zum Trottel.«

Yawles Hauptanliegen war natürlich, über Aileen zu reden. Er hatte sich noch nicht in allen Einzelheiten mit dem Problem der Gewinnanteile beschäftigt. Ennings in seiner Smokingjacke – erfolgreich, selbstsicher, überlegen – reizte ihn.

»Ich werde mich an Gronston's wenden. Aber da ist noch eine andere Sache . . .«

»Gut! Ich hoffe, Sie werden blöde genug sein, genau das zu tun. Bis dahin können Sie und Ihr Zeug sich zum Teufel scheren. Ihre *Erfindung*! Unter uns – es gibt eine ganze Reihe anderer, die diese alte Formel auch wiederentdeckt haben, oder sie aus einer alten Ausgabe von . . .«

Also wurde letzten Endes Aileens Name gar nicht mehr erwähnt.

Die Geschicklichkeit der Balkanbanditen mit ihren kurzen Messern – sehr ähnlich unseren Taschenmessern – basiert auf dem Wissen, wie man das Ding halten muß. Wenn man es richtig hält – so wie Yawle – nämlich in der Handfläche, so hinterläßt man keine Fingerabdrücke auf dem Griff. Der Zeigefinger liegt am Rücken der Schneide an und gleitet daran herab, während sie mit einem Schwung nach oben eindringt; also gibt es auch da keine feststellbaren Abdrücke. Wenn man den Stoß richtig ausführt, so wie Yawle es tat, gibt es beim Töten weder Probleme noch Lärm.

Ennings blieb in seinem Sessel sitzen, so wie zuvor, als er noch am Leben war.

Wenn der Messerstich akkurat ausgeführt wird, dürfte es auch keine Blutflecken geben. Yawle betrachtete sich eingehend im Spiegel. Es gab keine Flecken. Die geistige Verwirrtheit, der Augenblick der Hysterie waren vorüber, er war innerlich kühl, empfand ein angenehm vibrierendes Gefühl von vollbrachter Leistung, kam sich erfolgreich, selbstsicher und überlegen vor.

Ein Blick auf Ennings' elektrische Uhr verriet ihm, daß es sieben Uhr dreiundzwanzig war. Er war alles in allem nicht einmal sechs Minuten lang in der Wohnung gewesen.

Er schloß die Tür des Wohnzimmers. Als er schon auf halbem Weg zur Wohnungstür war, hörte er draußen auf dem Treppenabsatz Schritte. Er wich zurück und stellte fest, daß er sich gegenüber dem Raum neben dem Wohnzimmer befand. Das Eßzimmer. Er öffnete die Tür.

Die Schritte draußen verhallten. Das Licht im Wohnungskorridor fiel auf ein weißes Tischtuch. Yawle knipste mit Hilfe seines Ärmels die Zimmerlampe innen an.

Der Tisch war für zwei Personen gedeckt, das Essen stand auf dem Tisch. Eine kalte Mahlzeit – geräucherter Lachs, Huhn, pikante Kleinigkeiten in hübschen Glasschalen, obenauf eine Pfirsichhälfte – Büchsenpfirsich! Also hatte Ennings ein Mädchen erwartet. Wer würde wohl demnächst hier auftauchen?

Yawle war im Begriff, die Wohnungstür zu öffnen, griff bereits nach dem Knauf, als sich draußen erneut Schritte näherten. Diesmal geriet er nicht in Panik. Er trat lediglich zurück, damit sein Schatten nicht auf die Glasfüllung fiel.

Diesmal verstummten die Schritte vor der Tür. Der Klopfer wurde in Bewegung gesetzt, sehr diskret. Yawle verhielt sich still. Normalerweise gingen Leute wieder weg, wenn auf ihr Klopfen niemand reagierte.

Aber diesmal war es nicht so. Statt dessen drang das unverwechselbare Geräusch eines Schlüssels, der ins Schloß gesteckt wurde, in Yawles Ohr.

Die Zeit reichte nicht aus, um ins Eßzimmer zurückzustürzen. Er schlüpfte ins Wohnzimmer und schloß sich mit dem Toten dort ein, wobei er den Schlüssel mit dem Taschentuch umdrehte.

Er hörte nicht, wie die Wohnungstür geschlossen wurde. Einen flüchtigen Augenblick lang war er geneigt zu glauben, seine überreizten Nerven hätten ihm einen Streich gespielt – daß es in Wirklichkeit weder Schritte noch einen Zweitschlüssel gäbe.

Ungefähr zehn Sekunden später wurde leicht an die Wohnzimmertür geklopft. Dann drehte jemand den Knauf um. Yawle hielt den Atem an.

»*Char-lie! Ich bin's!*« Eine kehlige Altstimme. Aileen hatte auch eine Altstimme gehabt. Aber diese Stimme war nicht – konnte nicht Aileens Stimme sein. Wenn es aber doch Aileen war, würde sie ihn der Polizei ausliefern?

Und angenommen, es war *nicht* Aileen, so bestand die Gefahr, wenn nicht gar die Gewißheit, daß die Besitzerin der Stimme ihn tatsächlich der Polizei übergeben würde.

Sekunden vergingen, in denen ihm kein einziger Laut verriet, was draußen vor sich ging.

Dann schlug die Wohnungstür zu.

Innerhalb einer Minute hatte er eine mögliche Theorie entwikkelt, was seine mißliche Lage betraf. Das Mädchen hatte einen Zweitschlüssel erhalten, also gehörte sie zu Ennings' Harem. Sie mußte angenommen haben, daß er sie versetzt hatte, also hatte sie sich gekränkt verzogen. Falls sie auf dem Treppenabsatz auf ihn wartete – aber das würde sie nicht tun. Sie verfügte immerhin über einen Zweitschlüssel und würde sich eher in der Wohnung verkriechen. Man mußte ihr ein paar Minuten Zeit lassen, damit sie mit sich selbst ins Reine kam.

Als zwei Minuten verstrichen waren, schlich er sich aus der Wohnung und hielt lediglich inne, um die Tür so leise wie möglich zu schließen. Das Wichtigste war jetzt, beim Verlassen dieser Wohnung weder gesehen noch gehört zu werden.

Keinerlei Schritte. Niemand befand sich im Treppenhaus. Als

er den zweiten Stock erreicht hatte, kehrte seine Zuversicht wieder.

Dieser für zwei Personen gedeckte Tisch war nichts anderes als ein erstklassiges Alibi, vorausgesetzt, der Tote wurde nicht innerhalb der nächsten zehn Minuten entdeckt. Niemand – darauf konnte er im Zweifelsfall hinweisen – wäre so blöde, einen anderen in dessen Wohnung umzubringen, wenn er wußte, daß da jederzeit ein Gast zu erwarten war.

Er brauchte lediglich darauf hinzuweisen, daß er den Tisch gesehen hatte, als er eingetreten war, und außerdem konnte er hinzufügen, Ennings habe ihm erklärt, daß er eine Freundin erwarte. Er, Yawle, mußte sich noch nicht einmal der Mühe unterziehen, sich am Portier vorbeizuschleichen.

Als er im Erdgeschoß ankam, war der Portier gar nicht da, er war mit einem der Mieter beschäftigt, der mit Gepäck vor einem anderen Eingang eingetroffen war. Yawle verdrückte sich.

In der winzigen Halle war das Mädchen, das Aileen Daines so ähnelte, mit der Verbesserung ihres Make-ups beschäftigt. Ohne ihn zu bemerken, ließ sie dann das Schloß ihrer Handtasche zuschnappen, sammelte ihre Päckchen ein und verließ das Gebäude.

Möglicherweise war das Ennings' Freundin, überlegte er – aber ohne sonderliches Interesse, denn sein Selbstgefühl war gewaltig aufgebläht ob dessen, was er vollbracht hatte. Er hatte eine tödliche Gefahr in einen eindeutigen Vorteil für sich verwandelt. Nun wollte er das Ganze damit krönen, daß er den Portier für seine Zwecke einspannte.

Zum Glück hatte er einen Füller bei sich. Er begann, eine unverbindliche Notiz für Ennings niederzuschreiben, stellte jedoch zu seiner Überraschung fest, daß seine Hand zitterte. Egal. Seine Findigkeit war jeder Notsituation gewachsen.

Er machte den Portier am dritten Hauseingang aus.

»Ich habe gerade Mr. Ennings verlassen und habe festgestellt, daß ich aus Versehen seinen Füller eingesteckt habe.« Es handelte sich um ein Standardmodell und war nicht identifizierbar. Er gab ihn dem Portier zusammen mit einem Zweishillingstück.

»Aber ich würde ihn erst morgen früh abgeben. Er hat nämlich Besuch – nun ja, von einer befreundeten Dame.«

Als es Zeit war, ins Bett zu gehen, war Yawles Selbstvertrauen abgeebbt. Immer wieder ging er in Gedanken alle seine Handlungen durch und empfand zunehmende Beunruhigung. Er war zwar ohne Schwierigkeiten weggekommen – aber konnte er durch irgend etwas festgenagelt werden? Er nahm sich in Gedanken noch einmal die Einzelheiten vor.

Als erstes war er beim Betreten des Wohnblocks auf das Mädchen gestoßen, aber ganz offensichtlich hatte sie ihn gar nicht wahrgenommen und konnte also ignoriert werden. Dann die ältere Dame, die ihn wie eine Spinne betrachtet hatte. Vielleicht würde sie sich gut genug an ihn erinnern, um eine Beschreibung abgeben zu können, vielleicht auch nicht.

Dann war da dieser verdammte kleine Junge – fast mit Sicherheit ein Pfadfinder, besessen von Ideen über Treppen und Schritte, der würde der Polizei mit Begeisterung alles erzählen.

Angesichts des hieb- und stichfesten Alibis mit dem gedeckten Abendessenstisch würde es geraten sein, gleich damit herauszurücken statt abzuwarten.

»Da waren also der Junge, die Frau in mittlerem Alter und das Mädchen – alle drei sahen Sie gegen sieben Uhr zehn im Gebäude dort, Mr. Yawle?« Chefinspektor Karslake machte sich Notizen, während er sprach. »Können Sie sich noch daran erinnern, wie sie aussahen?«

»An den Jungen schlecht – eben so ein gewöhnlicher Junge um zehn herum. Die Frau war eher klein, irgendwas in den fünfzigern, altmodisch, aber nicht ausgesprochen alt wirkend, eher rundes Gesicht. Und das Mädchen – Mitte zwanzig, ungefähr von meiner Größe, dunkel, gut aussehend, ausgeprägte Augenbrauen, schlank, nicht auffallend gekleidet. Aber ich bin überzeugt, die nahm gar nicht wahr, daß ich kam – sofern Sie die Absicht haben, sich bei den Betreffenden zu erkundigen, ob sie mich gesehen haben.«

»Es ist nur hilfreich, wenn wir andere Leute vernehmen«, beruhigte ihn Karslake. »Bitte erzählen Sie weiter, Mr. Yawle.«

»Ich ging zur Wohnung hinauf. Ennings öffnete die Tür. Er trug eine Smokingjacke und erzählte mir, er bekäme Besuch zum Abendessen. Der Art, wie er das sagte, entnahm ich, daß es sich um eine Frau handeln mußte. Er zeigte mir das Eßzimmer – vermutlich sollte ich nicht annehmen, er wolle mich bloß abwimmeln – und da war für zwei gedeckt. Eine kalte Mahlzeit. Ich erklärte ihm, ich wolle ihn nur für ein paar Minuten sprechen. Kaum waren wir in seinem Wohnzimmer, als das Telefon klingelte. Er sprach nur kurz, brach dann das Gespräch ab.«

Yawle wartete, während Karslake alles niederschrieb. Er hatte nicht vorausgesehen, daß alles schriftlich festgehalten wurde.

»Und dann setzten Sie sich beide hin und unterhielten sich über Ihr Anliegen?«

»Genau genommen setzte ich mich gar nicht – ich wollte deutlich machen, daß ich nicht die Absicht hegte, mich lange aufzuhalten.«

Der nächste Teil wurde knifflig. In der Nacht war ihm der Gedanke gekommen, daß der Portier eventuell Ennings' Gast hatte hinaufgehen sehen – es mußte ja zu dem Zeitpunkt gewesen sein, als er, Yawle, sich in der Wohnung oben aufgehalten hatte.

»Wir hatten meine Angelegenheit ungefähr zur Hälfte besprochen, als dieses Mädchen auftauchte.«

»Und Ennings stand auf, um sie hereinzulassen?«

Der Teufel sollte den Mann mit seiner Leidenschaft für alberne Kleinigkeiten holen! Er, Yawle, mußte darauf achten, keine überflüssigen Lügen zu erzählen.

»Sie machte sich mit einem eigenen Schlüssel die Wohnungstür auf. Ich sagte, ich würde nur schnell eine Notiz machen und dann . . .«

»Augenblick mal. Halten Sie mich nicht für einen Pedanten, Mr. Yawle. Tatsache ist, wir verwenden alles, was uns ein ehrlicher Zeuge mitteilt, für die Vernehmungen der Leute, die kein solches Verpflichtungsgefühl gegenüber der Öffentlichkeit haben und möglicherweise etwas verbergen. Woher wußten Sie, daß jemand mit dem eigenen Schlüssel die Tür geöffnet hatte, wenn Sie beide in einem geschlossenen Zimmer saßen und über geschäftliche Dinge sprachen?«

»Ennings lauschte immer mit halbem Ohr auf das Geräusch dieses Schlüssels.« Yawle brachte ein realistisches kurzes Lachen zustande. »Er stand auf, sprach mit dem Mädchen und sagte, er käme in ein paar Minuten zu ihr.«

Karslake reichte ihm einen Plan von Ennings' Wohnzimmer.

»Würden Sie mir bitte auf dieser Karte zeigen, wo Sie standen, als er hinausging, um mit dem Mädchen zu sprechen?«

Es gab nur einen einzigen Fleck, wo er hätte stehen können, um mit jemandem zu reden, der da saß, wo Ennings gesessen hatte.

»Auf dem Teppich vor dem Kamin – hier.«

»Könnten Sie das Mädchen identifizieren, Mr. Yawle?«

»Oh, nein – nein! Ganz gewiß nicht!«

»Aber Sie müssen sie doch gesehen haben, wenn sie an dieser Stelle standen.«

Es war eher eine Aussage als eine Frage, und Yawle schreckte davor zurück zu widersprechen.

»Hm, ja – aber – unter diesen Umständen, Inspektor, kann ich einfach keine Aussage machen, die jemanden belastet, wenn ich mir meiner Sache nicht ganz sicher bin.«

»Sie hätten das gar nicht besser formulieren können, Mr. Yawle. Ich möchte nur wissen, was Sie wirklich gesehen haben. Erstens einmal – Sie stellten fest, daß es sich um ein Mädchen und nicht um einen Mann handelte. Groß oder klein? Blond oder dunkel?«

»Ich glaube nicht, daß ich mich darauf so festlegen kann. Eines kann ich sagen – sie war vom Typ her dem Mädchen ähnlich, das ich im Vorraum unten gesehen hatte, als ich hereinkam. Aber ich kann nicht behaupten, daß es tatsächlich dieses gleiche Mädchen war.«

Es war besser, so entschied er, nicht hinzuzufügen, daß er es noch einmal gesehen hatte, als er das Gebäude verließ.

»Der Beschreibung nach, die Sie von dem Mädchen im Vorraum unten gegeben haben, würden einem wohl als erstes diese Augenbrauen auffallen, oder nicht?« beharrte Karslake.

»J-ja. Aber –«

»Trug sie ein Abendkleid?«

»Nein.«

»Sie war so ähnlich angezogen wie das Mädchen im Vorraum unten, ja?« Und als Yawle dies nicht bestritt, fuhr Karslake fort: »Es ist nur natürlich, daß Sie nicht behaupten wollen, es sei das gleiche Mädchen, weil Sie sich nicht ganz sicher sind. Eine sehr ehrenwerte Haltung, wenn ich das sagen darf. Wohin führte Ennings das Mädchen in der Wohnung?«

»Das weiß ich nicht. Er kam jedenfalls zu mir zurück. Ich wollte diese Notiz machen. Da ich meinen Füller vergessen hatte, lieh er mir seinen. Ich sprach noch ungefähr eine Minute lang mit ihm und steckte dabei aus Versehen seinen Füller ein. Als ich unten ankam – es muß so gegen halb acht gewesen sein – hielt ich nach dem Portier Ausschau und bat ihn, Ennings den Füller zurückzubringen –« Yawle gab erneut sein kurzes Lachen von sich, *»aber erst am nächsten Morgen!«*

Chefinspektor Karslake schien nicht nur befriedigt, sondern sogar dankbar zu sein.

»Ich glaube, das ist so ziemlich alles, Mr. Yawle. Wir werden den Jungen und die Frau auf der Treppe ausfindig machen, damit Sie einander identifizieren können. Die örtliche Polizei wird Sie wahrscheinlich für die gerichtliche Untersuchung brauchen. Im übrigen nehme ich nicht an, daß wir Sie weiterhin belästigen werden –« Er drückte auf einen Klingelknopf, »wenn Sie nur so freundlich wären, uns Ihre Fingerabdrücke zu hinterlassen, bevor Sie gehen.«

Ein junger Beamter trat ein, ein Rahmen in der Hand, und Yawle fügte sich.

»Soweit ich weiß«, bemerkte er, als die Prozedur beendet war, »habe ich keine Fingerabdrücke in der Wohnung hinterlassen. Ich glaube nicht, daß ich abgesehen vom Füller irgend etwas angerührt habe.«

»Aber betrachten Sie es einmal von unserem Standpunkt aus,

Mr. Yawle.« Karslake war höflich, seine Stimme klang beinahe vertraulich. »Bevor wir nicht Ihre Fingerabdrücke abgenommen haben, können wir auch nicht beweisen, daß nicht *Sie* bei Ennings zu Abend gegessen haben.«

»Abendessen bei Ennings?« wiederholte Yawle ehrlich verblüfft.

»Nun ja, es handelte sich um eine kalte Mahlzeit. Am Besteck, an den Tellern, Gläsern und einer der Schüsseln waren noch andere Abdrücke als die des Ermordeten – von jemandem, der weder Salz noch Pfeffer nimmt, sich aber reichlich Zucker auf das Dessert streut.«

»Soll das heißen, daß gegessen worden war?« Yawle schnappte nach Luft.

»Und ob. Sehen Sie mal – ich sollte es Ihnen eigentlich nicht zeigen, aber Sie bekommen es morgen bei der gerichtlichen Untersuchung ohnehin zu Gesicht.«

Karslake breitete Fotos vom Eßzimmer und vom Tisch aus, auf dem sich die Reste einer Mahlzeit befanden, die offenbar von zwei Personen eingenommen worden war. Yawle betrachtete besonders die Glasschalen mit den pikanten Leckerbissen. Auf den Fotos waren sie undurchsichtig, über den Rändern war nichts zu sehen. Als er dort gewesen war, hatte der Inhalt die Schalen überragt und obenauf hatten sich die Pfirsichhälften befunden.

Yawle verließ Scotland Yard, so benommen, daß er seine Umgebung kaum wahrnahm. Die Mahlzeit war unberührt gewesen, als er die Wohnung verlassen hatte. Da Ennings tot gewesen war, konnte er unmöglich gemeinsam mit dem Mädchen gegessen haben. Also mußte dies jemand anderer getan haben – was einfach absurd war.

Oder waren, nachdem das Mädchen gegangen war, Einbrecher in die Wohnung eingedrungen und hatten sich, ungeachtet der Leiche im Nebenzimmer, niedergelassen und gegessen – was noch absurder schien?

Alles lief darauf hinaus, daß das Abendessen nicht zu dem Zeitpunkt gegessen worden war, als es eigentlich hätte gegessen werden sollen.

Daß er selbst dadurch jeglicher Gefahr entzogen worden war, beachtete er kaum. Dieses Foto verursachte bei ihm einen nagenden Zweifel an seiner eigenen geistigen Gesundheit. Er hatte schon von Augenzeugen gelesen, die in völlig gutem Glauben restlos falsche Aussagen gemacht hatten. Aus irgendeinem unerklärlichen Grund mußte er eine unberührte Mahlzeit vor sich gesehen haben, während es sich in Wirklichkeit um die Reste eines Essens handelte.

Das Thema der Mahlzeit tauchte bei der gerichtlichen Untersuchung erneut auf. Eines der Jurymitglieder, ein Mann, stellte diese Aussage Yawles vor dem Richter in Frage, übrigens ohne Unterstützung von Seiten der anderen.

»Woher wollen wir wissen, daß die Mahlzeit erst gegessen wurde, nachdem Mr. Yawle die Wohnung verlassen hatte? Das könnte doch auch schon vorher geschehen sein – ich meine, es könnte sich um einen Lunch oder so was gehandelt haben. Ich will nicht unterstellen, daß es so war, aber da es sich um wichtiges Beweismaterial handelt, sollten wir diesen Punkt vielleicht aufklären.«

»Ich denke, ich kann da behilflich sein, Sir«, sagte Yawle.

»Als Mr. Ennings mich in sein Eßzimmer führte, fielen mir besonders zwei Glasschalen mit irgendwelchen Delikatessen auf, die mit einem halben Pfirsich aus einer Konserve dekoriert waren. Wenn die Polizei diese Aussage bestätigen kann, so muß das meiner Ansicht nach beweisen, daß ich den gedeckten Tisch sah, bevor die Mahlzeit verspeist worden war.«

Die Polizei konnte diese Aussage bestätigen. Die Jury kam zu dem Schluß, daß eine Anklage wegen Mordes gegen Unbekannt erhoben werden müsse – mit der Zusatzbemerkung, daß eine junge Frau mit einem Zweitschlüssel gegen sieben Uhr zwanzig abends die Wohnung betreten habe.

Der Junge wurde rund sechs Wochen später gefunden. Er hatte zwei Tage bei einem Onkel, einem der Mieter, verbracht, und dieser erinnerte sich dann plötzlich dieser Tatsache und bestätigte sie unter überschwenglichen Entschuldigungen. Der Junge war in sein Internat in Brighton zurückgekehrt; der Vorfall auf der Treppe war seinem Gedächtnis völlig entschwunden, und er konnte Yawle auch nicht mehr identifizieren.

Die ältere Dame mit dem Päckchen erwies sich als weiterer unerwarteter Stolperstein. Als Aufrufe in Presse und Radio keinerlei Reaktion hervorriefen, war man im Yard geneigt zu glauben, daß Yawle das Ganze erfunden habe – aus dem Wunsch heraus, die in der Wohnung Ennings' verbrachte Zeit in beiden Fällen festzulegen. Selbst unschuldige Leute taten so etwas gelegentlich.

Der Portier wurde mehrfach vernommen. Seine Aussage blieb konstant. Es war eine Tageszeit gewesen, in der er immer viel zu tun hatte und von einem der drei Eingänge zum anderen geeilt war. Mit der Polizei hatte es bisher nie Probleme gegeben – seine Mieter waren nicht von dieser Art, und er neigte nicht dazu, ihre Aktivitäten zu beobachten. Mr. Yawle hatte er nicht zu Gesicht bekommen, bevor dieser mit seiner Bitte bezüglich des Füllfederhalters an ihn herangetreten war – und das war kurz vor halb acht gewesen.

Natürlich hatte er ungefähr zehn Minuten nach sieben eine junge Frau in der kleinen Halle unten sitzen sehen. Daran war nichts Ungewöhnliches. Sie war ihm nur aufgefallen, weil sie, als er an ihr vorüberging, in ihrer Handtasche gekramt und etwas fallen gelassen hatte, aber sie hatte es aufgehoben, bevor er das für sie tun konnte. Er erwähnte ihre Brauen und ihr Kleid, das keineswegs einen kostspieligen Eindruck gemacht hatte.

Die Fahndung erstreckte sich über das West End, obwohl es der über sie abgegebenen Beschreibung des Portiers und Yawles nach nicht sehr wahrscheinlich war, daß sie in einer der Bars oder einem der Nachtclubs aufgetrieben werden konnte. Die Suche wurde noch intensiviert, erstreckte sich auf die Theater einschließlich der Ränge und der Sperrsitze, mit dem Resultat, daß Yawle sechs Wochen nach der gerichtlichen Untersuchung gebeten wurde, um die Lunchzeit herum einen Kriminalbeamten in Zivil zu begleiten und mit ihm vor einem Bürogebäude zu warten.

Heraus kam Aileen Daines.

»Hallo, Dennis!« Sie gab ihm unbefangen die Hand. »Es freut mich so, dich zu sehen – ich wollte dir schon schreiben. Weißt du, Leonard und ich – ja, an Ostern!«

Als sie gegangen war, kehrte Yawle zu dem Beamten zurück.

»Sie sehen, mit wem ich gesprochen habe. Sie ist nicht diejenige, die wir suchen. Ich kenne sie nämlich sehr gut.«

Der Portier, am nächsten Tag zur selben Zeit befragt, war sich da nicht so sicher. Nach einigem Kramen in seinen verschwommenen Erinnerungen jedoch kam er zu dem Schluß, daß es sich bei dieser jungen Lady wohl nicht um die bewußte junge Lady handelte.

»Trotzdem, es besteht immerhin die Möglichkeit, daß diese junge Lady doch die bewußte junge Lady ist«, erklärte Karslake seinen Leuten, als er mit ihnen das Ganze besprach. »Sie war mal Yawles Freundin, nicht? Da könnte irgendeine verwickelte Liebesgeschichte hereinspielen. Wir haben nicht genug in der Hand, um auf eine Untersuchung ihrer Fingerabdrücke zu bestehen. Aber wenn nur einer von euch Jungens sie beim Essen beobachten könnte – wenn sie nicht gerade mit ihrem jungen Mann zusammen ist –, dann kriegen wir vielleicht was raus.«

Keiner der ›Jungens‹ konnte sie beim Essen beobachten, aber einem von ihnen gelang es doch, an ihre Fingerabdrücke zu gelangen, ohne daß sie es bemerkte. Und daraufhin erwies sich, daß sie mit dem Fall nichts zu tun haben konnte – und der Fall selbst landete in der Abteilung für ›Ungelöste Fälle‹ bei Scotland Yard.

Als die Wochen vergingen und zu Monaten wurden, begann Yawle sich über seinen Geisteszustand, was das Abendessen betraf, das nicht stattgefunden haben konnte, weniger Sorgen zu machen. Noch immer trug er die Glaskapsel mit Zyankali in einem leeren Benzinfeuerzeug mit sich herum, aber sie war inzwischen eher zu einem Talisman als zu einer Bedrohung geworden.

Als er erfuhr, daß Ennings' Vermögen sich auf sechzigtausend Pfund belief, ging er zu Gronston's, wo man nur zu glücklich war, ihm die Einzelheiten über die an Lanberry's gezahlten Gewinnanteile mitzuteilen. Yawle beantragte ein Verfahren, demzufolge ihm aus besagtem Vermögen ein Ausgleich für die ihm durch Betrug entgangenen Patentgebühren zugesprochen werden sollten.

Im darauffolgenden Frühjahr fand die Verhandlung statt. Kriminalinspektor Rason war anwesend, nicht weil er unter dem Publikum das Mädchen zu finden hoffte, das Ennings ermordet haben sollte, sondern weil es zu seinen Pflichten gehörte, mit den Hauptakteuren bei einem unaufgeklärten Verbrechen in Kontakt zu bleiben.

Die Verhandlung dauerte nur kurz, da praktisch keine Einwände erhoben wurden. Yawle wurden etwas über viertausend Pfund und die Erstattung seiner Unkosten zugesprochen. Der Richter bemerkte, der Verblichene habe sich als skrupelloser Betrüger erwiesen, und Hendricks, sein schäbiger kleiner Angestellter, der ihn überlebt hatte, täte gut daran, sein eigenes Gewissen zu überprüfen.

Rason beschloß, dieses Gewissen einmal selbst ein bißchen zu überprüfen, denn ihm war der Schimmer einer Idee gekommen. Bei einem Glas Bier und einem Sandwich war Hendrick bereit zu reden.

»Ich wußte doch, daß es Ärger geben würde, als Mr. Yawle in meinem Büro aufkreuzte«, erklärte er. »Ich habe es dem Boss auch am Telefon gesagt, aber der hat mich bloß ausgelacht.«

»Wann tauchte Mr. Yawle denn bei Ihnen auf?« fragte Rason.

»Weiß ich nicht mehr – jedenfalls nicht das genaue Datum. Es muß etwa eine Woche gewesen sein, bevor der Boss abgemurkst wurde.«

Das war etwas, worauf Rason in ungefähr gehofft hatte. Was für berufliche Verhandlungen hatte Yawle wohl mit Ennings noch führen wollen, wenn er wußte, daß dieser ihn betrogen hatte? Nichts dergleichen. Er war zu ihm gegangen, um Wiedergutmachung zu fordern. Und hatte er sich wirklich Ennings Füllfederhalter ausgeborgt, um etwas zu notieren? Quatsch!

Ich bin wieder mal auf dem Holzweg, dachte Rason mürrisch. Nun will ich beweisen, daß Yawle sich mit Ennings gestritten und ihn dabei umgebracht hat, obwohl ich doch das Mädchen finden und beweisen soll, daß *sie* die Täterin war.

Ins Büro zurückgekehrt, zögerte er, sich einzugestehen, daß er an diesem Vormittag seine Zeit vergeudet hatte. Er bemühte sich, aus der Entdeckung, daß Yawle von Ennings Betrug gewußt hatte, irgend etwas herauszuholen – ohne Erfolg.

Fangen wir einmal mit dem Mädchen an. Sie schließt sich mit einem Zweitschlüssel die Tür auf, nimmt ihr Abendessen zu sich und ersticht ihn dann. Warum? Sie muß damit gerechnet haben, mit einem blauen Auge davonzukommen. Angesichts des Zweitschlüssels in ihrer Tasche kann sie nicht das Unschuldslamm spielen.

Angenommen, sie ist ebenfalls eine Erfinderin? Treibt irgendwas im Wohnzimmer auf, das beweist, daß Ennings ihre Strümpfe mit ihrem eigenen Geld bezahlt hat?

Am nächsten Vormittag tauchte er wieder bei Hendricks auf.

»Haben Sie unter Ihren Klienten ein Mädchen von Mitte zwanzig, ungefähr ein Meter achtundsechzig groß, kräftige Augenbrauen –«

»Ich hab' außer Mr. Yawle keinen davon jemals gesehen. Und Mädchen haben wir nicht. Nur zwei Witwen, Erbinnen natürlich.«

»Also raus mit den Witwen.«

Mrs. Siegman wohnte in Hampstead, war mittleren Alters und hatte praktisch überhaupt keine Brauen. Mrs. Deaker wohnte in Surbbition, ungefähr eine Stunde Fahrzeit von London entfernt, je nach Verkehrslage. Mit einiger Mühe fand Rason schließlich das kleine Haus am Stadtrand, dessen Garten von einer Backsteinmauer umgeben war.

Die Tür wurde von einem gutaussehenden Mädchen von Mitte zwanzig geöffnet, mittelgroß, dunkelhaarig, mit ausgeprägten Augenbrauen.

»Sind Sie Mrs. Deaker?«

»Nein. Mrs. Deaker ist in die Stadt gefahren. Ich bin ihre Gesellschafterin und derzeit auch noch zusätzlich das Hauspersonal. Wollen Sie ihr eine Nachricht hinterlassen?«

Rason wies seinen Ausweis vor.

»Oh!« sagte das Mädchen und Rason beschloß, mit der Tür ins Haus zu fallen.

»Was hatten Sie in der Nacht, als Charles Ennings umgebracht wurde, in Barslade Mansions, Westminster, zu suchen?«

»Oh . . .« wiederholte das Mädchen und fügte dann hinzu: »Ich werde Ihnen nichts sagen, bevor ich einen Rechtsanwalt zugezogen habe.«

»In diesem Fall müssen Sie leider mit mir zu Scotland Yard kommen«, erklärte Rason.

Er blieb bei ihr, während sie ein Köfferchen packte und eine Nachricht für ihre Arbeitgeberin hinterließ, und behielt sie im Auge, während er mit Scotland Yard telefonierte. Auf der Fahrt teilte sie ihm als einziges mit, daß sie Margaret Halling hieße. Im Yard selbst ließ sie sich widerspruchslos ihre Fingerabdrücke abnehmen.

Etwa drei Stunden später tauchte Dennis Yawle bei Scotland Yard auf, nachdem er zuvor telefonisch dorthin gebeten worden war. Rund fünf Minuten früher war Margaret Hallings Arbeitgeberin zusammen mit einem Anwalt eingetroffen. Alle drei harrten gemeinsam mit einem halben Dutzend anderer Leute längere Zeit in einem Warteraum aus.

Kriminalinspektor Rason bedankte sich überschwenglich bei Yawle und führte ihn einen hinter dem Warteraum gelegenen Korridor entlang.

»Ich möchte, daß Sie durch dieses kleine Guckloch in der Täfelung hindurchspähen – man kann Sie Ihrerseits nicht sehen – und mir sagen, ob Sie irgend jemanden in diesem Zimmer wiedererkennen.«

Yawle blickte hindurch und lächelte dann breit.

»Ja – das Gesicht werde ich nie vergessen! Das ist die ältere Dame, deren Päckchen ich auf der Treppe aufgehoben habe.«

»Na, so was . . .« Rason war so verblüfft wie seit langem nicht mehr. »Entschuldigen Sie mich, Mr. Yawle.« In seiner Erregung schob er Yawle zu der Täfelung zurück, legte ihm die Hand auf den Kopf und drehte ihn sachte so, daß er vermutlich einen Blick auf den Stuhl am Fenster innen werfen konnte.

Diesmal lächelte Yawle nicht breit. Rason hatte den Eindruck, als hielte er ihn davon ab, auf den Boden zu sinken.

»Das ist das Mädchen mit den Brauen – das ich in der Halle unten gesehen habe!«

»Und ist sie auch die Person, die mit dem Zweitschlüssel die Wohnung aufgeschlossen hat?«

»Das weiß ich nicht. Ich sagte damals doch, ich wäre nicht sicher, daß es sich um das gleiche Mädchen handelt.«

»Das stimmt, Mr. Yawle – wir suggerieren einem Zeugen niemals eine Aussage«, erklärte Rason, ohne zu erröten. Er war jetzt äußerst guter Stimmung, denn er hatte erneut den Schimmer einer Idee. »Meinen Unterlagen zufolge sagten Sie aus, es habe sich mindestens um einen ähnlichen Typ gehandelt. Damit haben *wir* den Schwarzen Peter in der Hand.«

Sie gingen in Chefinspektor Karslakes Zimmer. Der Stuhl am Rollpult stand Rason zur Verfügung, denn es handelte sich um seinen Fall, während Karslake zu seiner Linken saß. Rasons eigenes Büro war allzu museal für Vernehmungen.

»Hm, als erstes sollten wir vermutlich das Mädchen für eine formale Identifikation hereinholen«, schlug Karslake vor, nachdem er das Neueste gehört hatte.

»Nein, Sir«, erwiderte Rason und nahm den Hörer des Haustelefons ab. »Mrs. Deaker ist im Wartezimmer – fragen Sie sie, ob sie bereit wäre, mit mir zu sprechen. Wenn ja, führen Sie sie herein.«

»Mr. Yawle«, fuhr Rason dann fort, »dieses alte Mädchen hat Mr. Karslake eine Menge Scherereien gemacht, in vieler Hinsicht.« Karslakes überraschtes Gesicht nahm einen deutlichen Zug von Mißbilligung an, als Rason weitersprach. »Falls sie uns irgend etwas auftischen will, das nicht stimmt, wäre ich Ihnen dankbar, wenn Sie sich einmischten und ihr das unter die Nase rieben.«

Yawle stimmte höflich zu. Diese Frau war kein Problem. Sie konnte nichts anderes tun, als seine Aussage bestätigen.

Mrs. Deaker hatte sich entschieden, dem Beamten ohne die Unterstützung des Anwalts gegenüberzutreten, der Margaret Halling zur Verfügung stand.

»Ich nehme an, Sie haben diesen Gentleman hier früher schon einmal gesehen, Mrs. Deaker?« Rason wies auf Yawle.

»Soweit ich mich erinnere, nein«, antwortete Mrs. Deaker. »Wenn Sie mir vielleicht seinen Namen nennen würden –?«

»In den Barslade Mansions, Westminster, am Abend des siebzehnten Januar 1933. Dieser Gentleman hob ein Päckchen auf, das Sie auf der Treppe hatten fallen lassen.«

»Wirklich? Wie freundlich von ihm – und nicht nett von mir, das einfach zu vergessen.«

»Wir haben durch Presse und Radio Aufrufe erlassen, daß Sie sich melden sollten, Mrs. Deaker«, bemerkte Rason streng.

»Ich erinnere mich an diese Durchsagen, aber mir war nicht klar, daß ich damit gemeint war.« Sie starrte Yawle finster an. »Haben Sie mich als ›ältere Frau‹ beschrieben? Das wurde nämlich so durchgegeben.« Bevor Yawle sich entschuldigen konnte, fuhr sie fort: »Vermutlich wirke ich auf einen Mann Ihres Alters als ›älter‹. Wie dem auch sei, wenn wir die Sache mit dem Päckchen nun als abgeschlossen betrachten können, würde ich der Polizei gern Näheres über Margaret Halling, meine Gesellschafterin, erzählen. Sie war lediglich dort, weil mein Taxi sie dahin brachte. Ich aß zusammen mit einem Freund zu Abend. Ihr Zug nach Hause fuhr erst um acht Uhr von Waterloo Station ab. Es war eine kalte Nacht, und ich riet ihr, sich im Vorraum unten an die Heizung zu setzen bis es für sie Zeit war zu gehen.«

»Wer war der Freund, mit dem Sie zu Abend aßen, Mrs. Deaker?«

»Der Mann, der ermordet wurde, Mr. Ennings. Aber Sie müssen ja wohl alles über ihn wissen, da Sie noch immer nach dem Mörder suchen. Nun, nachdem wir auf das Thema gekommen sind, wollen Sie vielleicht, daß ich über das, was ich an jenem Abend getan habe, Rechenschaft ablege, obwohl es völlig bedeutungslos ist – sonst hätte ich mich gemeldet.

Mr. Ennings war ein Freund – ein intimer Freund – bevor ich, etwas unüberlegt, den Mann heiratete, der den Deaker Gleichrichter erfunden hat. Mr. Ennings regelte die finanziellen Angelegenheiten meines Mannes. In den letzten Jahren nach seinem Tod nahmen Mr. Ennings und ich unsere – Freundschaft wieder auf, um so mehr als mein Mann ihn zu seinem Vermögensverwalter gemacht hatte.

Mr. Ennings rief mich an dem fraglichen Morgen an, um mir mitzuteilen, daß er möglicherweise durch eine Besprechung aufgehalten werden würde. Da ich zum Einkaufen nach London fahren wollte, sollte ich zu ihm zum Abendessen kommen – er wollte eine kalte Mahlzeit vorbereiten – und ich sollte nicht länger als bis halb acht auf ihn warten.

Was nun den Zwischenfall mit dem Päckchen betrifft – ich betrete niemals einen Aufzug, sofern nicht ein zuverlässig wirkender Fahrstuhlführer darin mitfährt. Ich entschied mich also für die Treppe – was längere Zeit in Anspruch nahm – zweifellos, weil ich schon ›älter‹ bin! Ich wartete wie verabredet bis halb acht und ließ mich dann am Tisch nieder. Dann blieb ich noch bis kurz nach halb zehn in der Wohnung und fuhr danach mit dem Zug um zehn Uhr fünf nach Hause.«

Rason hatte aus dem Dossier die Fotos von den Resten der Mahlzeit genommen.

»Wann sahen Sie dann Mr. Ennings?«

»Sie hören doch, ich sah ihn überhaupt nicht.«

»Wie sind Sie in die Wohnung hineingekommen?«

»Ich versuchte es erst mit dem Türklopfer, da im Vorraum Licht brannte.« In etwas mühsamem Ton fuhr sie dann fort: »Ich habe ja wohl hinreichend auf die Tatsache unserer Freundschaft hingewiesen – ich verfüge über einen Schlüssel zur Wohnung. Hier ist er.« Sie nahm ihn aus ihrer Handtasche und reichte ihn Rason.

»Ich ging dann zum Wohnzimmer, aber die Tür war verschlossen. Ich klopfte und rief Charlies Namen. Dann sah ich mich in der Wohnung um, schloß die Außentür und ging ins Eßzimmer, um auf ihn zu warten. Einmal glaubte ich zu hören, wie die Wohnungstür draußen ins Schloß fiel, aber das war nur falscher Alarm, also ließ ich mich nieder und begann zu essen.«

Yawle beugte sich vor und griff nach dem Foto mit den Mahlzeitresten auf Rasons Schreibtisch.

»Das ist unmöglich, Mrs. Deaker!« rief er. »Sehen Sie sich dieses Foto an. Es *müssen zwei* Personen gegessen haben!«

Sie starrten einander finster an.

»Augenblick mal, Mr. Yawle«, mischte sich Rason ein. »Ich dachte, Mr. Karslake hätte Ihnen bereits alles erzählt. Hat er vergessen zu erwähnen, daß es nur *eine Sorte von Fingerabdrükken an dem Geschirr* dort gab?«

»Dann müssen das meine sein.« Mrs. Deaker seufzte. »Ich hatte gehofft, mir diese öffentliche Blamage ersparen zu können. Die peinliche Wahrheit ist, daß ich so viel wie zwei Männer essen kann – und es auch gelegentlich tue! Um neun Uhr konnte ich annehmen, daß Mr. Ennings bereits ein Abendessen zu sich genommen hatte. Also habe ich dann vollends alles ...«

Rason ließ Mrs. Deaker allein in ihrem Strudel von Verstößen gegen die gesellschaftlichen Sitten zappeln.

»Nun, Yawle, kommen wir zu dem jungen Mädchen zurück, das Sie in der Wohnung sahen, und das Sie nicht *unbedingt* als dasjenige identifizieren wollten, das Sie im Vorraum unten sahen. Samt Augenbrauen und allem übrigen! Oder würden Sie gerne Mrs. Deaker ein paar Fragen über diese Wohnzimmertür stellen, die *von innen verschlossen* war? Ich meine, so um sieben Uhr zwanzig herum, die genaue Zeit spielt keine solche Rolle, Yawle.«

Aber Yawle besaß einen Talisman in einem leeren Benzinfeuerzeug, der ihn vor allen weiteren Angriffen auf seine menschliche Würde schützte.

Übersetzt von Rosmarie Kahn-Ackermann

MICHAEL GILBERT

Ein Fall für Gourmets

Der Verfasser der folgenden Story wurde als einer der besten Kriminalautoren nach dem Zweiten Weltkrieg gepriesen – wenn man den Doyen dieser Sparte Ellery Queen zitiert. Michael Gilbert ist Rechtsanwalt von Beruf und Kriminalschriftsteller aus Neigung. Er entdeckte dieses Genre als Kriegsgefangener in Italien und später – noch genauer – als juristischer Berater von Raymond Chandler. Gilberts eindrucksvollste Gestalt ist Kriminalinspektor Patrick Petrella, der sein Debut in ›Blood and Judgement‹ *(1959) hatte, das zu einer der besten Kriminalstories des Jahres erklärt wurde, dazu kommen eine Reihe von Kurzgeschichten, einschließlich* ›Ein Fall für Gourmets‹, *wo sich der Inspektor mit dem verblüffenden Problem von Heringmus zu befassen hat . . .*

Der merkwürdige und komplizierte Fall, der in den Annalen der Gabriel Street unter dem Stichwort ›Heringmus‹ aufgeführt ist, könnte bis zu seinem Ursprung im Polizeigericht von South Borough zurückverfolgt werden.

Kriminalinspektor Patrick Petrella, der dort dienstlich zu tun hatte, fühlte sich an eine Bemerkung erinnert, die Sergeant Drage von der britischen Bahnpolizei ihm gegenüber geäußert hatte – nämlich die, daß man Fahrgäste in drei Klassen einteilen könne: erstens Leute, die ohne Fahrkarten führen, zweitens solche, die während der Reise klauten und drittens die, die Plakate beschädigten.

Als Petrella im Gericht eintraf, fand er auf der Anklagebank eine apfelbäckige alte Lady vor, die des Vergehens beschuldigt wurde, mit einem Drei-Pence-Billett von Wimbledon nach Charing Cross gefahren zu sein. Ihre Verteidigung, die sie selbst besorgte, bestand in der Behauptung, sie habe um eine Fahrkarte zum Kennington Oval gebeten, aber der Schalterbeamte habe sie mißverstanden.

»Aber mit Sicherheit, Madam«, wandte Mr. Whitcomb mit der Höflichkeit ein, für die er bekannt war, »kostet die Fahrt von Wimbledon zum Oval mehr als Threepence.«

Gewiß, pflichtete die alte Lady bei, aber da der Schalterbeamte doch offensichtlich stocktaub gewesen sei, was läge da näher als die Annahme, daß er, als *sie* ›Kennington Oval‹ gesagt habe, geglaubt habe, sie habe ›Colliers Wood‹ gesagt.

»Aber kam Ihnen gar nicht der Gedanke, daß eine Fahrt zum ›Oval‹ mehr als Threepence kosten müsse?«

Die alte Lady tat dies mit Leichtigkeit ab. Sie erklärte, sie habe immer haargenau das bezahlt, was der Schalterbeamte von ihr verlangte. Ihrer Erfahrung nach wollten sie mal mehr, mal weniger. Sie stritte sich grundsätzlich nicht mit ihnen herum.

»Und deshalb«, erkundigte sich Mr. Whitcomb, der prinzipiell allen Dingen auf den Grund ging, »sind Sie, nachdem Sie irrtümlicherweise ein Billett nach Colliers Wood erhalten hatten statt eines nach dem Oval, schließlich in Charing Cross ausgestiegen?«

Die alte Lady erklärte, sie hätte die Station irrtümlicherweise für Trafalgar Square gehalten.

Es nahm einige Zeit in Anspruch, diese Angelegenheit ins Reine zu bringen (volle Bezahlung des Billetts und eine strenge Verwarnung) und danach wurde Ronald Duckworth hereingerufen. Mr. Duckworth wurde der mutwilligen Sachbeschädigung beschuldigt, begangen auf dem Grund und Boden der Londoner Verkehrsbehörde; er hatte am vergangenen Dienstag den Versuch unternommen, in der Borough High Street U-Bahnstation ein Plakat abzureißen, das Eigentum der ›Barleymows Frühstückspakete‹ war und auf dem für die Produkte dieser Firma geworben wurde.

Mr. Duckworth bekannte sich schuldig, und ein Inspektor

der Londoner Verkehrsbehörde, ein Mr. Simpson, sagte aus, er habe, als er zum Bahnsteig zurückgekehrt sei, beobachtet, daß der Angeklagte, der sich offenbar allein gewähnt hatte, eine lose Ecke des fraglichen Plakats ergriffen und mit einem scharfen Ruck in Richtung nach oben gezogen habe.

»Wäre es möglich, daß Sie Barleymows Frühstückspakete nicht mögen?« erkundigte sich Mr. Whitcomb mit einem Unterton ausgesprochener Sympathie.

Mr. Duckworth sagte nein, er habe lediglich aus einem Impuls heraus gehandelt.

Mr. Whitcomb erklärte, solchen Impulsen, wenngleich verständlich (er selbst bevorzuge Porridge) sollte man widerstehen. Er verurteilte Mr. Duckworth dazu, die Kosten des Verfahrens zu tragen und untersagte ihm zudem unter Zubilligung einer Bewährungsfrist von zwölf Monaten, weiterhin Plakate abzureißen, selbst wenn die Produkte, für die sie warben, noch so minderwertig seien.

Mr. Duckworth verschwand erleichtert. Der nächste Fall war der Petrellas, und er sah der Prozedur mit keinerlei Begeisterung entgegen.

Die Anklage gegen Albert Mundy lautete, daß er Waren gekauft habe, von denen er wußte, daß sie gestohlen worden waren. Die Fakten waren simpel genug. Mr. Mundy, ein Elektriker, der in der Elektrizitätszentrale von Wandsborough arbeitete, hatte einen Fernsehapparat von einem Mann erstanden, den er an der Saloon Bar einer Kneipe kennengelernt hatte.

Sie hatten ein paar Gläser miteinander getrunken, und der Mann hatte Mundy eine lange Geschichte von irgendeiner Verwechslung erzählt, auf Grund derer er nun im Besitz von zwei Fernsehern sei. »Es handelt sich um einen funkelnagelneuen Apparat«, hatte er gesagt. »Ich habe ihn jetzt im Wagen draußen. Und ich bin froh, wenn ich ihn um die Hälfte dessen loswerde, was ich selbst dafür bezahlt habe.«

Mr. Mundy war nicht nur Elektriker. Er verstand eine ganze Menge von Fernsehern. Das Ding war, wie er feststellte, als er hinausging, um es zu inspizieren, tatsächlich funkelnagelneu.

Die Etiketten des Herstellers und des Großhandelsgeschäfts klebten noch darauf.

Selbst wenn der Apparat einen äußerlich nicht erkennbaren Fehler haben sollte – was Mr. Mundy halb und halb vermutete –, so traute er sich trotzdem zu, ihn in Ordnung bringen zu können, und so oder so handelte es sich um ein Schnäppchen. Er eilte nach Hause, entnahm das Geld seinem Reservefonds unter einer losen Bodendiele und schloß das Geschäft ab. Es stellte sich heraus, daß der Apparat in tadelloser Verfassung war. Aber unglücklicherweise erwies sich dann auch, daß es sich bei ihm um einen aus der Lieferung eines Dutzends Fernseher handelte, die bei dem Transport zwischen Manchester und dem Güterdepot an der Tooley Street gestohlen worden waren – wahrscheinlich aus dem Depot selbst.

Von beiden Seiten wurde zu dem Fall eine Menge mitgeteilt. Mr. Mundy führte an, er sei ein ehrlicher Bürger mit einer bis dato lupenreinen Reputation, und er habe keinerlei stichhaltige Beweise dafür gehabt, daß der Fernsehapparat gestohlen worden war. Behördlicherseits wurde eingewandt, Mr. Mundy habe selbst zugegeben, daß ihm der ganze Handel fragwürdig vorgekommen sei; und Leute, die in einer Kneipe von Fremden einen Fernseher für die Hälfte des Normalpreises kauften, müßten eben die Konsequenzen aus ihrer Handlungsweise ziehen.

Es gab auch noch ein drittes, gewichtiges, wenngleich unausgesprochenes Argument – daß nämlich jedes Jahr durch Diebstahl bei Warentransporten mehrere Millionen Pfund Verlust entstanden, ein Verlust, für den die Bahnbehörden, ihre Versicherungen und letzten Endes die Steuerzahler aufzukommen hatten.

Die Sache stand auf Spitz und Knopf, und auf Mr. Mundys Stirn perlte bereits der Schweiß, bevor der Polizeirichter schließlich entschied, auf Grund des bisher straffreien Verhaltens des Angeklagten die Angelegenheit ad acta zu legen.

Petrella fand, daß der Gerechtigkeit Genüge getan worden sei. Mr. Mundy war ein schlimmer Schreck eingejagt worden. Ihn ins Gefängnis zu stecken hätte nur Unglück über seine Familie gebracht und die wirklichen Kriminellen kalt gelassen – nämlich die, welche die Diebstähle organisierten. Denn die Verluste waren inzwischen so groß und regelmäßig geworden, daß das Ganze nach organisiertem Verbrechen aussah.

»Wir tun alles, was möglich ist«, sagte Sergeant Drage. »Aber wir können die Leute bei der Arbeit nicht ständig im Auge behalten. Um das richtig zu machen, müßten wir für jeden einzelnen einen Bahnpolizisten einsetzen. Im übrigen sind die meisten durchaus ehrlich. Die wenigen, die es nicht sind, richten unverhältnismäßig viel Schaden an. Am schlimmsten ist es gegen Weihnachten zu – da sind mehr Ladungen unterwegs, und es werden eine Menge zusätzlicher Hilfskräfte eingesetzt.«

»Wenn Sie sie nicht beaufsichtigen können, wie wollen Sie die Diebstähle dann stoppen?«

»Man kann nur die Augen und Ohren offenhalten. Man muß die Zu- und Abfahrten schärfer bewachen und die Leute in unregelmäßigen Abständen kontrollieren, wenn sie ihren Dienst verlassen.«

»Ja, ja«, bemerkte Petrella. »Das alte System. Man kann nicht verhindern, daß geklaut wird, aber man kann es ihnen schwer machen, ungeschoren davonzukommen.«

Superintendent Benjamin hielt monatliche Konferenzen am Causeway ab, an denen die diensthabenden Kriminalinspektoren der diversen Reviere teilnahmen. Petrella für Gabriel Street, Groves von der Common und Merriam von der Tooley Street. Im Oktober und dann wieder im November hatten die Bahndiebstähle selbst solche Renner wie Ladendiebstahl und jugendliche Untaten vom ersten Platz seiner Liste verdrängt.

»Die Versicherungsgesellschaften fangen an, Stunk zu machen«, sagte Benjamin. »Sie nerven den Commissioner, der Commissioner piesackt den Distrikt, und am Schluß kriegen wir das Fett ab.«

»Ist das nicht eigentlich Aufgabe der Bahnpolizei?« fragte Merriam.

»Klar«, antwortete Benjamin. »Aber wenn das Zeug dann schon gestohlen ist, ist es auch unser Job. Wenn die Kollegen von der Bahnpolizei nicht verhindern können, daß es geklaut wird, dann müssen wir verhindern, daß die Diebe es verscherbeln. Zumindest ist es so gedacht. Wir haben drei große Warendepots in unserem Bezirk – Tooley Street, Red Cross und Bricklayers Arms. Ich würde vorschlagen –«

Er verbreitete sich ausführlich über gewisse Prinzipien bei den Kontrollen dieser Depots. Genau genommen waren seine Vorschläge alle vernünftig, aber seine Untergebenen wußten genau wie er selbst, daß sie ungefähr so wirkungsvoll sein würden wie der Versuch, einen von Kaninchengehegen durchzogenen Quadratkilometer Land von einem Mann mit Hund bewachen zu lassen.

In der zweiten Novemberwoche wurde Mr. Duckworth erneut vor Mr. Whitcombs Polizeigericht zitiert. Diesmal handelte es sich um eine wesentlich gewichtigere Anklage.

Es stellte sich heraus, daß die Angestellten der Untergrundbahnstation Southwark im Begriff gewesen waren, für diese Nacht Schluß zu machen. Der letzte Personenzug war durchgefahren und der letzte Fahrgast, so hatte es den Anschein, auf die Straße hinauskomplimentiert worden. Ein Dienstmann kam zufällig den Bahnsteig entlang, um noch einmal nach dem Rechten zu sehen, als er ein verdächtiges Geräusch aus dem Innern des Schuppens hörte, in dem Reinigungswerkzeug und anderer Krimskrams aufbewahrt wurden.

Besonnener Mensch, der er war, hatte er den Bahnvorsteher und den Zugkontrolleur geholt, bevor er nähere Untersuchungen anstellte, und die drei waren anschließend auf den Bahnsteig zurückgekehrt. Die Tür zum Schuppen stand offen, und der Beschuldigte, der sich innen versteckt haben mußte, wurde dabei ertappt, wie er eine Anzahl von Plakaten herunterriß, die erst am Morgen an der Mauer des Bahnhofsgebäudes angebracht worden waren.

Mr. Duckworth, der noch betretener dreinblickte als beim vorigen Mal, bekannte sich erneut schuldig und behauptete, er habe auch diesmal aus einem Impuls heraus gehandelt.

»Wie ich schon beim letzten Mal sagte«, bemerkte Mr. Whitcomb, »finde ich es verständlich, daß ein Mensch einen plötzlichen und vielleicht auch überwältigenden Drang verspürt, ein Plakat abzureißen. Aber sich in einem Schuppen zu verstecken, nachdem der Bahnhof selbst schon für die Nacht geschlossen worden war, und dann anzufangen, systematisch Plakate abzureißen, kann man wohl kaum mehr als ›Impuls‹ bezeichnen.«

Mr. Duckworth blickte unglücklich drein und erklärte, es täte ihm sehr leid. Mr. Whitcomb, eine Kopie des Protokolls von der letzten Verhandlung vor sich auf dem Tisch, grübelte einige Zeit und verkündete dann, daß er über die Angelegenheit keineswegs glücklich sei. Es müßten noch weitere Ermittlungen angestellt werden (der damit beauftragte Beamte seufzte hörbar), und er würde die Verhandlung von Mr. Duckworths Fall für eine Woche vertagen. Ihm war bekannt, daß der Beschuldigte ein respektabler Ehemann und Familienvater sei. Er würde gegen Kaution für sieben Tage freigestellt.

Petrella, der sich im Zusammenhang mit einem anderen Fall im Gericht aufhielt, erwischte den Ermittlungsbeamten an der Tür und sagte: »Wenn du mit ihm fertig bist, möchte ich mich mal gern mit ihm befassen.«

»Befaß dich ruhig zuerst mit ihm«, erwiderte der andere. »Er ist eine total doofe Nuß. Wahrscheinlich hat sich seine Mutter als junges Mädchen mal über ein Bahnhofsplakat erschreckt.«

»Da bin ich nicht so sicher«, sagte Petrella. Er hatte im Lauf seiner Karriere ziemlich umfangreiche Kenntnisse bezüglich Irrer, Spinner und Fanatiker erworben, die die Zeit der Polizei so ausgiebig in Anspruch nahmen und solch unterhaltsames Material für die Gerichtsreporter der führenden Tageszeitungen lieferten; aber er war in keiner Weise davon überzeugt, daß es sich bei Mr. Duckworth um einen Spinner oder Irren handelte.

Also lud er Mr. Duckworth zu einer Tasse Tee in einem Lokal ein und lauschte mit unendlicher Geduld dessen Lebensgeschichte. Mr. Duckworth war Innendekorateur und zudem hatte er es im letzten Krieg in seinem Artillerieregiment mit Erfolg zum Rang eines Sergeants gebracht. Er hatte eine Frau und drei Kinder (deren Fotos Petrella aufmerksam betrachtete). Er war Anhänger von ›Charlton Athletic‹, und ein begeisterter Wurfpfeilspieler. Und, so fügte er hinzu, mit seinen Augen sei durchaus alles in Ordnung.

Petrella hatte das Gefühl, sich nunmehr möglicherweise dem Kernpunkt des Geheimnisses zu nähern. Er bestellte zwei weitere Portionen Tee für sie beide.

»Meinen Augen fehlt überhaupt nichts«, wiederholte Mr. Duckworth.

»Wer hat das denn behauptet?« erkundigte sich Petrella.

»Eigentlich niemand«, antwortete Mr. Duckworth mürrisch. »Es ist nur so – hören Sie, wenn ich Ihnen diese Geschichte von Anfang an erzähle, versprechen Sie dann, mich nicht auszulachen?«

»Ich lache nie im Dienst«, erklärte Petrella.

»Nein, ich meine es ernst. Es – es ist einfach verrückt. Es – muß irgendwas mit der Vierten Dimension zu tun haben. Verstehen Sie, was ich meine?«

»Science Fiction?« warf Petrella hilfreich ein.

»Genau – das ist es, was ich meine! Sie gehen von einem Leben in ein anderes über. Deshalb ist es mir auch lieber, die Leute halten mich für einen Ganoven als für einen Verrückten, wenn Sie mir folgen können.«

»Eine Menge Menschen empfinden so«, sagte Petrella. »Also, erzählen Sie.«

Eigentlich handelte es sich um eine ganz simple Geschichte. Mr. Duckworth hatte einer Zusammenkunft ehemaliger Regimentsmitglieder in London Nord beigewohnt, etwas, woran er sich alljährlich beteiligte und wo man ›dieses eine Mal im Jahr immer gründlich die Sau rausläßt‹.

Als alter Soldat hatte er, bevor er sich ins Getümmel stürzte, seine Rückzugsstrategie sorgfältig vorausgeplant. Die dem Regimentsstandort zunächst gelegene Bahnstation war Highgate Archway an der Nordlinie. Seine heimatliche Station war Colliers Wood, an der gleichen Linie gelegen. Der letzte Zug verließ Highgate zehn Minuten vor Mitternacht.

Nachdem sich Mr. Duckworth diese wesentlichen Fakten fest

eingeprägt hatte, hatte er sich mit Vergnügen unter die alten, gleichgesinnten Freunde gemischt, hatte eine nicht unerhebliche Menge Bier und zwei (doch, er glaubte, wirklich nur zwei) Gläser Whisky getrunken und anschließend seinen Zug in Highgate noch zwei Minuten vor dessen Abfahrt erreicht. Kaum saß er im Waggon, war er auch schon eingeschlafen.

Eine unbestimmte Anzahl von Minuten später war er in der Überzeugung emporgeschreckt, er habe nunmehr seinen heimatlichen Bahnhof erreicht und sei im Begriff, darüber hinauszufahren. Der Zug stand jedenfalls, und die Türen waren geöffnet. Es war kein Augenblick zu verlieren. Glücklicherweise hatte er sich auf einem Sitz gegenüber dieser Türen niedergelassen, und als sie eben anfingen sich zu schließen, stürmte er hinaus.

Der Zug fuhr mit einem Ruck an und verschwand dann. Ein vereinzelter Bahnbeamter, ohnehin weit entfernt, verschwand ebenfalls. Mr. Duckworth, noch immer von der Kombination aus Verschlafenheit und Alkoholgenuß benommen, blieb allein auf dem Bahnsteig zurück.

Er spürte den überwältigenden Wunsch, sich für ein paar Minuten irgendwohin zu setzen, um sich zu erholen. Hinter ihm, am hinteren Ende des Bahnsteigs, befand sich etwas wie eine Nische, die möglicherweise einmal einen Sitz beherbergt hatte. Es schien Mr. Duckworth genau das zu sein, was er brauchte. Er lehnte den Rücken bequem gegen die eine Seite, stemmte die Füße gegen die andere und gab sich einer Periode des Nachdenkens hin.

Als er die Augen wieder öffnete, befand er sich im Dunkeln – es handelte sich um eine Art bläulicher Dämmerung, durchbrochen lediglich von einem sehr hellen Licht.

Sein Kopf, so berichtete er weiter, sei komplett klar gewesen. Er hatte früher schon festgestellt, daß er, ganz gleich wieviel Bier er trank, nach einer halben Stunde Schlaf wieder mehr oder weniger okay war.

Petrella unterbrach ihn. »Wie lange, glauben Sie, haben Sie geschlafen?«

Schwer zu sagen, meinte Mr. Duckworth, aber er glaubte

nicht, daß es länger als eine halbe Stunde gewesen sei. Er war einigermaßen mühsam aufgestanden und hatte festgestellt, daß es sich bei dem hellen Licht um einen kleinen Scheinwerfer auf Höhe des Bahnsteigs handelte. Er war so angebracht, daß er diesen Teil des Bahnhofs erhellte, der (Duckworths Kopf war klar genug, daß er das erkennen konnte) nicht zum modernen Typ mit glänzenden Kacheln und Zement gehörte, sondern eher altmodisch war mit seinen hölzernen Reklametafeln.

Der Lichtschein, das sah er, als er näherkam, war direkt auf eines dieser Plakate gerichtet – so als sei er eigens installiert worden, um es zu beleuchten. Die Wirkung wurde dadurch verstärkt, daß die Anschlagtafeln zu seiner Rechten und Linken leer waren.

»Vermutlich«, sagte Petrella, »war Ihnen inzwischen klar geworden, daß Sie sich nicht in Colliers Wood befanden?«

»Allerdings. Mir war klar, daß ich zu früh aus dem Zug gestiegen war und einen langen Heimweg zu Fuß vor mir hatte. Im Bahnhof eingesperrt zu sein, befürchtete ich nicht. Wenn Licht brannte, dann mußten auch noch Angestellte da sein.

An das, was als Nächstes passierte, erinnere ich mich nicht mehr sehr deutlich. Ich glaubte, ein Geräusch hinter mir zu hören, etwas wie ein Kratzen – und dann fiel mir die Decke auf den Kopf. Zumindest fühlte sich das so an. Irgend etwas Hartes und Schweres landete auf meinem Kopf, und bevor ich Zeit hatte, noch etwas anderes zu spüren, stürzte ich nach vorne und – na ja, und dann erinnere ich mich nur noch, irgendwann die Augen aufgemacht zu haben. Es war fünf Uhr früh, ein scheußlicher, grauer Morgen, und ich saß auf einer Bank in nächster Nähe der Straße – mitten in South Borough Common.«

Er wartete trotzig auf einen Kommentar.

»Sie könnten natürlich alles geträumt haben«, sagte Petrella. »Möglicherweise hat Sie jemand nach Ihrer Kameradschaftsfeier mit dem Wagen mitgenommen und herauszufinden versucht, wo Sie wohnen. Sie waren zu blau, um ihm die Adresse geben zu können, also hat er Sie auf der Bank abgeladen. Nicht gerade freundlich, aber so was kann passieren.«

»Na schön«, wandte Mr. Duckworth ein, »aber wie erklären Sie sich dann die Tatsache, daß ich nach wie vor mein Billett bei mir hatte? Ich fand es in der Westentasche.«

»Dann«, pflichtete Petrella bei, »könnte es genau so gewesen sein, wie Sie gesagt haben. Sie sind an irgendwas geraten, was nicht für Ihre Augen bestimmt war, wurden niedergeschlagen und hinterher abgesetzt.«

»Das habe ich mir auch überlegt. Nur nicht ganz so schnell, denn ich hatte eine häßliche Beule am Hinterkopf – die war jedenfalls keine Einbildung. Sie schmerzte teuflisch, zudem hatte ich einen grauenhaften Kater – und mußte mich auch noch zusätzlich mit meiner Frau auseinandersetzen. Sie hatte sich entsetzlich aufgeregt, war zur Polizei gegangen, und als ich dann auftauchte –«

»*Den* Teil der Sache kann ich mir vorstellen«, bemerkte Petrella.

»Ja nun – ich dachte über das Ganze nach und kam auf die gleiche Idee wie Sie. Und ich fand, das Beste wäre, herauszufinden, um welche Bahnstation es sich überhaupt gehandelt hatte.«

»Das hätte eigentlich nicht allzu schwierig sein sollen«, meinte Petrella. »Die meisten der Bahnhöfe an dieser Linie sind modernisiert worden, und außerdem hatten Sie ja zumindest eine dieser Reklamen gesehen – die, auf die der Scheinwerfer gerichtet gewesen war.«

»Das ist es ja gerade«, sagte Mr. Duckworth.

»Hatten Sie sie denn *nicht* gesehen?«

»Doch. Und ich wollte, es wäre nicht so gewesen. Es macht mich völlig fertig. Das ist der Punkt, an dem Sie versprochen haben, mich nicht auszulachen. Was ich sah – und zwar ganz deutlich – wenn ich die Augen schließe, sehe ich es immer noch vor mir – was ich sah, waren drei Zeilen mit je einem Wort. Sie hießen: 1a HERING MUS.«

Petrella starrte ihn an.

»Nun seien Sie mal ehrlich«, sagte Mr. Duckworth, »fangen Sie jetzt nicht doch an zu glauben, daß bei mir eine Schraube locker ist? Wenn ja, sind Sie nicht der einzige. Ich bin nahe dran, es selbst zu glauben.«

»Sie sagen, Sie können es mit geschlossenen Augen vor sich sehen? Um was für einen Druck handelte es sich, und wie waren die drei Zeilen angeordnet?«

»Ganz gewöhnliche Großbuchstaben. Ja, ziemlich groß, aber nicht riesig. Das ›1a‹ stand oben und eine Spur nach links gerückt. In der zweiten Zeile stand ›HERING‹, genau in der Mitte. ›MUS‹ stand unten, ein bißchen nach rechts gerückt.«

»Mhm«, murmelte Petrella und fuhr dann fort: »Ich nehme an, es gibt nirgendwo ein ähnliches Plakat –«

»Ich habe jede elende kleine Bahnstation zwischen Waterloo und Balham zwanzigmal durchgekämmt und nirgendwo gibt es auch nur annähernd so was! Bei den meisten handelt es sich um Abbildungen von Mädchen. Wenn was geschrieben steht, dann dreht es sich um Empfehlungen für Obligationen oder Firmen und daß man dieses oder jenes Bier trinken soll.«

»Aber keine Heringe?«

»Es ist kein einziger Fisch drunter. Das brachte mich auf die Idee, es könnte sich um ein Plakat handeln, das mit einem anderen überklebt worden ist. Sie werden ungefähr einmal pro Woche ausgewechselt. Deshalb –«

Petrella dämmerte etwas.

»Deshalb fingen Sie an, die neuen Plakate abzureißen – um zu sehen, was auf den vorhergegangenen stand.«

»Irgendwie hat mich das nicht mehr losgelassen«, sagte Mr. Duckworth. »Ich kann es nicht erklären. Aber ich hatte das Gefühl, daß ich, wenn ich dieses Plakat wiederfinden würde, vielleicht dahinterkäme, was mir in dieser Nacht zugestoßen ist. Wenn nicht – na ja, vielleicht bin ich doch verrückt. Ich rechne jedenfalls damit, daß Sie das glauben.«

»Nein«, erwiderte Petrella langsam. »Ich glaube nicht, daß Sie in irgendeiner Form verrückt sind.«

Das gleiche teilte er auch Mr. Wetherhall an diesem Abend mit. Mr. Wetherhall war der Rektor der Höheren Schule in South

Borough, und als Petrella sich hintereinander mit zwei Hauswirtinnen überworfen hatte (in beiden Fällen seiner seltsamen Haushaltsführung und seiner exzessiven Benutzung des Telefons wegen), hatte Wetherhall ihm vorgeschlagen, in die beiden leeren Zimmer über seiner eigenen Wohnung in dem großen Haus an der Brinkman Road zu ziehen. Das war zwar in einiger Entfernung von der Gabriel Street, aber im übrigen sagte Petrella das Ganze sehr zu. Es hatte ihm großen Spaß gemacht, die Zimmer einzurichten, und er genoß seine gelegentlichen Plauderstündchen mit Mr. Wetherhall nach dem Abendessen.

»Ich glaube nicht, daß ich an seiner Stelle damit angefangen hätte, in Bahnhöfe einzudringen und Plakate abzureißen«, erklärte Wetherhall. »Ich wäre zu einer der großen Agenturen gegangen, die für die Plakatierung in Untergrundbahnhöfen zuständig sind und hätte da jemanden gebeten, mir zu sagen, was in der betreffenden Woche dort angeschlagen wurde.«

»Sie hätten das vielleicht getan«, erwiderte Petrella, »und ich auch, und möglicherweise hätte man es uns in der Agentur sogar gesagt. Aber jemand wie Mr. Duckworth tut das nicht.«

»Haben Sie die Bahnstation ausfindig gemacht?«

»Ich habe es versucht. Die Schwierigkeit ist nur, daß Mr. Duckworth zwei Möglichkeiten hatte, von Highgate nach Colliers Wood zu gelangen – entweder via Charing Cross, die West End Route, oder via Bank. Alle Bahnstationen an der West End Linie sind mit modernen Kacheln und Chrom ausgestattet. Aber ein paar Bahnhöfe an der Bank Route könnten in die Beschreibung passen. London Bridge, Southwark, und Borough High Street kämen in Betracht.«

»Da Sie sich schon diese Arbeit gemacht haben, sind Sie vermutlich nicht der Ansicht, daß Duckworth sich alles bloß ausgedacht hat?«

»Nein. Aber ich könnte nicht erklären, warum«, antwortete Petrella.

Mr. Wetherhall paffte eine Zeitlang an seiner scheußlichen Pfeife und sagte dann: »Nein, das können Sie wohl nicht . . . Ich meine, Sie können nicht erklären, wieso Sie wissen, daß die

Leute die Wahrheit erzählen, aber Sie wissen es eben. Ich habe das selbst oft bei meinen Schülern erlebt.« Er versank wieder in Nachdenken und fuhr dann fort: »Ich finde, Sie sollten mit meinem Freund Raynor-Hasset sprechen. Er kann Ihnen alles über das Untergrundbahnsystem von London sagen, was Sie wissen wollen. Er war früher Lehrer, ist aber jetzt pensioniert. Er wohnt in einem dieser kleinen Häuser oben auf der Heath. Ich werde ihn anrufen und ihm mitteilen, daß Sie ihn besuchen werden.«

Petrella wußte, daß Mr. Wetherhall kaum je jemanden leichtfertig empfahl. Also suchte er am folgenden Abend Mr. Raynor-Hasset auf. Mr. Wetherhalls Freund hatte ein Gesicht wie ein Rabe und ging leicht gebückt so wie jemand, der einen großen Teil seines Lebens in Räumen mit niedrigen Decken zugebracht hat.

»Ich nehme an«, sagte er, nachdem sie sich vor dem Kaminfeuer niedergelassen hatten, »daß Sie niemals etwas von den ›Spurs‹ gehört haben?«

»Den ›Spurs‹?«

»Ich meine nicht die Fußballmannschaft«, erklärte Mr. Raynor-Hasset mit dünnem Lächeln. »Ich meine die Gesellschaft zur Erhaltung aufgelassener Bahnlinien. Ich habe die Ehre, ihr Schriftführer zu sein.«

»Leider habe ich noch nie davon gehört«, erwiderte Petrella. »Was tun Sie da?«

»So wie Höhlenforscher die verborgenen Winkel und Windungen eines Höhlensystems erforschen, lassen wir es uns angelegen sein, die Linien der Untergrundbahn unter dieser riesigen Stadt zu untersuchen. Es ist eigenartig, aber wenn eine dieser Linien einmal gebaut wurde, so wird sie zwar unter Umständen verschlossen, *aber kaum je wieder aufgefüllt.*

Die meisten Leute meinen – wenn sie überhaupt darüber nachdenken –, daß unsere Hauptbahnlinien irgendwo in der Nähe von Londons Zentrum enden. Die nördlichen Routen in Euston, Kings Cross und St. Pancras, die südlichen an Waterloo und Victoria. Das stimmt natürlich überhaupt nicht. Ich könnte

Ihnen ein halbes Dutzend Möglichkeiten nennen, London vom Norden nach Süden per Dampflok zu durchqueren. Ich habe selbst letztes Jahr eine Exkursion entlang den Blackfriars, Holborn und Kentish Town durchgeführt. Und wußten Sie, daß es da eine alte, aber noch immer benutzbare Bahnlinie gibt, ein Teil der ursprünglichen Charing Cross Bayswater Route, die in knapp hundert Meter Entfernung von der Eros-Statue in Picadilly verläuft? Der Eingang dorthin führt durch einen Laden –«

Petrella lauschte fasziniert, als Mr. Raynor-Hasset ihm weiter das kuriose System unbenutzter Passagen und Tunnels, unbekannter Gleisstrecken, vergessener Treppen und Phantomstationen schilderte – ähnlich den Spuren einer gefürchteten, aber bereits erloschenen Krankheit im menschlichen Körper – das die privaten Unternehmen der Bahnpioniere unter der ahnungslosen Oberfläche Londons zurückgelassen hatten.

Während einer Pause, in der sein Gastgeber einen Kakao für sie beide zubereitete, rückte Petrella mit der Idee heraus, die ihm gekommen war.

Mr. Raynor-Hasset räumte den Tisch ab und breitete eine Karte in großem Maßstab darauf aus. »Ihr Plan ist absolut durchführbar«, sagte er. »Ich meine, daß man mit dem Tooley Street Güterbahnhof anfangen sollte. Dort sind Ihnen Verluste gemeldet worden – ernstzunehmende Verluste. Nun gut. Sie werden feststellen, daß der Güterbahnhof dort, obwohl er jetzt durch einen Teil des südlichen Bahnsystems mit London Bridge verbunden ist, eine sehr ungewöhnliche Vorgeschichte hat. Er wurde als Privatdepot gegründet, um die über den Fluß herauf zum St. Saviour's Dock kommenden Waren aufzunehmen – als Transportverbindung diente eine Pferdebahn. Man konnte auch durch den unter dem Fluß hindurchführenden alten Tunnel dorthin gelangen, der an Stanton's Kai endete und jetzt aufgelassen ist. Es gibt dort also ausreichend Möglichkeiten. Was die Untergrundbahnstationen betrifft –« Mr. Raynor-Hasset schüttelte den Kopf, »so wären die Leute recht überrascht, wenn sie wüßten, was sich hinter diesen glänzenden, gut beleuchteten Bahnsteigen verbirgt.«

Erneut zog er seine Karte zu Rate. »Wenn Sie mich fragen – ich glaube, die Verbindung liegt zwischen Tooley Street und Southwark. Ich sage Ihnen auch, warum. Die Southwark Untergrundbahnstation kann nicht weit von der Verbindungslinie mit dem alten Brighton und South Coast entfernt sein, die nach Waterloo führte. Die Sache lohnte sich nicht, da die Fahrgäste herausfanden, daß es einfacher war, direkt von der London Bridge zuzusteigen, und so wurde in den achtziger Jahren der Verkehr auf der Route eingestellt. Sie sehen das hier markiert.«

Petrella folgte den dünnen, spinnennetzartigen Linien auf der Karte und empfand steigende Erregung.

»Ja, ich glaube wirklich, daß Sie recht haben«, sagte er.

»Wir brauchen uns nicht auf Theorien zu verlassen. Wollen wir nicht einfach selbst nachsehen?«

Petrella sah ihn an.

»Bei Ihren Befugnissen und meiner Erfahrung«, sagte Mr. Raynor-Hasset, »sehe ich da keinerlei Schwierigkeiten. Ich nehme doch an, daß Sie das mit Ihren Behörden regeln können.«

»Ja, sicher.«

»Dann würde ich den morgigen Abend vorschlagen. Wollen wir uns, sagen wir, um elf Uhr in der Bermondsay South treffen? Ich meine die alte Bahnstation an der Nordseite der Rotherhithe Road. Ziehen Sie Ihre ältesten Sachen an.«

Kurz nach elf Uhr am folgenden Abend folgte Petrella Mr. Raynor-Hasset eine Holztreppe hinab. Unten wartete ein Mann auf sie.

»Ich hab' die Tür aufgemacht«, sagte er. »Es hat mich glatt eine Flasche Öl gekostet. Es müssen fünf Jahre her sein, seit hier jemand durchgegangen ist.«

»Fast genau fünf Jahre«, erwiderte Mr. Raynor-Hasset. »Ich habe selbst eine Gruppe Leute dort hineingeführt. Vielen Dank, Sam.« Er drückte ihm ein paar Münzen in die Hand. »Schließen Sie hinter uns ab. Wir kommen wahrscheinlich am Waterloo heraus.«

»Ich werd' dort anrufen«, sagte Sam. Sie befanden sich vor etwas, das wie eine Backsteinmauer aussah, aber in Wirklichkeit hatten sie den zugemauerten Eingang zu einem Bahntunnel vor sich. Die Tür fiel mit einem dumpfen Knall hinter ihnen ins Schloß und entzog ihnen damit Licht, Luft und jegliche Geräusche.

»Ich hätte Sie gleich anfangs danach fragen sollen, ob Sie an Klaustrophobie leiden«, meinte Mr. Raynor-Hasset.

»Ich glaube nicht«, antwortete Petrella. »Ich bin nie ganz dahintergekommen.«

»Ein Mann, den ich hier mit hereinnahm, wurde so sehr davon befallen, daß er platt auf den Bauch fiel, und als ich versuchte ihm zu helfen, biß er mich ins linke Bein. Hier entlang jetzt.«

Es war nicht schwierig zu gehen. Die Geleise waren entfernt worden, und der alte Bahnkörper war im Laufe der Zeit von einer dünnen Schicht trockener Erde bedeckt worden, gemischt mit von der Tunneldecke herabfallendem Ruß. Das einzig Unangenehme war der Staub, den sie beim Gehen aufwirbelten.

»Die Ventilation ist manchmal ein Problem«, erklärte Mr. Raynor-Hasset. »Ursprünglich war sie ausreichend, aber ein oder zwei der Luftschächte sind inzwischen blockiert. In einem wirklich alten Tunnel hätte ich eine Sicherheitslampe benutzt, aber hier ist das nicht nötig.« Er blieb stehen, um die Karte und einen Schrittmesser zu Rate zu ziehen, der vorne an seiner Jacke steckte. »Hier muß irgendwo ein Luftschacht sein. Ja – Sie können einen Blick auf den Himmel werfen.«

Petrella blickte in die enge Öffnung hinauf und freute sich, ein paar Sterne herunterfunkeln zu sehen. Das Licht der Taschenlampe fiel auf etwas Weißes. Es handelte sich um einen winzigen Knochenhaufen.

»Wahrscheinlich ein Hund«, sagte Mr. Raynor-Hasset. »Weiter – wir haben noch ein gutes Stück Weg vor uns.«

Sie schritten schweigend weiter. Petrella verlor schnell jeden Sinn für Zeit und Entfernung. Sein Gefährte benutzte seine Taschenlampe nur sparsam, und während sie in das Dunkel hineingingen, begann Petrella, die Bedrückung eines Eingemauerten zu spüren, sich des Gewichts der Erde über ihm bewußt zu werden. Die Luft wurde dicker, und er hatte Schwierigkeiten zu atmen – oder war das nur Einbildung?

»Wir müssen doch«, sagte er, und seine Stimme krächzte auf verblüffende Weise, »schon fast auf der anderen Seite Londons sein.«

Mr. Raynor-Hasset blieb stehen und knipste seine Taschenlampe an. »Noch keine zwei Kilometer. Meiner Berechnung nach sind wir gerade unter Bricklayers Waffendepot durchgegangen. Wir werden an der North East Ecke vorüberkommen und danach in einem Bogen nach rechts gehen . . . Ja, hier sind wir. Wir müssen auf eventuelle Eingänge auf der linken Seite achten.«

Er ließ seine Taschenlampe rund hundert Meter weit leuchten, aber die Backsteinmauern wurden durch nichts unterbrochen. Vor ihnen funkelten etwas wie rosafarbene Perlen im Licht auf, wichen aber schnell zurück.

»Ratten«, erklärte Mr. Raynor-Hasset. »Aber ein ziemlich scheues Volk. Ich habe immer ein paar Knallfrösche bei mir, um notfalls damit nach ihnen werfen zu können, habe sie aber bisher nie gebraucht.«

Sie wanderten schweigend weiter.

Petrella, der sich allmählich zu akklimatisieren begann, schätzte, daß sie ungefähr anderthalb Kilometer weitergegangen waren, als Mr. Raynor-Hasset plötzlich fragte: »Spüren Sie nicht so etwas wie eine leichte Feuchtigkeit?«

»Jedenfalls ist es weniger staubig.«

»Irgendwo rinnt hier Wasser herein. Nichts Bedenkliches – irgendein Defekt in einer der Leitungen. Wir müssen schon fast unter dem alten Ledermarkt sein.«

Petrella versuchte, sich die geographische Lage dieses Teils von London vorzustellen. »Dann sollten wir eigentlich nicht allzu weit von Tooley Street entfernt sein.«

»Ungefähr zweihundert Meter.«

Die Lampe wurde wieder angeknipst. Vor ihnen glänzte der

schwarze Boden schleimig. Der Gestank war unbeschreiblich. Selbst Mr. Raynor-Hasset fiel es auf.

»Nicht ohne, was?« sagte er. »Wir werden die Taschenlampe jetzt eine Weile angeknipst lassen.«

Als es dann soweit war, konnte man den Seiteneingang leicht erkennen. Der Weg zu ihm führte sanft bergan nach rechts. Mr. Raynor-Hasset nahm eine Kompaßpeilung vor und markierte den Punkt auf seiner Karte.

»Meiner Ansicht nach gibt es überhaupt keinen Zweifel«, bemerkte er, »das ist eine ehemalige Zufahrt für Güterwaggons, die geradewegs zum Tooley Street Depot führt. Wahrscheinlich werden Sie feststellen, daß sie an einer Laderampe endet. Wollen Sie sie entlanggehen?«

Aber Petrellas Blick haftete auf dem Boden. »Können Sie einmal das hier beleuchten? Sehen Sie – das ist keine fünf Jahre alt!«

»Nein, bestimmt nicht«, pflichtete Mr. Raynor-Hasset bei. »Und das hier sind meiner Ansicht nach Fußabdrücke. Überaus interessant!«

Im Schmutz war ganz deutlich ein festgetretener, aus Stiefelabdrücken bestehender Pfad zu erkennen, der vom Eingang her in Richtung des Tunnels führte.

»Beleuchten Sie bitte die Spuren weiter«, bat Petrella. »Das wird mir viel Mühe ersparen.«

»Es sieht aus, als ob eine ganze Armee diesen Weg benutzt hätte.«

Eine Ameisen-Armee, dachte Petrella. Eine Armee, die Lasten getragen hat.

Nach ungefähr vierhundert Metern mündeten die Fußspuren in einen ehemaligen Bahnkörper, der nach links abwärts führte. Mr. Raynor-Hasset überprüfte erneut seine Karte und sagte: »Die Southwark Untergrundbahnstation oder ich will Max heißen.«

Sie wanderten ein Stück weit nach unten, dann wurde der Boden eben, um nach einer kurzen Strecke wieder anzusteigen und dann in einer Art rundem Vorraum zu enden. Über ihnen führte eine eiserne Wendeltreppe ins Dunkel hinauf.

»Southwark«, erklärte Mr. Raynor-Hasset, »war eine der Stationen, die mit Hinblick auf die Zukunft entworfen wurde. Ich meine, als sie neugestaltet wurde, baute man am hinteren Ende zusätzlich zu den Aufzügen eine Rolltreppe ein und setzte den alten Treppenschacht außer Betrieb. Und an dem sind wir nun.«

Aber Petrella hörte ihm gar nicht zu. Das Licht der Taschenlampe fiel jetzt auf ein erstaunliches Durcheinander von Kartons, Kisten, Schachteln, Säcken und Behältnissen jeglicher Größe und Form, das den Fuß der Wendeltreppe umgab.

»Das ist die Stelle, an der sie das Zeug auspacken«, sagte er. »Ich frage mich, wo sie es aufbewahren. Können wir auf den Bahnsteig hinaufkommen?«

»Aber sicher. Ich nehme an, daß das der richtige Weg ist.«

Oben an der Treppe befand sich in der Wandverschalung eine mit drei stabilen Riegeln abgesicherte Tür.

»Wieviel Uhr ist es?«

»Kurz nach zwei.«

»Das müßte klappen«, sagte Petrella.

Er schob die Riegel zurück und öffnete die Tür. Sie traten hindurch und befanden sich auf dem Bahnsteig der Southwark Untergrundbahnstation, die lediglich von gespensterhaft wirkenden blauen Lampen erhellt wurde, die die ganze Nacht brannten, um den Instandhaltungsdraisinen die Richtung zu weisen.

»Wonach suchen wir eigentlich?« erkundigte sich Mr. Raynor-Hasset.

»Meiner Ansicht nach muß es hier noch mehr Lagerraum geben. Haben Sie ein Messer? Er muß irgendwo hier in der Nähe sein. Halten Sie bitte die Taschenlampe für einen Augenblick ruhig.«

Petrella schob die Messerschneide zwischen die Verschalungsbretter und suchte sich die richtige Stelle präzise aus. Er spürte wie sich ein Schnappriegel anheben ließ und drückte die Schneide kräftig nach oben. Ein Teil der Holzverschalung drehte sich an Türangeln zu ihnen heraus.

»Du meine Güte«, bemerkte Mr. Raynor-Hasset in mildem Ton.

In dem dahinterliegenden tiefen Gelaß war auf Boden und Regalen eine unglaubliche Menge an verschiedenen Gütern gestapelt: Kartons mit Zigaretten, Holzkisten mit dem Stempel einer bekannten Whiskyfirma, Schreibmaschinen, Funksender und -empfänger, Fernsehapparate, Stoffballen, zwei Jagdflinten, Schachteln mit Schuhen, Behälter mit Konserven.

»Ein direkter Produzenten-Verbraucher-Service«, sagte Petrella grimmig.

Innerlich war er bereits damit beschäftigt, einen Plan für die erforderliche polizeiliche Falle zu entwerfen: Zwei Wagen oben auf der Straße, um die Leute zu erwischen, wenn sie kamen, um das Diebesgut abzuholen; im Tunnel selbst Beamte hinter dem Eingang, um das hintere Ende abzuriegeln; und sehr sorgfältige Ermittlungen, um herauszufinden, wie am Tooley Street Güterbahnhof gearbeitet wurde.

Er stand noch auf dem Bahnsteig und dachte über all das nach, als er plötzlich zu lachen anfing. Mr. Raynor-Hasset rückte erkennbar von ihm ab.

»Schon gut«, sagte Petrella. »Ich werde Sie nicht ins Bein beißen. Richten Sie einmal die Lampe auf diese Wand dort. Nun sehen Sie hin, während ich diese beiden Türen öffne und schließe.«

Mr. Raynor-Hasset folgte seiner Anweisung und begann dann seinerseits zu lachen. »Raffiniert«, sagte er.

Zwei Plakate hingen dicht beisammen auf ihren Anschlagtafeln an den Türen, nur ein dünner Rand trennte sie voneinander. Wenn die Türen geschlossen waren, konnte man lesen:

KOSMETIK	BAUPLANUNGEN
MORION STREET 121a	BERATUNGEN
MISS ESTHER	INGENIEURSBÜRO
MANIKÜRE	MUSCATINI
PEDIKÜRE	TEL. PARK 0906

Wenn beide Türen geöffnet waren, fiel durch säuberliches Auseinanderschneiden der größte Teil des linken sowohl wie auch des rechten Plakats weg. Und wenn die beiden im Dunkeln der geöffneten Türen verschwunden waren, blieb von den sonst so dicht nebeneinanderhängenden Plakaten nur noch etwas übrig, nämlich:

1a
HERING
MUS

»Nun ja«, sagte Petrella, »zumindest können wir Mr. Duckworth wieder zu seinem Seelenfrieden verhelfen.«

Übersetzt von Rosmarie Kahn-Ackermann

LAWRENCE G. BLOCHMAN

Rum zum Dinner

*In der nächsten Geschichte ›*Rum zum Dinner*‹ tritt ein unwahrscheinliches Trio hartnäckiger Spürhunde auf – Dr. Dan Coffee, Dr. Motilal Mookerji und Lieutenant Max Ritter –, das seine kombinierten Talente bereits in einer Anzahl von Kriminalstories und Kurzgeschichten, in denen Nahrung und Getränke eine Hauptrolle spielten, unter Beweis stellte. Dr. Coffee ist Arzt, Dr. Mookerji ein rundlicher Hindu und Pathologe, während Lieutenant Ritter für das Northbank Polizeirevier arbeitet. Die Geschichten wurden von Lawrence G. Blochman (1900–1975) geschrieben, der amtlich zugelassener Gerichtsmediziner und in verschiedenen Regierungsämtern tätig war, bevor er sich dem Schreiben von Kriminalromanen und Drehbüchern für Radio und Fernsehen zuwandte. Die Story zeigt den Erfolg von Teamarbeit bei Verbrechensermittlungen auf – hier in einem Fall, in dem ein Mann auf mysteriöse Weise nach einem festlichen Abendessen starb . . .*

Der diensthabende Notarzt blickte auf den Mann auf dem Rücksitz des Wagens und schüttelte den Kopf.

»Tut mir leid, Madam«, sagte er. »Hier kann ich nichts mehr tun.«

»Aber Sie *müssen*!« Die Frau am Lenkrad machte eine gebieterische Handbewegung, die üppiges Gefunkel zur Folge hatte. »Er ist sehr krank!«

»Er ist tot«, sagte der Notarzt.

»Das ist unmöglich«, erwiderte die Frau. »Er hat heute mit mir zusammen zu Abend gegessen und wurde vor ungefähr einer Stunde plötzlich krank. Sie müssen ihn aufnehmen.«

Der Arzt steckte die Stöpsel seines Stethoskops in die Ohren und beugte sich über den Mann in der Smokingjacke. Er öffnete die Perlenknöpfe des Seidenhemds und schob das Stethoskop darunter.

»Er *ist* tot«, erklärte er dann. »Es tut mir leid, aber wir können keine Leute aufnehmen, die bei ihrem Eintreffen schon gestorben sind.«

Die Frau stieg aus. Ihr Cape aus mitternachtsblauem Samt war herabgeglitten und gab den Blick auf alabasterweiße Schultern und eine eindrucksvolle Konstellation erstklassiger Diamanten frei, die einem Sternbild gleich über dem niedrigen Horizont ihres Abendkleids funkelten. Ihre blassen, gleichmäßigen, feingeschnittenen Gesichtszüge waren von einer kalten, klassischen Schönheit – einer abstrakt wirkenden, unmenschlichen Schönheit. Ihre Haltung hatte etwas Majestätisches, deren sie sich bewußt war, sie jedoch als selbstverständlich ansah.

»Sie müssen sich Mr. Ottos annehmen«, sagte sie. »Vielleicht wissen Sie nicht, wer ich bin. Ich bin Madeline Starkey – Mrs. Herbert Starkey.«

Der Notarzt warf einen Blick auf die effektvoll zur Schau gestellten, bläulich-weiß funkelnden kostbaren Steine, ließ sich jedoch nicht beeindrucken – jedenfalls nicht in der von Mrs. Starkey beabsichtigten Weise. Er hatte sich sein Studium selbst erarbeitet und fragte sich derzeit, ob das Mädchen, das er liebte, wohl noch weitere drei Jahre warten würde, bis er eine Ehefrau unterhalten könnte. Also ging er nur zum Telefon am Eingang des Krankenhauses und rief die Polizei von Northbank an.

»Hier ist das Pasteur Hospital«, sagte der Arzt. »Gerade ist eine Lady mit einem toten Mann in ihrem Wagen hier vorgefahren. Ja, DOA. Ich kann ihr nicht begreiflich machen, daß es sich hier um ein Kranken- und nicht um ein Leichenschauhaus handelt. Es ist besser, wenn Sie den Wagen schicken.«

Mrs. Starkey empfand einen plötzlichen Schwächeanfall – obwohl sie beträchtlich stabiler wirkte als die beiden Gentlemen mit den roten Gesichtern in Dinnerkleidung, die aus dem Wagen hinter dem ihren stiegen, um sie zu stützen.

»Ich werde dich heimfahren, Darling«, sagte der Mann mit dem roten Gesicht, dem Schmerbauch und dem graumelierten Haar.

»Du und Sydney bleiben bei dem armen Cliff Otto hier«, befahl Mrs. Starkey. »Ich werde deinen Wagen heimfahren.«

Während Mrs. Starkey geräuschvoll rückwärts aus der Krankenhauszufahrt fuhr, kletterte der Mann namens Sydney ungeschickt in den Wagen zu dem verstorbenen Mr. Otto und schlief dort umgehend ein.

Der Gentleman mit dem roten Gesicht und dem Schmerbauch näherte sich dem Notarzt und sagte mit alkoholbedingt schwerer Zunge: »Ich bin Herbert Starkey. Also nehmen Sie keine Rücksicht auf irgendwelche Kosten –«

»Die Polizei wird gleich hier sein«, erwiderte der Arzt.

Dr. Daniel Webster Coffee wanderte am darauffolgenden Vormittag gedankenvoll vom Operationssaal B zurück in sein Labor. Er hatte sich gerade eine lange und gehaltvolle Beschwerde eines Chirurgen über seinen neueingestellten Pathologen angehört. Es hatte schon anderweitig Klagen über den neuen Mann, Dr. Motilal Mookerji, gegeben – der auf Grund eines Stipendiums des Calcutta Medical College hier war –, wobei die meisten auf der Tatsache basierten, daß Dr. Mookerji Hindu war. Dr. Coffee war überzeugt, daß das neue Mitglied des Ärztekollegiums sich gut entwickeln würde, obwohl er zugeben mußte, daß sich die Eingewöhnungszeit als ein bißchen schwierig erwies. Der Hindu lernte nicht nur Labormedizin und amerikanische Krankenhausroutine, sondern auch noch zusätzlich Amerikanisch.

Dr. Mookerji sprach ein gestelztes, kunstvolles, eigentümliches Englisch, das er selbst als ›Babu-Englisch‹ bezeichnete und womit er seinen, wie er es nannte, ›Chi-chi-Akzent‹ entschuldigte, vermischt mit den Amerikanismen, die er sich unglaublich schnell aneignete. Dr. Mookerji war auf dem Weg, sich zum linguistischen Wunder des Jahrhunderts zu entwickeln. Das Wundertier des Pasteur Hospitals war er bereits, und auch in etwas geringerem Ausmaß das ganz Northbanks. Jeder Hindu mußte auf den Pflasterstraßen der Stadt Northbank im Mittelwesten Aufsehen erregen, und ein Hindu, der von Gestalt nahezu kugelförmig war, stellte eine wahre Sensation dar. Dr. Mookerji war nicht nur kugelrund, er war auch noch eine winzige Kugel; der obere Rand des riesigen rosa Turbans, den er zu seiner okzidentalen Kleidung trug, reichte gerade bis zur Schulter des großen Dr. Coffee mit dem sandfarbenen Haar.

Dr. Mookerji war vermutlich Ende zwanzig, obwohl er ebenso gut um vierzig herum hätte sein können. Der babyartigen Rundlichkeit seines alterslosen, olivfarbenen Gesichts verliehen die dunklen Ringe unter den klaren braunen Augen eine Art romantische Reife. Seine lange, gerade Nase war unverhältnismäßig dünn. Die langen, schwarzen Wimpern waren der Neid jeder Krankenschwester des Pasteur Hospitals. Besagte Schwestern waren übrigens seit Ankunft des Hindus mit ungewöhnlicher Häufigkeit im Pathologielabor aufgetaucht, ohne Zweifel in der Hoffnung, daß sie erleben würden, wie Mookerji den indischen Seiltrick ausführte, orientalische Zaubersprüche von sich gab oder ihnen aus dem Rauch brennenden Sandelholzes die Zukunft weissagen würde.

Trotz seiner seltsamen persönlichen Topographie, seiner Mißhandlung des Präsidenten-Englischs und seiner ganz allgemein exotischen Wirkung war der Hindu jedoch im Begriff, einen erstklassigen Pathologen abzugeben. Dr. Coffee war überzeugt, daß sein Kollege sich in Bakteriologie und Histologie sehr gut auskannte, daß er einen scharfen Blick für alles Diagnostische hatte und über dieselbe intensive wissenschaftliche Neugier verfügte, die auch Hindus wie C.V. Raman, Jagandra Chandra Bose und P.C. Roy auszeichnete.

»Willkommen, Doktor Sahib, seien Sie fünfmal willkommen«, sagte Dr. Mookerji, als Dr. Coffee das Labor betrat. »Hoffte ich doch auf Ihr frühes Eintreffen, da ich eines Päckchens wegen, das mir durch einen sehr kleinen Botenjungen soeben ins Labor gebracht wurde, etwas verwirrt bin.«

»Was für ein Päckchen, Doktor?« erkundigte sich Dan Coffee.

»Ich habe mir die kleine Freiheit herausgenommen, besagtes Päckchen auszupacken«, erklärte Dr. Mookerji, »und so bin ich in der Lage, Ihnen zu berichten, daß der Inhalt aus gewissen Körperteilen besteht, die ich ihnen zur Kenntnis bringe: ein Magen. Item: ein beträchtlicher Teil der Leber eines Gentleman. Item: ein komplettes Cerebrum samt Cerebellum. Ein Schraubglas mit diversen menschlichen Organen, alle jedoch ziemlich fragmentarisch. Zu meinem Bedauern, Doktor, muß ich bemerken, daß ich kein beigelegtes Schreiben entdecken konnte. Es gelang mir nicht, irgendwelche Hinweise auf die Identität des Eigentümers der soeben erwähnten anatomischen Bestandteile ans Licht des Tages zu fördern.«

»Es muß sich um den Fall handeln, dessentwegen mich Lieutenant Ritter gestern nacht noch angerufen hat«, sagte Dr. Coffee. »Wir sollen eine Analyse machen – die Polizei tippt auf eine Vergiftung.«

»Die Polizei?« rief Dr. Mookerji. »Nimmt die amerikanische Polizei keine eigenen Analysen vor?«

»Nicht in Northbank. Die Polizei von Northbank verfügt über ein schönes, teures neues Gefängnis und einen Wagenpark aus sehr schnellen, mit Funk ausgerüsteten Flitzern, aber nicht über ein einziges Mikroskop oder Reagenzglas.«

»Sehr ähnlich den Zuständen in einem bengalischen Dorf«, bemerkte der Hindu. »Dort wird wissenschaftliche Kriminologie ebenfalls ausschließlich mit größeren Stöcken für die Übeltäter praktiziert. Was für Gifte kommen in Betracht?«

»Da bin ich mir nicht sicher«, antwortete Dr. Coffee. »Der Mann starb nach dem Abendessen, und die Symptome schienen gastrischer Art zu sein, also nehmen Sie am besten einen Reinsch-Test vor. Wenn Sie Reaktionen bekommen, die entweder auf Arsen oder Quecksilber hindeuten, können wir mit spezifischeren Tests weitermachen.« Dr. Coffee warf einen Blick auf seine Uhr. »Vielleicht kann ich Sie nach dem Lunch mit weiteren Details versorgen. Ich treffe mich in einer halben Stunde mit Lieutenant Ritter. Inzwischen etikettieren Sie bitte diese Schraubgläser mit ›Clifford Otto‹ und machen Sie sich an die Arbeit.«

»Ich werde die analytischen Prozeduren sofort in Gang setzen«, teilte ihm Dr. Mookerji mit.

Dr. Coffee wollte sich mit Kriminallieutenant Max Ritter bei ›Raoul's‹ treffen. Dr. Coffee schätzte es, dort zu essen. Er schätzte es überhaupt zu essen, obwohl die dürftigen Speckpolster an seiner großen, knochigen, schlaksigen Gestalt keinerlei Rückschlüsse auf seine epikuräischen Neigungen zuließen. Tatsächlich konnte er auch tagelang ohne irgendeinen Gedanken an Nahrung auskommen, sobald er sich einmal mit seinem Mikroskop und einem pathologischen Problem in seinem Labor eingeschlossen hatte. Dann schlang er die belegten Brote und den Kaffee, die ihm seine technische Assistentin brachte, hinunter, ohne zu bemerken, was er zu sich nahm. Aber wenn er seine Knie unter einen angemessen mit Speisen besetzten Tisch geschoben hatte, dann wußte er sehr genau, daß er aß – und was er aß.

›Raoul's‹ war ein winziges Restaurant im schäbigeren Teil von Northbanks schmutzigem Industriegebiet. Man mußte eine Treppe hinaufsteigen und auf dem Fußboden war Sägemehl verstreut. Zwischen den rotkarierten Tischtüchern und der Waschmaschine bestand lediglich Grußbekanntschaft. Es stank herrlich nach Knoblauch, gerösteten Zwiebeln und in Wein geschmorten, scharf gewürzten Dingen. Die Köche aus der nahegelegenen Konservenfabrik Barzac kamen regelmäßig, um plebejische Mahlzeiten von dickem, abgestoßenem Geschirr einzunehmen – Kalbsnieren in Rotwein, Pökelfleisch mit Linsen, Kanincheneintopf, Kutteln. Raoul, der Normanne mit dem roten Gesicht, dem das Lokal gehörte, war besonders stolz auf seine ›Tripes‹, die den ganzen Tag über in mit Weißwein, Karotten und großen, nelkengespickten Zwiebeln gefüllten Tontöpfen vor sich hinschmorten. Die Topfdeckel wurden mit Teig versiegelt, damit der wohlduftende Dampf im Innern blieb, und Raoul hatte kleine Wärmeplatten auf den drei Tischen in dem kleinen Raum hinter der Küche stehen, der speziell für Kuttelnesser reserviert war. Raoul empfand ›Tripes‹ als für zivilisierte

Gaumen nur angemessen, wenn sie kochend heiß waren, während man sie aß.

Dr. Coffee bestellte sehr gern Kutteln bei Raoul, denn sie bildeten eine angenehme Abwechslung zu den gesunden, auf Diät getrimmten Mahlzeiten im Speisesaal des Pasteur Hospitals mit seiner hygienischen Weißgetünchtheit und den fortgesetzt fachsimpelnden Ärztekollegen, den sorgsam gezählten Kalorien und den Krügen voller Milch auf den makellos reinen Tischen. Seit dem Tag des Eintreffens seines neuen Hindu-Pathologen hatte er nicht mehr bei ›Raoul's‹ gespeist, aber heute war Max Ritter beharrlich geblieben; also hatte sich Dan Coffee für eine Stunde aus dem Krankenhaus fortgeschlichen, um quer durch die Stadt zu fahren.

Lieutenant Ritter hatte bereits zwanzig Zentimeter französischen Baguettes verschlungen, als Dr. Coffee eintraf. Er hielt sich nicht lange mit einleitenden Reden auf.

»Es dreht sich um diesen DOA Fall gestern nacht«, erklärte er. »Um den toten Burschen, den Mrs. Madeline Starkey in ihrem Plüschmobil hergefahren hat. Sie sagt, er hieße Clifford Otto. Was wollen Sie essen, Doc? Kutteln? Oder vielleicht Rindfleisch in Burgunder?«

»Kutteln«, antwortete Dr. Coffee. »Als Sie gestern nacht anriefen, sagten Sie, Sie glaubten den Vogel zu kennen. Wer war er?«

»Kutteln, Raoul«, rief Max Ritter. »Doc, ich hatte den Burschen vor gestern nacht noch nie zu Gesicht bekommen, aber als ich nach dem Anruf des Notarzts ins Krankenhaus kam, wußte ich, daß mir irgendwas an der Visage bekannt vorkam. Also ließ ich seine Fingerabdrücke abnehmen und kehrte in meinen Laden zurück, um bis zwei Uhr früh Fotos anzusehen. Ich stöberte alte Zirkulare auf – Fahndungsanschläge, FBI-Rundschreiben, Polizeiberichte von außerhalb, Bilder von Privatdetekteien. Bevor ich rausfinden konnte, wo ich das Gesicht schon mal gesehen hatte, begannen mir die Augen zuzufallen. Also gab ich Ottos Fingerabdruckklassifizierung nach Washington durch und legte mich ins Bett. Heute früh habe ich die Antwort bekommen.«

Der Kriminalbeamte reichte Dr. Coffee ein Telegramm, auf dem zu lesen stand:

›Bzgl. Ihrer Rückfrage betr. folgender Klassifizierung:

3 L 1 U 101 7
L 1 U 101 13

Es handelt sich um Otto Clifton, alias Clifton Ford, alias Cliff Otford, festgenommen in New York 1937 wg. Schmuckdiebstahl, entlassen auf Einspruch der Zeugin Mrs. Andrew van Carsen, Witwe eines Ölmagnaten, erneut festgenommen in Miami 1938, ähnliche Anklage, wieder entlassen. Ein Jahr Gefängnis in Jamaika, B.W.I. weil im Besitz von Diebesgut. Derzeit gesucht von der Polizei in Havanna, steht im Verdacht, Diamantenhalsband von Gräfin Zlata aus Jugoslawien gestohlen zu haben.‹

»Also habe ich die hübsche Visage dieses Otto in einem Fahndungsschreiben aus Havanna gesehen«, sagte Lieutenant Ritter. »Ich habe es aus den Akten herausgegraben. Darin wird der Wert der Klunker, die diese Gräfin Zlata aus Jugoslawien herausgeschmuggelt hat, bevor Tito sie zur Feindin des Volkes erklärte, auf rund 200 000 Dollar geschätzt. Weiter steht drin, daß Otto aus einsamen Damen mittleren Alters in Westindien seit einer ganzen Weile kleine Schmuckstückchen herausgelockt hat.«

»Was verspricht sich so jemand von Northbank?« unterbrach ihn Dr. Coffee.

»Darauf komme ich gleich«, antwortete Max Ritter. »Es hat den Anschein, als sei er ein Bekannter von Mrs. Starkey in Jamaika gewesen. Sie lebte dort, als sie Starkey kennenlernte – als er eine dieser karibischen Kreuzfahrten kurz vor dem Krieg unternahm. Sie erzählte mir gestern nacht – bevor ich noch die Geschichte dieses Otto kannte – daß es sich bei ihm um einen alten Chicagoer gehandelt habe, der es satt gehabt hatte, sich im Ausland herumzutreiben. Deshalb habe er auf seinem Weg nach Hause hier haltgemacht, um seiner alten Freundin hallo zu sagen, und dabei habe er sich in unsere kleine grüne reinliche Stadt verliebt und beschlossen, sich hier niederzulassen, sofern er eine passende Gelegenheit für seine Geschäfte fände. Er hat während der vergangenen zwei Wochen um zwanzig Dollar pro Tag im River House gewohnt – in einer Suite natürlich – und gestern abend habe Mrs. Starkey eine kleine Dinnerparty gegeben, damit Otto einige von Northbanks besten Leuten kennenlernen und vielleicht ein paar Geschäftsverbindungen knüpfen könne. Nur wurde Otto dann nach dem Abendessen krank und starb auf dem Weg zum Krankenhaus. Kennen Sie einen Dr. Perry, Doc?«

»George Perry? Ja, klar. Ein erstklassiger Mann.«

»Ist er okay?«

»Aber ja. Es gibt keinen Besseren als George Perry.«

»Der Grund, warum ich frage«, erklärte Ritter, »ist der, daß dieser Otto vor ungefähr einer Woche zu Doc Perry ging. Es war irgendwas mit seinem Magen. Und nun behauptet der Coroner, Otto sei an akuter Gastritis gestorben. Vielleicht hat der Alte recht. Schließlich, warum sollte ein Gigolo und Klunkerklauer nicht wie jeder andere an Bauchweh sterben können? Nur bin ich mir da einfach nicht ganz sicher. Irgendwas an diesem Dinner gestern abend ist faul.«

»Wie faul?« erkundigte sich Dr. Coffee.

»Ich denke an die Leute, die dabei waren«, erwiderte der Kriminalbeamte. »Einige der größten Sammler von Smaragdarmbändern in Northbank. Wenn also ein Gauner mit einer Leidenschaft für Schmuck sich mit einer Ansammlung von Glitzerkram im Wert von rund einer Million Dollar beim Abendessen niederläßt und anschließend tot umfällt . . . na ja, da hat man doch wohl das Recht, mißtrauisch zu werden, oder nicht, Doc?«

»Wer war denn da, Max?«

Der Lieutenant griff in die Tasche, um einen mit Eselsohren versehenen Umschlag herauszuholen. »Erstmal Gastgeber und -geberin, Mr. und Mrs. Herbert Starkey«, las er von der Rückseite ab. »Dann Mr. und Mrs. Peter Brooks, Mr. und Mrs. Wally Drew und Mr. und Mrs. Sydney Kelling. Verstehen Sie nun, was ich meine, Doc? Ein kleines und gemütliches, aber hochkarätiges Dinner.«

Der Restaurantbesitzer unterbrach die Unterhaltung, indem er einen dampfenden Tontopf auf die Wärmeplatte stellte. »Fassen Sie die *marmite* nicht an, sie ist sehr heiß«, sagte Raoul. Sorgfältig wischte er sich das gerötete Gesicht mit der Schürze ab, wobei jeweils am Ende seines schwarzen Schnauzbarts ein Tropfen Schweiß hängen blieb und glitzerte. »Vielleicht ein bißchen Wein? Eine Flasche wie das letztemal?«

Dr. Coffee blickte auf seine Uhr. »Klar, Raoul«, antwortete er. »Den Weißen von Lake Erie Islands.«

Während der folgenden paar Minuten fand keinerlei Gedankenaustausch statt, nur das angenehme Brodeln der Kutteln in der *marmite*, das Knacken und Knistern auseinanderbrechenden Baguettes, das Quietschen und der leise Knall eines aus der Flasche gezogenen Korkens, das Klirren der Gabeln auf den Tellern war zu hören. Aber Dr. Coffee dachte nach. Im Geist ließ er die Starkeysche Gästeliste an sich vorüberziehen. Brooks, Drew, Kelling – alles Männer mit Ehefrauen, die Models aus einem Werbeprospekt für DeBeer's hätten sein können.

Dr. Coffee selbst dachte niemals in Kategorien von Karat oder Cabochons, aber mehrmals im Jahr – nach der Premiere des Symphonieorchesters, dem Auftritt des Metropolitan Opera Ensembles an zwei hintereinanderfolgenden Abenden, der einmal pro Jahr erfolgte, oder dem Ball der Stadt – war er gezwungen, nachts für mehrere Stunden wach zu liegen, während seine Frau die bei diesen Gelegenheiten vorgeführten spektakulären Schmuckstücke aufzählte, beschrieb, abschätzte und Spekulationen darüber anstellte, woher sie wohl stammten. Und die Parade wurde stets von den Damen Starkey, Brooks, Drew und Kelling angeführt.

Madeline Starkeys Ringe seien über jede Kritik erhaben, hatte Julia Coffee immer behauptet, aber ihr Stirnreif und das Halsband seien eine Spur zu protzig, um geschmackvoll zu sein. Trotzdem, sie waren alle ehrlich erworben, sofern man Herbert Starkeys Einkommensquellen als legitim bezeichnen wollte.

Starkey war Präsident der ›Lakeside‹ Entwicklungsgesellschaft, der Maklerfirma, die Northbanks chicste Gegend, den ›Lakeside Park‹ lancierte. ›Lakeside Park‹ lag an einem künstlichen See, den die Stadtverwaltung als Zusatzreservoir für die Wasserversorgung der Kommune geschaffen hatte. Natürlich handelte es sich um einen reinen Zufall, daß sich, als die Zeit gekommen war, die Hügel rund um den See in reizvolle Baugrundstücke zu unterteilen, zwei Mitglieder des Stadtrats als die Besitzer von vierzig Prozent des Gebiets herausstellten, während die verbleibenden sechzig Prozent Starkeys ›Lakeside Entwicklungsgesellschaft‹ gehörten. Jedenfalls war ›Lakeside Park‹ ob seiner Schönheit zu einem Objekt bürgerlichen Stolzes geworden und Starkey ein leicht schmerbäuchiges, überaus respektiertes Mitglied der Stadtgemeinde, treuhänderischer Verwalter von Waisenhäusern, Präsident des örtlichen Roten Kreuzes und Vorsitzender der städtischen Finanzverwaltung. Seine Blitzheirat mit Madeline während einer dreiwöchigen Kreuzfahrt nach Westindien hatte einiges Gerede verursacht, aber sie gab eine äußerst dekorative Ehefrau für ihn ab, und die Berichte über ihre exquisiten kleinen Abendessensgesellschaften füllten die Spalten der Presse.

Mrs. Peter Brooks trug die größten Diamanten in ganz Northbank, und – Julia Coffee zufolge – auch die protzigsten. Sie legten Zeugnis von den Gewinnen ab, die Peter Brooks mit den Straßenbauverträgen machte, die er mit der Stadtverwaltung abgeschlossen hatte.

Mrs. Wally Drew hatte begonnen, Smaragdarmbänder zu sammeln, als sie noch Mrs. Irgendwer – die Frau eines Investitionsbankiers gewesen war, der sich seine Freiheit mit einer Abfindung erkaufte, die ihr erlaubte, ihre Sammlung zu erweitern und zudem einen zehn Jahre jüngeren Herrn zu heiraten. Wally Drew war zum Zeitpunkt seiner Heirat noch Golfprofi im Northbank Landclub gewesen, aber nun spielte er Golf zu seinem Vergnügen. Seine derzeitige Lebensaufgabe bestand darin, das Profil seiner Frau und ihre Armbänder zu bewundern.

Mrs. Sydney Kelling war sehr zurückhaltend, was ihren

Schmuck betraf – nur ein paar Reihen gleichmäßiger Perlen, eine Rubinbrosche und ein orientalischer Saphirring – aber natürlich wußte jedermann, daß alles makellos und teuer war, denn ihr Ehemann war Northbanks maßgeblicher Juwelier.

Es war tatsächlich ein erstaunlicher Zufall, überlegte Dr. Coffee, daß ein berüchtigter Juwelendieb sein Abendessen zusammen mit einem solch schmuckbeladenen und exklusiven Zirkel einnahm – es sei denn, daß sein plötzlicher Tod sich eben nicht als Zufall herausstellen sollte ...

»Noch etwas Kutteln, Doc?« fragte Lieutenant Ritter.

»Danke, nein«, antwortete Dr. Coffee. »Erzählen Sie mir noch mehr über das Abendessen, Max.«

»Nun ja, es handelte sich um ein Westindien-Dinner zur Feier des Jahrestags der Starkeyschen Verlobung«, berichtete der Kriminalbeamte. »Die Brooks, die Drews und die Kellings waren alle mit auf der Kreuzfahrt in der Karibik gewesen, als Starkey seine Madeline kennenlernte. Außerdem hatte sich der Ehrengast zufällig auch längere Zeit auf Jamaika aufgehalten. Deshalb drehte es sich um ein striktes karibisches Fressi-Fressi. Hier ist das Menü. Anscheinend wird im Starkeyschen Haus, sofern mehr als zwei Personen miteinander zu Abend essen, immer eine Menükarte gedruckt.«

Ritter reichte dem Pathologen eine gedruckte Karte. Dr. Coffee las:

›Rougail de Crevettes
Ackees with Cod
Poulet aux bananes en cocotte
Eggplant, Sauce au Chien
Hearts of Palm Salad
Spiced Avocados with Kirsch
Puerto Rican Coffee
Various West Indian Rums‹

»Im wesentlichen verstehe ich bei dem Ganzen nur Kaffee und Rum«, fuhr Max Ritter fort. »Und, Junge, Junge, die hatten vielleicht Rum! Ich habe gestern nacht noch die Küche versiegeln lassen, für den Fall, daß Sie irgendwelche Reste in Ihrem Labor überprüfen lassen wollen, Doc. Ich habe Proben aus all den Flaschen. Sie tranken sechs verschiedene Sorten Rum. Kubanischen Rum für Daiquiri Cocktails. Dann Barbados Rum zu den – wie immer sie das Zeug nennen. Jamaika Rum zu den ›Ackees‹ – was ist denn das, Doc?«

»Keine Ahnung. Wir werden Raoul fragen.«

»Wie dem auch sei, zu den Hühnern gab's Rum von Martinique. Anscheinend bedeutet ›Poulet‹, zusammen mit dem übrigen Zeug, Hühner.«

»Mit Bananen«, bemerkte Dr. Coffee. »Ich frage mich, wie man so was zubereitet.«

»Und Rum aus Haiti zu den Palmherzen. Danach Demerara Rum – das ist der stärkste – zum Dessert. Vielleicht ist dieser Otto doch wirklich an Bauchweh gestorben. Ist sonst irgendwas an dem Menü, das tödlich wirken könnte, Doc?«

Dr. Coffee schüttelte den Kopf. Dann rief er Raoul. Was bitte, erkundigte er sich bei ihm, ist ›Rougail‹?

Raoul studierte die Menükarte und fingerte an seinem Schnauzbart herum. Rougail, so glaubte er, sei ein westindisches *hors d'oeuvre*, bei dem Shrimps in einem Mörser zerstampft und dann mit Öl, Salz und Pfeffer vermischt wurden, bis das Ganze eine weiche Paste bildete. Ackees? Von denen hatte Raoul nie etwas gehört. Mit Bestimmtheit handelte es sich nicht um eine französisch-westindische Speise. Nein, Raoul wußte auch nicht, wie man Poulets mit Bananen zubereitete. Aber er wußte, daß es sich um eine Speise aus Martinique handelte, und soviel er gehört hatte, wurde dabei eine kleine und nicht ganz reife Bananensorte verwendet. Das Rezept selbst kannte er nicht.

»Vielen Dank, Raoul«, sagte Dr. Coffee. »Max, was unternehmen wir jetzt?«

»Das weiß ich eben nicht, Doc«, erwiderte der Kriminalbeamte. »Wenn dieser Otto vergiftet wurde, so werden Sie's im Labor rausfinden, ja? Der Coroner hat versprochen, Ihnen die Innereien des alten Knaben zu schicken. Er hat nicht mehr soviel dagegen, mit Ihnen zusammenzuarbeiten, seit Sie den Zeitungsreportern mitgeteilt haben, daß *er* derjenige war, der die Autopsie im Fall Harriet Baron übernommem hat. Hat er Ihnen alles Notwendige geschickt?«

Dr. Coffee nickte. »Dr. Mookerji macht derzeit die vorbereitenden Tests.«

»Der Swami? Ist er dem denn gewachsen?«

»Dr. Mookerji ist ein hervorragender Chemiker«, erwiderte Dr. Coffee.

»Es muß nämlich erstklassig hinhauen. Ich habe eine Heidenangst, daß mich der Coroner hinterher auslachen wird, Doc.«

»Warum denn, Max?«

»Weil bei dem Abendessen der Starkeys alle das gleiche gegessen haben. Ich habe heute früh die Dienerschaft gefragt. Sie waren alle sauer, weil sie sich als Jamaikaner verkleiden mußten, mit Bandanas im Haar – Sie wissen schon, in den Farben, die sie dort haben – und sie schleimten sich nach Strich und Faden aus. Der Koch sagte, Mrs. Starkey sei in die Küche gekommen, um die Oberaufsicht zu führen, weil sie wußte, wie alles zu schmekken hatte und wie man es deshalb zubereiten müsse. Anscheinend hatte sie eine Menge von dem Zeug aus Jamaika einfliegen lassen. Die Mädchen erklärten, alles sei von den gleichen Platten serviert worden. Sie reichten die Speisen selbst herum, es gab also keine Möglichkeit, Otto zu einer Portion Zyankali zu verhelfen. Auch der Rum wurde jeweils von den Mädels rumgereicht, ich kann mir also nicht vorstellen, wie man ihm eine entsprechende Mixtur hätte unterjubeln können. Aber der Teufel soll mich holen, Doc, ich kann das Gefühl nicht loswerden, daß da ein Mord vorliegt.«

»Gibt's außer diesem Gefühl und Ottos Vorgeschichte noch was?« fragte Dr. Coffee.

»Na ja, dreierlei«, antwortete der Kriminalbeamte. »Erstens, was ist aus Gräfin Zlatas Klunkern geworden? Vielleicht hat Otto sie irgendwo zwischen Havanna und Northbank verloren, vielleicht aber auch nicht. Jedenfalls habe ich Ottos Suite im River House gründlich durchsucht und nichts gefunden. Zweitens, warum hat Madeline Starkey das Krankenhaus allein verlassen, als der Notarzt die Polizei anrief, statt sich von ihrem Mann nach Hause fahren zu lassen, so wie er es ihr angeboten hat? Ich will nicht behaupten, daß er vor mir ins River House gefahren ist, aber Tatsache ist, daß Ottos Hotelschlüssel vermißt wird. Drittens, zwei von Ottos Hosentaschen waren nach außen gekehrt, als ich ihn zu Gesicht bekam. Wieso weiß ich nicht, aber eins weiß ich – als Mrs. Starkey allein davongefahren war, stieg dieser Sydney Kelling, der zusammen mit Starkey hinter Mrs. Starkeys Wagen angefahren kam, zu Otto hinein und schlief sofort neben ihm ein. Das war an sich sein gutes Recht nach all dem Rum, den er inhaliert hatte, und ich möchte einen hochkarätigen Juwelier nicht zum Taschendieb stempeln. Aber wo sind Gräfin Zlatas Diamantenhalfter und Ottos Hotelschlüssel geblieben?«

»Ich verstehe, was Sie meinen.« Dr. Coffee warf einen Blick auf seine Uhr. »Ich muß zurück ins Krankenhaus, Max. Und ich sage Ihnen dann gleich, was im Labor herausgekommen ist.«

Im Labor war überhaupt nichts herausgekommen, als Dr. Coffee zurückkehrte. Die dünnen Kupferstreifen waren hellglänzend aus dem Reinsch-Test hervorgegangen. Also befand sich weder Arsen noch Quecksilber im Verdauungssystem des Toten.

»Ich habe auch Tests auf Phosphor, Antimon und Fluor gemacht«, verkündete Dr. Motilal Mookerji. »Die Reaktionen waren ebenfalls negativ. Sie wünschen doch keine Tests auf Alkaloide, Doktor Sahib?«

»Ich glaube, Sie sollten es mit der Mayerschen Reagens versuchen«, meinte Dr. Coffee. »Aber wenn wir anfangen, die gesamten zwei Dutzend Farbreaktionen auf Alkaloide durchzutesten, wird mir die Krankenhausverwaltung auf den Pelz rücken, weil ich das Labor für außerplanmäßige Zwecke mißbrauche. Grenzen wir das Feld ein. Dr. Mookerji, Sie stammen aus den Tropen. Haben Sie je von einer Frucht, einem Gemüse, einem Fisch oder sonstigen Tier gehört, das ›Ackee‹ genannt wird?«

»Ackee? Gewiß«, antwortete der rundliche Hindu. »Wenngleich sie in Indien nicht üblich sind, kenne ich Ackee-Früchte aus Beschreibungen meines Cousins Lal Gupta Mookerji, einem früheren Bewohner Trinidads und Jamaikas, wo er in untergeordneter Stellung medizinisch tätig war. Ackee-Früchte ähneln kleinen roten Äpfeln und haben große schwärzliche Kerne in gelbem Fleisch. Cousin Lal Gupta berichtete, sie seien sehr schmackhaft, wenn sie mit gewissen Fischen zusammen geschmort werden. Die lateinische Bezeichnung ist Blighia sapida, denn Captain Bligh führte besagte Früchte aus Neuguinea in Jamaika ein, allerdings geraume Zeit vor den Unannehmlichkeiten der Meuterei unter Clark Gable an Bord von HMS Bounty. Haben Sie heute zum Lunch Ackees zu sich genommen, Doktor Sahib?«

»Nein«, erwiderte Dr. Coffee. »Aber der inzwischen verstorbene Mr. Otto aß gestern abend welche – kurz vor seinem Tod.«

Der rosa Turban wippte von einer Seite zur anderen. »Überaus aufschlußreich. Ich glaube mich zu erinnern, daß Ackees eine giftige Wirkung hervorrufen, wenn sie entweder unreif oder überreif sind. Vielleicht sollte ich die Alkaloidteste völlig beiseite lassen und mich den Glukosiden zuwenden, da das Akkee-Gift dem Saponin verwandt ist.«

Dr. Coffee zündete sich eine Zigarette an und entließ gedankenvoll zwei zarte Rauchspiralen aus den Nasenlöchern, bevor er erwiderte: »Test auf Saponin . . . obwohl ich nicht weiß, was das nützen soll. Acht Leute haben gestern Ackees zum Abendessen zu sich genommen, und nur einer von ihnen ist gestorben.«

»Eine überaus ungewöhnliche Todesrate«, pflichtete Dr. Mookerji bei.

Gegen halb neun an diesem Abend hatte Dr. Coffee soeben sein Essen beendet, als er angerufen wurde.

»Hallo, Doktor Sahib«, sagte der Hindu fröhlich, »ich habe die vorbereitenden Untersuchungen des Magens des verblichenen Mr. Otto vollendet. Aus dem Darmgewebe des Gentleman ergab sich eine positive Reaktion, die auf Saponin hinweist. Deshalb kann man mit Sicherheit annehmen, daß das Hinscheiden Mr. Ottos zweifellos durch die Vergiftung nach dem Genuß von Ackee-Früchten in falschem Reifegrad verursacht wurde. Jedoch kann ich keinen Grund für die Immunität der anderen Dinnergäste entdecken. Die Todesrate bei Ackees beträgt statistisch gesehen neunzig Prozent.«

»Vielleicht hat er einfach die einzige giftige Ackee erwischt«, sagte Dr. Coffee. »Haben Sie schon eine Analyse des Gehirngewebes vorgenommen?«

»Damit fange ich jetzt sofort an«, erwiderte Dr. Mookerji. »Ich habe die Instruktionen für den Molybdat-Säure-Test auf Alkohol im Gehirn nicht vergessen.«

»Ganz sicher werden Sie eine wunderschöne blaue Reaktion erhalten«, bemerkte Dr. Coffee. »Rufen Sie mich an, wenn sich irgendwas ergeben hat.«

Er hatte kaum aufgelegt, als Max Ritter anrief. »Ich werde in fünf Minuten bei Ihnen sein«, sagte der Lieutenant. »Ziehen Sie Ihren Mantel an, denn wir haben eine gut siebzig Kilometer lange Fahrt vor uns. Falls Sie eine Notrufnummer hinterlassen müssen, können Sie unter Valley 1776 erreicht werden. Bis gleich.«

Als er in Ritters Wagen stieg, sagte Dr. Coffee: »Ich habe keine Ahnung, wohin wir fahren, Max, aber ich fürchte, Ottos Tod war ein Unfall. Er muß beim Abendessen die einzige Ackee-Frucht zu sich genommen haben, die vergiftet war.«

»Wir fahren zum Starkeyschen Wochenend-Lustschloß hinaus, das sie als ihre ›Jagdhütte‹ bezeichnen«, erklärte Ritter. »Sie liegt gut fünfunddreißig Kilometer außerhalb der Stadt. Und ich bin gar nicht sicher, daß es sich um einen Unfall gehandelt hat, Doc. Ich habe gerade ein Telegramm von der Polizei in Kingston, Jamaika, erhalten. Es scheint so, als habe man dort Mrs. Starkey gekannt, bevor sie sich verheiratet hat. Sie gab teure kleine Partys für überwinternde Schickimickis in allen Luxuslokalen Jamaikas, und dieser Otto war überall dabei. Die Polizei konnte Madeline nie genügend nachweisen, um sie festzunehmen, aber man ist dort ziemlich sicher, daß sie Lockvogel und Kundschafterin für Otto war, wann immer er seinem Gewerbe als Diamantenkassierer in der Karibik nachging. Wenn man einmal annimmt, Otto sei zu dem Schluß gekommen, er könne für den Rest seines Daseins angenehm leben, jedenfalls so lange Madeline an ihrer neuen, weichgepolsterten und mit Platintroddeln versehenen Ehrbarkeit festhielte, und angenommen, Madeline hätte beschlossen, die Gefahr aus dem Weg zu schaffen, daß diese Platintroddeln von einem Erpresser abgeschnitten werden . . .«

»Fahren wir deshalb in die Jagdhütte hinaus, Max?!«

»Hm, nein. Die Hausangestellten erzählten mir, daß Mrs. Starkey erst nach mehr als einer Stunde, nachdem sie das Krankenhaus verlassen hatte, zu Hause angekommen sei. Das hätte ausgereicht, um zur Jagdhütte und zurück zu fahren. Und dann habe ich heute nachmittag diesem Sydney Kelling zugesetzt. Er hat Angst. Er behauptet, er habe nicht gewußt, daß Otto ein Gauner war und fürchtet, es könnte seinem Ruf als Juwelier schaden, wenn bekannt würde, daß er mit einem Diamantendieb zu Abend gespeist habe. Als dann Madeline Starkey ihn heute nachmittag anrief und ihn bat, um zehn Uhr abends in die Jagdhütte zu kommen, sagte mir Kelling sofort Bescheid. Er wird alles tun, um aus der Sache herauszukommen.«

»Ich kann aber nicht erkennen, daß Sie gegen Mrs. Starkey sehr viel in der Hand haben, Max.«

»Deshalb möchte ich Sie ja mit dabeihaben, Doc«, erklärte der Kriminalbeamte. »Wenn Sie genügend wissenschaftliches Blabla über das, was Ihr Labor an Fakten herausfinden wird, von sich geben, dann rückt sie vielleicht mit der Wahrheit heraus.«

Dr. Coffee schüttelte zweifelnd den Kopf, während das Polizeiauto durch die Nacht surrte.

Die Jagdhütte der Starkeys stand auf einem Hügel inmitten von immergrünen Sträuchern. Max Ritter schlug mit dem schweren Klopfer gegen die Tür. Nach einigen Sekunden machte Madeline Starkey auf. Falls sie überrascht war, ließ sie es sich nicht anmerken. In königlicher Haltung stand sie auf der Schwelle, den Kopf hoch erhoben, so daß sich die kalte, unpersönliche Schönheit ihres Profils vorteilhaft gegen den Schein des hinter ihr im Kamin flackernden Feuers abhob. Die dunklen Flechten, die fest um den Kopf geschlungen waren, schimmerten wie Jett unter dem durchsichtigen Material ihres Hutes. Der Verschluß, mit dem ihr elegant über eine Schulter gelegtes Zobelcape zusammengehalten wurde, hatte einen rund zwanzigtausend Dollar-Glimmer an sich.

Der Raum hinter ihr lag bis auf den Feuerschein aus dem Kamin im Dämmerlicht. Die Felle und Köpfe irgendwelcher Tiere zierten die Wände, und zwei riesige Hundeköpfe aus Messing glänzten an den Kaminböcken.

»Wir sind nur mal eben vorbeigekommen, um zu erfahren, ob Kelling sich bereit erklärt hat, Gräfin Zlatas Halsband neu zu fassen«, teilte ihr Max Ritter mit.

»Ich verstehe Sie nicht«, sagte Mrs. Starkey.

Ritter trat an ihr vorbei ins Innere der Hütte, und Dr. Coffee folgte. Von irgendwoher aus dem Dämmerschein heraus sagte Sydney Kelling in entschuldigendem Ton: »Ich bin eben erst hierhergekommen, Lieutenant. Wir sprachen über den tragischen Tod von Mr. Otto.«

»Das trifft sich gut«, erklärte Ritter, »denn Dr. Coffee hier hat im Zusammenhang mit Mr. Otto ein bißchen Laborarbeit geleistet. Der Doktor hält es für möglich, daß Sie ihn umgebracht haben, Mrs. Starkey.«

Die Tür fiel lautstark ins Schloß. »Das ist einfach lächerlich«, sagte Mrs. Starkey. »Warum sollte ich Cliff Otto umbringen?«

»Um zu verhindern, daß Ihr Ehemann herausfindet, wie dicke Sie mit einem Juwelendieb befreundet waren. Ich habe heute ein Telegramm aus Jamaika erhalten, das Sie beide betrifft.«

Mrs. Starkeys Lachen war silberhell und klingelte wie Eis in einem Highball. »Einfach albern«, sagte sie. »Ich habe meinem Mann nichts verheimlicht. Wie sollte ein Mann, der aus den Steuerzahlern von Northbank so viele Tausende von Dollar herausgequetscht hat, sich meiner Bekanntschaft mit Cliff Otto wegen kleinlich zeigen, der nie etwas Schlimmeres getan hat, als Geschenke in Form von Schmuck von einfältigen älteren Damen anzunehmen?«

»Otto hat seine Strafen abgesessen«, erwiderte Ritter. »Vielleicht würde es dem Ansehen der Starkeys nicht gerade förderlich sein, wenn Sie nachgewiesenermaßen bei Ihren Abendesseneinladungen einen Knastbruder am Tisch sitzen haben.«

»Ach, das ist es«, sagte Mrs. Starkey. »Und wie soll ich den armen Cliff um die Ecke gebracht haben?«

»Mittels Ackee-Früchten«, antwortete Dr. Coffee. »Sie wissen natürlich, daß sie gelegentlich giftig wirken können.«

»Ich erinnere mich, daß Kinder in Jamaika manchmal von Akkees, die sie vom Boden auflasen, sehr krank wurden«, gab Mrs. Starkey zu. »Tatsächlich –«

Sie hielt plötzlich inne und wandte das Gesicht der Tür zu, die sich an der einen Seite neben dem Kamin langsam öffnete. Ein dicklicher Mann mit spärlichem Haar stand auf der Schwelle. Seine Smokingjacke hatte Aufschläge aus rotem Samt. Als er die Hand bewegte, glänzte in ihr etwas Metallisches im Feuerschein auf.

»Tut mir leid, meine Freunde.« Herbert Starkey grinste und steckte seinen Revolver ein. »Ich habe im anderen Zimmer geschlafen und hörte dann Stimmen. Aber ich wußte nicht, wer hier ist.«

Mrs. Starkey war erstarrt und sah ihren Mann finster an. »Was hast du hier zu suchen, Herbert?« wollte sie wissen.

»Ich habe gehört, als du Syd Kelling anriefst, um dich hier mit ihm zu treffen, und so kam ich vorher hierher. Ich habe dich neuerdings immer im Auge behalten, wenn du ein Rendez-vous mit anderen Männern verabredet hast, Madeline.«

»Diese Gentlemen behaupten, Cliff Otto sei mit Ackees vergiftet worden, Herbert«, sagte Mrs. Starkey.

»Wir haben alle Ackees gegessen«, erwiderte Starkey. »Und ich persönlich fühle mich durchaus lebendig.«

Irgendwo im Raum klingelte ein Telefon. Max Ritter stolperte durch das Dunkel, um nach dem Hörer zu greifen. Er brummte ein paarmal vor sich hin und sagte dann: »Für Sie, Doc. Ich glaube, es ist Ihr Swami.«

Dr. Mookerjis Stimme klang in Dan Coffees Ohr irgendwie schrill. »Ich habe gerade die qualitative Analyse des Gehirns dieses verstorbenen Gentlemans beendet . . .« Der Hindu war offensichtlich erregt. »Das Gewebe wies einen kompletten Mangel an Alkohol auf. Demzufolge kann ich berichten, daß die völlige Enthaltsamkeit des Verblichenen bezüglich alkoholischer Getränke ein tödliches Mißgeschick darstellte. Denn die Konsultation einschlägiger Werke über tropische Medizin an diesem Abend ergab auf Grund von Dr. Sir Harold Scotts Forschungen, daß Alkohol als erstklassiges Gegenmittel bei Ackee-Vergiftung gilt. Alkohol vernichtet die giftigen Substanzen, bevor sie ihre tödlichen Wirkungen entfalten können. Vielleicht waren die überlebenden Ackee-Esser weniger enthaltsam, Doktor Sahib?«

»Sie waren mit rund sechs verschiedenen Sorten Rum weit von Enthaltsamkeit entfernt, Dr. Mookerji«, antwortete Dan Coffee. »Vielen Dank. Und ich gratuliere zu einer großartigen Leistung bei einer *post-mortem* Analyse.«

Dr. Coffee setzte sich und blickte eine kleine Weile ins Feuer. Dann rief er Dr. George Perry an und unterhielt sich kurz in leisem Ton mit ihm. Schließlich kehrte er zu der Gruppe am Kamin zurück.

»Mrs. Starkey«, fragte er, »war Otto der einzige Ihrer Dinnergäste, der keinen Rum getrunken hat?«

»Nun, da Sie es erwähnen – ich glaube, ja.«

»Warum haben Sie Lieutenant Ritter nichts davon erzählt?«

»Er hat mich nicht danach gefragt. Ist das wichtig?« fragte Madeline Starkey.

»Alkohol ist ein Gegenmittel bei Ackee-Vergiftung«, erklärte Dr. Coffee. »Ihre anderen Gäste wurden nur nicht vergiftet, weil sie reichlich mit Rum angefüllt wurden.«

»Was für ein tragischer Zufall!« sagte Madeline Starkey.

»Es war kein Zufall«, erwiderte Dr. Coffee. »Max, Sie nehmen besser diesen Revolver an sich, den Mr. Starkey in seine Tasche gesteckt hat. Denn er hat Clifford Otto ermordet.«

»Aber das ist doch reiner Unsinn!« Starkey händigte seine Waffe gehorsam dem Kriminalbeamten aus. »Ich weiß nicht das geringste über Alkohol und Ackee-Vergiftung.«

Madeline Starkey starrte ihren Ehemann mit kalten, empörten Augen an. »Das stimmt nicht, Herbert«, sagte sie. »Ich erinnere mich, dir erzählt zu haben, daß ich einmal als kleines Kind fast gestorben wäre, nachdem ich Ackees gegessen hatte . . . und daß mir der Arzt in Kingston das Leben rettete, indem er mir Rum einflößte, bis ich praktisch betrunken war.«

»Das hatte ich völlig vergessen.« Starkey lächelte mit den Lippen, während er den Blick seiner Frau erwiderte – aber seine Augen lächelten nicht mit.

»Und du hast dafür gesorgt, daß die tropischen Früchte aus Jamaika hierher eingeflogen wurden, Herbert«, fuhr Mrs. Starkey fort. »*Du* hast die Ackees bestellt, Herbert.«

»Das ist doch wohl kein Mord, Madeline. Das war nicht –«

»Es war sehr wohl Mord, Mr. Starkey«, unterbrach ihn Dr. Coffee, »nachdem Sie Ottos wegen vor einer Woche Dr. Perry anriefen und ihm nahelegten, Otto Angst einzujagen und ihm zu sagen, er solle sich ein Paar Wochen jeglicher Drinks enthalten, weil er bereits ein Alkoholiker sei.«

»Vielleicht habe ich Perry gesagt, Otto trinke zu viel«, gab Starkey mit beredter Geste zu. »Aber Ottos Tod war reiner Zufall. Sie können da nichts anderes beweisen. Sie können mir nicht nachweisen, daß ich irgend etwas über Ackee-Vergiftung wußte. Sie können nicht . . .«

Starkey verstummte. Er starrte auf seine Frau. Madeline Starkey stand regungslos vor ihm, aber die unpersönliche, maskenhafte klassische Schönheit ihres Gesichts war verschwunden. Es war von Entsetzen verzerrt, und in ihren Augen lag ein Ausdruck des Hasses.

Starkey begann wieder zu lächeln. »Wenn die Gentlemen von der Polizei wirklich einen Fall wollen, der vor Gericht standhält«, sagte er, »empfehle ich Ihnen, den Gewehrständer in der Ecke des Raums anzusehen. Zufällig habe ich vor ein paar Stunden dort herumhantiert, und dabei fiel mir ein sehr hübsches

Diamanthalsband in die Hände, das hinter den Waffen versteckt war. Ich weiß nicht, ob es sich dabei um Diebesgut handelt oder wer es dorthin gebracht hat, aber . . .«

Erneut versagte seine Stimme. Seine Augen hafteten unentwegt auf dem Gesicht seiner Frau, selbst als Max Ritter vortrat, um ihm Handschellen anzulegen.

»Madeline . . .« sagte Starkey dann, »du hast mich belogen. Du hast ihn immer noch geliebt.«

Madeline Starkey antwortete nicht. Aber ihr Schweigen besagte alles. Ihre Verachtung, der primitive Haß, der ihre schmalen Lippen verzerrte, war ein vorbehaltloses Bekenntnis ihrer Liebe zu dem Toten, eine Anschuldigung seines Mörders.

Herbert Starkey machte einen Satz nach vorne. Seine mit den Handschellen vor der Brust aneinander gefesselten Fäuste schlugen hart gegen die Schläfe seiner Frau.

Madelines Kopf machte eine leichte Drehung. Auf ihrer Wange war Blut, aber der Ausdruck ihres Gesichts änderte sich nicht. Sie brach lautlos zusammen. Ihr Kopf schlug gegen die glänzende Messingnase des einen Hundekopfs am Kaminbock. Sie blieb regungslos liegen.

Dr. Coffee hob sie hoch und trug sie zu einer Couch. Zwei Minuten später sagte er: »Sie muß einen Schädelbruch erlitten haben – und sofort tot gewesen sein.«

Während Herbert Starkey neben der Couch auf die Knie sank, sagte Max Ritter: »Das jedenfalls wird vor Gericht nicht schwer zu beweisen sein, Starkey.«

Als sie in die Stadt zurückfuhren, bemerkte Max Ritter: »Wissen Sie, Doc, wir können Starkey nur wegen Totschlags anklagen, aber es ist besser als gar nichts. Wahrscheinlich hat er recht, wenn er behauptet, wir könnten nicht beweisen, daß er Otto ermordet hat. Die Sache mit den Ackees war raffiniert eingefädelt.«

»Wenn Dr. Mookerji nicht gewesen wäre«, sagte Dr. Coffee, »wäre sie sogar *zu* raffiniert gewesen.«

»Doc, auf die Klunker der Gräfin Zlata ist eine Belohnung ausgesetzt. Vielleicht können wir den Swami daran beteiligen.«

»Dr. Mookerji hatte mit dem Halsband nicht viel zu tun«, meinte Dan Coffee. »Aber genau genommen hat er den Fall aufgeklärt.«

»Wir werden ihn beteiligen«, sagte Ritter. »Und Sie auch, Doc.«

»Meinen Anteil können Sie dem Hospital geben. Dann wird die Verwaltung vielleicht aufhören herumzuquäken, daß mein Labor ewig mit Polizeifällen beschäftigt sei.« Dr. Coffee nahm den Feueranzünder aus dem Armaturenbrett und drückte eine Zigarette gegen die glühende kleine Scheibe. »Wahrscheinlich werden wir nun nie erfahren, wie Mrs. Starkey dieses *Poulet aux bananes en cocotte* zubereitet hat.«

Übersetzt von Rosmarie Kahn-Ackermann

ROALD DAHL

Lammkeule

Der Detektiv in dieser letzten Geschichte, Patrick Maloney, ist weder eine Serienfigur noch kommt er in anderen Stories vor, aber er bekommt mehr als andere das, was er verdient. Der Autor Roald Dahl (1916–1990), berühmt für seine charakteristischen Schilderungen des Bösen, hat die Tatsache, daß im wirklichen Leben mehr Morde am Familientisch begangen werden als in jedem Hotel, Restaurant oder Gasthaus, zum Thema von ›LAMB TO THE SLAUGHTER‹ *gemacht. Dahls Interesse am Essen kommt bei mehreren seiner Arbeiten zum Ausdruck, nicht zuletzt in dem bizarren Roman für jüngere Leser* ›CHARLIE AND THE CHOCOLATE FACTORY‹ *und der Shortstory* ›TASTE‹, *die von einem neureichen Börsenmakler handelt, der sich auf eine verheerende Wette mit einem arroganten Weinexperten einläßt. In der folgenden Geschichte jedoch, die meiner Ansicht nach diese Anthologie perfekt abrundet, geht es um ein schlichtes Stück vom Lamm, das eine Situation von zunehmender Spannung und letztendlich köstlicher Ironie schafft.*

Das Zimmer war aufgeräumt und warm, die Vorhänge waren zugezogen, die beiden Tischlampen brannten – ihre und die vor dem leeren Sessel gegenüber. Zwei hohe Gläser, Whisky und Sodawasser auf dem Büfett hinter ihr. Frische Eiswürfel im Thermoskübel.

Mary Maloney wartete auf ihren Mann, der bald von der Arbeit nach Hause kommen mußte.

Hin und wieder warf sie einen Blick auf die Uhr, aber ohne Ungeduld, nur um sich an dem Gedanken zu erfreuen, daß mit jeder Minute der Zeitpunkt seiner Heimkehr näherrückte. Eine heitere Gelassenheit ging von ihr aus und teilte sich allem mit, was sie tat. Die Art, wie sie den Kopf über ihre Näharbeit beugte, hatte etwas Beruhigendes. Sie war im sechsten Monat ihrer Schwangerschaft, und ihre Haut wies eine wunderbare Transparenz auf, der Mund war weich, die Augen mit ihrem neuen zufriedenen Blick wirkten größer und dunkler als zuvor.

Um zehn Minuten vor fünf begann sie zu lauschen, und wenig später, pünktlich wie immer, knirschten draußen die Reifen auf dem Kies. Die Wagentür wurde zugeschlagen, vor dem Fenster erklangen Schritte, und dann drehte sich der Schlüssel im Schloß. Sie legte die Handarbeit beiseite, stand auf und ging zur Tür, um ihn mit einem Kuß zu begrüßen.

»Hallo, Liebling«, sagte sie.

»Hallo«, antwortete er.

Sie nahm seinen Mantel und hängte ihn in den Schrank. Dann machte sie am Büfett die Drinks zurecht – einen ziemlich starken für ihn und einen schwachen für sich –, und bald saßen sie sich in ihren Sesseln einander gegenüber, sie mit der Näharbeit, während er die Hände um das hohe Glas gelegt hatte und es behutsam hin- und herbewegte, so daß die Eiswürfel leise klirrten.

Für sie war dies immer die glücklichste Zeit des Tages. Sie wußte, daß er nicht gern sprach, bevor er das erste Glas geleert hatte, und sie selbst genoß es, ruhig dazusitzen und sich nach den langen Stunden der Einsamkeit in seiner Nähe zu wissen. Sie liebte es, sich ganz auf die Gegenwart dieses Mannes zu konzentrieren und – wie man bei einem Sonnenbad die Sonne fühlt – jene warme männliche Ausstrahlung zu fühlen, die von ihm ausging, wenn sie beide allein waren. Sie liebte die Art, wie er sich lässig im Sessel zurücklehnte, die Art, wie er zur Tür hereinkam oder langsam mit großen Schritten das Zimmer durchquerte. Sie liebte den angespannten, gedankenverlorenen Blick, mit dem seine Augen oft auf ihr ruhten, die charakteristische Form seines Mundes und vor allem die Art, wie er über seine Müdigkeit schwieg und still dasaß, bis der Whisky ihn etwas aufgemuntert hatte.

»Müde, Liebling?«

»Ja«, sagte er, »ich bin müde.« Und bei diesen Worten tat er etwas Ungewöhnliches. Er hob sein Glas und leerte es auf einen Zug, obgleich es noch halb voll, mindestens noch halb voll war. Sie sah es nicht, aber sie wußte, was er getan hatte, denn sie hörte die Eiswürfel auf den Boden des leeren Glases fallen, als er den Arm senkte. Er beugte sich im Sessel vor, zögerte einen Augenblick, stand dann auf und ging zum Büfett, um sich noch einen Whisky einzuschenken.

»Laß mich das doch machen!« rief sie und sprang hilfsbereit auf.

»Setz dich hin«, sagte er.

Als er zurückkam, verriet ihr die dunkle Bernsteinfarbe des Drinks, daß er sehr viel Whisky und sehr wenig Wasser genommen hatte.

»Liebling, soll ich dir deine Hausschuhe holen?«

»Nein.«

Sie beobachtete, wie er das tiefbraune Getränk schlürfte. Es war so stark, daß sich in der Flüssigkeit kleine ölige Wirbel bildeten.

»Eigentlich«, meinte sie, »ist es doch eine Schande, daß ein Polizist, der so viele Dienstjahre hat wie du, noch immer den ganzen Tag auf den Beinen sein muß.«

Er antwortete nicht. Sie nähte mit gesenktem Kopf weiter, aber jedesmal, wenn er das Glas an die Lippen hob, hörte sie die Eiswürfel klirren.

»Liebling«, begann sie von neuem, »möchtest du etwas Käse essen? Ich habe heute nichts gekocht, weil Donnerstag ist.«

»Nein«, sagte er.

»Wenn du zu müde zum Ausgehen bist«, fuhr sie fort, »dann bleiben wir eben zu Hause. In der Kühltruhe ist eine Menge Fleisch und Gemüse, und wenn wir hier essen, brauchst du gar nicht aus deinem Sessel aufzustehen.«

Ihre Augen warteten auf eine Antwort, ein Lächeln, ein kleines Nicken, doch er reagierte nicht.

»Jedenfalls«, sagte sie, »hole ich dir erst einmal etwas Käse und ein paar Kekse.«

»Ich will nichts.«

Sie rückte unruhig hin und her, die großen Augen forschend auf ihn gerichtet. »Aber du *mußt* doch zu Abend essen. Ich kann uns schnell etwas braten. Wirklich, ich tu's gern. Wie wär's mit Koteletts? Vom Lamm oder vom Schwein, ganz nach Wunsch. Es ist alles da.«

»Ich habe keinen Hunger.«

»Aber Liebling, du *mußt* essen! Ich mach einfach irgendwas zurecht, und dann kannst du es essen oder nicht, wie du willst.«

Sie stand auf und legte ihre Handarbeit auf den Tisch neben die Lampe.

»Setz dich hin«, sagte er. »Setz dich noch einen Moment hin.«

Erst jetzt wurde ihr unheimlich zumute.

»Na los, setz dich hin«, wiederholte er.

Sie ließ sich langsam in den Sessel sinken und blickte dabei ihren Mann mit großen, verwirrten Augen an. Er hatte seinen zweiten Whisky ausgetrunken und starrte finster in das Glas.

»Hör zu«, murmelte er. »Ich muß dir etwas sagen.«

»Was hast du denn, Liebling? Was ist los?«

Er saß jetzt mit gesenktem Kopf da und rührte sich nicht. Das Licht der Lampe neben ihm fiel nur auf den oberen Teil seines Gesichts; Kinn und Mund blieben im Schatten. Sie sah einen kleinen Muskel an seinem linken Augenwinkel zucken.

»Dies wird ein ziemlicher Schlag für dich sein, fürchte ich«, begann er. »Aber ich habe lange darüber nachgedacht, und meiner Ansicht nach ist es das einzig Richtige, dir alles offen zu sagen. Ich hoffe nur, daß du es nicht zu schwer nimmst.«

Und er sagte ihr alles. Es dauerte nicht lange, höchstens vier oder fünf Minuten. Sie hörte ihm zu, stumm, wie betäubt, von ungläubigem Entsetzen erfüllt, während er sich mit jedem Wort weiter von ihr entfernte.

»Das ist es also«, schloß er. »Ich weiß, daß es nicht gerade die rechte Zeit ist, darüber zu sprechen, aber mir bleibt einfach keine andere Wahl. Natürlich werde ich dir Geld geben und dafür sorgen, daß du alles hast, was du brauchst. Aber ich möchte jedes Aufsehen vermeiden. Ist ja auch nicht nötig. Ich muß schließlich an meine Stellung denken, nicht wahr?«

Ihre erste Regung war, nichts davon zu glauben, es weit von sich zu weisen. Dann kam ihr der Gedanke, daß er möglicherweise gar nichts gesagt, daß sie sich das alles nur eingebildet hatte. Wenn sie jetzt an ihre Arbeit ging und so tat, als hätte sie nichts gehört, dann würde sie vielleicht später, beim Aufwachen sozusagen, entdecken, daß nie etwas Derartiges geschehen war.

»Ich werde das Essen machen«, flüsterte sie schließlich, und diesmal hielt er sie nicht zurück.

Als sie das Zimmer verließ, fühlte sie nicht, daß ihre Füße den Boden berührten. Sie fühlte überhaupt nichts – bis auf leichtes Schwindelgefühl und einen Brechreiz. Alles lief jetzt automatisch ab. Die Kellertreppe, der Lichtschalter, die Tiefkühltruhe, die Hand, die in der Truhe den ersten besten Gegenstand ergriff. Sie nahm ihn heraus und betrachtete ihn. Er war in Papier gewickelt, also riß sie das Papier ab und betrachtete ihn von neuem.

Eine Lammkeule.

Nun gut, dann würde es Lamm zum Abendessen geben. Sie umfaßte das dünne Knochenende mit beiden Händen und trug die Keule nach oben. Als sie durch das Wohnzimmer ging, sah sie ihn mit dem Rücken zu ihr am Fenster stehen. Sie machte halt.

»Um Gottes willen«, sagte er, ohne sich umzudrehen, »koch bloß kein Essen für mich. Ich gehe aus.«

In diesem Augenblick trat Mary Maloney einfach hinter ihn, schwang, ohne sich zu besinnen, die große gefrorene Lammkeule hoch in die Luft und ließ sie mit aller Kraft auf seinen Hinterkopf niedersausen.

Ebensogut hätte sie mit einer eisernen Keule zuschlagen können.

Sie wich einen Schritt zurück und wartete. Seltsamerweise blieb er noch mindestens vier, fünf Sekunden leicht schwankend stehen. Dann stürzte er auf den Teppich.

Der krachende Aufprall, der Lärm, mit dem der kleine Tisch

umfiel – diese Geräusche halfen ihr, den Schock zu überwinden. Sie kehrte langsam in die Wirklichkeit zurück, empfand aber nichts als Kälte und Überraschung, während sie mit zusammengekniffenen Augen den leblosen Körper anstarrte. Ihre Hände umklammerten noch immer die idiotische Fleischkeule.

Na schön, sagte sie sich. Ich habe ihn also getötet.

Erstaunlich, wie klar ihr Gehirn auf einmal arbeitete. Die Gedanken überstürzten sich fast. Als Frau eines Polizeibeamten wußte sie genau, welche Strafe sie erwartete. Gut, in Ordnung. Ihr machte das gar nichts aus. Es würde sogar eine Erlösung sein. Aber das Kind? Wie verfuhr das Gesetz mit Mörderinnen, die ungeborene Kinder trugen? Tötete man beide – Mutter und Kind? Oder wartete man bis nach der Geburt? Was geschah mit den Kindern?

Mary Maloney wußte es nicht. Und sie war keineswegs gewillt, ein Risiko einzugehen.

Sie brachte das Fleisch in die Küche, legte es in eine Bratpfanne und schob es in den eingeschalteten Ofen. Dann wusch sie sich die Hände und lief nach oben ins Schlafzimmer. Sie setzte sich vor den Spiegel, ordnete ihr Haar und frischte das Make-up auf. Sie versuchte ein Lächeln. Es fiel recht sonderbar aus. Auch der zweite Versuch mißglückte.

»Hallo, Sam«, sagte sie laut und munter.

Die Stimme klang viel zu gezwungen.

»Ich hätte gern Kartoffeln, Sam. Ja, und vielleicht eine Dose Erbsen.«

Das war besser. Sowohl die Stimme als auch das Lächeln wirkten jetzt natürlicher. Sie probierte es wieder und wieder, bis sie zufrieden war. Dann eilte sie nach unten, schlüpfte in ihren Mantel, öffnete die Hintertür und ging durch den Garten auf die Straße.

Es war erst kurz vor sechs, und beim Kaufmann brannte noch Licht.

»Hallo, Sam«, sagte sie munter und lächelte dem Mann hinter dem Ladentisch zu.

»Ach, guten Abend, Mrs. Maloney. Wie geht's denn?«

»Ich hätte gern Kartoffeln, Sam. Ja, und vielleicht eine Dose Erbsen.«

Der Kaufmann drehte sich um und nahm eine Büchse vom Regal.

»Patrick ist heute so müde, daß er keine Lust hat, sich ins Restaurant zu setzen«, erklärte sie. »Wir essen sonst donnerstags immer auswärts, wissen Sie, und jetzt habe ich kein Gemüse im Haus.«

»Und was ist mit Fleisch, Mrs. Maloney?«

»Fleisch habe ich, danke. Eine schöne Lammkeule aus der Kühltruhe.«

»Aha.«

»Eigentlich lasse ich ja das Fleisch lieber erst auftauen, bevor ich's brate, aber es wird wohl auch so gehen. Meinen Sie nicht, Sam?«

»Wenn Sie mich fragen«, sagte der Gemüsehändler, »ich finde, daß es gar keinen Unterschied macht. Wollen Sie die Idaho-Kartoffeln?«

»O ja, die sind gut. Zwei Tüten bitte.«

»Sonst noch etwas?« Er neigte den Kopf zur Seite und sah sie wohlgefällig an. »Na, und der Nachtisch? Was wollen Sie ihm zum Nachtisch geben?«

»Hm . . . Wozu würden Sie mir denn raten, Sam?«

Der Mann schaute sich im Laden um. »Wie wär's mit einem schönen großen Stück Käsekuchen? Den ißt er doch gern, nicht wahr?«

»Ja, das ist ein guter Gedanke. Auf Käsekuchen ist er ganz versessen.«

Als alles eingewickelt war und sie bezahlt hatte, verabschiedete sie sich mit ihrem freundlichsten Lächeln. »Vielen Dank, Sam. Auf Wiedersehen.«

»Auf Wiedersehen, Mrs. Maloney. *Ich* habe zu danken.«

Und jetzt, sagte sie sich auf dem Heimweg, jetzt kehrte sie zu ihrem Mann zurück, der auf sein Abendessen wartete. Und sie mußte es gut kochen, so schmackhaft wie möglich, denn der arme Kerl war müde. Und wenn sie beim Betreten des Hauses etwas Ungewöhnliches vorfinden sollte, etwas Unheimliches oder Schreckliches, dann würde es natürlich ein Schock für sie sein. Verrückt würde sie werden vor Schmerz und Entsetzen. Wohlgemerkt, sie *erwartete* nicht, etwas Derartiges vorzufinden. Sie ging nur mit ihren Einkäufen nach Hause. Mrs. Patrick Maloney ging am Donnerstagabend mit ihren Einkäufen nach Hause, um das Abendessen zu kochen.

So ist es recht, ermunterte sie sich. Benimm dich natürlich, genauso wie immer. Laß alles ganz natürlich an dich herankommen, dann brauchst du nicht zu heucheln.

So summte sie denn ein Liedchen vor sich hin und lächelte, als sie durch die Hintertür in die Küche trat.

»Patrick!« rief sie. »Ich bin wieder da, Liebling.«

Sie legte das Paket auf den Tisch und ging ins Wohnzimmer. Und als sie ihn dort sah, auf dem Boden zusammengekrümmt, einen Arm unter dem Körper, da war es wirklich ein Schock. Die Liebe und das Verlangen nach ihm wurden von neuem wach, und sie lief zu ihm hin, kniete neben ihm nieder und weinte bittere Tränen. Es war nicht schwer. Sie brauchte nicht zu heucheln.

Ein paar Minuten später stand sie auf und ging zum Telefon. Die Nummer der Polizeistation wußte sie auswendig. Als sich der Wachtmeister vom Dienst meldete, rief sie: »Schnell! Kommen Sie schnell! Patrick ist tot!«

»Wer spricht denn da?«

»Mrs. Maloney. Mrs. Patrick Maloney.«

»Sie sagen, Patrick Maloney ist tot?«

»Ich glaube, ja«, schluchzte sie. »Er liegt auf dem Boden, und ich glaube, er ist tot.«

»Wir kommen sofort«, sagte der Mann.

Der Wagen fuhr gleich darauf vor. Sie öffnete die Haustür, und zwei Polizisten traten ein. Beide waren ihr bekannt – wie fast alle Beamten des Reviers –, und sie fiel hysterisch weinend in Jack Noonans Arme. Er setzte sie sanft in einen Sessel und ging dann zu seinem Kollegen O'Malley hinüber, der neben dem Leichnam kniete.

»Ist er tot?« flüsterte sie.

»Ich fürchte, ja. Was ist geschehen?«

Sie erzählte kurz ihre Geschichte – wie sie zum Kaufmann gegangen war und Patrick bei der Rückkehr leblos auf dem Boden gefunden hatte. Während sie sprach, weinte und sprach, entdeckte Noonan etwas geronnenes Blut am Hinterkopf des Toten. Er zeigte es O'Malley, und der stürzte sofort zum Telefon.

Bald erschienen noch mehr Männer. Zuerst ein Arzt, dann zwei Detektive – den einen kannte sie dem Namen nach. Später kam ein Polizeifotograf und machte Aufnahmen; auch ein Experte für Fingerabdrücke traf ein. Es wurde viel geflüstert und gemurmelt neben dem Toten, und die Detektive stellten ihr Fragen über Fragen. Aber sie behandelten sie sehr freundlich. Sie erzählte wieder ihre Geschichte, diesmal von Anfang an: Patrick war nach Hause gekommen, und sie hatte genäht, und er war müde, so müde, daß er nicht zum Abendessen ausgehen wollte. Sie berichtete, wie sie das Fleisch in den Ofen geschoben hatte – »es ist immer noch drin« –, wie sie wegen der Kartoffeln und der Erbsen zum Kaufmann gelaufen war und wie sie Patrick bei der Rückkehr leblos auf dem Boden gefunden hatte.

»Welcher Kaufmann?« fragte einer der Detektive.

Sie sagte es ihm. Er drehte sich schnell um und flüsterte dem anderen Detektiv etwas zu. Der Mann verließ sofort das Haus.

Nach einer Viertelstunde kam er mit einer Seite Notizen zurück. Wieder wurde leise verhandelt, und durch ihr Schluchzen hindurch drangen ein paar Satzfetzen an ihr Ohr: ». . . hat sich völlig normal benommen . . . sehr vergnügt . . . wollte ihm ein gutes Abendessen machen . . . Erbsen . . . Käsekuchen . . . unmöglich, daß sie . . .«

Kurz darauf verabschiedeten sich der Fotograf und der Arzt; zwei Männer traten ein und trugen die Leiche auf einer Bahre fort. Dann ging auch der Experte für Fingerabdrücke. Die beiden Detektive aber blieben da, die beiden Polizisten ebenfalls. Sie waren ausgesprochen freundlich zu ihr. Jack

Noonan erkundigte sich, ob sie nicht lieber anderswo hingehen wolle, vielleicht zu ihrer Schwester oder zu seiner Frau, die sich gern um sie kümmern und sie für die Nacht unterbringen werde.

Nein, sagte sie. Im Augenblick sei sie einfach nicht fähig, auch nur einen Schritt zu tun. Hätten sie etwas dagegen, wenn sie hierbliebe, bis sie sich besser fühlte? Wirklich, im Augenblick könne sie sich zu nichts aufraffen.

Dann solle sie sich doch ein Weilchen hinlegen, schlug Jack Noonan vor.

Nein, sagte sie. In diesem Sessel sei sie am besten aufgehoben. Später vielleicht, wenn es ihr etwas besser ginge ...

Sie blieb also sitzen, während die Männer das Haus durchsuchten. Gelegentlich stellte einer der Detektive ihr eine Frage. Manchmal sprach Jack Noonan ihr sanft zu, wenn er vorbeikam. Von ihm erfuhr sie auch, daß ihr Mann durch einen Schlag auf den Hinterkopf getötet worden war, durch einen Schlag mit einem stumpfen Gegenstand, höchstwahrscheinlich einem großen Stück Metall. Sie suchten die Waffe. Der Mörder, sagte Jack, habe sie vermutlich mitgenommen; er könne sie aber ebensogut im Garten oder im Hause versteckt haben.

»Es ist die alte Geschichte«, schloß er. »Wenn man die Waffe hat, hat man auch den Täter.«

Später kam einer der Detektive und setzte sich neben sie. Vielleicht hat irgendein Gegenstand im Hause als Waffe gedient, meinte er. Würde sie wohl so freundlich sein und nachsehen, ob etwas fehlte – ein sehr großer Schraubenschlüssel zum Beispiel oder eine schwere Metallvase.

Metallvasen hätten sie nicht, antwortete sie.

»Aber einen großen Schraubenschlüssel?«

Nein, auch keinen großen Schraubenschlüssel. Höchstens in der Garage.

Die Suche ging weiter. Sie wußte, daß draußen im Garten noch mehr Polizisten waren, denn sie hörte ihre Schritte auf dem Kies, und manchmal sah sie durch einen Spalt zwischen den Vorhängen das Aufblitzen einer Taschenlampe. Es war schon ziemlich spät, fast neun, wie ihr ein Blick auf die Uhr zeigte. Die vier Männer, die die Zimmer durchsuchten, machten einen müden, leicht gereizten Eindruck.

»Jack«, sagte sie, als Wachtmeister Noonan wieder einmal vorbeikam. »Würden Sie mir wohl etwas zu trinken geben?«

»Natürlich, Mrs. Maloney. Von dem Whisky hier?«

»Ja, bitte. Aber nur ganz wenig. Vielleicht wird mir davon besser.«

Er reichte ihr das Glas.

»Warum trinken Sie nicht auch einen Schluck?« fragte sie. »Bitte, bedienen Sie sich doch. Sie müssen schrecklich müde sein, und Sie haben sich so rührend um mich gekümmert.«

»Hm . . .« Er zögerte. »Eigentlich ist es ja nicht erlaubt, aber einen kleinen Tropfen zur Stärkung könnte ich ganz gut brauchen.«

Nach und nach fanden sich auch die anderen ein, und jeder wurde überredet, einen Schluck Whisky zu trinken. Sie standen recht verlegen mit ihren Gläsern herum, fühlten sich etwas unbehaglich in Gegenwart der Witwe und suchten krampfhaft nach tröstenden Worten. Wachtmeister Noonan ging aus irgendeinem Grund in die Küche, kam sofort zurück und sagte: »Hören Sie, Mrs. Maloney, Ihr Ofen ist noch an, und das Fleisch ist noch drin.«

»Ach herrje«, rief sie. »Das hatte ich ganz vergessen.«

»Am besten drehe ich ihn wohl aus, was?«

»Ja, Jack, das wäre sehr nett von Ihnen. Herzlichen Dank.«

Als der Sergeant zum zweitenmal zurückkam, sah sie ihn mit ihren großen, dunklen, tränenfeuchten Augen an. »Jack Noonan«, begann sie zaghaft.

»Ja?«

»Würden Sie mir einen kleinen Gefallen tun – Sie und die anderen?«

»Wir wollen's versuchen, Mrs. Maloney.«

»Nun«, fuhr sie fort, »Sie alle sind doch gute Freunde meines lieben Patrick gewesen, und jetzt bemühen Sie sich, den Mann zu fangen, der ihn umgebracht hat. Inzwischen werden Sie wohl schon schrecklichen Hunger haben, denn Ihre Essenszeit ist ja längst vorbei. Ich weiß, daß Patrick – Gott sei seiner Seele gnädig – mir nie verzeihen würde, wenn ich Sie in seinem Haus nicht anständig bewirtete. Wollen Sie nicht den Lammbraten essen, der im Ofen ist? Ich denke, er wird gar sein.«

»Kommt überhaupt nicht in Frage«, wehrte Jack Noonan bescheiden ab.

»Bitte«, sagte sie flehentlich. »Bitte, essen Sie das Fleisch. Ich könnte keinen Bissen davon anrühren, weil es für Patrick bestimmt war, verstehen Sie? Aber für Sie ist das etwas anderes. Sie würden mir einen Gefallen tun, wenn Sie alles aufäßen. Hinterher können Sie ja weiterarbeiten.«

Die vier Polizisten widersprachen zwar, doch sie waren tatsächlich sehr hungrig, und nach einigem Hin und Her willigten sie ein, in die Küche zu gehen und sich zu bedienen. Die Frau blieb in ihrem Sessel sitzen. Durch die offene Tür konnte sie hören, wie sich die Männer unterhielten. Ihre Stimmen klangen dumpf, wie verschleiert, da sie den Mund voller Fleisch hatten.

»Noch ein Stück, Charlie?«

»Nein. Wir wollen lieber nicht alles aufessen.«

»Aber sie *will*, daß wir's aufessen. Wir tun ihr einen Gefallen damit, hat sie gesagt.«

»Na gut. Dann gib mir noch was.«

»Muß eine verdammt dicke Keule gewesen sein, mit der dieser Kerl den armen Patrick erschlagen hat«, bemerkte einer der Polizisten. »Der Doktor sagt, sein Schädel ist völlig zertrümmert. Wie von einem Schmiedehammer.«

»Na, dann dürfte es leicht sein, die Mordwaffe zu finden.«

»Ganz meine Meinung.«

»Wer's auch getan hat – er wird so ein Ding nicht länger als nötig mit sich herumschleppen.«

Einer von ihnen rülpste.

»Ich glaube ja, daß es noch im Haus oder im Garten ist.«

»Wahrscheinlich genau vor unserer Nase, was, Jack?«

Und im Wohnzimmer begann Mary Maloney zu kichern.

Übersetzt von Hans-Heinrich Wellmann

Danksagung

Herausgeber und Originalverlag danken den folgenden Autoren, Verlagen und Agenturen für die Erlaubnis, ihre Geschichten in diese Sammlung aufnehmen zu dürfen: Macdonald Publishing für »Die Spezialität des Hauses« von Stanley Ellin; Random Century Ltd. für »Bestechung und Korruption« von Ruth Rendell; Davis Publications Inc. für »Die Spezialität des M. Duclos« von Oliver La Farge; Chapman and Hall Ltd. für »Der Mann ohne Paprika« von G. B. Stern; Aitken & Stone Ltd. für »Vierundzwanzig Schwarzdrosseln« von Agatha Christie; Victor Gollancz Ltd. für »Das große Abendessen« von H. C. Bailey und »Ein Fall für Gormets« von Michael Gilbert; The Estate of Roy Vickers für »Dinner für zwei«; Grace Publishing Co. Inc. für »Rum zum Dinner« von Lawrence G. Blochmann; Michael Joseph Ltd. für »Lammkeule« von Roald Dahl.

Haffmans Kriminalromane im Heyne-Taschenbuch

Klassiker

Sie liefern den Beweis, daß die »gute alte Zeit« nur eine Mär ist, denn die zwanziger Jahre (George Baxt), die dreißiger Jahre (James M. Cain) und die fünfziger Jahre (Bill S. Ballinger) waren genauso mörderisch und gefährlich wie die heutige Zeit.

Bill S. Ballinger
Die längste Sekunde
Kriminalroman
05/28

George Baxt
Mordfall für Alfred Hitchcock
Kriminalroman
05/18

Mordfall für Dorothy Parker
Kriminalroman
05/42

James M. Cain
Wenn der Postmann zweimal klingelt
Kriminalroman
05/27

Wilhelm Heyne Verlag
München